21世纪远程教育精品教材·汉语言文学系列

中国古代文学史（二）

（隋唐五代宋辽金）（第二版）

冷成金 编著

中国人民大学出版社

·北京·

“21 世纪远程教育精品教材”

编委会

总序

我们正处在教育史尤其是高等教育史上的一个重大的转型期。在全球范围内，包括在我们中华大地，以校园课堂面授为特征的工业化社会的近代学校教育体制，正在向基于校园课堂面授的学校教育与基于信息通信技术的远程教育相互补充、相互整合的现代终身教育体制发展。一次性学校教育的理念已经被持续性终身学习的理念所替代。在高等教育领域，从1088年欧洲创立博洛尼亚（Bologna）大学以来，21世纪以前的各国高等教育基本是沿着精英教育的路线发展的，这也包括自19世纪末创办京师大学堂以来我国高等教育短短一百多年的发展史。然而，自20世纪下半叶起，尤其在迈进21世纪时，以多媒体计算机和互联网为主要标志的电子信息通信技术正在引发教育界的一场深刻的革命。高等教育正在从精英教育走向大众化、普及化教育，学校教育体系正在向终身教育体系和学习型社会转变。在我国，党的十六大明确了全面建设小康社会的目标之一就是构建学习型社会，即要构建由国民教育体系和终身教育体系共同组成的有中国特色的现代教育体系。

教育史上的这次革命性转型绝不仅仅是科学技术进步推动的。诚然，以电子信息通信技术为主要代表的现代科学技术的进步，为实现从校园课堂面授向开放远程学习、从近代学校教育体制向现代终身教育体制和学习型社会的转型提供了物质技术基础。但是，教育形态演变的深层次原因在于人类社会经济发展和社会生活变革的需求。恰在这次世纪之交，人类社会开始进入基于知识经济的信息社会。知识创新与传播及应用、人力资源开发与人才培养已经成为各国提高经济实力、综合国力和国际竞争力的关键和基础。而这些仅仅依靠传统学校课堂面授教育体制是无法满足的。此外，国际社会面临的能源、环境与生态危机，气候异常，数字鸿沟与文明冲突，对物种多样性与文化多样性的威胁等多重全球挑战，也只有依靠世界各国进一步深化教育改革与创新，促进人与自然的和谐发展才能得到解决。正因为如此，我国党和政府提出了“科教兴国”、“可持续发展”、“西部大开发”、“缩小数字鸿沟”以及“人与自然和谐发展”的“科学发展观”等基本国策。其中，对教育作为经济建设的重要战略地位和基础性、全局性、前瞻性产业的确认，对高等教育对于知识创新与传播及应用、人力资源开发与人才培养的重大意义的关注，以及对发展现代教育技术、现代远程教育和教育信息化并进而推动国民教育体系现代化，构建终身教育体系和学习型社会的决策更得到了教育界和全社会的共识。

在上述教育转型与变革时期，中国人民大学一直走在我国大学的前列。中国人民大学是一所以人文、社会科学和经济管理为主，兼有信息科学、环境科学等的综合性、研究型大学。长期以来，中国人民大学充分利用自身的教育资源优势，在办好全日制高等教育的同时，一直积极开展远程教育和继续教育。中国人民大学在我国首创函授高等教育。1952年，校长吴玉章和成仿吾创办函授教育的报告得到了刘少奇的批复，并于1953年率先招生授课，为新建的共和国培养了一大批急需的专门人才。在20世纪90年代末，中国人民大学成立了网络教育学院，成为我国首批现代远程教育试点高校之一。经过短短几年的探索和发展，中国人民大学网络教育学院创建的“网上人大”品牌，被远程教育界、媒体和社会誉为网络远程教育的“人大模式”——面向在职成人，利用网络学习资源和虚拟学习社区，支持分布式学习和协作学习的现代远程教育模式。成立于1955年的中国人民大学出版社是新中国建立后最早成立的大学出版社之一，是教育部指定的全国高等学校文科教材出版中心。在过去的几年中，中国人民大学出版社与中国人民大学网络教育学院合作策划、创作出版了国内第一套极富特色的“21世纪远程教育精品教材”。这些凝聚了中国人民大学、北京大学、北京师范大学等北京知名高校学者教授、教育技术专家、软件工程师、教学设计师和编辑们广博才智的精品课程系列教材，以印刷版、光盘版和网络版立体化教材的范式探索构建全新的远程学习优质教育资源，实现先进的教育教学理念与现代信息通信技术的有效结合。这些教材已经被国内其他高校和众多网络教育学院所选用。中国人民大学出版社基于“出教材学术精品，育人文社科英才”理念的努力探索及其初步成果已经得到了我国远程教育界的广泛认同，是值得肯定的。

2005年4月，我被邀请出席《中国远程教育》杂志与中国人民大学出版社联合主办的“远程教育教材的共建共享与一体化设计开发”研讨会并做主旨发言，会后受中国人民大学出版社的委托为“21世纪远程教育精品教材”撰写“总序”，这是我的荣幸。近几年来，我一直关注包括中国人民大学网络教育学院在内的我国高校现代远程教育试点工程。这次更有机会全面了解和近距离接触中国人民大学出版社推出的“21世纪远程教育精品教材”及其编创人员。我想将我在上述研讨会上发言的主旨作进一步的发挥，并概括为若干原则作为我对包括中国人民大学出版社、中国人民大学网络教育学院在内的我国网络远程教育优质教育资源建设的期待和展望：

- 21世纪远程教育精品教材的教学内容要更加适应大众化高等教育面对在职成人、定位在应用型人才培养上的需要。

● 21 世纪远程教育精品教材的教学设计要更加适应地域分散、特征多样的远程学生自主学习的需要，培养适应学习型社会的终身学习者。

● 在我国网络教学环境渐趋完善之前，印刷教材及其配套教学光盘依然是远程教材的主体，是多种媒体教材的基础和纽带，其教学设计应该给予充分的重视。要在印刷教材的显要部位对课程教学目标和要求作明确、具体、可操作的陈述，要清晰地指导远程学生如何利用多种媒体教材进行自主学习和协作学习。

● 应组织相关人员对多种媒体的远程教材进行一体化设计和开发，要注重发挥多种媒体教材各自独特的教学功能，实现优势互补。要特别注重对学生学习活动、教学交互、学习评价及其反馈的设计和实现。

● 要将对多种媒体远程教材的创作纳入对整个远程教育课程教学系统的一体化设计和开发中去，以便使优质的教材资源在优化的教学系统、平台和环境中，在有效的教学模式、学习策略和学习支助服务的支撑下获得最佳的学习成效。

● 要充分发挥现代远程教育工程试点高校各自的学科资源优势，积极探索网络远程教育优质教材资源共建共享的机制和途径。

中华人民共和国教育部远程教育专家顾问
丁兴富

前言

《中国古代文学史（二）》的内容包括隋唐五代文学和两宋辽金文学，适用对象为远程教育的中文及非中文专业学生，也可用作普通高等院校教材。

本书吸收了传统教材的优点，并根据现在教学的实际情况作了相应的调整和设置，具有如下特点：

一是简明扼要，重点突出。古代文学历经数千年，有着极其丰富的内容，不易把握。我们根据多年的教学实践，择其精者要者，加以简要论述，编纂成册。

二是材料丰富，思想开放。我们尽可能多地选取材料，尽量做到以材料说话，同时也为读者提供了阅读原作的方便，加强了感性认识。此外，我们也尽量吸收了中国古代文学研究具有价值的新成果，同时尽量避免了思想观点上的保守、狭隘与偏颇。

三是设置齐全，实用性较强。教材是一种特殊的著述，即要求教与学的方便实用。根据教学实践，我们力求在简明扼要而又全面清楚地介绍文学史的基础上，选取在各种考试中经常出现的问题，设置了"本章提示"、"关键概念"和"思考题"三个栏目，目的是让同学们能够迅速抓住重点、要点，很快进入学习状态，并给同学们的复习应考带来方便。

本书在学习方法上提示并指导学生要做到如下几点：

第一，记忆、理解相结合，系统把握《中国古代文学史（二）》。"中国古代文学史"是一门有着突出特点的课程，它时间跨度长，内容非常丰富，与现实具有一定距离，还存在着一定的语言障碍。对于古代文学作品，不仅要弄懂字面的意思，还要有一定的感受，这就决定了这门课的学习特点，即既要理解，又要记忆。理解是指对当时的历史状况、人的思想情感、作品的内容和艺术感染力的设身处地的想象，以及对作家、作品历史地位的认识；记忆则是指对作家、作品等有关知识的识记。二者是相辅相成，缺一不可的。

第二，突出重点，兼顾全面。《中国古代文学史（二）》所讲述的文学年代是中国文学史的重要阶段，其间产生了许多伟大的作家和作品，因此在中国文学史上占有十分重要的地位，这些无疑都是学习的重点。在“本章提示”中，有关重点和应该背诵、熟悉的篇目都已注明。在学习过程中，学生要注意对其进行重点掌握。不充分地掌握这些重点，就不能说学好了《中国古代文学史（二）》。但是，也要看到的是，仅仅掌握这些重点是远远不够的。因为考试题目覆盖面极广，几乎涵盖了课程中的所有知识点，更重要的是，因为中国古代文学史的内容丰富多彩，不全面掌握就不能说学好了古代文学史。因此，突出重点，兼顾全面，应该是我们重要的学习方法之一。

第三，要善于感受唐诗宋词等文学作品的意境和艺术风格。我们学习古代文学的重要目的之一就是提高我们的审美素质、文化素养和人格境界。善于感受唐诗宋词等文学作品的意境和艺术风格不仅符合这一目的，也有助于我们加强记忆并深入理解，只有做到了这一点，才能学好古代文学。因此要在反复的阅读、吟诵、比较、琢磨中来加强我们对唐诗宋词等文学作品的意境和艺术风格的感受和领悟。

第四，注意题型结构与答题技巧。

其一，名词解释题。此类题型要求考生对课程中一些重要名词作出解释，目的在于考核考生对这些名词的理解程度和掌握程度。这些名词在书中都有简明的概括或论述。这种题型的难度在于要点的把握，而且内容广泛，覆盖面大。考生在答题时要简明扼要，并善于总结，不必展开论述。

其二，简答题。这类题型一般是根据课程中有关作家、作品、流派、理论中的单一性的问题直接提问，要求考生简明扼要地回答。所提问题在书中大多都有现成答案。考生在答这种问题时，一定要抓住要点，观点明确，将有关的知识进行归纳总结。

其三，论述题。这类题型一般是根据课程中有关作家、作品、流派、理论综合性的问题直接提问，从艺术特点和在文学史上的影响、地位等方面着眼的较多，有时也会打通几段文学史。答这种题时，一定要从记忆和理解两方面出发，即一方面要记住一些文学史上的基本材料，另一方面还要注意理解、联系、系统和综合。

最后需要说明的是，教材的时效性很强，要根据现实的发展不断地进行探索，以期与现实的需要——尤其是教学、应试——相吻合。但教材更要保持自己独立的学术品格，甚至要以其为基准、为核心。处理好二者的关系，并不是很容易的事。本教材试图在这方面做出一些探索，但水平所限，肯定有许多不成熟的地方，谨请方家指正。

作　者

隋唐五代文学

两宋辽金文学

隋唐五代文学

隋唐五代文学概论

中国文学经历了先秦、两汉、魏晋南北朝等历史时期的发展，终于迎来了隋唐五代这一中国文学史上辉煌灿烂的时期。这一时期的出现，是由文学自身的发展和当时的社会历史条件等诸因素共同促成的。

隋朝国祚不延，没能出现大的文学家和重要的文学现象。但由于隋文帝在统一全国以后意欲改变政风，便实行科举制，并且发布命令抑制浮华文风。此举虽然最终未能造成大的影响，但是对后来的文风改革还是有所裨益。隋朝的文人主要来自南北两朝，因此隋朝的文风可说是两朝文风并存，并以南朝文风为主。隋朝比较有成就的作家有卢思道、薛道衡、杨素等人。卢思道的诗偏向齐梁风格，如《后园宴》中有“媚眼临歌扇，娇香出舞衣”一类诗句，宫体气息较浓，但《从军行》却很有现实意义。薛道衡的诗也有类似的特点，如《昔昔盐》写闺怨题材，抒情委婉细致；而在行役途中写的一些咏怀诗，如《渡北河》等则有慷慨之风。杨素本人是一个豪杰，心雄志大，诗风也“雄深雅健”（刘熙载《艺概》）。总的看来，隋代的文学基本上呈现出向初唐过渡的状态。

唐代经济发达，思想开放，政治较为开明，国势强盛，科举制度得到了进一步的实施，中下层文人社会地位有所提高，身心也都获得了相当的自由，再加上文学自身的发展要求，诸种因素促成了唐朝文学的繁荣。

在政治和经济上，唐朝有两项重大的措施值得特别重视，一是租佃经济取代了部曲经济，二是科举制度的实施。租佃经济的逐步建立使唐朝的生产力得到了很大的解放，再加上租庸调税法的实施，赋税、徭役有所减轻，经济处于更为自由的状态，中小地主阶级逐步发展，为唐朝的经济繁荣奠定了基础。科举制度的实施使庶族地主有了进身之阶，减缓了统治阶层僵化的进程，尤其是来自社会下层的士子把书中的文化理想带到了政治运作的层面上，为社会注入了新鲜的活力，中国封建社会前期的合理因素得到了最为充分的发挥，唐朝的经济和文化都呈现出了新的气象。

唐朝思想较为自由和解放。唐朝对儒、释、道三家都很重视，有时儒、道两家同时被列为科举考试的内容，佛教虽然有时受到排斥，但也受到过几个皇帝的大力提倡。这种思想上的自由带来了文化上的发达，对文学产生了重大的影响。另外，国势的强大与各民族文化的融通以及中外文化的交流也给唐代的文学带来了巨大的影响。仅唐太宗在贞观时期就连续打败突厥、吐谷浑，平定高昌，成为东亚的盟主。至唐玄宗开元、天宝年间，唐朝国势更达到了鼎盛时期。不仅如此，唐朝在大多数时间里都采取了对各少数民族和各国文化兼收并蓄的政策，唐太宗所说的“自古皆贵中华，贱夷狄，朕独爱之如一”（《资治通鉴》贞观二十一年五月条）的一视华夷的思想得到了实施，各少数民族和各国文化在中国大地上自由地传播、交流、融通。这种文化上的基本政策和状况为唐代文学提供了自由宽松的环境，为唐代文学的充分繁荣提供了保障。

在唐代，书法、绘画、音乐、舞蹈、雕塑等艺术形式都得到了充分的发展，这些艺术形式对文学也产生了一定的影响。如苏轼评王维，认为其“诗中有画”，“画中有诗”（《书摩诘蓝田烟雨图》），“诗画本一律，天工与清新”（《书鄢陵王主簿所画折枝二首》）。在创作上也相互借鉴，如贺知章“每兴酣命笔……忽有好处，与造化相争，非人工所能到”（窦蒙《述书赋注》），不仅将书法与写诗联系起来，更将书法中那种自由恣放的精神状态与唐诗雄奇浪漫的精神融会在一起。另外，少数民族以及国外音乐、舞蹈的传入与词的兴起也有着很大的关系。

唐代文学的繁荣也是文学自身发展的结果。在这一时期，中国文学的重要形式——诗歌的发展达到了顶峰，散文也有了新的发展，词也获得了一定的发展，小说创作也开始达到自觉。

唐代文学尤其是唐诗的繁荣是在魏晋南北朝文学的基础上发展起来的。魏晋南北朝文学在审美上的自觉和在审美形式上的丰富创造为唐诗的繁荣奠定了基础，唐诗终于彻底冲破了六朝淫靡诗风的束缚，不仅从少数宫廷文人手中解放出来，题材范围也得到了空前的扩大，成为唐代知识分子反映现实、表达理想、宣扬激情的重要的工具，出现了李白、杜甫、白居易等伟大诗人以及山水田园诗派、边塞诗派、新乐府运动等众多文学流派和文学思潮，也出现了李贺、李商隐等风格独特的诗人。唐诗呈现出了风格多样、百花齐放的繁荣鼎盛的风貌。

唐代的散文也得到了充分的发展。唐初魏征就已开始反对“浮艳之辞”，至陈子昂时则从理论上提出反对六朝文风的主张，元结的散文在讽刺、揭露现实和同情劳动人民方面是独树一帜的，而韩愈、柳宗元更是发起了声势浩大而影响深远的古文运动，使传统散文发展到了一个新的高度，晚唐五代时更出现了优秀的讽刺散文。中唐时一些文人词就出现了，晚唐时出现了著名的词人温庭筠和韦庄。至于小说，唐传奇的兴盛为唐代文学增添了奇异的光彩。

从文学精神上看，唐代文学以安史之乱为标志分为前后两期，前期是对魏晋南北朝文学的充分发展，后期则启示了宋代文学，对于传统社会后期的文学产生了重大的影响。

五代十国时期，南方战乱较少，给文学发展留下了一定的空间。诗人较有成就的多是晚唐遗老，如韩偓、韦庄、罗隐、贯休等，而其具有代表性的文学样式则是词。

这时由于统治者在西蜀偏安一隅，寻欢作乐，出现了重要的词流派——花间派，其内容多写男女之情，其中主要词人有温庭筠等。南唐则出现了三个重要的词作家李璟、李煜和冯延巳，尤其是李煜的词，将词从花前月下初步解放出来，表达亡国之恨和故国之思，使词进入了一个新的发展阶段。冯延巳的词虽仍多写男女之情，游宴之乐，具有鲜明的江南风情，但已显露出掩饰不住的感伤和凄凉。

五代十国前后只有五十多年，且战乱频仍，但偏安一隅者往往及时行乐，间接促进了词的发展，为词在宋代的繁荣奠定了基础。

总的看来，这一时期的文学发展达到了中国传统社会前期的文学的顶峰，它的基本特点是注重理想的抒写，感性的外向张扬。它既是对先秦、两汉、魏晋南北朝文学的一种爆发式的发展，也为宋代乃至传统社会后期的文学提供了深远的启示。

第一章　隋及初唐文学

本章提示

掌握隋代文学的基本特点：(1) 南朝、北朝文风并存，以南朝文风为主。(2) 呈现出向初唐文学过渡的状态。

掌握隋代主要作家作品：卢思道及其《从军行》、薛道衡及其《昔昔盐》、杨素及其《出塞》等。

初唐散文和诗歌：(1) 唐太宗忆战述怀的诗文比较质朴劲直，对初唐的文风起到了很大的导向作用，魏征的散文“气骨高古”，而王绩的散文、诗歌成就最高。(2) 在诗风革新上走在前面的是被称为“初唐四杰”的王勃、杨炯、卢照邻和骆宾王。重点掌握“四杰”的代表性诗作。(3) 重点理解《代悲白头翁》、《春江花月夜》的内容。

陈子昂：(1) 背诵《与东方左史虬修竹篇序》中的从“文章道弊五百年矣”至“以耿耿也”部分并理解其意义。(2) 理解《登幽州台歌》的文化意蕴。

宫廷文人：(1) 上官仪的应制之作和“上官体”。(2)“文章四友”诗歌与艺术的特点。(3) 沈佺期、宋之问对律诗发展的贡献。

第一节　隋代文学

隋文帝开皇九年（589），隋师渡江，陈后主投降，从此统一了全国，结束了 270 多年的南北分裂局面。隋恭帝义宁二年（618）隋朝灭亡，历时 29 年。

隋初文风延续南朝文风，浮靡不振，李谔在《上隋高帝革文华书》中指出：“遂复遗理存异，寻虚逐微，竞一韵之奇，争一字之巧。连篇累牍，不出月露之形；积案盈箱，唯是风云之状。”隋文帝是个有雄才大略的皇帝，他在统一全国后，改革选官制度，实行科举制，并且发布命令抑制浮华文风。他发布诏令说：“公私文翰，并宜实录”，甚至还当廷处置以浮华不实文风写奏章的大臣。但他要改变的毕竟是政风而不是骈体文，再加上文体改革的诸种历史因素还没有具备，所以这种文风改革的思想在当时终于没有形成大的影响。

隋代国祚不延，且其间多有动乱，文学成就不是很高，一些著名的文学家也都是由异代而入的。如卢思道、杨素、薛道衡等人是北齐、北周的旧臣；江总、许善心、虞世基、王胄、庾自直等人则是从梁、陈入隋的。在他们中间，卢思道、薛道衡等人的创作成就较高。

卢思道（531—582）主要生活在北朝，《从军行》是其代表作：

> 朔方烽火照甘泉，长安飞将出祁连。犀渠玉剑良家子，白马金羁侠少年。平明偃月屯右地，薄暮鱼丽逐左贤。谷中石虎经衔箭，山上金人曾祭天。天涯一去无穷已，蓟门迢递三千里。朝见马岭黄沙合，夕望龙城阵云起。庭中奇树已堪攀，塞外征人殊未还。白雪初下天山外，浮云直上五原间。关山万里不可越，谁能坐对芳菲月。流水本自断人肠，坚冰旧来伤马骨。边庭节物与华异，冬霰秋霜春不歇。长风萧萧渡水来，归雁连连映天没。从军行，军行万里出龙庭。单于渭桥今已拜，将军何处觅功名。

诗作采用了征夫思妇的传统模式，反映了边塞军旅生活，对追逐功名的将军作了讽刺。风格流畅刚劲，语言清丽自然，对后代的边塞诗产生了一定的影响。

薛道衡（540—609），字玄卿，官至番州刺史，后被炀帝杀害。他与杨素唱和的《出塞》诗较能体现他的诗风：“绝漠三秋暮，穷阴万里生。寒夜哀笛曲，霜天断雁声。连旗下鹿塞，叠鼓向龙庭。”风格朴实俊爽，在苍凉与悲怆中不乏慷慨进取的精神，对盛唐的边塞诗也有一定的影响。他的小诗《人日思归》也十分著名：

> 入春才七日，离家已二年。人归落雁后，思发在花前。

委婉曲折，细腻深情，颇有南朝诗的风致。而他最著名的代表作是《昔昔盐》：

> 垂柳复金堤，蘼芜叶复齐。水溢芙蓉沼，花飞桃李蹊。采桑秦氏女，织锦窦家妻。关山别荡子，风月守空闺。恒敛千金笑，长垂双玉啼。盘龙随镜隐，彩凤逐帷低。飞魂同夜鹊，倦寝忆晨鸡。暗牖悬蛛网，空梁落燕泥。前年过代北，今岁往辽西。一去无消息，那能惜马蹄。

诗作有齐梁诗风的浮艳，但又能透显出征戍关山的气息，将思妇征夫的情感描绘得酣畅淋漓。尤其是“暗牖悬蛛网，空梁落燕泥”一句，真正做到了情景交融，据说薛道衡即因此句而招妒取祸。

杨素（？—606）是一个豪杰，心雄志大，史称其“词气宏拔，风韵秀上，亦为一时盛作”（《隋书·杨素传》），诗风“雄深雅健”（刘熙载《艺概》）。他的《出塞》也很著名，如“其二”云：

汉虏未和亲，忧国不忧身。握手河梁上，穷涯北海滨。据鞍独怀古，慷慨感良臣。历览多旧迹，风日惨愁人。荒塞空千里，孤城绝四邻。树寒偏易古，草衰恒不春。交河明月夜，阴山苦雾辰。雁飞南入汉，水流西咽秦。风霜久行役，河朔备艰辛。薄暮边声起，空飞胡骑尘。

内容主要反映他领兵与突厥作战的体验，风格朴实深沉，语言简易古雅，有较高的艺术水平。该诗曾得到了虞世基、薛道衡等诗人的唱和。另外，为怀念友人薛道衡而作的《赠薛番州诗十四章》诉写离别之情，也显得朴实深沉，清雄雅健，具有感人的艺术力量。

隋炀帝本人也有诗作，有的值得一提，如《春江花月夜二首》其一：

暮江平不动，春花满正开。流波将月去，潮水带星来。

应该说是一首清新明快之作，有南朝之风。

隋代的七言诗有所发展，除上面提到的卢思道和薛道衡的七言歌行外，律诗也有发展，如无名氏的《送别诗》：“杨柳青青着地垂，杨花漫漫搅天飞。柳条折尽花飞尽，借问行人归不归。”在格律上已经较为成熟。

总的来看，隋朝的文风虽是南朝文风和北朝文风并存，但还是以南朝文风为主，并且呈现出向初唐过渡的状态。

第二节 初唐四杰、刘希夷、张若虚

一、初唐四杰

初唐仍然延续六朝浮艳的文风，原因一方面在于文学有其自身的发展惯性，另一方面新朝乍立也需要歌颂和粉饰。其中较有代表性的作者是做过宫廷侍臣的上官仪，但此时的文风也出现了一些变化。唐太宗忆战述怀的诗文比较质朴劲直，对初唐的文风起到了很大的导向作用，魏征的散文“气骨高古”，而成就较大的还是王绩和王勃的散文。

王绩（589—644），字无功，号东皋子，绛州龙门（今山西河津）人，是隋朝的留用学者，王通之弟，性爱旷达，嗜酒。在隋代曾为六合丞，以嗜酒劾去，后隐居，时人号为斗酒学士。他反对名教，对周、孔嘲讽，而对于嵇、阮、陶等大为赞扬。王绩的主要散文有《五斗先生传》、《醉乡记》、《自撰墓志铭》、《荆轲刺秦王赞》等。其中《醉乡记》历来为人称道，文章以老庄思想为武器来表达自己的怀才不遇和愤世嫉俗之情，文辞愤激刚劲。

王绩在诗歌上的成就最高，他的诗歌真正脱尽了六朝的脂粉气，继承了南朝山水诗描写技巧，情景交融，充满着质朴自然的情趣，同时还能兼顾声律技巧，意象趋于浑融。如《野望》：

东皋薄暮望，徙倚欲何依。树树皆秋色，山山惟落晖。牧童驱犊返，猎马带禽归。相见无相识，长歌怀采薇。

首尾抒情，中间写景，情景相生，性情与声色合一，衬托出迟暮之感。另如“北场芸藿罢，东皋刈黍归。相逢秋月满，更值夜萤飞。”（《秋夜喜遇王处士》）等，语言质朴，洗尽了宫体诗的脂粉气，真实自然而淳朴生动，在声律体裁方面，也更为成熟。其整体意境已有盛唐气象。另外，王勃的散文也很出色。王勃早慧而有才，政治上很有抱负，但初入仕途即遭斥逐，所以多有牢骚。他的主要散文作品有《滕王阁序》、《春思赋序》、《涧底寒松赋》等，多表现了怀才不遇、有志不得申的苦闷、不平、愤激和无奈，句式骈散兼具，文辞流畅简洁、刚劲有力。

在诗风革新上走在前面的是被称为“初唐四杰”的王勃（649/650—676）、杨炯（650—?）、卢照邻（约636—695）和骆宾王（约638—?）。“四杰”的创作活动主要集中在唐高宗至武后时期，他们具有自觉的文风变革的意识。杨炯在《王勃集序》中说：“尝以龙朔初载，文场变体，争构纤微，竞为雕刻。糅之金玉龙凤，乱之朱紫青黄，影带以徇其功，假对以称其美，骨气都尽，刚健不闻。思革其弊，用光志业。”“四杰”以追求清新、刚健、自然的诗风为已任，逐渐体现了初唐的审美要求，在一定意义上讲，“初唐四杰”代表了诗歌发展的历史潮流。如王勃的《杜少府之任蜀州》：

城阙辅三秦，风烟望五津。与君离别意，同是宦游人。海内存知己，天涯若比邻。无为在歧路，儿女共沾巾。

胡应麟评论此诗说：“终篇不著景物，而兴象宛然，气骨苍然。”（《诗薮》）再如骆宾王的《在狱咏蝉》：

西陆蝉声唱，南冠客思侵。那堪玄鬓影，来对白头吟。露重飞难进，风多响易沉。无人信高洁，谁为表予心。

寓身世之感于其中，咏蝉明志，诗风峻洁，与宫体诗大异其趣。又如杨炯的《从军行》：

烽火照西京，心中自不平。牙璋辞凤阙，铁骑绕龙城。雪暗凋旗画，风多杂鼓声。宁为百夫长，胜作一书生。

既有建安风骨，又有盛唐边塞诗的气势，我们可以从中隐约感受到那即将来临的盛唐之音。如卢照邻的《行路难》：

君不见，长安城北渭桥边，枯木横槎卧古田。昔日含红复含紫，常时留雾亦留烟。春景春风花似雪，香车玉舆恒阗咽。若个游人不竞攀，若个娼家不来折！娼家宝袜蛟龙帔，公子银鞍千万骑。黄莺一一向花娇，青鸟双双将子戏。……

诗作描写了世事艰辛和离别的伤悲，蕴含古今兴亡之叹，题材也由宫廷转向市井，情感廓大深邃，气势恢弘。

“四杰”的诗歌可谓以书生意气来激扬文字，充溢着疏朗奋发的骨鲠之气，与当时流行的宫体诗区别开来了。

二、刘希夷、张若虚

初唐的政治、经济、文化都给人们一种新的感觉，人们开始重新思考人生的价值与意义，这种思考虽然并没有完全摆脱六朝在思想和表现形式方面的影响，但已经与六朝注重世俗享乐的绮靡文风有着很大的不同了。将这种意义表现得最充分的，是刘希夷（651—679）和张若虚（生卒年不详）的诗歌。如刘希夷的《代悲白头翁》：

洛阳城东桃李花，飞来飞去落谁家？洛阳女儿好颜色，坐见落花长叹息。今年花落颜色改，明年花开复谁在？已见松柏摧为薪，更闻桑田变成海。古人无复洛城东，今人还对落花风；年年岁岁花相似，岁岁年年人不同。寄言全盛红颜子，应怜半死白头翁。此翁白头直可怜，伊昔红颜美少年。公子王孙芳树下，清歌妙舞落花前。光禄池台文锦绣，将军楼阁画神仙。一朝卧病无相识，三春行乐在谁边？宛转蛾眉能几时？须臾鹤发乱如丝。但看古来歌舞地，惟有黄昏鸟雀悲。

是的，表面上写的是青春不永、韶华易逝，但谁又不在其中感受到那新鲜的心境、那勃发的生命力、那对永恒的大自然的美好的向往呢？这种青春的感叹到了张若虚的《春江花月夜》那里就进一步上升到了宇宙意识：

春江潮水连海平，海上明月共潮生。滟滟随波千万里，何处春江无月明。江流宛转绕芳甸，月照花林皆似霰。空里流霜不觉飞，汀上白沙看不见。江天一色无纤尘，皎皎空中孤月轮。江畔何人初见月？江月何年初照人？人生代代无穷已，江月年年只相似。不知江月待何人，但见长江送流水。白云一片去悠悠，青枫浦上不胜愁。谁家今夜扁舟子？何处相思明月楼？可怜楼上月徘徊，应照离人妆镜台。玉户帘中卷不去，捣衣砧上拂还来。此时相望不相闻，愿逐月华流照君。鸿雁长飞光不度，鱼龙潜跃水成文。昨夜闲潭梦落花，可怜春半不还家。江水流春去欲尽，江潭落月复西斜。斜月沉沉藏海雾，碣石潇湘无限路。不知乘月几人归，落月摇情满江树。

多么自然、清新、鲜丽、华美而又流畅啊！虽然还有一点宫体诗的影子，但那挡不住的青春的旋律如潮水般滚滚而来，浮靡已被涤荡净尽，一切苦涩、哀伤在这里都改变了，都上升到了崭新的高度。这个境界就是将人放在宇宙中来重新体察人的生命、情感、价值和意义。

在《代悲白头翁》和《春江花月夜》中，崭新的生命意识和华美清新的意象浑然融合，诗情与画意不期而遇，浓烈的情思和空明的诗境相互映现，兴象浑融、玲珑不可凑泊的盛唐诗歌风貌在此已经初露端倪。

第三节 陈子昂

陈子昂（约659—700）生于梓州射洪（今四川射洪县）一个庶族地主家庭，少有任侠之气，后折节读书，21岁时入长安游太学，次年赴洛阳不第，曾在家乡学仙隐居。永淳元年（682）再次赴洛阳应试，中进士。后两次上谏疏直陈政事，被武则天擢为秘书省正字，官至右拾遗。后随武攸宜伐契丹，因言事不合被降职，终至解职还乡。回乡后，他被县令段简诬陷入狱，去世时年仅42岁。

陈子昂生活在武后时期，当时的政治、经济和诗歌的发展都对变革诗风提出了迫切的要求。于是，陈子昂总结了初唐数十年来的教训，从理论和创作上都有意识地改变六朝文风，他在《与东方左史虬修竹篇序》提出了鲜明的主张：

> 文章道弊五百年矣。汉魏风骨，晋宋莫传，然而文献有可征者。仆尝暇时观齐梁间诗，彩丽竞繁，而兴寄都绝，每以咏叹。思古人常恐逶迤颓靡，风雅不作，以耿耿也。

陈子昂指出了南朝诗歌缺乏现实内容的缺点，并从诗歌的审美特征方面提出了“兴寄”、“风骨”的要求，主张诗歌应该关注重大的社会问题和人生课题，表现新的精神风貌和人格理想，这确实抓住了前朝之弊并指明了诗歌的发展方向。

陈子昂以儒家的“仁义礼乐”为政治理想，他的《感遇》诗38首以关注现实的热情和豪迈俊逸、悲壮慷慨的艺术风格震动了诗坛。如《感遇》其四中的“乐羊为魏将，食子殉军功。骨肉且相薄，他人安得忠?”指斥了武后时期滥用酷刑、杀害贤良的现象，《感遇》十二中的“呦呦南山鹿，罹罟以媒和”讽喻了用诱捕的方法来罗织冤狱陷害像鹿一样驯良的臣子，在《感遇》三十五中则以直抒胸臆的方式表达了自己对建功立业的热切渴望：

> 本为贵公子，平生实爱才。感时思报国，拔剑起蒿莱。西驰丁零塞，北上单于台。登山见千里，怀古心悠哉。谁言未忘祸，磨灭成尘埃。

但他最为人们熟悉的还是那首《登幽州台歌》：

前不见古人，后不见来者。念天地之悠悠，独怆然而涕下。

当时陈子昂以右拾遗的身份随武攸宜征契丹，由于武攸宜不谙军事，他曾屡次进谏，但不被采纳，致使屡屡失利，他心情颇为抑郁，想起当年燕昭王高筑黄金台的往事，吊古伤怀，故有此诗。诗作已经超出了原有的怀古意义，表达了新时代的深沉的悲剧意识，从中透显出新的人格，也意味着一种与六朝绮靡诗风迥然不同的诗风的出现。

第四节 宫廷文人

从贞观初年到睿宗延和年间的六七十年间，诗坛上出现了一批宫廷诗人，在当时有一定影响的，先有上官仪（约 608—665），后有“文章四友”和“沈宋”。这些人人品平平，诗文也多是粉饰太平、歌功颂德的应制之作，但诗作往往典丽精工，对诗歌的发展也有一定贡献。

其中较有代表性的是做过宫廷侍臣的上官仪，他不仅作了许多嘲风月、弄花草、歌功颂德的应制之作，而且还把作诗的对偶归纳为六种对仗方法，当时称为“上官体”。

稍后诗风有所改变，出现了杜审言（约 645—约 708）、李峤、崔融、苏味道等人，号称“文章四友”。其中杜审言表现最为突出，其《和韦承庆过义阳公主山池五首》连章五律，由“野兴城中发，朝英物外求”写到“青溪留别兴，更与白云期”，表现出一种放荡不羁与超然脱俗的状态，有的诗写得自然清新，格律整饬，对后世有一定影响，如《和晋陵陆丞早春游望》：

独有宦游人，偏惊物候新。云霞出海曙，梅柳渡江春。淑气催黄鸟，晴光转绿苹。忽闻歌古调，归思欲沾巾。

与当时的浮靡诗风相比，这首诗的内容已经算是比较充实了，在格律方面也十分讲究，他也因此被后人尊为“律诗正宗”和“初唐五言律第一”。

在律诗的发展方面，稍后的沈佺期（约 656—约 714）、宋之问（约 656—约 712）也有相当的贡献，他们的诗作内容也比较充实。宋之问的《题大庾岭》历来为人所称道：

阳月南飞雁，传闻至此回。我行殊未已，何日复归来。江静潮初落，林昏瘴不开。明朝望乡处，应见陇头梅。

诗作将对生活的真切感受注入到这种律体诗中时是颇为精警的。又如沈佺期的

《杂诗》其三：

闻道黄龙戍，频年不解兵。可怜闺里月，长在汉家营。少妇今春意，良人昨夜情。谁能将旗鼓，一为取龙城。

其诗工丽精切，格律较为谨严，在情景交融方面也有独到之处，可以说已有盛唐风致。

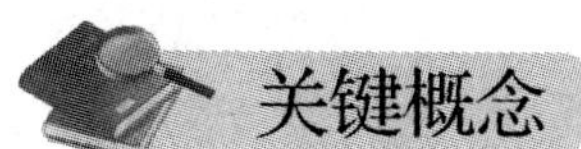

关键概念

文风改革	“初唐四杰”	《代悲白头翁》
《春江花月夜》	陈子昂	“沈宋”

思考题

1. 简述隋代文学的主要作家及其作品内容。
2. “初唐四杰”代表作的内容和风格是怎样的？
3. 陈子昂关于文风改革的主张是什么？
4. 《代悲白头翁》和《春江花月夜》的内容和风格是怎样的？

第二章　盛唐的山水田园诗和边塞诗

本章提示

孟浩然、王维与田园山水诗：(1) 背诵《春晓》、《宿建德江》、《过故人庄》、《秋登兰山寄张五》等。(2) 掌握孟浩然诗的艺术特点。(3) 背诵《少年行》、《使至塞上》、《送元二使安西》、《渭川田家》、《鹿柴》、《辛夷坞》、《终南别业》、《山居秋暝》等。(4) 理解："味摩诘之诗，诗中有画。观摩诘之画，画中有诗。"

岑参、高适与边塞诗：(1) 背诵《白雪歌送武判官归京》、《走马川行奉送出师西征》、《燕歌行》。(2) 掌握岑参、高适边塞诗的艺术特点。(3) 背诵《从军行》、《出塞》、王之涣的《凉州词》、王翰的《凉州词》、李颀的《古从军行》等。

掌握其他边塞诗人的代表作。

第一节　孟浩然、王维与山水田园诗

一、孟浩然

孟浩然 (689—740)，襄阳人，终身不仕，40 岁以前隐居离鹿门山不远的汉水之南，曾南游江、湘、幽州、洛阳、越中。开元十六年 (728)，入长安应举，结交王维、张九龄等人，开始享誉诗坛。后应试落第，求仕无门，遂以"不才明主弃，多病故人疏"的心态放弃仕宦而走向山水田园。开元二十五年 (737) 入张九龄荆州幕，酬唱尤多。三年后不达而卒。

孟浩然的诗有偏重隐逸的一面，在这方面，孟浩然有两首诗为我们所熟知：

孟浩然踏雪寻梅图

寂寂竟何待，朝朝空自归。欲寻芳草去，惜与故人违。当路谁相假，知音世所稀。只应守寂寞，还掩故园扉。

（《留别王侍御维》）

北阙休上书，南山归敝庐。不才明主弃，多病故人疏。白发催年老，青阳逼岁除。永怀愁不寐，松月夜窗虚。

（《岁暮归南山》）

苦涩、落寞、无奈与伤感成为这两首诗的基调。其中有对时代的嘉许，有对知音的期盼，有对功业的向往，同时也有对世不我识、世不见容的愤激，更有“世人弃我，我亦弃世人”的决绝的心态和归隐的欣慰。孟浩然并非无意仕进，而是怀有建功立业的强烈愿望，他在《临洞庭湖赠张丞相》中这样写道：

八月湖水平，涵虚混太清。气蒸云梦泽，波撼岳阳城。欲济无舟楫，端居耻圣明。坐观垂钓者，徒有羡鱼情。

全诗境界廓大，气势雄壮，表现了他求人援引和急于事功的迫切心情，“气蒸云梦泽，波撼岳阳城”一联可谓有盛唐之音。他的吊古名作《与诸子登岘山》代表了他对历史与人事的认识，表现了对羊祜的爱民思想的尊崇和对历史的信念。

人事有代谢，往来成古今。江山留胜迹，我辈复登临。水落鱼梁浅，天寒梦泽深。羊公碑尚在，读罢泪沾襟。

孟浩然的诗歌代表作还有那些在漫游和隐居中写下的许多山水田园诗，这些诗歌成为自陶渊明、谢灵运等以来重要的山水田园诗的代表。自然平淡、清新畅达是孟浩然山水田园诗的风格特点，如：

春眠不觉晓，处处闻啼鸟。夜来风雨声，花落知多少。

（《春晓》）

移舟泊烟渚，日暮客愁新。野旷天低树，江清月近人。

（《宿建德江》）

故人具鸡黍，邀我至田家。绿树村边合，青山郭外斜。开轩面场圃，把酒话桑麻。待到重阳日，还来就菊花。

（《过故人庄》）

这些诗往往能从远处入手，在近处徘徊，粗处着眼，细处品味，呈现出一种心灵的收摄状态。除此以外，他的诗也有刻画细致、用字精审的工整的句子，甚至整首诗都显得绮丽精工，但那不是有意雕饰，实是兴之所至，信笔而为。如：

北山白云里，隐者自怡悦。相望试登高，心随雁飞灭。愁因薄暮起，兴是清秋发。时见归村人，沙行渡头歇。天边树若荠，江畔舟如月。何当载酒来，共醉重阳节。

（《秋登兰山寄张五》）

全诗自然浑成，恬淡闲远，无意求工而自工，无刻画之迹，已是盛唐气象。

二、王维

1. 王维的生平与前期诗作

王维（701—761），字摩诘，太原祁（今山西祁县）人，出身官僚地主家庭。他幼而能诗，且擅长书画、音乐，21 岁中进士，后得名相张九龄赏识提携，仕途顺利，官至吏部侍郎、给事中。后张九龄罢相，王维遂无意仕途，在 40 岁前后便过起亦官亦隐的生活，初隐终南别业，后得初唐诗人宋之问的蓝田辋川别墅，终日悠游其间，与道士裴迪往还唱和。安史之乱时，他曾身陷长安，为安禄山伪官，长安收复后虽被贬，但因在陷贼期间写过怀念李唐的诗，后又升至尚书右丞，卒于官。

王维在盛唐诗人中是极为特殊的一个，这不仅因为他在 40 岁前后的诗风迥异，更因为他由前期的锐意进取转为后期的吃斋奉佛，而前后两期的诗作都表现了诗国高潮中的盛唐气象。

工维存诗 400 余首，虽然多半不易编年，但前后期却判然有别。王维前期的诗秉承了盛唐诗歌的一般主题，多表现对游侠生活的向往和对建功立业的强烈渴望；后期诗作则以“入禅之作”为主，诗风自然淡泊。他前期的平静生活决定了当时所作诗带有浓厚的书卷气和青春浪漫的气息。《少年行》（四首）是其中的代表，如其一：

新丰美酒斗十千，咸阳游侠多少年。相逢意气为君饮，系马高楼垂柳边。

当然，王维并不是只会抒写书生意气，当他亲入边关之时，他的诗境就变得雄浑开阔了。如《使至塞上》：

单车欲问边，属国过居延。征蓬出汉塞，归雁入胡天。大漠孤烟直，长河落日圆。萧关逢候骑，都护在燕然。

该诗不仅深得塞外风光的精髓，其所包藏的胸襟、意度更不是盛唐以外的文字所能道出的。“大漠”、“长河”是大景，“孤烟”、“落日”是小景，两相对映，以小景传大景之神，这种收摄一切的胸襟与豪情，正是盛唐气魄！另外，像《燕支行》、《老将行》、《陇西行》等诗，描写边塞战争的雄伟场面，歌颂将士浴血疆场、以身报国的雄心壮志与飒爽英姿，也写得神采飞扬，豪气干云，直可与岑参、高适的边塞诗媲美，也表现了典型的盛唐气象。

王维一些广为传诵的诗多写于早期甚至青年时期。如：

独在异乡为异客，每逢佳节倍思亲。遥知兄弟登高处，遍插茱萸少一人。

（《九月九日忆山东兄弟》）

下马饮君酒，问君何所之。君言不得意，归卧南山陲。但去莫复问，白云无尽时。

（《送别》）

在这类诗中，最著名的还是《送元二使安西》：

渭城朝雨浥轻尘，客舍青青柳色新。劝君更尽一杯酒，西出阳关无故人。

此诗被谱入音乐，称为“阳关三叠”，自古及今，传唱不衰。古代诗人中，几乎无人享此殊荣。那说不尽的苍凉豪迈，那对生命和事功的无以言喻的敏感和深情，即使千载之下，犹令人激动不已。

2. 王维后期的诗及其艺术特点

王维最受人重视和对后世影响最大的是他隐居终南、辋川时的“入禅之作”。王维诗风由前期向后期转变，其主要原因不外乎四个方面，一是他的母亲崔氏“师事大照禅师三十余岁”，对他早年的思想有着深刻的影响；二是仕途蹭蹬，加之安史之乱后唐朝矛盾百出，使其进取之心日敛而退隐之心渐起；三是唐代极强的包容性使他的诗风可以自由地发展；四是从文学自身的发展规律来看，魏晋时期的山水诗和玄言诗经过审美意象的创造和禅理的融会，也必然要在唐代这个诗国高潮中迸发出新的光辉。

一般习惯上把以王维《辋川集》为代表的诗称作山水田园诗，并把他与孟浩然（合称“王孟”）看作盛唐山水田园诗派的代表。然而，王维那些最优秀的“山水田园诗”却往往并不注重描绘山水田园，倒是像王渔洋所说的，“辋川绝句，字字入禅”。的确，这些诗禅意盎然，如孤鸿落照，灭没于江天之外，创造了清幽静谧的诗歌意境，读来使人身世两忘，被人称为“禅诗”。如：

飒飒秋风中，浅浅石溜泻。跳波自相溅，白鹭惊复下。

（《栾家濑》）

独坐幽篁里，弹琴复长啸。深林人不知，明月来相照。

（《竹里馆》）

空山不见人，但闻人语响。返景入深林，复照青苔上。

（《鹿柴》）

木末芙蓉花，山中发红萼。涧户寂无人，纷纷开且落。

（《辛夷坞》）

王维《竹里馆》诗意图

如果把这四首诗按照精神流程编排起来，我们会看到一条由喧嚣的尘世潜入自然、在自然中抒解而获得心灵的宁静、在宁静中返观默照而得到解脱、最终因解脱而与自然浑然融入的心灵轨迹。王维由纷扰的朝堂躲入秋风中的栾家濑，心灵一层层地展开，最终与山中的红花同开同落，无复有人花之别。在这里，没有生命的寂灭，反而呈现出一派生命的盎然。深林明月，水流花开，这一切都是外在的自然，又都是内在的自然而然，仿佛与人完全无关，但又仿佛就是人的心灵世界的外在呈现。的确，这里透显出一种本体的寂静，但这绝不是死寂，而是在审美的顿悟中对感性生命的最高肯定。

王维的一些山水诗还表现了他的家园感。如《终南山》：

太乙近天都，连山接海隅。白云回望合，青霭入看无。分野中峰变，阴晴众壑殊。欲投人处宿，隔水问樵夫。

首联看似写自然，其实是表现亘古；颔、颈两联则是具体写景，首联的时间经中间景物的导引走向空间性的归宿；尾联提供的"宿处"，象征的是家园和归宿。王维的另一些山水田园诗似乎更富有生活气息。如《渭川田家》：

斜光照墟落，穷巷牛羊归。野老念牧童，倚杖候荆扉。雉雊麦苗秀，蚕眠桑叶稀。田夫荷锄至，相见语依依。即此羡闲逸，怅然吟式微。

此诗一直被人们视为王维田园诗的代表作品。诗中描绘了一幅农村的晚景图，用最为平常而又最为典型的农村情事，理借物显，渲染出了和平、宁静、安详的氛围，表现了作者对这种田园牧歌式的社会图景的无限向往。诗作平易闲淡，意境浑融完整，确是山水田园诗的高格。又如：

中岁颇好道，晚家南山陲。兴来每独往，胜事空自知。行到水穷处，坐看云起时。偶然值林叟，谈笑无还期。

（《终南别业》）

空山新雨后，天气晚来秋。明月松间照，清泉石上流。竹喧归浣女，莲动下渔舟。随意春芳歇，王孙自可留。

（《山居秋暝》）

苏轼说："味摩诘之诗，诗中有画。观摩诘之画，画中有诗"（《书摩诘蓝田烟雨图》）指的正是这些诗作的艺术特点。王维的"禅诗"，并不是一般的"诗画一律"、动静合一，而是有更深的禅意诗境蕴含其中。由"诗"入"画"，应是指诗中所描绘的那些景物，是那样的自然亲切，是那样的安详宁静，只有眼前的存想：景色如画。由"画"入"诗"，应是指这画有"象外之象"，这画使人"超然心悟"，这画所散逸出的，哪里是景色啊，分明是泯灭时空的审美的诗性。有人说："王右丞如秋风芙蓉，倚风自笑。""笑"中的意味，语言是不能传达的。所谓王维诗动中有静，静中有动，动就是"诗"，静就是"画"，也可作同一理解。

三、其他山水田园诗人

除孟浩然、王维外，当时的山水田园诗人还有储光羲、常建等。储光羲（约706—763）先登进士第后任安宜等地县尉，不久辞官归乡，曾与王维等人隐居终南山多年，后再出仕，在安史之乱中被迫接受伪职。他的诗《田家杂兴八首》、《同王十三维偶然作十首》、《田家即事》等直接写田园生活，但他写得较好的诗是《杂咏五首》、《江南曲四首》等表现隐逸生活的作品。如《杂咏五首》里的《钓鱼湾》：

垂钓绿湾春，春深杏花乱。潭清疑水浅，荷动知鱼散。日暮待情人，维舟绿杨岸。

情调高古，风格超逸，给人以清新自然之感。在自然淡远方面，与孟浩然的诗十分接近。

常建（生卒年不详），开元十五年（727）中进士，曾做过县尉，后隐居终南山和武昌江渚。他的诗清空而自然。如《题破山寺后禅院》：

清晨入古寺，初日照高林。竹径通幽处，禅房花木深。山光悦鸟性，潭影空人心。万籁此都寂，但馀钟磬音。

诗作孤高空明，灵慧淡秀，自然明澈而又有一股入禅的意味，与王维的“禅诗”十分相近。又如《江上琴兴》：

江上调玉琴，一弦清一心。泠泠七弦遍，万木澄幽阴。能使江月白，又令江水深。始知梧桐枝，可以徽黄金。

与王维诗的动中有静、静中有动的艺术风格也很接近，但已蕴含着幽僻凄冷的意味，成为中晚唐诗风的肇端。

第二节 岑参、高适与边塞诗

关于盛唐边塞诗的兴盛，近来多认为是由于盛唐时期国力强盛，文人常以投笔从戎的方式来实现博取富贵的个人愿望和功业之志，即所谓“文人入幕”促进了边塞诗的繁荣，如前人就曾认为当时“布衣流落才士，更多因缘幕府，蹑级进身”（《唐音癸签》卷二十七）。实际上，这并不符合当时的实际情况，盛唐时期入幕的文人很少，倒是中晚唐时期文人入幕之风极盛。何以从戎的文人极少而边塞诗却大放异彩，这恐怕是由当时昂扬进取的时代精神决定的。“一闻边烽动，万里忽争先”（孟浩然《送陈七赴西军》）似乎已经是时代风尚，文人怀着激动的心情来对待边塞军旅之事，所谓“一窥塞垣，说尽戎旅”（《河岳英灵集》），正道出了当时边塞诗创作的实际状况，也正是这种时代风尚浇铸出了盛唐边塞诗的上述审美特征。盛唐以后，入幕的文人很多，边塞诗的数量也远多于盛唐，但其审美特征趋向纤细与伤感，似乎已将边塞与闺房连在一起，完全失去了盛唐边塞诗的宏大气魄和开阔意境。

盛唐诗歌的边塞主题可以追本溯源到《诗经》，《诗经》中的《采薇》、《出车》、《六月》、《采芑》、《江汉》、《常武》、《小戎》、《无衣》等篇是我国最早以战争为题材的文学作品，这类题材的诗篇有着自己明显的审美特征：首先，表现出了崇高的阳刚之美；其次，在建功立业的主调中回响着淡淡的忧伤，从中可以发掘出更多的伦理内涵；

最后，不注重血腥场面的直接描写，而着重于环境声威和英雄气概的极力渲染。这些特点为中国战争题材的诗歌奠定了基本的审美品格。例如，《从军行》是描写战争的古题，其中的许多名作更多地突出了上述第二个审美特征，如陆机的《从军行》以“苦哉远征人，飘飘穷四遐”起，以“苦哉远征人，抚心悲如何”结；颜延之的《从军行》以“苦哉远征人，毕力干时艰”起，以“逖矣远征人，惜哉私自怜”结；沈约的《从军行》以“惜哉征夫子，忧恨良独多”起，以“苦哉远征人，悲矣将如何”结等。但盛唐边塞诗并不只是重复吟唱着同一个古老的曲调，而是在上述基础上充分体现出了盛唐苍凉而又激越、深沉而又豪放、纯朴质实而又奇丽浪漫的特征。

盛唐边塞诗人中最有代表性的莫过于岑参和高适了。

一、岑参

岑参（约715—770），南阳人，出身世家，但父亲早逝，家道中衰，早年孤贫，能自砥砺，遍览史籍，尤工缀文。于天宝三年（744）中进士，天宝八年（749）赴安西高仙芝幕府任书记，两年后回长安；天宝十三年（754）再度出塞，为安西北庭节度使封常清判官，三年后还朝。后经杜甫推荐任右补阙，大历元年（766）任嘉州刺史，解官后卒于成都旅社。

岑参是边塞诗派的代表，诗作以雄奇浪漫的风格反映了边塞的战争生活，如《白雪歌送武判官归京》：

> 北风卷地白草折，胡天八月即飞雪。忽如一夜春风来，千树万树梨花开。散入珠帘湿罗幕，狐裘不暖锦衾薄。将军角弓不得控，都护铁衣冷难着。瀚海阑干百丈冰，愁云惨淡万里凝。中军置酒饮归客，胡琴琵琶与羌笛。纷纷暮雪下辕门，风掣红旗冻不翻。轮台东门送君去，去时雪满天山路。山回路转不见君，雪上空留马行处。

全诗以宏大的气魄描绘出了边塞风光，但其中没有悲伤，只有奇丽的景色、豪迈的气概和浪漫的情感。《走马川行奉送出师西征》这样写道：

> 君不见，走马川行雪海边，平沙莽莽黄入天！轮台九月风夜吼，一川碎石大如斗，随风满地石乱走。匈奴草黄马正肥，金山西见烟尘飞，汉家大将西出师。将军金甲夜不脱，半夜军行戈相拨，风头如刀面如割。马毛带雪汗气蒸，五花连钱旋作冰，幕中草檄砚水凝。虏骑闻之应胆慑，料知短兵不敢接，车师西门伫献捷。

诗中所体现出的无所畏惧的气势、昂扬乐观的精神和以苦为乐、以悲为壮的情绪，在中国其他时期的诗歌中是难以觅见的。

岑参的许多诗篇都描绘了奇异的边塞风情和战争生活，如《轮台歌奉送封大夫出师西征》：

轮台城头夜吹角，轮台城北旄头落。羽书昨夜过渠黎，单于已在金山西。戍楼西望烟尘黑，汉兵屯在轮台北。上将拥旄西出征，平明吹笛大军行。四边伐鼓雪海涌，三军大呼阴山动。虏塞兵气连云屯，战场白骨缠草根。剑河风急雪片阔，沙口石冻马蹄脱。亚相勤王甘苦辛，誓将报主静边尘。古来青史谁不见，今见功名胜古人。

军情的紧张、唐军的出征、边塞的风光以及艰苦的战争生活，透显出昂扬的精神和宏大的气魄。《胡笳歌送颜真卿使赴河陇》写塞外的艰苦环境："凉秋八月萧关道，北风吹断天山草。"尤其应当注意的是，岑参边塞诗中有很大的比重描写了塞外的奇异风光，这不仅成为岑参边塞诗的一个突出特点，也具有很强的时代意义。如《热海行送崔侍御还京》写"热海"的景象："侧闻阴山胡儿语，西头热海水如煮。海上众鸟不敢飞，中有鲤鱼长且肥。岸傍青草常不歇，空中白雪遥旋灭。蒸沙砾石燃虏云，沸浪炎波煎汉月。"《火山云歌送别》写"火山"的炎热："火山突兀赤亭口，火山五月火云厚。火云满山凝未开，飞鸟千里不敢来。"雄奇、乐观、浪漫、奔放构成了岑参诗的艺术特征。

除七言歌行外，岑参以边塞生活为题的七言绝句也颇多佳作，如《逢入京使》："故园东望路漫漫，双袖龙钟泪不干。马上相逢无纸笔，凭君传语报平安。"将征戍途中的思乡之情抒写得细腻而深挚。

岑参的诗歌在内容和艺术形式上对诗歌的发展都有一定的贡献。在内容上，岑参的诗歌突破了征戍诗自《诗经》以来描写士卒劳苦和征戍艰难的传统格局，丰富了边塞诗的题材，拓宽了其内容和范围。在表现形式上，岑参借鉴了高适等人七言歌行的自由表现手法，使诗歌舒卷自如，长短合意，用韵也十分灵活，在形式上与乐府十分接近，但完全自立新题，是对乐府诗的一种发展。

二、高适

高适（700—765），字达夫，渤海蓨（今河北沧县）人，随父旅居岭南。少倜傥，好游历，开元中他曾入长安求仕，近50岁才经人推荐做了封丘县尉，因不愿过"拜迎长官心欲碎，鞭挞黎庶令人悲"（《封丘县》）的生活而弃官客居河西，后为河西节度使哥舒翰的幕府书记。安史之乱后，随玄宗入蜀，受到皇帝的重视，官至淮南、剑南节度使。代宗即位后，他入朝为刑部侍郎，转左散骑常侍，进封渤海县侯。

高适自视甚高，醉心功业，为人又狂放不羁，好交结游侠。他想通过边塞立功来实现封侯扬名的愿望，所以写出了"北上登蓟门，茫茫见沙漠。倚剑对风尘，慨然思卫霍"（《淇上酬薛三据兼寄郭少府微》）的诗句。后来，他终于有了亲临边塞的机会，虽然未能像汉代大将卫青、霍去病那样在边塞立功封侯，还是在归来后于开元二十六年（738）创作出了他最重要的边塞诗代表作《燕歌行》：

汉家烟尘在东北，汉将辞家破残贼。男儿本自重横行，天子非常赐颜色。摐金伐鼓下榆关，旌旗逶迤碣石间。校尉羽书飞瀚海，单于猎火照狼山。山川萧条极边土，胡骑凭陵杂风雨。战士军前半死生，美人帐下犹歌舞。大漠穷秋塞草腓，孤城落日斗兵稀。身当恩遇常轻敌，力尽关山未解围。铁衣远戍辛勤久，玉箸应啼别离后。少妇城南欲断肠，征人蓟北空回首。边风飘飘那可度，绝域苍茫更何有。杀气三时作阵云，寒声一夜传刁斗。相看白刃血纷纷，死节从来岂顾勋？君不见沙场征战苦，至今犹忆李将军。

诗含讽刺，但更重要的是他对塞外战争生活的想象和描绘，表现出了豪迈的气概，抒发了强烈的爱国热情，也表达了渴望和平的愿望。全诗层次井然，主次分明，四句一转，极逞跳跃奔放之势，将塞外的自然环境、激烈的战争场面、士卒的心理活动和诗人的情感倾向融为一体，形成了深沉雄奇、悲壮淋漓的审美风格。在艺术上，诗中多用律句，后人誉为“骈语之中，独能顿宕，启后人无限法门，当为七言不祧之祖”（《三堂诗品》）。

高适虽然后来仕途顺利，但他的边塞诗主要还是写于蓟北之行和入河西幕府期间，他除擅长七言歌行外，也创作了一些优秀的五言古诗，如《送李侍御赴安西》：“功名万里外，心事一杯中。虏障燕支北，秦城太白东。离魂莫惆怅，看取宝刀雄。”表现了在哥舒翰幕府中的振奋的精神。在《塞下曲》中则说：“万里不惜死，一朝得成功。画图麒麟阁，入朝明光宫。大笑向文士，一经何足穷。古人昧此道，往往成老翁。”表现出对事功和人生的慷慨豪情。有的诗也写得悲慨沉雄，如《武威作二首》其一：“匈奴终不灭，塞下徒草草。惟见鸿雁飞，令人伤怀抱！”

在律诗中，也有一些佳作，如：

千里黄云白日曛，北风吹雁雪纷纷。莫愁前路无知己，天下谁人不识君。

（《别董大》）

雪净胡天牧马还，月明羌笛戍楼间。借问梅花何处落，风吹一夜满关山。

（《塞上听吹笛》）

关于岑参和高适边塞诗的共同特征，前人已经给予了概括：“高、岑之诗悲壮，读之使人感慨”（严羽《沧浪诗话·诗评》），“劲骨奇翼，如霜天一鹗，故施之边塞最宜”（施补华《岘佣说诗》）。

三、其他边塞诗人

岑参、高适之外，以边塞诗闻名的还有王昌龄、李颀及王之涣等人。王昌龄（约698—约756），字少伯，长安人，进士及第，初补秘书郎，曾谪岭南，后任江宁丞，再因事贬龙标尉，世称王江宁、王龙标。王昌龄被称为“七绝圣手”，其诗多用乐府旧题来抒写边塞情事。最著名的是其《从军行》组诗：

烽火城西百尺楼，黄昏独坐海风秋。更吹羌笛关山月，无那金闺万里愁。（其一）

琵琶起舞换新声，总是关山旧别情。撩乱边愁听不尽，高高秋月照长城。（其二）

青海长云暗雪山，孤城遥望玉门关。黄沙百战穿金甲，不破楼兰终不还。（其四）

大漠风尘日色昏，红旗半卷出辕门。前军夜战洮河北，已报生擒吐谷浑。（其五）

征戍生活、边塞风光、英雄气概与人之常情结合得水乳交融。而其《出塞》更是被誉为唐人七绝的压卷之作：

秦时明月汉时关，万里长征人未还。但使龙城飞将在，不教胡马度阴山。

此诗起句铺陈时空，将人的思绪引向浩远的历史背景，秦月汉关，将这种思绪涂上了浓厚的悲剧色彩；第二句则从历史回归现实，边塞战争古今一贯，略无停歇，使其悲剧情怀落在眼前；三、四句是在悲剧情怀中透显出希望，用这种“也许有”的希望来消解战争的悲剧意识，也正是因为希望的艰难才使诗作弥漫着悲壮的气氛，没有陷入廉价的窠臼，从而完成了由悲到壮的情绪转换。全诗虽然只有四句，却极为精到地概括了我们民族对于战争的态度、感受和心理流程，这是其备受推崇的内在原因。

另外，王昌龄写宫女、思妇和友情的诗也非常出色，如《长信秋词》、《闺怨》、《芙蓉楼送辛渐》等。后者写道：“寒雨连江夜入吴，平明送客楚山孤。洛阳亲友如相问，一片冰心在玉壶。”清新、流畅、圆润、自然，从眼下景色起兴，抽绎出细腻的情感，富有民歌风味，正代表了王昌龄七绝的特色。

李颀（？—约753）虽未到过边塞，但有两首边塞诗却十分著名，一是《古意》，另一是《古从军行》，后者更有思想性，也更富有现实意义：

白日登山望烽火，黄昏饮马傍交河。行人刁斗风沙暗，公主琵琶幽怨多。野云万里无城郭，雨雪纷纷连大漠。胡雁哀鸣夜夜飞，胡儿眼泪双双落。闻道玉门犹被遮，应将性命逐轻车。年年战骨埋荒外，空见蒲桃入汉家。

其整饬流畅、深沉婉转，一如边塞悲歌。

王之涣（688—742）流传下来的边塞诗很少，但《凉州词》、《登鹳雀楼》等却“传乎乐章，布在人口”。《凉州词》写道：

黄河远上白云间，一片孤城万仞山。羌笛何须怨杨柳，春风不度玉门关。

全诗境界廓大，苍凉中又蕴含着一股坚强乐观的精神。《登鹳雀楼》写道：

白日依山尽，黄河入海流。欲穷千里目，更上一层楼。

诗境以小摄大，境界苍茫开阔，可谓骋目游怀，诗思高远，直可与王维的“大漠孤烟直，长河落日圆”相媲美。

另外，像崔颢的《赠王威古》、刘湾的《出塞曲》也很有特色，而王翰的《凉州词》则展示出另一种慷慨豪迈的风格：

葡萄美酒夜光杯，欲饮琵琶马上催。醉卧沙场君莫笑，古来征战几人回。

豪迈与慷慨的气势压倒了对战争的伤感，这也正是盛唐边塞诗的基调。

山水田园诗　　“禅诗”、“诗中有画”与“画中有诗”　　边塞诗派

思考题

1. 试述孟浩然诗歌的主要艺术特点。
2. 如何理解王维诗歌“诗中有画”、“画中有诗”的艺术特点？
3. 试述岑参诗歌的艺术特点。

第三章　李白与杜甫

本章提示

李白：(1) 掌握李白的生平与思想。(2) 背诵《梦游天姥吟留别》、《襄阳歌》、《庐山谣寄卢侍御虚舟》、《望庐山瀑布》、《山中问答》、《蜀道难》、《宣州谢朓楼饯别校书叔云》、《将进酒》等。(3) 掌握李白诗歌的艺术成就。

杜甫：(1) 掌握杜甫的生平与思想。(2) 背诵《望岳》、《登楼》、《旅夜书怀》、《秋兴八首》其一、《登高》、《蜀相》等。(3) 熟悉《兵车行》、《丽人行》、《自京赴奉先县咏怀五百字》、《悲陈陶》、《悲青坂》、《哀江头》、《羌村三首》、《北征》、《新安吏》、《潼关吏》、《石壕吏》、《新婚别》、《垂老别》、《无家别》、《春夜喜雨》、《江畔独步寻花七绝句》、《戏为六绝句》、《悲秋》、《闻官军收河南河北》、《观公孙大娘弟子舞剑器行并序》、《岁晏行》等。(4) 掌握杜甫诗歌的艺术成就。

第一节　李　白

一、李白的生平与思想

李白（701—762），祖籍陇西成纪（今甘肃天水附近），少年时随家迁到四川。李白少颖慧，读书涉猎甚广，攻读儒学，15 岁开始学习剑术并试写诗文。他少有大志，自诩“怀经济之才”。他在 20 至 25 岁时，漫游四川各地；25 岁时，为实现自己的政治抱负，“仗剑去国，辞亲远游”。他在开元年间第一次到长安求仕，失意而归，其间，他以安陆为中心，到过江、湘、洞庭、洛阳、太原以及山东的兖州等地，足迹踏遍了大半个中国。此时的李白，已是“剑非万人敌，文窃四海声”，是所谓的“酒隐安陆，蹉跎十年”的时期。天宝元年（742），由于道士吴筠的推荐，玄宗召他去长安，这使李白对未来充满了幻想。然而，三年的供奉翰林生活，使他看清了朝廷的腐败，在最后遭谗见疏，不得不要求还山。自天宝三年（744）赐金放还至天宝十四年（755）安史之乱发生止，是李白的“十年漫游”时期。他以梁园为中心，遍游扬州、姑苏、蓟门等地，饱览了祖国名山大川的奇丽景色。其间他与杜甫相逢，并在洛阳和兖州携手遨游数月。安史之乱爆发后，他怀着热情参加了李璘的军队，后来肃宗以谋反罪消灭了李璘，李白被投入死牢。经人力保，他才被减刑流放夜郎，在流放途中遇赦回到当涂，后病死此地。

太白醉酒图

龚自珍说：“庄、屈实二，不可以并，并之以为心，自白始。”（《最录李白集》）其实，在李白的人格中，儒、道、仙、侠、艳诸种思想都存在，只是在不同的时期表现出的侧重点不一样而已。而最为突出的是，李白的人格是在强烈的悲剧意识中展开的，由于李白无法在现实中展示出自己高远的情志，他往往显得悲郁莫名，“停杯投箸不能食，拔剑四顾心茫然”正是其真实写照。但是，他没有鲍照那样的“吞声踯躅不敢言”，更没有采取“还家自休息”的退缩策略，而是充满了“长风破浪会有时”的展望和自信，在《将进酒》中，发出了“天生我材必有用”的宣言，表现出了不可阻遏的气势，“与尔同销万古愁”更是表现了理想不能实现的强烈的悲剧感。同时，他又用酒来消解这种浓烈的悲剧意识，“三杯通大道，一斗合自然”，使他获得了超然的宇宙意识。

李白的一生都在苦苦追求理想的人生方式，儒、道、仙、侠、艳他都曾经尝试过。在对理想的追求中，他最终也未找到自己的人生定位。这并不是李白的遗憾，相反，正是李白的意义之所在：在灵魂的躁动中，在对理想的不断追询中才能散逸出永恒的青春的气息。

二、李白诗歌的内容

李白诗歌的各个阶段有着不同的特色，正是这些互为联系的不同方面构成了李白诗歌丰富多彩而又和谐统一的浪漫风格。李白的诗基本上可以分为三个阶段：

天宝之前为第一阶段。此时李白尚未感受到现实的黑暗，老庄和道家思想对他影响很大，但这种影响又是得之书卷，并非由于生活的逼迫，因而诗风俊才逸发，飞扬佻达，在清丽自然中带有浓厚的书卷气，《蜀道难》是其代表：

噫吁嚱！危乎高哉！蜀道之难，难于上青天。蚕丛及鱼凫，开国何茫然！尔来四万八千岁，不与秦塞通人烟。西当太白有鸟道，可以横绝峨眉巅。地崩山摧壮士死，然后天梯石栈相钩连。上有六龙回日之高标，下有冲波逆折之回川。黄鹤之飞尚不得过，猿猱欲度愁攀援。青泥何盘盘！百步九折萦岩峦。扪参历井仰胁息，以手抚膺坐长叹。问君西游何时还，畏途巉岩不可攀。但见悲鸟号古木，雄飞雌从绕林间。又闻子规啼夜月，愁空山。蜀道之难，难于上青天，使人听此凋朱颜。连峰去天不盈尺，枯松倒挂倚绝壁。飞湍瀑流争喧豗，砯崖转石万壑雷。其险也如此，嗟尔远道之人胡为乎来哉！剑阁峥嵘而崔嵬，一夫当关，万夫莫开。所守或匪亲，化为狼与豺。朝避猛虎，夕避长蛇。磨牙吮血，杀人如麻。锦城虽云乐，不如早还家。蜀道之难，难于上青天，侧身西望长咨嗟。

诗歌既表现了对祖国大好河山的热爱，更表现了雄壮豪迈、奋发昂扬的诗情，同时也蕴含着现实难以逾越的悲剧意识。

天宝时期为第二阶段。此时李白被“倡优蓄之”，陷入了“欲做忠臣而不得，欲做隐士而不能”的窘境，因而也发出了屈原式的悲号，如《梦游天姥吟留别》、《宣州谢朓楼饯别校书叔云》、《远别离》等。《梦游天姥吟留别》这样写道：

海客谈瀛洲，烟涛微茫信难求。越人语天姥，云霞明灭或可睹。天姥连天向天横，势拔五岳掩赤城。天台四万八千丈，对此欲倒东南倾。我欲因之梦吴越，一夜飞度镜湖月。湖月照我影，送我至剡溪。谢公宿处今尚在，渌水荡漾清猿啼。脚著谢公屐，身登青云梯。半壁见海日，空中闻天鸡。千岩万转路不定，迷花倚石忽已暝。熊咆龙吟殷岩泉，栗深林兮惊层巅。云青青兮欲雨，水澹澹兮生烟。列缺霹雳，丘峦崩摧。洞天石扉，訇然中开。青冥浩荡不见底，日月照耀金银台。霓为衣兮风为马，云之君兮纷纷而来下。虎鼓瑟兮鸾回车，仙之人兮列如麻。忽魂悸以魄动，恍惊起而长嗟。惟觉时之枕席，失向来之烟霞。世间行乐亦如此，古来万事东流水。别君去兮何时还？且放白鹿青崖间，须行即骑访名山。安能摧眉折腰事权贵，使我不得开心颜。

龌龊的现实难以安居，而仙境又只能在梦中出现，李白陷入了深沉的悲思之中，是不是就没有出路了呢？“且放白鹿青崖间，须行即骑访名山。安能摧眉折腰事权贵，使我不得开心颜。”出路便在心灵的自适之中。而《宣州谢朓楼饯别校书叔云》更是就这种情感发挥到了极致：

弃我去者昨日之日不可留，乱我心者今日之日多烦忧。长风万里送秋雁，对此可以酣高楼。蓬莱文章建安骨，中间小谢又清发。俱怀逸兴壮思飞，欲上青天揽明月。抽刀断水水更流，举杯消愁愁更愁。人生在世不称意，明朝散发弄扁舟。

激越跳荡，一泻而下，似无理路可循，但那股缘自心灵深处的悲郁感却喷薄而出，不可阻遏，将一种超越性的人格表现得酣畅淋漓。

安史之乱后为第三阶段。血腥的现实和个人遭遇使他的诗风神光内敛，由绚烂趋于平淡，由飘逸转向沉雄。庄、屈的沉痛、深邃发生了显著的影响，在一定意义上讲可谓转入了老境。以《古风》十九、《经乱离后天恩流夜郎忆旧游书怀赠江夏韦太守良宰》等诗为代表，前者这样写道：

西上莲花山，迢迢见明星。素手把芙蓉，虚步蹑太清。霓裳曳广带，飘拂升天行。邀我登云台，高揖卫叔卿。恍恍与之去，驾鸿凌紫冥。俯视洛阳川，茫茫走胡兵。流血涂野草，豺狼尽冠缨。

李白毕竟不能忘怀现实。其实，李白正是由于对现实无比深情的关注和热爱才会以理想来观照现实，现实与理想的巨大反差正是构成李白诗歌浓烈的悲剧意识的首要因素。

在李白那里，无论是自然、怀古还是酒、仙、梦，这些题材都超越了一般意义，并展现出李白的人格和时代的风貌：充满理想的浪漫激情、笑傲王侯的傲岸不驯、珍爱生命的纵情欢乐以及蔑视世俗、恣意反抗、指斥人生、饮酒赋诗等等。

三、李白诗歌的艺术成就

在中国古代诗歌中，有一种夸张、想象和比喻是只属于李白的。李白式的夸张、想象和比喻已经不是所谓的艺术方法，而是本真自我的自然外化。你看，当他快乐时，就高喊："百年三万六千日，一日须倾三百杯"（《襄阳歌》），当他心有阴霾时，就说："一风三日吹倒山"（《横江词》），当他发泄怨恨时，就说："黄河捧土尚可塞，北风雨雪恨难裁"（《北风行》），当他要排除郁结时，就说："刬却君山好，平铺湘水流"（《陪侍郎叔游洞庭醉后》）。应该看到的是，李白式的夸张、想象和比喻并不局限于某个单纯的意象，往往是整体的。例如，当他要抒发思念之情时，就让自己的心随风飘荡，随月寄寓："我寄愁心与明月，随风直到夜郎西"（《闻王昌龄左迁龙标遥有此寄》），"狂风吹我心，西挂咸阳树"（《金乡送韦八之西京》），要表现自己的悠然的心境，就说："问余何意栖碧山，笑而不答心自闲。桃花流水杳然去，别有天地非人间"（《山中问答》），要表现自己的随意与洒脱，就说："两人对酌山花开，一杯一杯复一杯。我醉欲眠卿且去，明朝有意抱琴来"（《山中与幽人对酌》）。而《庐山谣寄卢侍御虚舟》最能表现其以想象、夸张的方式"独与天地精神往来"的特点：

我本楚狂人，凤歌笑孔丘。手持绿玉杖，朝别黄鹤楼。五岳寻仙不辞远，一生好入名山游。庐山秀出南斗傍，屏风九叠云锦张。影落明湖青黛光，金阙前开二峰长。银河倒挂三石梁，香炉瀑布遥相望。回崖沓嶂凌苍苍。翠影红霞映朝日，鸟飞不到吴天长。登高壮观天地间，大江茫茫去不还。黄云万里动风色，白波九道流雪山。好为庐山谣，兴因庐山发。闲窥石镜清我心，谢公行处苍苔没。早服还丹无世情，琴心三叠道初成。遥见仙人彩云里，手把芙蓉朝玉京。先期汗漫九垓上，愿接卢敖游太清。

这之所以成为李白式的夸张、想象和比喻，是因为只有用这种率真朴素、清纯自然而又无所羁縻的方式才能够充分将其生命诗化和外化。当然，也只有李白才能把这种夸张发挥得淋漓尽致。

李白崇尚"清真"的自然之美，甚至喊出了"清水出芙蓉，天然去雕饰"（《经乱离后天恩流夜郎忆旧游书怀赠江夏韦太守良宰》）的口号，并以自己天才的艺术实践将中国古代诗歌的自然之美推进到了一个新的高度，甚至创造出了后世不可企及的自然之美的典范。如《月下独酌四首》其一：

花间一壶酒，独酌无相亲。举杯邀明月，对影成三人。月既不解饮，影徒随我身。暂伴月将影，行乐须及春。我歌月徘徊，我舞影零乱。醒时同交欢，醉后各分散。永结无情游，相期邈云汉。

诗中表现的"清真"，不仅是一种自然清纯的诗风，更重要的是一种质朴率真冲破了灵魂栅栏的生命状态，这种生命状态祛除了一切"雕饰"，留下了未经损伤的"天然"，了无滞碍地"立象尽意"。李白"清真"的诗风还表现为对本真生命状态的无比自由的表达。如前述《宣州谢朓楼饯别校书叔云》，在这里，情感之堤彻底决开，毫无阻挡，一任奔流。开篇之语是怎样一种情怀啊！逝者如斯，人生多悲，这永恒的悲剧意识，到了李白的笔下，再无遮蔽，脱口而出，是那样的突兀，又是那样的自然；是那样的直率，又是那样的深沉。羲和不驻、青春不永的大悲与理想无觅、壮志难酬的烦忧熔铸在一起，使其悲、忧的情怀弥漫开来，塞满天地。然而，"目送归鸿，手挥五弦"的超迈与对楼酣歌的狂兀又使他的悲剧情怀流泻而出，使他壮思腾飞，青天揽月，抽刀断水，举杯消愁，在一声呐喊中，归隐扁舟。全诗写出了由悲而隐的心灵历程，以翻江倒海的伟力，在跌宕起合中将其心灵世界巨细无遗地抖落于脚下。

这种本真的生命状态有时表现为浓烈的悲剧意识，这种悲剧意识不仅有"欲渡黄河冰塞川，将登太行雪满山"（《行路难》）的现实的悲剧感，更多表现为对生命不永、理想不能实现的悲剧感。他在《将进酒》中写道：

君不见，黄河之水天上来，奔流到海不复回！君不见，高堂明镜悲白发，朝如青丝暮成雪！人生得意须尽欢，莫使金樽空对月。天生我材必有用，千金散尽还复来。烹羊宰牛且为乐，会须一饮三百杯。岑夫子，丹丘生，将进酒，杯莫停。与君歌一曲，请君为我倾耳听。钟鼓馔玉不足贵，但愿长醉不愿醒。古来圣贤皆寂寞，惟有饮者留其名。陈王昔时宴平乐，斗酒十千恣欢谑。主人何为言少钱？径须沽取对君酌。五花马，千金裘，呼儿将出换美酒，与尔同销万古愁。

为何“古来圣贤皆寂寞”？什么又是“万古愁”？原来，圣贤是文化理想的代表，理想永远走在现实的前面，自古及今，文化理想从来就没有充分地实现过，所以具体历史境遇中的圣贤必定是“寂寞”的，这也就是“万古愁”。对于这样的社会、历史、人生之愁，任何一个贴近本真生命的人都会自然而然地感觉到。而李白不仅将这样的悲剧意识抒写得酣畅淋漓，并且借酒浇“愁”，在酒的浇铸下获得了消解与超越。

李白“清真”的诗风还表现为清丽自然的语言风格，它兼具清新和质朴两方面的含义。清丽自然的语言并不是不要求锤炼，相反，它是锤炼之后返朴归真的结果，妙造自然、风韵天成是其追求的目标。李白似乎对“清”特别钟情，尤其在谈及音乐时，更是频频使用，如“清歌”、“清声”、“清乐”、“清吹”、“清弦”、“清琴”、“清管”等等，以此来形容其天籁之美。其实，这也正是李白诗歌的语言风格。所谓“清”，就是“清水出芙蓉”没有任何的铅华脂粉，芬泽自现；而“真”则是“清”的必然本质，即突破意识形态和世俗束缚的本真情感。因此，李白诗歌的语言呈现出一派质朴、纯净、明丽、凝练、流畅、自然的景象，如《静夜思》：

床前明月光，疑是地上霜。举头望明月，低头思故乡。

既无典故，也没有华丽的辞藻，只用朴素的语言来表达朴素的情感，但在平淡自然中，又让人抽绎出无限深长的意味。

李白对自然美的追求使他更注重“逸兴”，如“俱怀逸兴壮思飞”（《宣州谢朓楼饯别校书叔云》），“三山动逸兴，五马同遨游”（《与从侄杭州刺史良游天竺寺》）、“作诗调我惊逸兴，白云绕笔窗前飞”（《醉后答丁十八以诗讥予捶碎黄鹤楼》）、“茫然起逸兴，但恐行来迟”（《见范置酒摘苍耳作》）、“狂客归舟逸兴多”（《送贺宾客归越》）、“逸兴横素襟，无时不招寻”（《经乱离后天恩流夜郎忆旧游书怀赠江夏韦太守良宰》）等。所谓“逸兴”，就是自然逸出的与意识形态无关的情绪、灵感和创作冲动，这也构成了李白“清真”诗风的内在底蕴。

在具体的艺术方法上，李白借助驰骋古今的想象来打通天、地、人三界，将比喻、象征、拟人、夸张等手法有机地结合在一起，将奇思遐想与自然天真融会无间，使瑰丽的意象与奔放自然的抒情水乳交融，达到了浑然天成的境界，构成了他清真浪漫、自然奔放的艺术风格。

四、李白诗歌的渊源及影响

李白继承了《庄子》汪洋恣肆的文风、奔放超迈的想象以及无所羁绊的夸张和比喻，也继承了其追求理想，不与现实同流合污的精神。对于《离骚》，李白也继承了其上天入地的求索精神、高度的爱国主义以及夸张、比喻、拟人的艺术手法。另外，李白对于汉乐府民歌也注意推陈出新。

李白在当时就享有很高的声誉。杜甫在《春日忆李白》中说："白也诗无敌，飘然思不群。清新庾开府，俊逸鲍参军。"在《饮中八仙歌》中说："李白一斗诗百篇，长安市上酒家眠。天子呼来不上船，自称臣是酒中仙。"在中晚唐时期，李白、杜甫有着极高的地位。韩愈和李商隐都对李白推崇不已。宋时苏轼、陆游等大家也都继承了他的浪漫主义风格，创造出了独特的风格。事实上，李白天才的诗风是很难学习的，在中国历史上虽有很多人受李白的影响，但始终无法复现李白。

李白对后世的巨大影响表现在他的人格魅力上。他那"安能摧眉折腰事权贵"的风骨、"天生我材必有用"的自信以及"戏万乘若僚友"的刚直的风格都成为中国士大夫重要的精神来源。

第二节　杜　甫

一、杜甫的生平与思想

杜甫（712—770），字子美，河南巩县人，出身世家，但至杜甫的父亲这一代，仅做到了县令，显示出衰败的迹象。杜甫自幼就极富儒家情怀和兼善天下的雄心壮志。对诗名的向往和对功业的追求便构成了他人生的基本要素，与此相关，二者的相互融透也就建构了杜甫诗歌的底蕴，儒家的思想也成为他的思想的核心。

杜甫的一生大致可以分为读书漫游时期、困守长安时期、陷贼与为官时期、漂泊西南时期。20岁时，杜甫就开始了历时十多年的漫游，这是他一生中最快乐的时期。34岁来到长安时，唐朝尚处于盛世的假象之中。40岁时，杜甫曾有机会向皇帝献上三大礼赋，得到了玄宗的赏识，命待制集贤院，结果因李林甫作梗，未得授官，生活困顿，曾卖药为生。

不久安禄山反于范阳，杜甫目睹了战乱的现实。后来杜甫冒着生命危险间道逃往凤翔，见到了肃宗，官拜左拾遗。48岁时他又弃官西去，自秦州赴同谷，又赴成都，寓居浣花溪寺。这一时期只有五年，但由于广泛接触了战乱中的现实，遭受了仕途上的打击，他的诗歌发展到了现实主义的顶点。

杜甫在朋友的帮助下在成都营建了草堂，但战乱迫使他再度迁徙，后来听说好友严武将再度镇蜀，遂返成都。在严武的帮助下，杜甫被任命为节度参谋、检校工部员外郎。不久，因严武病死，杜甫于55岁时移居夔州，后在江陵、公安、岳州间漂泊。59岁时避乱入衡州、耒阳，同年秋天到达潭州，冬天卒于潭州、岳州间的小舟中。

杜甫画像

“诗圣”与“诗史”是对诗人与诗歌的最高评价，在中国历史上，只有杜甫及其诗歌膺此殊誉，而这种评价不是某些人的随口訾誉，而是在漫长的历史过程中形成的。杜甫其人其诗之所以被称为“诗圣”与“诗史”，究其根本，是杜甫以忧国忧民的儒家情怀借助如椽的诗笔真实地反映了那个时代的历史状况。首先，杜诗的出现是中国诗歌继《诗经》、《楚辞》和陶渊明之后再一次与中国文化的核心价值发生了重要关联。如果从儒家文化的角度来观照杜甫诗歌，我们会感受到其中透显出的厚重拙大的忧患意识，会感受到其鲜明、具体的“诗圣”人格，如《自京赴奉先县咏怀五百字》以愤怒的激情谴责了朝廷权贵的肆意挥霍。尤其“朱门”两句，以扛鼎之笔撕破了盛唐的面纱，集中揭露了统治者的聚敛和靡费所造成的“荣枯咫尺异”的强烈反差。这种思想和情感贯穿于杜甫的整个诗歌创作中，真实而深刻地反映了当时的历史状况，冠以“诗史”，实不为过。这方面的杰作还有“三吏”、“三别”、《兵车行》、《丽人行》等。对人民的深切关怀，对残暴政治的批判，正是儒家思想的精华，由于杜甫把这种基本精神深深地沉积到他的诗歌中，所以，他的诗歌才深深地植根于民族文化的深处，才有着恒久的魅力。

二、杜甫诗歌的思想内容

杜甫早期的代表作如《壮游》、《望岳》、《房兵曹胡马诗》、《画鹰》、《赠李白》等，内容多歌颂祖国的山川，表现自己的壮志。《望岳》可以说表现了他这一时期的心境与诗风：

> 岱宗夫如何，齐鲁青未了。造化钟神秀，阴阳割昏晓。荡胸生层云，决眦入归鸟。会当凌绝顶，一览众山小。

诗作不仅有着沉郁的诗风和廓大的气概，也与儒家的文化发生了内在的联系。五岳之首的泰山成为仁德的象征，她在青翠无垠的齐鲁大地上拔地而起。那么，分割阴阳、昏晓、仁与不仁的泰山是怎样形成的呢？原来那是造化的钟爱。登上泰山，那在胸前荡漾的层云和脚下坚实的泰山体，会使人产生那种执著而又超越的感觉，再加上归巢的鸟儿，仿佛都归入了我的眼睛和心灵，天地万物就都摄入我的胸怀了，当人登上绝顶的时候，真正体会到了当年孔子“登泰山而小天下”的感觉，那就获得了超越的人格，可以自由地俯瞰万物了。该诗初步显现了杜甫沉郁顿挫的诗风。

困守长安的生活使杜甫初步认清了现实的真面目，对他的诗风产生了很大影响。41岁时写出了第一篇具有重大现实意义的杰作《兵车行》：

车辚辚，马萧萧，行人弓箭各在腰。耶娘妻子走相送，尘埃不见咸阳桥。牵衣顿足拦道哭，哭声直上干云霄。道旁过者问行人，行人但云点行频。或从十五北防河，便至四十西营田。去时里正与裹头，归来头白还戍边。边廷流血成海水，武皇开边意未已。君不闻汉家山东二百州，千村万落生荆杞。纵有健妇把锄犁，禾生陇亩无东西。况复秦兵耐苦战，被驱不异犬与鸡。长者虽有问，役夫敢伸恨？且如今年冬，未休关西卒。县官急索租，租税从何出？信知生男恶，反是生女好。生女犹得嫁比邻，生男埋没随百草。君不见青海头，古来白骨无人收。新鬼烦冤旧鬼哭，天阴雨湿声啾啾。

天宝以后，唐王朝对边疆少数民族的战争越来越频繁，连年征伐，给边疆少数民族和广大中原地区人民都带来了深重灾难。诗歌似乎娓娓道来，但蕴含着长歌当哭的激越情绪，其悲愤、忧患、反抗与执著自然地流溢出来，深深地打动着无数读者的心灵。

42岁时作《丽人行》、《醉歌行》等诗。《丽人行》十分形象地描写了帝王之家荒淫无耻的奢侈生活：

三月三日天气新，长安水边多丽人。态浓意远淑且真，肌理细腻骨肉匀。绣罗衣裳照暮春，蹙金孔雀银麒麟。头上何所有？翠微㔩叶垂鬓唇。背后何所见？珠压腰衱稳称身。就中云幕椒房亲，赐名大国虢与秦。紫驼之峰出翠釜，水精之盘行素鳞。犀筯厌饫久未下，鸾刀缕切空纷纶。黄门飞鞚不动尘，御厨络绎送八珍。箫鼓哀吟感鬼神，宾从杂遝实要津。后来鞍马何逡巡！当轩下马入锦茵。杨花雪落覆白苹，青鸟飞去衔红巾。炙手可热势绝伦，慎莫近前丞相嗔！

不久他又写出了著名的现实主义杰作《自京赴奉先县咏怀五百字》：

杜陵有布衣，老大意转拙。许身一何愚？窃比稷与契。居然成濩落，白首甘契阔。盖棺事则已，此志常觊豁。穷年忧黎元，叹息肠内热。……君臣留欢娱，乐动殷胶葛。赐浴皆长缨，与宴非短褐。彤庭所分帛，本自寒女出。鞭挞其夫家，聚敛贡城阙。圣人筐篚恩，实欲邦国活。臣如忽至理，君岂弃此物？多士盈朝廷，仁者宜战栗。况闻内金盘，尽在卫霍室。中堂舞神仙，烟雾蒙玉质。暖客貂鼠裘，悲管逐清瑟。劝客驼蹄羹，霜橙压香橘。朱门酒肉臭，路有冻死骨。荣枯咫尺异，惆怅难再述。……老妻寄异县，十口隔风雪。谁能久不顾？庶往共饥渴。入门闻号咷，幼子饿已卒。吾宁舍一哀？里巷亦呜咽。所愧为人父，无食致夭折。……

该诗揭露了统治阶级的骄奢淫逸，描绘了现实的悲惨状况，对劳动人民寄予了深切的同情，使其诗歌创作上升到了一个新的高度。

安史之乱中，杜甫目睹了战乱的现实，写下了《哀王孙》、《悲陈陶》、《悲青坂》等深刻反映现实的诗篇。这一时期的杰出作品有《哀江头》、《喜达行在所三首》、《羌村三首》、《北征》、《行次昭陵》等。其中《北征》是一首现实主义杰作，展现了安史之乱的宏大历史背景，表现了对人民的同情、对国事的忧虑和对收复失地的渴望，同时也以自己的遭遇衬托出了安史之乱对生灵的涂炭。诗中写道：

……夜深经战场，寒月照白骨。潼关百万师，往者散何卒？遂令半秦民，残害为异物。况我堕胡尘，及归尽华发。经年至茅屋，妻子衣百结。恸哭松声回，悲泉共幽咽。平生所娇儿，颜色白胜雪。见耶背面啼，垢腻脚不袜。床前两小女，补缀才过膝。海图拆波涛，旧绣移曲折。天吴及紫凤，颠倒在短褐。老夫情怀恶，数日卧呕泄。……仰观天色改，坐觉妖氛豁。阴风西北来，惨澹随回纥。其王愿助顺，其俗善驰突。送兵五千人，驱马一万匹。此辈少为贵，四方服勇决。所用皆鹰腾，破敌过箭疾。圣心颇虚伫，时议气欲夺。伊洛指掌收，西京不足拔。官军请深入，蓄锐可俱发。……都人望翠华，佳气向金阙。园陵固有神，洒扫数不缺。煌煌太宗业，树立甚宏达！

应该说，《北征》在一定意义上达到了史诗的高度。在48岁时，杜甫弃官西去，自秦州赴同谷，又赴成都，其间作有《新安吏》、《潼关吏》、《石壕吏》、《新婚别》、《垂老别》、《无家别》、《秦州杂诗二十首》等诗，达到了现实主义的高峰。在《新安吏》中，诗人目睹征兵的残酷现实，疾呼天地之无情：

客行新安道，喧呼闻点兵。借问新安吏，县小更无丁。府帖昨夜下，次选中男行。中男绝短小，何以守王城。肥男有母送，瘦男独伶俜。白水暮东流，青山犹哭声。莫自使眼枯，收汝泪纵横。眼枯即见骨，天地终无情。……

在《潼关吏》中，诗人谴责了草菅人命的边将："艰难奋长戟，万古用一夫。哀哉桃林战，百万化为鱼。"而《石壕吏》更是描绘出一幅怪诞而又真实的悲惨图景：

暮投石壕村，有吏夜捉人。老翁逾墙走，老妇出看门。吏呼一何怒，妇啼一何苦。听妇前致词，三男邺城戍。一男附书至，二男新战死。存者且偷生，死者长已矣。室中更无人，惟有乳下孙。有孙母未去，出入无完裙。老妪力虽衰，请从吏夜归。急应河阳役，犹得备晨炊。夜久语声绝，如闻泣幽咽。天明登前途，独与老翁别。

诗歌描绘了战乱和兵役制度给人民带来的无比深重的灾难，对劳动人民寄予了深切的同情，这在中国诗歌史上是很少见的。

此外，漂泊西南时期的作品还有《蜀相》、《春夜喜雨》、《江畔独步寻花七绝句》、《戏为六绝句》、《悲秋》、《闻官军收河南河北》、《登楼》、《忆昔》、《旅夜书怀》、《秋兴八首》、《咏怀古迹五首》、《登高》、《观公孙大娘弟子舞剑器行并序》、《岁晏行》等。《蜀相》写道：

丞相祠堂何处寻？锦官城外柏森森。映阶碧草自春色，隔叶黄鹂空好音。三顾频烦天下计，两朝开济老臣心。出师未捷身先死，长使英雄泪满襟！

诗作描写了武侯祠堂内的景物，赞扬了诸葛亮的雄才大略和忠贞之心，抒发了作者的仰慕之情，同时也表达了明君贤相理想不能实现的深沉的悲剧意识。纵观杜甫这一时期的诗作，内容丰富，在艺术上锤炼精严，又达到了新的高度。

三、杜甫诗歌的艺术成就

杜诗继承了《诗经》以来的现实主义传统，祖述《诗经》，追攀屈宋，自创伟词，构成了独到的艺术追求。

杜甫诗歌的艺术成就可以分两方面来谈：一是现实主义的创作方法，二是沉郁顿挫的艺术风格。纵观杜甫的全部诗歌，现实主义始终是贯穿其诗歌创作的主要线索，他在各个时期的代表作几乎无不与现实主义的创作方法有关，像《北征》、《自京赴奉先县咏怀五百字》、“三吏”、“三别”等诗歌都是运用现实主义创作方法的成功范例。杜甫以忧国忧民、爱国爱民的儒家情怀为主导，善于对现实生活作典型概括，善于选取典型人物、典型心理、典型生活细节和典型人物对话来反映现实，并在其中注入自己强烈的思想情感，使现实主义的创作手法达到了有史以来的最高峰。

从整体来看，沉郁顿挫是杜诗的基本审美特征。自宋代严羽以后，人们多用“沉郁顿挫”来概括杜甫诗歌的审美特征，即深沉博大的思想情感，忧国忧民的价值关怀，浑融含蓄的气象和抑扬顿挫、回旋张弛的节奏。如《登高》：

风急天高猿啸哀，渚清沙白鸟飞回。无边落木萧萧下，不尽长江滚滚来。万里悲秋常作客，百年多病独登台。艰难苦恨繁霜鬓，潦倒新停浊酒杯。

首联起句突兀，如狂飙来自天外，将全诗笼罩在沉郁悲壮的气氛中，但又透显出廓大而又深邃的情感追求。颔联之所以具有打动人心的力量，原因在于它表现了典型的中国式的悲剧意识，只要将个体的生命与价值融入永恒的天道，个人也就可以获得某种永恒。中国悲剧意识的基本特征是在暴露人的困境的同时又在弥合这种困境，使人不至于彻底绝望，而是在超越中得到归宿，但这种超越又不是廉价的，往往要在“艰难苦恨”中完成，所以，在颈联和尾联中，杜甫尽情地抒发了个人的悲剧感。然而，因为有了首联、颔联的铺垫，杜甫的悲剧感便获得了审美性的超越，他的“悲秋”、“多病”、“苦恨”、“潦倒”也就成了超度他的梯航。从“沉郁”来讲，全诗表现出一种儒者的悲剧情怀和超越意识；从“顿挫”来讲，不仅音韵上抑扬顿挫，其结构上也有着内在的回旋张弛，而这与儒家对含蓄和温柔敦厚的美学品格的追求是不无关系的。再如《秋兴八首》之一：

玉露凋伤枫树林，巫山巫峡气萧森。江间波浪兼天涌，塞上风云接地阴。丛菊两开他日泪，孤舟一系故园心。寒衣处处催刀尺，白帝城高急暮砧。

首联从自然运转、山川气象着眼，而秋霜化为“玉露”，枯树变作“枫林”。颔联虽有“波浪”和“风云”，但并没有不祥的凶险和黑暗，而是透显出大化流行的气势与厚重。颈联并不是一般的对故乡的思念，在前两联的映衬下，这种思念演绎成了被放逐的孤舟对精神家园的渴求。尾联的确是对普通人事的描写，但在“暮砧”的敲打声中，你不更加容易趋向心灵的家园吗？全诗以天道始，以人道终，天道与人道首尾相接，合二为一，尽显出其沉郁顿挫之美。

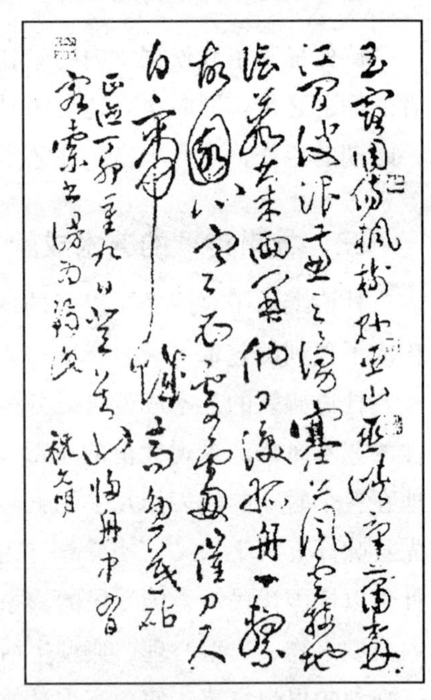
祝允明书杜甫《秋兴八首》之一

咏史怀古题材在杜甫诗中也占有一定比例，且有很高的艺术水平。如《咏怀古迹》其二：

摇落深知宋玉悲，风流儒雅亦吾师。怅望千秋一洒泪，萧条异代不同时。江山故宅空文藻，云雨荒台岂梦思。最是楚宫俱泯灭，舟人指点到今疑。

宋玉的遭遇与杜甫的遭遇相似，二人成了隔代知音，直士遭诬似乎成了一条历史规律，故有“怅望千秋一洒泪，萧条异代不同时”之叹。但在该诗中，最重要的不是这种个人的叹息，而是历史的湮没：“最是楚宫俱泯灭，舟人指点到今疑。”历史是什么？意义在哪里？诗中隐含的这些追问，十分深刻精警。又如《咏怀古迹》其三：

群山万壑赴荆门，生长明妃尚有村。一去紫台连朔漠，独留青冢向黄昏。画图省识春风面，环佩空归月夜魂。千载琵琶作胡语，分明怨恨曲中论。

集天地之精华，生得昭君，又选在代表天地之正道的君王之侧，王昭君的命运本该应天符人，但现实中却恰恰相反。颔联和颈联不仅仅只是客观地描述了辞亲别国，客死异乡的事实，更突出了王昭君对家国的思念与向往，昭示着人们对命运不公的愤慨。尾联直是将愤慨化为怨恨，又将怨恨揉入绵绵的历史情感中，饱含着对天道的追问。两首诗在跌宕起伏的情感节奏中表达了极其深刻的历史的悲剧感，充分表现了其“沉郁顿挫”的审美特征。

但大诗人的风格并不是单一的，杜诗“精粗巨细，巧拙新陈，险易浅深，浓淡肥瘦，靡不毕具”（胡震亨《唐音癸签》卷六）。在这众多的风格中，萧散自然也是其诗歌的又一重要特色，如《江畔独步寻花七绝句》、《绝句漫兴九首》等。

杜诗的艺术成就是其广泛继承前人前代的优秀遗产并向时人努力学习的结果。首先，杜甫在《戏为六绝句》中提出了自己转益多师的诗歌主张。其次，他语汇、典故的丰富，还来自他渊博的知识。“读书破万卷，下笔如有神”是他对自己创造经验的真实总结。再次，杜甫前后期诗歌的艺术追求有所不同，他说：“为人性僻耽佳句，语不惊人死不休。老去诗篇浑漫与，春来花鸟莫深愁。新添水槛供垂钓，故著浮槎替入舟。焉得思如陶谢手，令渠述作与同游。”（《江上值水如海势聊短述》）他早年十分注重语言的锤炼，而晚年则注重高古浑融的气象，思追陶、谢之浑然天成。最后，他愿意向大众学习语言，语言清新自然而富有活力。

四、杜甫诗歌的影响

杜甫在诗歌发展史上是一位承前启后的人物。唐诗发展到杜甫，已经众体皆工，可以说在诗歌艺术上达到了顶峰，由于杜诗兼备众体而又自铸伟词，所以后来者往往只能在效法杜甫的前提下来开创新的风格。中唐以后，白居易、元稹继承了杜甫缘事而发、关心生民疾苦的一面，而韩愈、孟郊则受到杜诗用词奇崛、结构散文化的影响，李贺则更加发展了杜诗奇崛的一面，形成了自己瑰奇的风格。炼字在晚唐更发展成苦吟一派，有孟郊、贾岛等，而李商隐的七律深受杜诗七律细密质实风格的影响。

杜甫的地位虽在当时就已很高，但经过宋人的阐释，杜甫才终于登上了“诗圣”的宝座。

杜甫的人格对后世影响也很大，北宋爱国将领李纲说杜诗“平时读之，未见其工，迨亲更兵火丧乱之后，诵其诗如出乎其时，犁然有当于人心，然后知其语之妙也”（《重校正杜子美集序》）。南宋爱国将领文天祥在《集杜诗序》中说：“凡我意所欲言者，子美先为代言之。”可见，杜甫的忧国忧民的人格和思想是中国士大夫重要的精神资源之一。

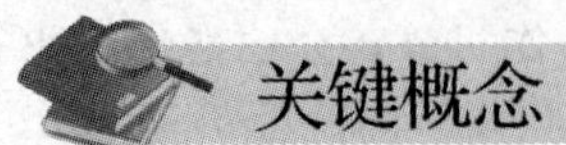

关键概念

悲剧意识　　“清真”　　浪漫主义　　“诗圣”　　“沉郁顿挫”

思考题

1. 简述李白诗歌的思想内容。
2. 试论李白诗歌“清真”的审美追求。
3. 简述杜甫诗歌的思想内容。
4. 试论杜甫诗歌“沉郁顿挫”的艺术特点。

第四章 中唐前期的文学

本章提示

元结与顾况：(1) 了解元结的诗歌创作主张和创作概况。(2) 了解顾况诗歌创作的概况。

刘长卿与韦应物：(1) 了解刘长卿诗隽永清秀、孤高幽深、轻愁柔怨的特点。(2) 背诵韦应物的《滁州西涧》、《淮上喜会梁州故人》、《寄全椒山中道士》等。了解其诗的意境浑然淡远，音调优柔舒缓，语言清丽朴实，情调宁静淡泊的特点。(3) 理解苏轼的“韦应物、柳宗元发纤秾于简古，寄至味于淡泊”的评论。

大历十才子：(1) 记住大历十才子的名字。(2) 掌握大历十才子诗歌的特点。

其他文人：(1) 背诵李益的《夜上受降城闻笛》、《从军北征》、《暖川》等诗。(2) 了解李益诗歌的特点。(3) 熟悉戴叔伦的诗歌创作。

第一节 元结与顾况

安史之乱既是唐代社会的转折点，也是唐代诗歌的转折点，总的来说，就是从浪漫主义转向了现实主义。杜甫是这一转变的代表人物，至白居易的新乐府运动，则将中国诗歌的现实主义精神发展到了一个新的高度。在白居易之前，元结、顾况等人作为杜甫的同道，提出了一些现实主义的诗歌理论，并进行了卓有成效的创作实践，从而成为新乐府运动的先驱。

元结（约719—约772），字次山，河南人。早年科举失意，后为肃宗赏识，曾为道州刺史。元结关怀民生疾苦，提出“上感于上，下化于下”（《系乐府序》）的诗歌创作主张，要求诗歌能“极帝王理乱之道，系古人规讽之流”（《二风诗论》）。这些主张都继承了汉乐府“缘事而发”，反映现实的基本精神。他的创作实践了他的诗歌主张，反映民生疾苦，表达对人民的同情，有时还达到了十分深切的程度。如《系乐府》中的《贫妇词》、《农臣怨》等。《舂陵行》是其代表作，其中写道：

> 军国多所需，切责在有司。有司临郡县，刑法竟欲施。供给岂不忧，征敛又可悲。州小经乱亡，遗人实困疲。大乡无十家，大族命单羸。朝餐是草根，暮食仍木皮。出言气欲绝，意速行步迟。追呼尚不忍，况乃鞭扑之！邮亭传急符，来往迹相追。更无宽大恩，但有迫促期。欲令鬻儿女，言发恐乱随。悉使索其家，而又无生资。听彼道路言，怨伤谁复知！去冬山贼来，杀夺几无遗。所愿见王官，抚养以惠慈。……

诗作写于唐代宗广德元年（763），元结刚刚就任道州刺史。这年道州一带的少数民族“西原蛮”起义，攻克了道州城，兵荒马乱已使民不聊生，而横征暴敛更是雪上加霜。诗作不仅细腻地描绘了劳动人民的悲惨处境，还寄予了深切的同情。《贼退示官吏》就写得更为沉痛，诗前的小序说：“癸卯岁，西原贼入道州，焚烧杀掠，几尽而去。明年，贼又攻永破邵，不犯此州边鄙而退。岂力能制敌欤？盖蒙其伤怜而已。诸使何为忍苦征敛？故作诗一篇以示官吏。”诗中的“使臣将王命，岂不如贼焉”诸语可谓令人痛彻肺腑。

元结的诗多数是古体，语言质朴，叙事简洁，感情丰富。他还曾编《箧中集》，收录了沈千运、赵微明、孟云卿、张彪、元季川、于逖、王季友等人的诗，以反映民生疾苦为主。

元结的散文与他的诗歌一样，在讽刺、揭露现实和同情劳动人民方面是独树一帜的。他的《丐论》是一篇抨击现实的奇文，文章通过对作者以丐为友以及虚拟的辩论，以激愤的口吻揭露了安史之乱前夕是非颠倒、道德沦丧的社会状况，也表现了自己不与世俗同流合污、特立独行的高洁人格。另外，像《时规》一篇，则以戏谑的笔调和漫画的手法揭露了封建统治的本质，刻画出了统治者贪得无厌的嘴脸。《右溪记》、《茅阁记》对山水游记的产生有一定的影响。如《右溪记》：

> 道州城西百余步，有小溪，南流数十步，合营溪。水抵两岸，悉皆怪石，欹嵌盘屈，不可名状。清流触石，洄悬激注，佳木异竹，垂阴相荫。此溪若在山野，则宜逸民退士之所游处；在人间，则可为都邑之胜境，静者之林亭。而置州已来，无人赏爱；徘徊溪上，为之怅然。乃疏凿芜秽，俾为亭宇，植松与桂，兼之香草，以裨形胜。为溪在州右，遂命之曰右溪。刻铭石上，彰示来者。

元结时任道州（今湖南省道县）刺史。道州城西有一条无名小溪，作者因其清幽独处、无人赏爱而怅然不已，故而为之命名。本文即记述这条小溪的景物及命名经过。清末吴汝纶评此文曰：“次山放恣山水，实开子厚（柳宗元）先声。文字幽眇芳洁，亦能自成境趣。”

顾况（约730—806后），字逋翁，苏州人，进士出身，官至秘书郎。他与元结一样，也比较关心人民的疾苦，如他遵照《诗经》的讽喻精神所写的以四言为主的《囝》，就十分深刻地揭发了当时闽中官吏常取闽童作阉奴的惨无人道的事实。其中写道：

> 囝生闽方，闽吏得之，乃绝其阳。为臧为获，致金满屋。为髡为钳，如视草木。天道无知，我罹其毒。神道无知，彼受其福。

其他如《上古》章对劳动人民的稼穑之苦进行了描述，并寄予了同情。他在这些篇章的前面加上了表明主题的小序，对白居易新乐府的“首章标其目”体例有所启发。

顾况的乐府和古诗受江南民歌的影响较大，往往显得通俗明快，语言也接近白话，如：

> 野人爱向山中宿，况在葛洪丹井西。庭前有个长松树，夜半子规来上啼。
>
> （《山中》）
>
> 栖霞山中子规鸟，口边血出啼不了。山僧夜后初入定，闻似不闻山月晓。
>
> （《听子规》）

顾况的这种浅近的诗风对张籍、王建和元白诗派都产生了一定的影响。

另外，戎昱和戴叔伦也写过一些乐府诗，前者如《苦哉行》，后者如《女耕田行》等，从中可以看出在白居易以前已经形成了一个创作新乐府诗的良好的环境。

第二节 刘长卿与韦应物

中唐前期的诗歌也呈现出多元发展的局面，除了元结、顾况的“系乐府”诗外，刘长卿、韦应物的山水田园诗和李益的边塞诗也取得了一定的成就，并首开中唐新诗境。

刘长卿（？—约789），字文房，河间人，进士出身，官至随州刺史。刘长卿擅长近体诗，尤工五言，沈德潜《唐诗别裁》卷三说：“权德舆推文房为‘五言长城’，亦谓其近体也。”其实，他的七言诗也很出色。刘长卿以山水田园诗驰名当世，如“野寺来人少，云峰水隔深。夕阳依旧垒，寒磬满空林”（《秋日登吴公台上寺远眺》），“一路经行处，莓苔见履痕。白云依静渚，春草闭闲门”（《寻南溪常山道人隐居》）等，诗境清新淡远，含蓄蕴藉，接近盛唐王、孟一派，但又能在盛唐诸公之外另开一派，值得重视，试举下面数首：

> 日暮苍山远，天寒白屋贫。柴门闻犬吠，风雪夜归人。
>
> （《逢雪宿芙蓉山主人》）
>
> 荒村带返照，落叶乱纷纷。古路无行客，寒山独见君。野桥经雨断，涧水向田分。不为怜同病，何人到白云。
>
> （《碧涧别墅喜皇甫侍御相访》）

清风季子邑，想见下车时。向水弹琴静，看山采菊迟。明君加印绶，廉使托茕嫠。旦暮华阳洞，云峰若有期。

（《送李摯赴延陵令》）

春风倚棹阖闾城，水国春寒阴复晴。细雨湿衣看不见，闲花落地听无声。日斜江上孤帆影，草绿湖南万里情。东道若逢相识问，青袍今已误儒生。

（《别严士元》）

他的怀古咏史诗也别具一格，意蕴深远。如《过桃花夫人庙》：

寂寞应千岁，桃花想一枝。路人看古木，江月向空祠。云雨飞何处，山川是旧时。独怜春草色，犹似忆佳期。

这是一曲爱情的颂歌。首联写息君与桃花夫人的相互思念，颔联写人们对桃花夫人的遥想怀念，颈联以铺陈事实的方式承上联提出问题：山川依旧，难道桃花夫人的忠贞的爱情就这样消失了吗？尾联回答问题，写山川依旧情依旧，将春草和人情合在一起。再如《长沙过贾谊宅》：

三年谪宦此栖迟，万古唯留楚客悲。秋草独寻人去后，寒林空见日斜时。汉文有道恩犹薄，湘水无情吊岂知？寂寂江山摇落处，怜君何事到天涯！

首联写贾谊的遭遇及其情感，颔联写寻访贾谊宅所见所感，颈联直接写对人事和自然的绝望，由否定人事而至否定自然，尾联几乎是无声的呐喊，表达了对贾谊的同情和对命运不公的愤懑，同时也是自我肯定。

方东树说："文房之诗，可以通津杜公，但气味夷犹优柔，不及杜公雄杰耳。……今定七律，以杜公七律为宗，而辅以文房。"（《昭昧詹言》续卷五）认为刘长卿可以为杜甫之辅，足见评价之高。至于其中与杜甫不同的"气味夷犹优柔"的风格，正是中唐的审美风气使然。"七律至中唐而极秀，亦至中唐而渐薄，盛唐之深厚，至中唐日散；晚唐之纤小，自中唐日开。故大历十才子七律，在盛衰关头，气运使然也。"（施补华《岘佣说诗》）刘长卿的诗虽尚带盛唐余韵，但中唐的隽永清秀、孤高幽深及轻愁柔怨的特点已经掩饰不住了。

韦应物（约737—791），长安人，少年时一度放浪，后来折节读书，曾任苏州刺史等职。他曾想隐居，《唐国史补》卷下载："韦应物立性高洁，鲜食寡欲，所至焚香扫地而坐。"可见他晚年性尚淡泊。韦应物在诗史上的地位比刘长卿要高，所谓"王杨卢骆，李杜高岑，王孟韦柳，韩孟元白，李杜温韦"的排名，第一个"韦"即指韦应物。他写了很多山水田园诗，与刘长卿一起建构起中唐诗歌新的审美境界。兹举数首：

独怜幽草涧边生，上有黄鹂深树鸣。春潮带雨晚来急，野渡无人舟自横。

（《滁州西涧》）

怀君属秋夜，散步咏凉天。山空松子落，幽人应未眠。

（《秋夜寄丘二十二员外》）

这些诗淡泊宁静而又意味隽永，诗境清新。又如：

江汉曾为客，相逢每醉还。浮云一别后，流水十年间。欢笑情如旧，萧疏鬓已斑。何因不归去？淮上有秋山。

（《淮上喜会梁州故人》）

首联中的“客”在“欢笑”中找到了家园。全诗疏密相间，跌宕有致，前呼后应，如行云流水般自然。又如：

今朝郡斋冷，忽念山中客。涧底束荆薪，归来煮白石。欲持一瓢酒，远慰风雨夕。落叶满空山，何处寻行迹。

（《寄全椒山中道士》）

这是一首著名的山水隐逸诗，也是一首“郡斋诗”。诗作写秋末怀人，从诗人自己所处的郡斋写起，思绪荡开，郡斋之冷，山中之冷，心头之冷，一层层地展开，将所寄之情，一段段地托出，最后结于一片无可寻觅的空山落叶之中，可谓冷寂超逸，不似人间所有。全诗如秋水一泓，泠然澄清，写来一片神行，有化工之笔。

韦应物宗承陶渊明，并形成了自己突出的特点。他虽以古体胜，但诸体皆长。在意境上，古淡悠远，意味深邃绵长；在艺术形式上，结体浑成，天然超妙；在表现方式上，以白描见长，往往倾向于平铺直叙，直接抒情；在情调上，平和淡泊，恬静娴淡，气象润朗；在语言上，朴实、自然，时带古拙之气；在节奏上，冲和平静，舒缓优柔而又伸展自如。苏轼评论云：“韦应物、柳宗元发纤秾于简古，寄至味于淡泊。”（《书黄子思诗集后》）应该说，韦应物的诗确实具此神理。胡应麟把韦应物归入清淡派，王渔洋更是将其归入清真古淡一系，并奉为神韵的典范，使平淡成为一种审美理想。

第三节 大历十才子与中唐前期的其他文人

一、大历十才子

大历十才子是指当时诗名较盛的十位诗人。据《唐才子传》（卷四）记载，卢纶、吉中孚、韩翃、钱起、耿湋、司空曙、苗发、崔峒、夏侯审、李端等人“联藻文林，银黄相望，且同臭味，契分俱深，时号大历十才子”。但是实际上他们的诗歌成就名不副实，无论在思想上还是艺术上都没有太多的创造。

大历十才子的风格比较接近，钱起在《县中池竹言怀》中说：“官小志已足，时清免负薪。卑栖且得地，荣耀不关身。自爱赏心处，丛篁流水滨。”大概是十才子的共同心态。他们已经失去了进取的热情，其主要兴趣在于描写山水景物、日常琐事、寂寞的情怀以及羁旅愁思，有时表现出一些隐逸情怀。其中比较好的作品如：

春城无处不飞花，寒食东风御柳斜。日暮汉宫传蜡烛，轻烟散入五侯家。

（韩翃《寒食日即事》）

钓罢归来不系船，江村月落正堪眠。纵然一夜风吹去，只在芦花浅水边。

（司空曙《江村即事》）

芳岁归人嗟转蓬，含情回首灞陵东。蛾眉不入秦台镜，鷁羽还惊宋国风。世事悠扬春梦里，年光寂寞旅愁中。劝君稍尽离筵酒，千里佳期难再同。

（钱起《送锺评事应宏词下第东归》）

其中的个别人如卢纶的一些诗歌在内容和风格上较有成就。如：

林暗草惊风，将军夜引弓。平明寻白羽，没在石棱中。

月黑雁飞高，单于夜遁逃。欲将轻骑逐，大雪满弓刀。

（《塞下曲》二首）

大历十才子在艺术上总的看来讲究格律，追求词藻华丽，注重白描。他们在技巧上趋于细腻，诗作往往精致工整，情调凄清萧瑟。

二、中唐前期的其他文人

在中唐前期的文坛上，还有一些不成流派但创作却很有特色的诗人。

戴叔伦（约732—约789），字幼公，润州金坛（今属江苏）人，曾做过县令和刺史。他的《女耕田行》等诗“因事立题，无复依傍”，上承杜甫，下启元、白，其意达词畅的语言特征也正是元、白所效法的。他的边塞诗中也有豪迈之作，如《塞上曲》等。戴叔伦的创作特色，从总体上看多是感叹人生离乱之苦，抒发避世隐逸之思，但也有写表现壮志的作品，如《从军行》：

丈夫四方志，结发事远游。远游历燕蓟，独戍边城陬。西风垅水寒，明月关山悠。酬恩仗孤剑，十年弊貂裘。封侯属何人？蹉跎雪盈头。老马思故枥，穷鳞忆深流。弹铗动深慨，浩歌气横秋。报国期努力，功名良见收。

诗作写一个从年轻时起就有为国立功之志的壮士从军抗敌，尽管历经苦战，封侯无望，但暮年仍壮心不已的英雄事迹。风格劲健朴实，很有特色。

戴叔伦的一些小诗也写得很好。如《兰溪棹歌》：

凉月如眉挂柳湾，越中山色镜中看。兰溪三日桃花雨，半夜鲤鱼来上滩。

这首诗为我们绘出了一幅雨后春夜的生趣盎然的清新画图。另如著名的五绝《过三间庙》：

沅湘流不尽，屈子怨何深。日暮秋风起，萧萧枫树林。

戴叔伦的诗在对清淡冷寂诗境的追求方面，与大历十才子较为接近，但总的来看无论是在内容还是在艺术上都更具特色。

李益（约750—约830），字君虞，陇西姑臧（今甘肃武威）人，官至礼部尚书。他曾为幽州刘济从事，有十多年的边塞生活体验。他擅长七绝，写了不少边塞诗。但此时的边塞已经没有开元时代的“燕台一望客心惊，箫鼓喧喧汉将营”的那样鼓舞人心的局面了，而是呈现出“边城已在虏尘中，烽火南飞入汉宫”的衰危景象，所以，李益的边塞诗就失去了盛唐边塞诗的昂扬的雄壮，而是充满了肃杀、凄凉和伤感的情绪。如：

回乐峰前沙似雪，受降城外月如霜。不知何处吹芦管，一夜征人尽望乡。

（《夜上受降城闻笛》）

天山雪后海风寒，横笛遍吹行路难。碛里征人三十万，一时回首月中看。

（《从军北征》）

胡风冻合鸊鹈泉，牧马千里逐暖川。塞外征行无尽日，年年移帐雪中天。

（《暖川》）

沈德潜较为推崇李益的诗，他在《唐诗别裁集》中说李益诗“音节神韵，可追逐龙标、供奉”。李益的诗对晚唐诗有着相当大的影响。

另外，戎昱、陆贽等在当时也较为有名。

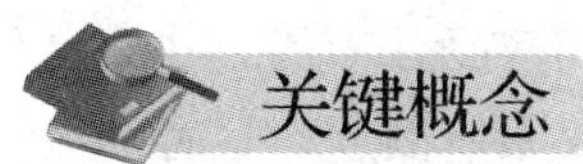

新乐府　　中唐新诗境　　大历十才子　　李益

1. 简述元结、顾况诗歌的内容及特点。
2. 为什么说刘长卿、韦应物的诗开辟了中唐新诗境？
3. 简述李益边塞诗的特点。

第五章　白居易、元稹与新乐府运动

本章提示

新乐府：（1）了解新乐府的渊源及特点。（2）了解新乐府运动的过程。（3）掌握白居易《与元九书》的主要内容。

白居易：（1）掌握白居易的生平与思想。（2）掌握白居易诗歌的内容。（3）掌握白居易讽喻诗的特点。（4）背诵《卖炭翁》、《上阳白发人》。（5）熟悉《长恨歌》、《琵琶行》等。（6）掌握白居易诗歌的艺术成就。（7）了解白居易诗歌的渊源与影响。（8）熟悉元稹、张籍、王建诗歌的内容和艺术特点。

第一节　新乐府运动的理论与实践

白居易将自己 51 岁以前所写的 1 300 多首诗分为讽喻、闲适、感伤、杂律四类。其中最有价值的是讽喻诗，我们一般所说的新乐府运动主要是指这类诗。

“新乐府”一名是白居易首先提出的，但乐府诗及其传统却由来已久。乐府诗源于汉代“缘事而发”的汉乐府，汉末曹操等人借汉乐府旧题而写时事，唐代杜甫“因事立题”，继承乐府反映现实的精神，突破了旧题的限制。中唐初期，元结、顾况与杜甫同声相和，至白居易则明确地提出了新乐府。新乐府的特点是从精神上继承了汉乐府民歌的“感于哀乐，缘事而发”的现实主义传统，但不受旧题限制，而是立新题，写时事，不入乐，故以“新”相标。

白居易建立了一套较为完整的新乐府理论，这些理论虽然在其早期的《策论》等文中有所体现，但主要还是集中在他著名的书信《与元九书》中。《与元九书》的思想观点虽然比较复杂，但我们还是可以从中看出白居易文学思想的基本精神。

首先，白居易给诗下了一个明确的定义：“感人心者，莫先乎情，莫始乎言，莫切乎声，莫深乎义。诗者，根情，苗言，华声，实义。”即把诗比做一株花果树，“情”是树之根，“言”是树之苗，“声”是树之花朵，“义”是树之果实。其中除“义”是一切意识形态共有的属性之外，“情”、“言”、“声”可以说是文艺、尤其是诗的特性。白居易在其他一些诗文中，也多次谈到“情”、“言”、“声”，可以看到他对三者的重视。

其次，白居易创作讽喻诗的目的是“上以广宸聪，副忧勤；次以酬恩奖；塞言责；下以复吾平生之志”。这就是说，讽喻诗是为臣尽忠、为官尽责的产物，突出了文学的社会性和道德性的一面。又说：“以诗补察时政，以歌泄导人情”，“文章合为时而著，歌诗合为事而作”，明确地宣称诗歌是为政治服务的，同时也蕴涵着必须反映现实的思想。

最后，《与元九书》纵论中国诗史，认为自《诗经》而下，“诗道崩坏”，诗歌一代不如一代。屈原仅仅“得风人之什二三焉”，魏晋六朝文学更是无足道者，至唐代李白，虽是“才矣，奇矣，人不逮矣”，“但索其风雅比兴，十无一焉”。杜甫该是白居易最尊崇的诗人了，但符合白居易论诗标准的，“也不过三四十首”。在白居易的筛选下，中国诗歌只剩下了《诗经》、梁鸿的《五噫》、陈子昂的《感遇》20 首、鲍防的《感兴》15 首。

白居易的这种诗论确实与他力图挽救中唐混乱的现实有关，对于校正嘲吟风月、无病呻吟的不良诗风也有裨益。但总的看来有些“矫枉过正”，偏离了文学的审美特征，使文学变成了政治的附庸。实际上，白居易的诗歌理论是中国传统的封建诗教理论在特定历史背景下的极端表现。

在白居易的理论和创作实践的带动之下，元稹、张籍、王建也写了不少新乐府诗，形成了一股诗歌创作的潮流，对后世产生了很大的影响。这就是新乐府运动。

第二节 白居易

一、白居易的生平与思想

白居易（772—846），字乐天，号香山居士，原籍太原，后迁居下邽（陕西渭南县），祖、父都以明经出身。白居易少年时代因战乱而经历了一段流离的生活，这对他以后的创作和人生道路都有很大的影响。

白居易的思想以儒家为主，同时杂有佛、道。他自幼有“兼济”之志，但又向往所谓的“独善”，这也决定了他的诗歌的复杂性。白居易的一生可以 44 岁被贬为江州司马为界分为前后两期。前期仕途十分顺利，“十年之间，三登科第，名入众耳，迹升清贵”，此时“兼济之志”在其思想中占据了主导地位，他写出了许多揭露黑暗现实，同情劳动人民，讽刺权贵的讽喻诗。在任赞善大夫之职时，因所谓的越职奏事而被贬为江州司马。其实真正的原因是因他写了那些使权要人物“扼腕”、“切齿”的讽喻诗。正如他自己所说：“始得名于文章，终得罪于文章。”后期从被贬到去世，“独善”思想占据了主导地位，他自己所说的“世事从今口不言”、“世间尽不关吾事”、“面上灭除忧喜色，胸中消尽是非心”等诗句颇能表现他这一时期的生活态度，他在此期间写出了大量的“闲适诗”和“感伤诗”。

自大和三年（829）至去世，白居易先后任太子宾客、太子少傅等职，会昌二年（842）以刑部尚书致仕，此后游山玩水，直到去世。

白居易的基本思想在《与元九书》也有所阐明，他说：“仆志在兼济，行在独善。奉而始终之则为道，言而发明之则为诗。谓之讽喻诗，兼济之志也；谓之闲适诗，独善之义也。”兼济与独善始终是他人生的两大精神支柱，具体应该是前期“兼济”多，后期则更多地倾向“独善”了。

二、白居易诗歌的内容

1. 白居易的讽喻诗

白居易将自己 51 岁以前所写的 1 300 多首诗分为讽喻、闲适、感伤、杂律四类。在揭露和抨击黑暗现实、反映民生疾苦、同情劳动人民、表现爱国热情方面，白居易的讽喻诗确实具有独特的价值。

大多数讽喻诗确实是“感于哀乐，缘事而发”，其中多数前面都有小序，表明作诗的缘起和诗的主旨，所谓“一吟悲一事”，“首句标其目，卒章显其志”。这不仅是讽喻诗的突出的艺术特色，也是讽喻诗的基本思想特征。如《卖炭翁》“苦宫市也”：

> 卖炭翁，伐薪烧炭南山中。满面尘灰烟火色，两鬓苍苍十指黑。卖炭得钱何所营？身上衣裳口中食。可怜身上衣正单，心忧炭贱愿天寒。夜来城外一尺雪，晓驾炭车辗冰辙。牛困人饥日已高，市南门外泥中歇。翩翩两骑来是谁？黄衣使者白衫儿。手把文书口称敕，回车叱牛牵向北。一车炭重千余斤，宫使驱将惜不得。半疋红纱一丈绫，系向牛头充炭直。

《新唐书》卷 52 记载：“有赍物入市而空归者。每中官出，沽浆卖饼之家皆撤肆塞门。”可见，白居易选取的“一事”都是极具代表性的。如《杜陵叟》“伤农夫之困也”：

> 杜陵叟，杜陵居，岁种薄田一顷馀。三月无雨旱风起，麦苗不秀多黄死。九月降霜秋早寒，禾穗未熟皆青乾。长吏明知不申破，急敛暴征求考课。典桑卖地纳官租，明年衣食将何如？剥我身上帛，夺我口中粟。虐人害物即豺狼，何必钩爪锯牙食人肉！不知何人奏皇帝，帝心恻隐知人弊。白麻纸上书德音，京畿尽放今年税。昨日里胥方到门，手持敕牒榜乡村。十家租税九家毕，虚受吾君蠲免恩。

诗歌描写长安附近一户自耕农的遭遇，揭露了苛政猛于虎的悲惨现实。《资治通鉴》卷237宪宗元和四年（809）载翰林学士李绛、白居易因旱灾上言，请减免租税，可与此诗参看。又如《红线毯》“忧蚕桑之费也”：

红线毯，择茧缫丝清水煮，拣丝练线红蓝染。染为红线红于蓝，织作披香殿上毯。披香殿广十丈馀，红线织成可殿铺。彩丝茸茸香拂拂，线软花虚不胜物。美人踏上歌舞来，罗袜绣鞋随步没。太原毯涩毳缕硬，蜀都褥薄锦花冷。不如此毯温且柔，年年十月来宣州。宣城太守加样织，自谓为臣能竭力。百夫同担进宫中，线厚丝多卷不得。宣城太守知不知？一丈毯，千两丝。地不知寒人要暖，少夺人衣作地衣！

诗中对统治者的奢侈享乐进行了抨击，对中唐危害日重的贡奉弊政进行了揭露。应该说，这些诗确实都充满了强烈的人民性。白居易对一些不合理的传统封建制度进行了揭露，对深受戕害的下层人民表示了深切的同情。如《上阳白发人》“愍怨旷也”：

上阳人，上阳人，红颜暗老白发新。绿衣监使守宫门，一闭上阳多少春。玄宗末岁初选入，入时十六今六十。同时采择百余人，零落年深残此身。忆昔吞悲别亲族，扶入车中不教哭。皆云入内便承恩，脸似芙蓉胸似玉。未容君王得见面，已被杨妃遥侧目。妒令潜配上阳宫，一生遂向空房宿。宿空房，秋夜长，夜长无寐天不明。耿耿残灯背壁影，萧萧暗雨打窗声。春日迟，日迟独坐天难暮。宫莺百啭愁厌闻，梁燕双栖老休妒。莺归燕去长悄然，春往秋来不记年。唯向深宫望明月，东西四五百回圆。今日宫中年最老，大家遥赐尚书号。小头鞋履窄衣裳，青黛点眉眉细长。外人不见见应笑，天宝末年时世妆。上阳人，苦最多。少亦苦，老亦苦，少苦老苦两如何！君不见昔时吕向《美人赋》，又不见今日上阳白发歌！

题下原注：“天宝五载以后，杨贵妃专宠，后宫人无复进幸矣。六宫有美色者辄置别所，上阳是其一也。贞元中尚存焉。”元和四年（809）三月，白居易的奏章中有《请拣放后宫内人》一则，可见白居易并非只知写诗，确实有“兼济”的实际行动。

白居易的讽喻诗在艺术上也很有特色，如主题明确，语言通俗晓畅，明白易懂，对比鲜明，情感强烈，叙事和议论相结合，并善于以白描手法来刻画人物的心理等。这些特点在上面的引诗中都有典型的体现。

2. 白居易的其他诗歌

白居易的感伤诗中有两首杰作，即《长恨歌》和《琵琶行》两篇叙事长诗。《长恨歌》取材唐明皇和杨贵妃的爱情，具有双重主题，一是讽刺唐明皇重色误国，二是歌颂他们真挚的爱情。“汉皇重色思倾国，御宇多年求不得”，而杨贵妃“天生丽质难自弃，一朝选在君王侧”，结果是“春宵苦短日高起，从此君王不早朝”，以至于“姊妹弟兄皆列土，可怜光彩生门户。遂令天下父母心，不重生男重生女”。最后导致了安史之乱的发生。在兵谏之下，唐明皇只好赐死杨贵妃：“君王掩面救不得，回看血泪相和流。”但在杨贵妃死后，他们的爱情进入了另一个世界：“上穷碧落下黄泉，两处茫茫皆不见。”“在天愿作比翼鸟，在地愿为连理枝。天长地久有时尽，此恨绵绵无绝期。”诗歌在艺术上语言清丽晓畅，叙事层次清楚，情感细腻真挚，又兼取材于重大的历史事件，将历史巨变与个人爱情结合起来，所以取得了很大的成功，对后世的许多文艺作品产生了影响。

《琵琶行》（并序）是白居易被贬江州次年写的，可与《长恨歌》相互参看：

浔阳江头夜送客，枫叶荻花秋瑟瑟。主人下马客在船，举酒欲饮无管弦。醉不成欢惨将别，别时茫茫江浸月。忽闻水上琵琶声，主人忘归客不发。寻声暗问弹者谁，琵琶声停欲语迟。移船相近邀相见，添酒回灯重开宴。千呼万唤始出来，犹抱琵琶半遮面。转轴拨弦三两声，未成曲调先有情。弦弦掩抑声声思，似诉平生不得志。低眉信手续续弹，说尽心中无限事。轻拢慢捻抹复挑，初为《霓裳》后《六幺》。大弦嘈嘈如急雨，小弦切切如私语。嘈嘈切切错杂弹，大珠小珠落玉盘。间关莺语花底滑，幽咽泉流冰下难。冰泉冷涩弦凝绝，凝绝不通声暂歇。别有幽愁暗恨生，此时无声胜有声。银瓶乍破水浆迸，铁骑突出刀枪鸣。曲终收拨当心画，四弦一声如裂帛。东船西舫悄无言，惟见江心秋月白。……

诗歌表现了对一个妓女不幸命运的同情，在艺术上融入了自己的身世之感，描写细腻生动，比喻新颖贴切，情景交融，层次分明，富有极强的艺术感染力。

另外，白居易在闲适诗中也有一些好的篇章，如《赋得古原草送别》：

离离原上草，一岁一枯荣。野火烧不尽，春风吹又生。远芳侵古道，晴翠接荒城。又送王孙去，萋萋满别情。

全诗以生生不息的野草喻感情，清新而廓大，是闲适诗中的佳作。

三、白居易诗歌的艺术成就

主题明确，语言通俗晓畅，明白易懂，对比鲜明，情感强烈，叙事和议论相结合，善于以白描手法来刻画人物的心理等艺术特点是白居易各类诗歌所共有的。但各类诗歌又有自己不同的特点。

讽喻诗突出的特点，第一是“一吟悲一事”。白居易的《秦中吟》组诗就是“一吟悲一事”，其他的讽喻诗也具备这样的特点，如上面我们引述的《卖炭翁》中的“苦宫市也”，《杜陵叟》中的“伤农夫之困也”等都是。不仅如此，还“首句标其目，卒章显其志”，使得诗歌所要讽喻的主题特别集中鲜明，极大地增强了诗歌的现实性。第二是铺陈详尽，情节曲折完整。无论是《卖炭翁》、《杜陵叟》还是《红线毯》都能将事情的来龙去脉交代得十分清楚，具有很强的叙事性，而且故事情节典型形象，曲折生动。第三是运用心理刻画、服饰、外貌以及语言的描写来塑造鲜明的人物形象。第四是运用寓言托物的方法来表达自己的社会政治见解。第五是叙事与议论相结合。第六是语言接近口语，既通俗易懂又锤炼精审。

白居易以《长恨歌》、《琵琶行》为代表的感伤诗借鉴了小说的表现手法，充分运用了动作、语言、服饰、外貌等描写，其中比喻、通感的运用也达到了新的高度，在环境烘托和气氛渲染上也有突出的成就。在音律上，运用平仄协调的律句，使得音律婉转流畅，自然和谐。

白居易的闲适诗多清新自然之作，也有许多说理议论的篇章，其内容多是出世逃禅、知足保和之类，较为单调乏味。

四、白居易诗歌的渊源与影响

白居易的诗歌受陶渊明、韦应物清新自然、平淡畅达的诗风影响较大，韦应物的“寄托”、“兴讽”对白居易的讽喻诗的形成有一定的影响。当然，对于乐府诗风的学习是白居易新乐府诗的直接精神来源。另外，白居易十分注重学习民间语言及民间文学的表现形式，以民间传说为题材，这也对他的诗风形成了很大的影响。

白居易以《新乐府》为代表的讽喻诗以及他的诗歌理论在当时的影响并不大，“时人罕能知者”（元稹《白氏长庆集序》），但在后世却产生了巨大的影响，晚唐的皮日休、陆龟蒙、罗隐、聂夷中等人就是他的直接继承者。他的诗风人格，也为宋初的王禹偁所仰慕，并以“本与乐天为后进”自许。胡仔说：“国初沿袭五代之余，士大夫皆宗白乐天诗。”（《苕溪渔隐丛话》前集卷 22）宋人周必大说：“本朝苏文忠公不轻许可，独敬爱乐天，屡形诗篇。盖其文章皆主辞达，而忠厚好施，刚直尽言，与人有情，于物无着，大略相似。谪居黄州，始号东坡，其原必起于乐天忠州之作也。”（《二老堂诗话》）这都充分说明了白居易及其诗的影响。清初的吴伟业用长庆体写《圆圆曲》，使得白居易的影响在清代有所扩大。另外，白居易的诗歌远播海外，在日本等国也产生了重大影响。

第三节 新乐府运动的其他参加者

新乐府运动的主要参加者还有张籍、王建、元稹等人。元稹（779—831），字微之，洛阳人。与白居易同以书判拔萃科登第，与白居易交往十分密切。元稹功名欲望强烈，性格刚直，好上书论事，指摘时弊。曾任左拾遗，监察御史，后贬为江陵士曹参军、唐州从事、通州司马、虢州长史等。元和末年回朝，历升至知制诰、宰相，但因与裴度发生冲突，仅四个月即被罢为同州刺史，53 岁卒于武昌任所。有《元氏长庆集》。

元稹的“新题乐府”源于李绅，曾和李绅的“新题乐府”12 首，如《上阳白发人》写宫女的幽禁之苦，《五弦弹》写任用贤才之事，但在艺术上却显得有些概念化。而《乐府古题》则是比较成功的讽喻之作。其中《织妇词》、《田家词》较具代表性。《织妇词》写织妇因为忙于织布缴租，头都白了还不能嫁人。《田家词》则更加深刻地反映了农民的艰难生活，对劳动人民寄予了深切的同情：

牛吒吒，田确确。旱块敲牛蹄趵趵，种得官仓珠颗谷。六十年来兵簇簇，月月粮食车辘辘。一日官军收海服，驱牛驾车食牛肉。归来收得牛两角，重铸锄犁作斤劚。姑舂妇担去输官，输官不足归卖屋。愿官早胜仇早复，农死有儿牛有犊，誓不遣官军粮不足。

诗歌写得细腻、泼辣、辛酸，结尾更是用反讽的笔法谴责了官军对人民的祸害。

《连昌宫词》是一首叙事长诗，也应该算是元稹的代表作。诗歌通过对连昌宫的兴废变迁的描写，对安史之乱前后唐代朝政的得失进行了考察。诗歌的前半部分从“连昌宫中满宫竹，岁久无人森似束”写起，引出“宫中老翁”对连昌宫盛衰的追述；后半部分借作者与老人的问答探讨“太平谁致乱者谁”，最后归纳出了“老翁此意深望幸，努力庙谟休用兵”的主题。诗歌叙议结合，将史实与传闻糅合在一起，蕴含着强烈的情感色彩。

元稹另有一首短诗《行宫》：

寥落古行宫，宫花寂寞红。白头宫女在，闲坐说玄宗。

前人谓《长恨歌》一百二十句，读者不厌其长；《行宫》诗才四句，读者亦不嫌其短。二者各臻其妙。另外，元稹有一些描写爱情和悼亡的诗也很著名。如：

曾经沧海难为水，除却巫山不是云。取次花丛懒回顾，半缘修道半缘君。

（《离思五首》其四）

昔日戏言身后意，今朝皆到眼前来。衣裳已施行看尽，针线犹存未忍开。尚想旧情怜婢仆，也曾因梦送钱财。诚知此恨人人有，贫贱夫妻百事哀。

（《遣悲怀三首》其二）

总的看来，虽然元稹与白居易在创作主张等方面持相同的主张，但他的诗在反映生活的深度、广度、思想性和艺术性等方面与白居易的诗还是有一定的距离。

张籍、王建是较早从事乐府诗创作的诗人，时号“张王”。张籍（约 766—约 830），字文昌，原籍苏州，少年贫寒，贞元十五年（799）进士及第，曾任太常太祝、水部员外郎、国子司业，人称张水部或张司业，有《张司业集》。张籍所做多为散官，一生清贫，再加上长期眼疾的困扰，其生活状况可想而知。但张籍诗作很少描述个人的状况，多反映劳动人民的困苦，言之有物，充满正气。白居易称赞他说："尤工乐府诗，举代少其伦。……风雅比兴外，未尝著空文。"（《读张籍古乐府》）

张籍有乐府诗 80 多首，古题、新题参半。他的诗取材十分广泛，反映现实也比较全面深刻，其中以反映农民苦难生活的诗歌成就最为突出。如《野老歌》：

> 老农家贫在山住，耕种山田三四亩。苗疏税多不得食，输入官仓化为土，岁暮锄犁傍空室，呼儿登山收橡实。西江贾客珠百斛，船中养犬长食肉。

诗歌以平易的语言，简约的诗风反映了农民一年的艰辛，对官僚商人的奢侈进行了无情鞭挞和揭露。

张籍的乐府诗往往以一种曲折的方式来讽喻，如上面的《野老歌》就是铺陈式的描述，没有像白居易的讽喻诗那样直陈其弊。又如《征妇怨》不直写战争给人民带来的灾难，而是写"夫死战场子在腹"；《牧童词》不写苛捐杂税之重，而是借牧童的喝牛之语说"牛牛食草莫相触，官家截尔头上角"；《促促词》不直接写战争的灾难和社会破败的状况，而是写"家中姑老子复小，自执吴绡输税钱"；等等。这些都表现了张籍乐府诗的特点。王安石评价张籍的诗说："看似寻常最奇崛，成如容易却艰辛"（《题张司业诗》），应该说道出了张籍诗歌在平易中见奇崛的特色。

王建（约 767—约 830），字仲初，颍川（今河南许昌）人。出身寒微，未进士及第，元和年间为昭应县丞，时已年近五十。曾任县丞、校书郎、太常寺丞等闲官，官终陕州司马。有《王司马集》。王建一生不达，生活清贫，这既使他接近了下层人民，也对诗歌创作产生了重大影响。

王建与张籍是同窗，诗风也近似，所作诗歌古题乐府约 30 首，新题乐府 170 多首。王建的诗在题材方面有新的开拓，如《水夫谣》写一个"官家使我牵驿船"的水夫"辛苦日多乐日少"的生活，描写细腻生动，将一个水夫的痛苦生活刻画得栩栩如生。在描写人民生活的艰辛时，王建的诗往往并不显得直接和激烈，有时喜欢以一种语重心长的情态来加以表现。如《田家行》：

> 男声欣欣女颜悦，人家不怨言语别。五月虽热麦风清，檐头索索缲车鸣。野蚕作茧人不取，叶间扑扑秋蛾生。麦收上场绢在轴，的知输得官家足。不望入口复上身，且免向城卖黄犊。田家衣食无厚薄，不见县门身即乐。

全诗写收获时的农村场景和农家心境，虽显得平和恬淡，但结尾二句还是道出了题旨。

王建还写了一些边塞题材的作品，如《饮马长城窟》、《辽东行》、《送衣曲》等，还有《宫词》百首，其中也有一些优秀的篇章。

关键概念

新乐府运动　　《与元九书》　　讽喻诗

“一吟悲一事”　　闲适诗

思考题

1. 什么是新乐府运动？
2. 《与元九书》提出了哪些诗歌主张？
3. 简述白居易讽喻诗的内容。
4. 试述白居易诗歌的艺术特点。
5. 简述元稹、张籍、王建诗歌的内容和艺术特点。

第六章　韩愈、柳宗元和古文运动

本章提示

古文运动：(1) 了解古文运动的先驱李华、萧颖士、独孤及等人的创作成绩。(2) 理解什么是古文运动。

韩愈：(1) 掌握韩愈的生平与思想。(2) 熟悉韩愈的散文“五原”、《师说》、《进学解》、《张中丞传后序》、《柳子厚墓志铭》、《祭十二郎文》、《试大理评事王君墓志铭》、《蓝田县丞厅壁记》、《送李愿归盘谷序》、《送董绍南序》等。(3) 掌握韩愈散文的特点。(4) 背诵韩愈的诗歌《山石》、《早春呈水部张十八员外》、《左迁至蓝关示侄孙湘》等。熟悉《八月十五夜赠张功曹》等。(5) 掌握韩愈诗歌的特点。(6) 掌握韩愈的文学主张。

柳宗元：(1) 掌握柳宗元的生平与思想。(2) 掌握柳宗元散文的内容。熟悉《贞符》、《封建论》、《永州八记》、《种树郭橐驼传》、《段太尉逸事状》、《三戒》等。(3) 掌握柳宗元散文的艺术成就。(4) 熟悉柳宗元的诗歌，背诵《渔翁》、《江雪》、《南涧中题》、《登柳州城楼寄漳汀封连四州》等。(5) 掌握柳宗元的文学主张。

第一节　古文运动

一、古文运动的先驱

天宝中期以后，元结、李华、萧颖士以及其后的独孤及、梁肃、柳冕、权德舆等人以师友关系相勉励，以古文创作为旨归，开始倡导文体改革。

萧颖士（716—768），字茂挺；开元二十三年（735）进士，有《萧茂挺文集》一卷。萧颖士在《赠韦司业书》中说：“平生属文，格不近俗，凡所拟议，必希古人；魏晋以来，未尝留意。”如《为邵翼作上张兵部书》等，一变初唐雕采之辞，古朴质实，有开创风气之功。

李华（约715—774），字遐叔，赵郡赞皇（今属河北省）人。唐开元二十三年（735）进士，官至吏部员外郎，安史之乱后去官隐居山阳。他擅长古文，与萧颖士齐名，世称“萧李”，有《李遐叔文集》四卷。李华反对骈俪，务求文章有实际内容。他说：“文章本乎作者，而哀乐系乎时。本乎作者，六经之志也；系乎时者，乐文武而哀幽厉也。……屈平、宋玉，哀而伤，靡而不返，六经之道遁矣。”（《赠礼部尚书清河孝公崔沔集序》）他在创作上也有成就，如《吊古战场文》：

> 亭长告余曰：“此古战场也。尝覆三军，往往鬼哭，天阴则闻。”伤心哉！秦欤汉欤！将近代欤！吾闻乎齐魏徭戍，荆韩召募。万里奔走，连年暴露。沙草晨牧，河水夜渡。地阔天长，不知归路。寄身锋刃……秦起长城，竟海为关，荼毒生灵，万里朱殷。汉击匈奴，虽得阴山，枕骸遍野，功不补患。苍苍蒸民，谁无父母？提携捧负，畏其不寿。谁无兄弟？如足如手；谁无夫妇？如宾如友。生也何恩？杀之何咎？……呜呼噫嘻！时邪命邪？从古如斯！为之奈何？守在四夷。

文章虽是骈文形式，但笔致清疏，文气流畅，无堆砌空虚之弊。作者通过对古战场凄凉景象的细致刻画，营造出一种愁惨阴森的氛围，谴责了战争给人民带来的巨大惨祸，主张宣文教、施仁政、行王道，在思想上具有进步意义。

独孤及（725—777）不仅主张宗法经典，还主张“先道德而后文学”，反对“饰其辞而遗其意”、“天下雷同，风驱云趋”的“俪偶章句”。他的学生梁肃（753—793）以及柳冕等人也主张向古文学习，反对骈俪文风。这些人的主张和创作实践都直接影响和开启了韩愈、柳宗元的古文运动。

二、古文运动产生的原因

中唐时期，中国文学史上掀起了一场声势浩大的散文改革运动，运动的主要目的是反对六朝以来的骈俪文风，提倡古文。由于这场运动符合文学发展潮流，一时间参加的人很多。参加者有大致相同的文学主张，在交游中建立了师承和师友关系，形成了以韩愈、柳宗元为主将的作家集团。他们在理论宣传和创作实践上十分自觉，取得了很大的实绩，对后代散文的发展产生了很大的影响。这就是历史上有名的古文运动。

中国古代最早的文体是散句单行的形式。先秦诸子散文是这种文体的典型表现，但到了六朝后期，骈文追求形式美的一面被片面地发展，随着士族生活的空虚和审美趣味的淫靡，骈文形式主义的倾向日益严重，不仅脱离现实，内容空洞，更重要的是影响了对儒家正统之道的表达和儒学的地位。安史之乱之后，人们开始认识到重建意识形态的重要性。贞元、元和之际，有二十多年的苟安太平，号称“中兴”，但当时的社会危机仍然严重地威胁着唐帝国的皇权统治。藩镇割据；剥削严重；经济发展缓慢；

政治措施偏离“仁政”轨道；佛老二教猖獗，僧道人数众多，不劳而食，既加重了农民的负担，更搞乱了人们的思想。这些问题不解决，唐朝就不会真正“中兴”。这些危机虽然存在着，但二十多年的苟安太平又给了人们一个喘息的机会，使以韩愈为代表的一部分士大夫产生了从统一思想、重振纲纪、整饬社会风尚等意识形态领域来挽救危机、重振唐朝的希望，这就是古文运动发生和发展的根本原因。

第二节 韩 愈

一、韩愈的生平与思想

韩愈（768—824），字退之，河阳（今河南孟县）人。他虽然出身名门，但祖父和叔父官位并不高。韩愈父母早亡，三岁而孤，“唯兄嫂是依”。他的哥哥韩会颇有抱负，时人列为“四夔”之一，但年轻时就被贬死岭南。韩愈 8 岁时与哥哥去岭南，后来又“就食江南”，总的看来，韩愈的童年是很悲苦的。但也正是这种艰苦生活培养了韩愈观察社会和思考政治的现实精神。由于他的叔父和兄长受李华和萧颖士的影响都是倾向复古的人物，韩愈也耳濡目染，自幼便以复古主义者自命。贞元二年（786），韩愈18岁，才到洛阳（东都）、长安（首都）应试求官。他虽于贞元八年（792）考取了进士，但此后多次未能通过吏部复试，一度仕途困顿。他曾多次托人求官，但直到 29 岁时才开始踏入仕途。此后，在宦途的 20 多年中，韩愈历任学官、御史、县令、史官、刺史及侍郎等职。其间他也曾经数次被贬，都是由于直言进谏。比较突出的是他因“极论宫市之弊害”而被贬山阳令，而“谏迎佛骨”因触怒宪宗，更几乎被杀，最终被贬潮州。唐穆宗即位后，他奉诏还京，先为兵部侍郎，后转吏部侍郎。韩愈一生积极求官，努力为文，不仅为了衣食，更重要的是为了实现自己的理想。

韩文公像

二、韩愈的散文

韩愈一生创作了丰富的散文，从题材上大致可以分为论说文、记叙文和“杂著”三类。在论说文中，著名的“五原”（《原道》、《原性》、《原毁》、《原鬼》、《原人》）以及《师说》、《进学解》等是其代表作。他在《原道》中写道：

> 博爱之谓仁，行而宜之之谓义，由是而之焉之谓道，足乎己无待于外之谓德。仁与义为定名，道与德为虚位。故道有君子小人，而德有凶有吉。老子之小仁义，

非毁之也，其见者小也。坐井而观天，曰“天小”者，非天小也。彼以煦煦为仁，孑孑为义，其小之也则宜。其所谓道，道其所道，非吾所谓道也；其所谓德，德其所德，非吾所谓德也。凡吾所谓道德云者，合仁与义言之也，天下之公言也。老子之所谓道德云者，去仁与义言之也，一人之私言也。……

该文全面批判佛老，阐扬儒道，表现了韩愈遵循儒道的基本主张。文章论点鲜明，文气充沛，语言简洁犀利，感情强烈，是韩愈议论文的主要代表作之一。

韩愈最好的文章不是宣讲道义的作品，而是对自己和周围那些坎坷不幸人物命运进行写照与对黑暗现实进行抨击的作品。通过分析《张中丞传后序》和《柳子厚墓志铭》，我们可以更清楚地看到韩愈的记叙文有这样几个艺术特点：其一，善于剪裁，突出典型事件，能够准确生动地刻画人物形象。《张中丞传后序》是为了补李翰《张巡传》的记事不足而写的一篇跋文，文章没有步正传的后尘，不是从张巡的生平写起，而是选取了正传以外的三个典型事例（一是张巡部将南霁云向贺兰进明求救，慷慨断指，怒射浮屠；二是张巡记忆力惊人，才气过人；三是张巡就义时的从容镇定），十分鲜明地刻画出了张巡慷慨磊落、赴死无憾的奇男子形象。在《柳子厚墓志铭》中，韩愈围绕对民的“仁”和对友的“义”这一中心，选取了两个典型事例（一是柳宗元任柳州刺史时，制定了以工抵债的政策，使被父母用来“质钱”的子女免于沦为奴隶；二是柳宗元为同样遭贬的朋友刘禹锡着想，怕他有老母在堂，难以远行，请求朝廷，愿“以己之柳州易梦得之播州”），使柳宗元仁慈宽厚、急人之困的形象跃然纸上。其二，由于宣传“道”的需要，所以，议论便成了韩愈各体散文的基本品格，但他的记叙文能够很好地处理记叙和议论的关系，使二者融为一体，相互发明。《张中丞传后序》可以分成前后两个部分，前一部分主要是议论，针对诬蔑许远和张巡的言论进行批驳，但同时又注意补叙二人的事迹，高度赞扬了二人“守一城，捍天下”的历史功绩；后一部分重在叙事，着重记叙了南霁云的事迹，并补叙了许远、张巡的其他逸事。同时，两部分之间又有着内在的联系，前者的议论是后者的主导，后者的记叙是前者的佐证，两部分共同的主题是赞美英雄，斥责小人。在《柳子厚墓志铭》中，韩愈记叙了柳宗元请求与刘禹锡互易贬所之后，立即大发议论说：“呜呼，士穷乃见节义。今夫平居里巷相慕悦，酒食游戏相徵逐，诩诩强笑语以相取下，握手出肺肝相示，指天日涕泣，誓生死不相背负，真若可信。一旦临小利害，仅如毛发比，反眼若不相识……闻子厚之风，亦可以少愧矣。”其赞扬义士，揭露庸俗虚伪，实在是酣畅淋漓。叙、议之际，已将柳宗元的形象烘托出来。其三，韩愈的记叙文往往议论酣畅，激情纵横，使人有不可撄其锋之感。《张中丞传后序》的前半部分有一段为许远辩诬的话，据理驳难，层层进逼，气势滔滔，不可抵御，直至将对方的言论彻底摧垮。这一段驳难，历来被看作是记叙与议论相结合的典范，事实上也颇能代表韩愈整个散文的有关艺术特色。

韩愈的论说文和“杂著”都可以归于议论文一类中，在艺术上往往是同一的。他的议论文倒是更能表现他的散文的艺术本色。韩愈议论文在继承先秦两汉散文的基础上有所创新，出于宣扬“道统”的需要，他的议论文形成了雄奇奔放，气势磅礴，语言流畅明快，行文跌宕有致而又奇崛不平的突出特点。如《马说》：

> 世有伯乐，然后有千里马。千里马常有，而伯乐不常有。故虽有名马，祇辱于奴隶人之手，骈死于槽枥之间，不以千里称也。马之千里，一食或尽粟一石，食马者不知其能千里而食也。是马也，虽有千里之能，食不饱，力不足，才美不见外，且欲与常马等不可得，安求其能千里也。策之不以其道，食之不能尽其材，鸣之不能通其意，执鞭而临之曰：“天下无马！”呜呼！其真无马邪？其真不知马也！

其气势之畅达，变化之婉转谨严，说理之深刻全面，再加上融以对怀才不遇的深沉的悲郁之情，使人有间不容发之感，令人无由置喙。韩愈的议论文大体上都有这样的艺术特点。还有，他善于托物言志，通过想象和描写使议论形象化。上面的例子是以“千里马常有，而伯乐不常有”来比喻贤才难得其主，并揭露和讽刺了黑暗的现实；在《毛颖传》中，韩愈以毛笔的遭遇为依托，深刻地揭露了统治者刻薄寡恩的本质；《祭鳄鱼文》则以祭祀鳄鱼为依托，抨击了藩镇割据的罪恶，形象地揭示了统治者罪甚鳄鱼的本质；至于《送李愿归盘谷序》一类的文章，则是通过形象有些铺张、滑稽的描写，以漫画的笔法活画出了庸俗势利之徒的嘴脸。

在语言艺术上，韩愈的散文也是具有突出特色的。不论是议论文还是记叙文，他都大量使用排句、长句，语势突兀，铺陈夸张，句式讲究变化有致，其吐辞造句之工，简直前无古人。例如，在《进学解》一篇中就有“业精于勤”、“含英咀华”、“贪多务得”、“刮垢磨光”、“佶屈聱牙”、“动辄得咎”、“兼收并蓄”、“同工异曲”、“投闲置散”以及根据其中的语句凝缩而来的“焚膏继晷”、“提要钩玄”、“呼寒号饥”、“闳中肆外”等。一篇文章中能够凝缩出这样多的成语，自古以来也是不多见的。苏洵评论说：“韩子之文如长江大河，浑浩流转，鱼鼋蛟龙，万怪惶惑，而抑遏蔽掩，不使自露，而人望见其渊然之光，苍然之色，亦自畏避，不敢迫视”（《上欧阳内翰第一书》）。茅坤也说：“吞吐骋顿，若千里之驹，而走赤电，鞭疾风，常者山立，怪者霆击，韩愈之文也。”（《唐宋八大家文钞·论例》）这些评论都道出了韩愈散文的审美特质。

三、韩愈的诗歌

对韩愈诗歌的评价历来不一。实际上，韩愈是想突破在当时影响甚大的大历十才子的空虚平庸的诗风，想像倡导古文运动那样来为诗歌寻求新的出路。尽管韩愈的诗歌多有“缺点”，但他还是对探索新的诗风做出了有益的尝试。

韩愈论诗推崇陈子昂、李白、杜甫，贬抑晋宋齐梁诗风。从其诗歌的创作实践来看，他确实也融会了李白的自由豪放与杜甫的谨严沉雄。如他的五古长篇《岳阳楼别窦司直》，描写了他在岳阳楼观看洞庭湖时震慑心魄的感受，“涤濯神魂醒，幽怀舒以畅”，实有杜诗的神髓。诗歌描写与窦司直相会饮宴，先是欣悦，忽而转向“欢穷悲心生”，再折回“生还真可喜”，“粗识得与丧”的心境，最后准备挂冠归耕，又有李白诗的自由不羁的结构。大胆的夸张，雄奇的想象，沉郁的情绪，回环往复的结构，都可以看出李、杜诗的影响。该诗正是韩愈五古诗的代表作。

应该说，韩愈前期的诗就有散文化的倾向了，所以有“以文为诗”的指责。同时，韩愈诗还有矜博炫学，多发议论，造语生新和格调拗折等特点，其实，这些都是“以文为诗”的表现。到了元和以后，更向险怪方面发展了，但这绝不是说韩愈的诗就没有独特的成就，相反，正如沈德潜所说，他的诗能在李、杜之后“别开境界”。如贞元末年被贬山阳令遇赦归来时所写的《八月十五夜赠张功曹》：

> 纤云四卷天无河，清风吹空月舒波。沙平水息声影绝，一杯相属君当歌。君歌声酸辞且苦，不能听终泪如雨。洞庭连天九嶷高，蛟龙出没猩鼯号。十生九死到官所，幽居默默如藏逃。下床畏蛇食畏药，海气湿蛰熏腥臊。昨者州前捶大鼓，嗣皇继圣登夔皋。赦书一日行万里，罪从大辟皆除死。迁者追回流者还，涤瑕荡垢清朝班。州家申名使家抑，坎坷只得移荆蛮。判司卑官不堪说，未免捶楚尘埃间。同时辈流多上道，天路幽险难追攀。君歌且休听我歌，我歌今与君殊科。一年明月今宵多，人生由命非由他。有酒不饮奈明何！

该诗是以赋、散文为诗典范，其中赋、散文的铺陈手法与诗的比兴手法相结合，使之呈现出了“铺张宏丽”的博大境界。诗歌以“主客对话”的形式结构，分作三段表述，前四句写景开篇，中间二十句铺写张署的歌辞，最后五句为诗人的劝辞。在诗中，本欲赠张署的歌辞却让被赠者以过半的篇幅纵情歌唱，这正是古文章法中“反客为主”的技巧，而这种借他人之口言自己心中之块垒的手法使得该诗虚实相生，具有了一般诗歌所没有的抑扬顿挫和畅达含蓄之美。又如《山石》：

> 山石荦确行径微，黄昏到寺蝙蝠飞。升堂坐阶新雨足，芭蕉叶大栀子肥。僧言古壁佛画好，以火来照所见稀。铺床拂席置羹饭，疏粝亦足饱我饥。夜深静卧百虫绝，清月出岭光入扉。天明独去无道路，出入高下穷烟霏。山红涧碧纷烂漫，时见松枥皆十围。当流赤足踏涧石，水声激激风吹衣。人生如此自可乐，岂必局促为人鞿，嗟哉吾党二三子，安得至老不更归。

全诗清朗奇崛，瑰丽新鲜，均是自出机杼。司空图说：“愚常览韩吏部歌诗数百首，其驱驾气势，若掀雷抉电，撑抉于天地之间，物状奇怪，不得不鼓舞而徇其呼吸也。”（《司空表圣文集卷二·题柳柳州集后》）较为准确地概括了韩愈诗的审美特征。

韩愈的近体诗中也有一些佳作。如：

天街小雨润如酥，草色遥看近却无。最是一年春好处，绝胜烟柳满皇都。

（《早春呈水部张十八员外》）

草树知春不久归，百般红紫斗芳菲。杨花榆荚无才思，惟解漫天作雪飞。

（《晚春》）

韩愈最著名的诗要数《左迁至蓝关示侄孙湘》了：

一封朝奏九重天，夕贬潮州路八千。欲为圣明除弊事，肯将衰朽惜残年！云横秦岭家何在？雪拥蓝关马不前。知汝远来应有意，好收吾骨瘴江边。

韩愈还写了《谏迎佛骨表》反对宪宗佞佛，结果触怒龙颜被贬为潮州刺史。其意境浑融，气势古拙，不让李、杜盛唐诸人。

应该说，韩愈的诗歌基本上纠正了大历以来的平庸诗风，还开创了一种影响深远的新的诗境。这种诗境实质上是要求情中含理，以理显情。韩愈的诗不仅对中唐诗歌影响甚大，后来还成为宋诗效法的楷模，甚至一直影响到了晚清。

四、韩愈的文学主张

韩愈的文学思想有着丰富的内容，在文学史上有着深远的影响。

第一，韩愈的文学思想与他的“道统”思想密切相关。韩愈的“道统”是建立在学习原始儒家的基础上的。在有人问他如何学习古文的时候，他明确地主张“师其意，不师其辞”：

或问：“为文宜何师?”必谨对曰：“宜师古贤圣人。”曰：“古圣贤人所为书俱存，辞皆不同，宜何师?”必谨对曰：“师其意，不师其辞。”又问曰：“文宜易宜难?”必谨对曰：“无难易，惟其是尔。”

（《答刘正夫书》）

那么，学习古文的目的是什么呢？韩愈说得很明确，那就是“修辞以明道”：“君子居其位，则思死其官；未得位，则思修其辞以明其道。我将以明道也，非以为直而加人也。”（《争臣论》）“读书以为学，缵言以为文，非以夸多而斗靡也。盖学所以为道，文所以为理耳。苟行事得其宜，出言适其要，虽不吾面，吾将信其富于文学也。”（《送陈秀才彤序》）“愈之为古文，岂独取其句读不类于今者邪？思古人而不得见，学古道则欲兼通其辞。通其辞者，本志乎古道者也。”（《题哀辞后》）“愈之所志于古者，不惟其辞之好，好其道焉尔。”（《答李秀才书》）在韩愈那里，“道”有特定的含义，其内容是侧重于“忧天下”、“兼济天下”、反对藩镇割据、主张国家统一的。关于这一点，韩愈不仅屡屡论及，还写出了示范性的散文，如《张中丞传后序》、《柳子厚墓志铭》等。韩愈的文学思想就是建立在这样的思想基础上的。

第二，提出了“闳中肆外”说。韩愈的“道”对原始儒家有着强烈的继承性，他虽然主张“兼善天下”，但并不否认加强个人人格修养的重要性。他说：

> 将蕲至于古之立言者，则无望其速成，无诱于势利，养其根而俟其实，加其膏而希其光。根之茂者其实遂，膏之沃者其光晔。仁义之人，其言蔼如也。
>
> （《答李翊书》）

> 夫所谓文者，必有诸其中，是故君子慎其实。实之美恶，其发也不掩。本深而末茂，形大而声宏。行峻而言厉，心醇而气和，昭晰者无疑，优游者有余。
>
> （《答尉迟生》）

这就是韩愈在文学创作上著名的“闳中肆外”说，意谓只有具备了丰厚的内在仁德，才可以写出华茂的文章，这与儒家的“有德者必有言”相似。

韩愈在《答李翊书》中集中阐述了为人与为文、立行与立言之间的联系，强调了道德修养对治学与为文的根本性的意义，认为只有“行之乎仁义之途”，做“仁义之人”，才能写出好的文章来。正如韩愈自己所说，他认为孟子以后孔孟之学失传，社会才日益沦丧，只有他跳过了千年历史，直接继承了孔孟之道，成为孟子的异代单传。这是否是事实姑且不论，但从他有关散文创作的论述中，我们确实能够强烈感受到孟子的“吾善养吾浩然之气”的人格修养理论和心性哲学。

第三，韩愈在文学创作上提出的产生了深远历史影响的“物不平则鸣”说，可以说是他继承道统的一个证明。他说：

> 大凡物不得其平则鸣。草木之无声，风挠之鸣，水之无声，风荡之鸣，其跃也或激之，其趋也或梗之，其沸也或炙之。金石之无声，或击之鸣。人之于言也亦然，有不得已者而后言，其歌也有思，其哭也有怀。凡出于口而为声者，其皆有弗平者乎！
>
> （《送孟东野序》）

韩愈提出这样的理论，固然和他的出身、经历和所处社会地位有关，但更重要的是从时代的要求出发，发掘并继承了孟子、屈原尤其是司马迁的精神。《孟子》作为政论文，其实更多的不是平静、客观地“以理服人”，而是以精神力量和内在的气势服人，而且最精彩的部分也在于它对不合理现实的强烈批判力量和对理想的执著追求。屈原的价值在于他对“美政”理想生死以求，《离骚》的意义也就在于它的追索和怨刺。司马迁说“《诗》三百篇，大抵圣贤发愤之所为作也”，“此人皆意所郁结，不得通其道也”（《太史公自序》）。他的“发愤”说直接启发了韩愈。

第四，对“贵族文学”予以否定。他说：

夫和平之音淡薄，而愁思之声要妙；欢愉之辞难工，而穷苦之言易好也。是故文章之作，恒发于羁旅草野。至若王公贵人，气满志得，非性能而好之，则不暇以为。

（《荆潭唱和诗序》）

这段话与“物不平则鸣”说互为表里，不仅揭示了文学创作中规律性的东西，还反映了中下层地主阶级的文学思想，代表了传统文学观念中最有积极意义的一面。“物不平则鸣”与“穷苦之言易好”合为一个整体，奠定了后来中国散文乃至中国文学的创作及评论的基础理论。由于其中蕴涵着对不合理现实的批判精神和对理想的追求精神，它确实成为承前（孔孟、屈原、司马迁）启后（明中叶浪漫主义文艺思潮）的伟大文学思想。

第三节 柳宗元

一、柳宗元的生平与思想

柳宗元（773—819），字子厚，河东（今山西永济县）人，世称柳河东。他于唐德宗贞元九年（793）进士及第后，历任集贤殿正字、蓝田尉、监察御史里行等职，顺宗时官至礼部员外郎。他曾参加王叔文革新集团，和刘禹锡等人积极进行朝政改革，反对宦官专政和藩镇割据。王叔文失败后，他被贬为永州司马，做了许多利民之事，10年后调任柳州刺史，于任所病逝，终年47岁，因此又称柳柳州。

柳宗元“以愚得罪”，一生耿直狷介，不合流俗，因而不被重用。在被贬以后他的思想有了很大的发展，在坚贞与抑郁中创造出了优秀的贬官文学。

相对于韩愈，柳宗元的思想似乎更加进步，在中国历史上，他是最先提出官为民仆的思想的，他还明确指出官吏是靠人民的俸禄来养活的，人民用“出其十一”的赋税雇用官吏来为人民服务，但现实的状况是官吏不仅不服务于人民，反而搜刮人民的财富，欺压残害人民，而人民之所以敢怒而不敢言，主要是因为人民没有团结起来，没有形成强大的力量（《送薛存义序》）。这虽然还是以传统的民本思想为基础，但在那个时代能有如此深刻进步的思想，实属难能可贵了。不仅如此，他还明确地意识到了贫富不均造成的社会矛盾，并试图探索其根源，提出了平均土地的理想。他的这些观点在当时来说都是前所未有的。

二、柳宗元散文的内容

柳宗元的创作也非常丰富，由于创作实绩，他成为古文运动的主将之一。从体裁上来看，他的散文可以分为议论文、游记、传记和寓言。

柳宗元的议论文最能表现他的思想。同样提倡“道”，但柳宗元与韩愈有所不同。韩愈主张封禅，柳宗元反对封禅；韩愈辟佛老，柳宗元不辟佛老。就是对于儒家，韩愈也是取其“忧天下”、“兼济天下”的一面，而柳宗元则取其“济生民之困”的一面。相形之下，柳宗元的思想更具开放性。柳宗元的思想融会了儒、道、佛三家，在当时达到了一个新的思想高度。其议论文代表作为《贞符》和《封建论》。《贞符》为典型的“明道”之作，文章驳斥了前人有关帝王受命于天的论调，指出“未有丧仁而久居者，未有恃祥而寿者”，要求天子努力实行仁政，按照社会需要治理国家，摒弃鬼神，尊重人事。《封建论》则把“家天下”向“公天下”的过渡看作是必然的趋势，认为“封建”并不符合“圣人”之意，用事实说明郡县制比分封制更具优越性，并进一步认为一种社会制度的确立不是由哪个圣人或是帝王决定的，而是由社会的发展趋势决定的，从根本上否定了君权神授的观念，具备了一定的唯物主义思想。对于现实政治，他坚决反对藩镇割据，极力批驳恢复分封制的陈腐观念。在《送薛存义序》、《答元饶州论政理书》等议论文中，柳宗元认为人民并不是官吏的奴仆，相反，官吏应当是人民的仆役。这种观点虽然还是继承了儒家的民本思想，但其提法之尖锐明确是前无古人的。他还意识到社会矛盾是由贫富不均造成的，试图用平均土地的方法来解决。柳宗元的这些思想在当时是独立特出的，后来的苏轼就曾经评论说：“宗元之论出而诸子之论废矣，虽圣人复起，不能易也。”（《秦不封建论》）更为难能可贵的是，柳宗元不止把这些思想停留在纸上，还积极地运用到了实践之中。最为可贵的是在长期的遭贬期间，他忍受着物质生活和精神生活的极大困窘和痛苦，在永州贬所为人民办了很多大好事，这是其他封建官吏很少做到的。

柳宗元山水游记的代表作是他在被贬永州期间所作的《永州八记》。《永州八记》的重要特色是“借山水以抒幽愤”，曲折地表现了作者无端被贬的愤慨心情、怀才不遇的感慨、对民生疾苦的关怀以及对故乡之思等丰富的情感。例如，《钴鉧潭西小丘记》这样写道：

……潭西二十五步，当湍而浚者为鱼梁。梁之上有丘焉，生竹树。其石之突怒偃蹇，负土而出，争为奇状者，殆不可数。其嵚然相累而下者，若牛马之饮于溪；其冲然角列而上者，若熊罴之登于山。丘之小不能一亩，可以笼而有之。问其主，曰：“唐氏之弃地，货而不售。”问其价，曰：“止四百。”余怜而售之。李深源、元克己时同游，皆大喜，出自意外。即更取器用，铲刈秽草，伐去恶木，烈火而焚之。嘉木立，美竹露，奇石显。由其中以望，则山之高，云之浮，溪之流，鸟兽之遨游，举熙熙然回巧献技，以效兹丘之下。枕席而卧，则清泠之状与目谋，瀯瀯之声与耳谋，悠然而虚者与神谋，渊然而静者与心谋。不匝旬而得异者地者二，虽古好事之士，或未能至焉。

噫！以兹丘之胜，致之沣、镐、鄠、杜，则贵游之士争买者，日增千金而逾不可得。今弃是州也，农夫渔父过而陋之；贾四百，连岁不能售。而我与深源、克己独喜得之，是其果有遭乎！书于石，所以贺兹丘之遭也。

显然，这被“农夫渔父过而陋之”的小丘，这被人遗弃的无人赏识的自然美，正是作者遭遇的象征。作者把一个普通的小丘描绘得如此富有血肉灵魂，正是他因愤慨而移情山水的结果，同时也深刻地表现出了他的沉郁愤激的情绪。至于最后写小丘之美被发现，正如清人何焯所说：“兹丘犹有遭，逐客所以羡而贺也，言表殊不自得耳”（《义门读书记》）。作者既在愤慨中自慰，也对未来寄托着一定希望。

在艺术上，柳宗元的山水游记清新优美，富有诗情画意。他善于用极其简洁的语言对景物作细致入微的描写，对景物的形状、色彩、声音、位置都能穷形极象。如《至小丘西小石潭记》：

从小丘西行百二十步，隔篁竹，闻水声，如鸣佩环。心乐之，伐竹取道，下见小潭，水尤清冽。全石以为底，近岸，卷石以出，为坻、为屿、为嵁、为岩。青树翠蔓，蒙络摇缀，参差披拂。潭中鱼可百许头，皆若空游无所依；日光下澈，影布石上，佁然不动；俶尔远逝，往来翕忽，似与游者相乐。潭西南而望，斗折蛇行，明灭可见，其岸势犬牙差互，不可知其源。坐潭上，四面竹树环合，寂寥无人，凄神寒骨，悄怆幽邃。……

全文写景状物，生动传神，精美异常，达到了很高的艺术水平。《始得西山宴游记》也是游记名篇，它不仅有《至小丘西小石潭记》景物描写上的特点，在谋篇布局上更有独到之处。游记以侧面衬托和铺垫的手法来表现主旨，以自然山水之美与作者的人格之美相辉映，既记游览的经过，又突出了作者的精神感悟，从而赞美了作者特立独行的高洁品格。在写景上，所用笔墨简洁而描绘生动，对西山的高峻不作正面描绘，而是采用了侧面衬托的手法，以众山与西山对比，表现出西山的非凡气势。同时，文章开篇并不切入正题，而是先写平日游览众山的情景，以此作为铺垫，来反托宴游西山的经过和在其中获得的感悟。而“始得”二字，在文中或明或暗、或正或反地点题，使文章既脉络清晰，又文气凝聚。从上述诸方面可以看出，柳宗元的山水游记在艺术上已经相当成熟。

柳宗元的人物传记也很有特色。基于他的基本思想，他的传记不像以往的史书那样“为帝王将相做家谱”，而是往往取材于那些被侮辱、被压迫的下层人物，大胆而真实地揭露黑暗的现实，表现了自己忧愤的心情和强烈的现实责任感。如《捕蛇者说》通过“蛇”与“赋”的对比，揭示出了一种触目惊心的社会现实：

“……自吾氏三世居是乡，积于今六十岁矣。而乡邻之生日蹙。殚其地之出，竭其庐之入，号呼而转徙，饥渴而顿踣，触风雨，犯寒暑，呼嘘毒疠，往往而死者相藉也。曩与吾祖居者，今其室十无一焉；与吾父居者，今其室十无二三焉；

与吾居十二年者，今其室十无四五焉；非死则徙尔，而吾以捕蛇独存。悍吏之来吾乡，叫嚣乎东西，隳突乎南北，哗然而骇者，虽鸡犬不得宁焉。吾恂恂而起，视其缶，而吾蛇尚存，则弛然而卧。谨食之，时而献焉。退而甘食其土之有，以尽吾齿。盖一岁之犯死者二焉，其余，则熙熙而乐。岂若吾乡邻之旦旦有是哉！今虽死乎此，比吾乡邻之死则已后矣，又安敢毒耶？”

余闻而愈悲。孔子曰：“苛政猛于虎也！”吾尝疑乎是，今以蒋氏观之，犹信。呜呼！孰知赋敛之毒有甚是蛇者乎！故为之说，以俟夫观人风者得焉。

“赋敛之毒有甚是蛇”，愤怒地控诉了残酷的赋税制度对劳动人民的残害，反映了农村残破荒凉、人民流离失所、官吏凶狠残暴的社会现实，揭露了当时严重的社会矛盾。《种树郭橐驼传》更加意味深长，借一个社会最底层的种树者郭橐驼的种树之道来比喻居官之理，讽刺了那些根本不懂生产、不懂如何处理政事的官吏，尖锐地指出他们只会烦苛政令，干扰人民。同时，作者还表现了对劳动人民的深刻同情，认为万事万物都有自己的规律，居官之理应该顺应社会的自然规律，不要做戕害事物本性的蠢事。《童区寄传》写一个 11 岁的牧童杀死了两个抢劫人口的“豪贼”，揭露了当时贩卖人口的罪恶行径，歌颂了机智勇敢的精神。

《段太尉逸事状》则是选取了段太尉的几则典型事迹，如：

（段太尉）既署一月，晞军士十七人入市取酒，又以刃刺酒翁，坏酿器，酒流沟中。太尉列卒取十七人，皆断头注槊上，植市门外。晞一营大噪，尽甲。孝德震恐，召太尉曰：“将奈何？”太尉曰：“无伤也，请辞于军。”孝德使数十人从太尉，太尉尽辞去，解佩刀，选老躄者一人持马，至晞门下。甲者出，太尉笑且入曰：“杀一老卒，何甲也？吾戴吾头来矣。”甲者愕，因谕曰：“尚书固负若属耶？副元帅固负若属耶？奈何欲以乱败郭氏？为白尚书，出听我言。”晞出，见太尉。太尉曰：“副元帅勋塞天地，当务始终。今尚书恣卒为暴，暴且乱，乱天子边，欲谁归罪？罪且及副元帅。今邠人恶子弟以货窜名军籍中，杀害人，如是不止，几日不大乱？大乱由尚书出，人皆曰，尚书倚副元帅不戢士，然则郭氏功名其与存者几何？”言未毕，晞再拜曰：“公幸教晞以道，恩甚大，愿奉军以从。”顾叱左右曰：“皆解甲，散还火伍中，敢哗者死！”太尉曰：“吾未晡食，请假设草具。”既食，曰：“吾疾作，愿留宿门下。”命持马者去，旦日来。遂卧军中。晞不解衣，戒候卒击柝卫太尉。旦，俱至孝德所，谢不能，请改过。邠州由是无祸。

文章歌颂了段秀实机智勇敢、不畏强暴、爱民如子的英勇事迹和优良品德，将其形象刻画得栩栩如生。

柳宗元的寓言在文学上的贡献也是很大的。他继承了先秦寓言传统，有意识地大量创作寓言，使寓言成为一种独立、完整的文学体裁。柳宗元的寓言具有强烈的政治讽刺精神，如《三戒》中的《永某氏之鼠》和《临江之麋》，讽刺那些依仗大人物的庇护而为所欲为的小人在得势时不知天高地厚，呈尽丑态，一旦靠山倒塌，又落得彻底灭亡的可悲下场。《临江之麋》尤其令人感到可悲和可笑：

临江之人，畋得麋麑，畜之。入门，群犬垂涎，扬尾皆来。其人怒，怛之。自是日抱就犬，习示之，使勿动，稍使与之戏。积久，犬皆如人意。麋麑稍大，忘己之麋也，以为犬良我友，抵触偃仆益狎。犬畏主人，与之俯仰甚善，然时啖其舌。三年，麋出门，见外犬在道甚众，走欲与为戏。外犬见而喜且怒，共杀食之，狼藉道上。麋至死不悟。

《黔之驴》这样写道：

黔无驴，有好事者船载以入。至则无可用，放之山下。虎见之，庞然大物也，以为神。蔽林间窥之，稍出近之，慭慭然，莫相知。他日，驴一鸣，虎大骇，远遁；以为且噬己也，甚恐。然往来视之，觉无异能者。益习其声，又近出前后，终不敢搏。稍近，益狎，荡倚冲冒。驴不胜怒，蹄之。虎因喜，计之曰："技止此耳。"因跳踉大㘎，断其喉，尽其肉，乃去。噫！形之庞也类有德，声之宏也类有能。向不出其技，虎虽猛，疑畏，卒不敢取。今若是焉，悲夫！

讽刺那些外强中干、无德无才、徒具吓人气派的饭桶官吏，嘲讽他们"形之庞也类有德，声之宏也类有能"的假象，并给予了有力的诅咒。《罴说》与当时的藩镇割据现实密切相关，警告朝廷不要像靠模仿野兽的叫声来吓走其他野兽的没有打猎本领的猎人那样，如果不励精图治，最终只能被藩镇吞噬。《蝜蝂传》和《哀溺文》则是讽刺那些财迷心窍、贪得无厌的贪官污吏，画出了他们的丑恶灵魂。《蝜蝂传》这样写道：

蝜蝂者，善负小虫也。行遇物，辄持取，仰其首负之。背愈重，虽困剧不止也。其背甚涩，物积因不散，卒踬仆不能起。人或怜之，为去其负，苟能行，又持取如故。又好上高，极其力不已，至坠地死。今世之嗜取者，遇货不避，以厚其室，不知为己累也，唯恐其不积。及其怠而踬也，黜弃之，迁徙之，亦以病矣。苟能起，又不艾，日思高其位，大其禄；而贪取滋甚，以近于危坠，观前之死亡不知戒。虽其形魁然大物者也，其名人也，而智则小虫也。亦足哀夫！

这篇近200字的短文，写得精警深刻，砭及骨髓，足以警顽拔愚。在艺术上，柳宗元的寓言善于抓住现实中平凡事物的特征加以想象和夸大，创造出符合现实生活逻辑的鲜明生动的艺术形象，故事完整，寓意明确，针对性很强。

柳宗元在当时的文坛即声名远扬，贬谪以前上门求教的人很多；遭贬以后，"蘅湘以南为进士者，皆以子厚为师"。在他的影响下，文坛出现了一批优秀的文人。

柳宗元不仅与韩愈一起推动了古文运动，他的山水游记和寓言还开创了两种新的

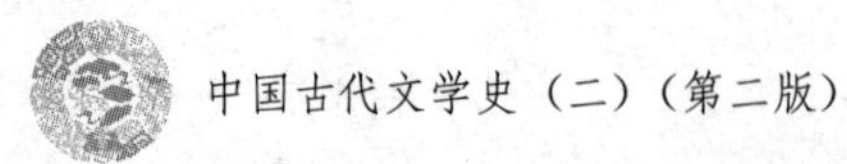

文体，他的政治思想和哲学思想也对后世产生了积极的影响。

三、柳宗元散文的艺术成就

柳宗元的人物传记往往从现实批判的角度出发选取原型，通过恰当的剪裁使人物典型化，以生动精练的语言表现典型细节，从而刻画出鲜明生动的人物形象。另外，与韩愈的散文不同，柳宗元的散文语言朴实流畅，接近口语，更富表现力。

柳宗元的山水游记继承了郦道远的《水经注》而又有所发展，形成了自己鲜明的个性，奠定了游记散文的坚实基础，开创了一种纯粹的审美化散文体式，为中国散文的发展做出了杰出的贡献。其游记散文的重要特色是“借山水以抒幽愤”，曲折地表现了作者无端被贬的愤慨心情和怀才不遇的感慨，文笔清新优美，极富诗情画意。他善于用极其简洁的语言对景物作细致入微的描写，对景物的形状、色彩、声音、位置都能穷形极象。其游记往往以侧面衬托和铺垫的手法来表现主旨，以自然山水之美与作者的人格之美相辉映，从而赞美了作者特立独行的高洁品格。作品在写景上笔墨简洁而描绘生动，文中或明或暗、或正或反地点题，既脉络清晰，又文气凝聚。

柳宗元的寓言善于抓住现实中平凡事物的特征加以想象和夸大，创造出了符合现实生活逻辑的鲜明生动的艺术形象，故事完整，寓意明确，针对性很强。

四、柳宗元的诗歌

柳宗元不仅是古文运动的主将之一，还是优秀的诗人。他的诗与散文在内容上有共通之处，如《田家》三首揭露赋税之重，其同情劳动人民之声与其著名散文《捕蛇者说》如出一辙。《平淮夷雅二篇》颂扬统一，反对分裂，《唐铙歌鼓吹曲十二篇》是仿效汉魏鼓吹诗体写成，分别颂扬了高祖、太宗及李靖等平定叛乱、统一国家所建树的辉煌功业。但他最著名和对后世影响最大的还是山水诗。

柳宗元先被贬为永州司马达十年之久，后又被贬为柳州刺史，至死也未能回京。他一生虽备受贬谪压抑之苦，而坚持不改初衷，始终忧国忧民。因此，他虽凭借山水寄情，但与一般的流连光景之作有着本质的不同，尽管有时显得恬淡，实际上却满含郁勃之气，形成了情感急切、幽愤峻峭的诗风。苏轼说其“发纤秾于简古，寄至味于淡泊”（《书黄子思诗集后》），颇能道其神髓。如《渔翁》：

> 渔翁夜傍西岩宿，晓汲清湘燃楚竹。烟销日出不见人，欸乃一声山水绿。回看天际下中流，岩上无心云相逐。

此诗写于被贬永州之时。在“无心”争逐之中，显示出其高标不俗的人格。又如《江雪》：

> 千山鸟飞绝，万径人踪灭。孤舟蓑笠翁，独钓寒江雪。

此诗亦写于被贬永州之后，塑造了一个不畏寒雪的抗争者形象。

《南涧中题》是他的名作，诗人本来想借山水抒解忧思愁绪，但反而像“寒藻舞沦漪”那样，在徘徊中愈隐愈深，形成了一个强烈的感情漩涡：

秋气集南涧，独游亭午时。回风一萧瑟，林影久参差。始至若有得，稍深遂忘疲。羁禽响幽谷，寒藻舞沦漪。去国魂已游，怀人泪空垂。孤生易为感，失路少所宜。索寞竟何事？徘徊只自知。谁为后来者？当与此心期。

其实，柳宗元的山水诗已远远不限于对山水的描绘，而主要是借山水来抒发情感，所以，在他的山水诗中很难看到“纯粹的山水”。如：

零落残魂倍黯然，双垂别泪越江边。一身去国六千里，万死投荒十二年。桂岭瘴来云似墨，洞庭春尽水如天。欲知此后相思梦，长在荆门郢树烟。

（《别舍弟宗一》）

元和十一年（816）春夏之交，柳宗元的堂弟柳宗一自柳州赴江陵，作者借别诗对自己的遭遇表示了深切的悲愤。另如《酬曹侍御过象县见寄》也这样写道：

破额山前碧玉流，骚人遥驻木兰舟。春风无限潇湘意，欲采苹花不自由。

作者在诗中通过木兰、潇湘、苹花等意象表达了自己政治上失败后的愤激心情。此类诗作中最典型的还是《登柳州城楼寄漳汀封连四州》：

城上高楼接大荒，海天愁思正茫茫。惊风乱飐芙蓉水，密雨斜侵薜荔墙。岭树重遮千里目，江流曲似九回肠。共来百越文身地，犹自音书滞一乡。

这首七律是诗人初抵柳州任刺史，登城楼远眺，因怀念同遭贬谪的刘禹锡等人而作。中国的山水诗，似乎从来还没有人将其写得这样情浓意切、惊心动魄。诗中的自然山水已经不再像魏晋六朝的山水诗那样是人的客观欣赏的对象，而是染上了浓烈的情感色彩，成为人的情感的化身。因此，我们可以说柳宗元将中国的山水诗发展到了一个情意自然的阶段。

司空图在《题柳柳州集后》中说：“今于华下方得柳诗，味其深搜之致，亦深远矣，俾其穷而克寿，玩精极思，则固非琐琐者轻可拟议其优劣。”虽然没有直接评价柳诗，但已道出了柳诗的深邃意致。王、孟、韦、柳在唐诗史上历来以所谓“闲淡自得”、“温丽清深”的相近特点并称，但实际上柳诗具有庄子的弘肆，屈子的幽愤，即便发言“淡泊”，也是深情别蕴，与王、孟、韦很不相同，倒是与李白、杜甫有几分神似。

五、柳宗元的文学主张

柳宗元的文学思想与他的哲学、政治思想基本一致。他主张“文以明道”。他说：

“始吾幼且少，为文章以辞为工。及长，乃知文者以明道。”（《答韦中立论师道书》）在《报崔黯秀才论为文书》中指出：“圣人之言，期以明道，学者务求诸道而遗其辞。辞之传于世者，必由于书。道假辞而明，辞假书而传，要之之道而已耳。”意谓写文章的目的是“明道”，读文章的目的是“之道”，文辞是传达“道”的工具。柳宗元的“道”更具有现实性，在《读韩愈所著〈毛颖传〉后题》中，他提出了“辅时及物”、“急生民之困”、“有益于世者也”的主张，这应该是他“道”的主要方面。

柳宗元对骈文持批判态度。他在《乞巧文》中说骈文是“眩耀为文，琐碎排偶”无实际效用的文章。他推崇先秦两汉之文，说“文之近古而尤壮丽，莫如汉之西京”（《柳宗直西汉文类序》），学文要“本之《书》以求其质，本之《诗》以求其恒，本之《礼》以求其宜，本之《春秋》以求其断，本之《易》以求其动”（《答韦中立论师道书》），足见他对古文之重视。

在创作方式上，柳宗元说：（作文）“未尝敢以轻心掉之，惧其剽而不留也；未尝敢以怠心易之，惧其弛而不严也；未尝敢以昏气出之，惧其昧没而杂也；未尝敢以矜气作之，惧其偃蹇而骄也。”（《答韦中立论师道书》）要求以清静、认真的心态来进行创作。在艺术形式上，他认为“言而不文则泥”（《答吴武陵论非国语书》），十分重视文辞对于表达内容的作用。

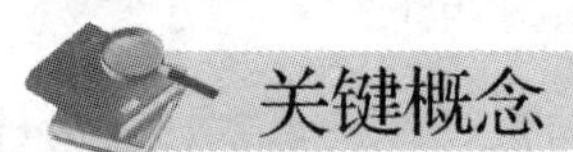

古文运动	“道统”	“闳中肆外”	“物不平则鸣”
人物传记	山水游记	寓言	山水诗

思考题

1. 简述古文运动及其产生的历史原因。
2. 试述韩愈散文的内容及艺术特点。
3. 谈谈韩愈诗歌的艺术特点。
4. 简述柳宗元散文的文体分类及各体散文的内容和艺术特点。
5. 试论柳宗元山水诗的艺术特点。

第七章　中唐后期的文学

本章提示

孟郊与贾岛：(1) 熟悉孟郊的《秋怀》、《寒地百姓吟》等诗，掌握其艺术特点。(2) 熟悉贾岛的《暮过山村》、《过杨道士居》等。

李贺：(1) 掌握李贺的生平及特点。(2) 背诵李贺的诗歌《苏小小墓》、《天上瑶》、《梦天》、《金铜仙人辞汉歌》、《李凭箜篌引》、《雁门太守行》等。(3) 重点掌握李贺诗歌的内容特点和艺术特点。

刘禹锡：(1) 掌握刘禹锡的生平。(2) 背诵刘禹锡的诗歌《酬乐天扬州初逢席上见赠》、《乌衣巷》、《石头城》、《西塞山怀古》等。(3) 掌握刘禹锡怀古诗的特点。

杜牧：(1) 掌握杜牧的生平。(2) 背诵杜牧的诗歌《过华清宫绝句三首》、《题乌江亭》、《泊秦淮》、《江南春绝句》等。(3) 掌握杜牧诗歌特点。

李商隐：(1) 掌握李商隐的生平及诗歌特点。(2) 背诵李商隐的诗歌《贾生》、《北齐二首》、《隋宫》、《锦瑟》、《无题三首》等。(3) 重点掌握李商隐诗歌的艺术成就。

第一节　孟郊与贾岛

孟郊和贾岛都曾受过韩愈的推荐和帮助，被称为“韩门弟子”。韩愈与孟郊诗风相近，尚险尚怪，又多联句之作，时人称之为韩孟诗派。与这一诗派相关的还有贾岛。

孟郊（751—814），字东野，湖州武康（今浙江德清）人，46 岁中进士，50 岁始作溧阳尉，后来还做过一些小官，一生贫寒。孟郊的诗很受韩愈推崇，韩愈在《荐士》中说：“有穷者孟郊，受材实雄骜。冥观洞古今，象外逐幽好。横空盘硬语，妥帖力排奡。敷柔肆纡余，奋猛卷海潦。”孟郊论诗也标举“六义”、“风骨”，反对大历以来流连光景、点缀升平的诗风，但他的诗与韩愈还是有很大的不同。孟郊才学不如韩愈，以“苦吟”著名，孟郊自述作诗的情景是“夜学晓不休，苦吟神鬼愁。如何不自闲，心与身为仇”（《夜感自遣》）。因此，他的诗往往思力深刻，清寒新硬。如《秋怀》：

秋月颜色冰，老客志气单。冷露滴梦破，峭风梳寒骨。席上印病纹，肠中转愁盘。疑怀无所凭，虚听多无端。梧桐苦峥嵘，声响如哀弹。（其二）

老病多异虑，朝夕非一心。商虫哭衰运，繁响不可寻。秋草瘦如发，贞芳缀疏金。晚鲜讵几时，驰景还易阴。弱习徒自耻，暮知欲何任。露才一见谗，潜知早已深。防深不防露，此意古所箴。（其七）

孟郊所以形成这种诗风，与其时代不无关系。元和前期是一个要在盛唐之外创立新诗风的时代，由韩愈开辟的“掀雷决电”的奇险诗风在当时受到了广泛的响应。孟郊这样的诗人，虽然在诗歌创新方面与韩愈有共通之处，但在当时由于多数进士的生活状况并不如意，所以文坛便形成了一种孟郊这样的自述困境愁怀的诗风。鉴于当时的社会风气，韩愈更提出了“夫和平之音淡薄，而愁思之声要妙。欢愉之辞难工，而穷苦之言易好也”（《荆潭唱和诗序》）的思想，将“愁思”和“穷苦之言”上升到了审美的理论高度，因此这种诗风在当时甚为流行。孟郊的这种诗风对后世影响很大，尤其是宋代江西诗派的生新瘦硬风格主要来自孟郊。

孟郊还有许多关心民生疾苦的诗，如著名的《寒地百姓吟》对贫富悬殊作了强烈的对比，对劳动人民的悲惨命运表现了深切的同情。另外，《伤春》、《吊国殇》、《杀气不在边》等诗也很有代表性。这既是孟郊与贾岛的不同之处，也是元和前期诗风与元和后期诗风的重要区别。

孟郊有的诗也写得平易通畅，如著名的《游子吟》：

慈母手中线，游子身上衣。临行密密缝，意恐迟迟归。谁言寸草心，报得三春晖。

与此派相关的还有贾岛。贾岛（779—843），字阆仙，范阳（今北京附近）人。先为僧，后认识韩愈，返俗应举，举进士，但长期过着“拄杖傍田寻野菜，封书乞米趁时炊”（张籍《赠贾岛》）的穷苦生活。孟、贾都是以苦吟著称于世的，贾岛更是以“二句三年得，一吟双泪流”及“推敲”的事迹成为中晚唐最主要的苦吟诗人。从晚唐开始，人们将郊、岛并称，苏轼《祭柳子玉文》中的“元轻白俗，郊寒岛瘦”更似乎成了二人的定评。但事实上二人有很大的不同。孟郊擅长五古，而古体诗是由汉魏五言诗发展而来的，所以积淀了浓厚的关注现实的风雅比兴的传统，他本人也崇儒复古，希望匡世济时；贾岛则专攻五律，近体五律主要继承了齐、梁诗的讲求声律对偶的传统，其中具有浓厚的应制、应试的为文造情的传统，贾岛的创作本身也主要体现了对应试和应景的追求。因此，历史上虽然郊、岛并称，其实贾岛已属于元和后期，接近晚唐的诗风了。

二人在艺术上也有相近之处。如贾岛写怪禽："怪禽啼旷野，落日恐行人。"（《暮过山村》）写蛇："归吏封宵钥，行蛇入古桐。"（《题长江亭壁》）写早年枯寂的禅房生活："叩齿坐明月，搘颐望白云。"（《过杨道士居》）"孤鸿来半夜，积雪在诸峰。"（《寄董武》）就是其最通晓畅达的诗也具有上述风格。如《剑客》：

十年磨一剑，霜刃未曾试。今日把示君，谁有不平事。

再如著名的《寻隐者不遇》：

松下问童子，言师采药去。只在此山中，云深不知处。

所谓郊、岛相似之处，是指二人的诗歌在内容上都好写悲愁寒苦之事，在诗风上都有清寒瘦硬之境。欧阳修在《六一诗话》中说："孟郊、贾岛皆以诗穷至死，而平生尤喜为穷苦之句。"《苕溪渔隐丛话》卷 19 引《蔡宽夫诗话》评论说："郊、岛非附于寒涩，无所置才。"而清代的许印芳说得更为透彻："两人生李杜之后，避千门万户之广衢，走羊肠小道之仄径，志在独开生面，遂成僻涩一体。"（《诗法萃编》卷 6《跋司空图与王驾评诗书》）

与这一派诗风相近的还有姚合（约 779—约 855），当时有"姚贾"之称，其诗风较贾岛平易，多表现闲散的生活情调，五律为多。

第二节　李　贺

一、李贺的诗歌

李贺（790—816），字长吉，河南昌谷（今宜阳）人，故世称"李昌谷"，是没落的皇族家庭的后裔。他自幼便才华出众，抱负颇大。父李晋肃，曾当过县令。仅因"晋肃"之"晋"与"进士"之"进"同音，"肃"与"士"音近，李贺便以有讳父名而遭人议论攻击，不得参加进士考试。因避讳而不能参加进士试，最后只做了一个九品小官奉礼郎。李贺因身体病弱，其志不遂，又兼苦吟成癖，死时年仅 27 岁。《李长吉歌诗》存诗 250 余首，除少量伪作外，可确定为他本人所作的约有 240 首。

在中国文学史上，李贺的诗呈现出极为独特的精神状态和艺术风貌。在李贺那里，盛世不复、壮志不遂、时光不再、生命不永等种种因素共同整合成了生命的悲剧意识。我们每个人在试图真切地体味生命时，都会深切地感受到李贺的存在。也正因如此，李贺的诗才具有了独特的魅力。

正所谓"日月飞逝于上，体貌日衰于下"，李贺病弱的身躯与他强大的灵魂、强烈的事功愿望与入仕无门构成了巨大的反差，这不仅使李贺常常感受到死神即将降临，更使他感受到人生的绝望，从而对生命表现出无限焦灼、深刻的思索和强烈的渴望。钱钟书先生在《谈艺录》中说："细玩昌谷集，含挖傺牢骚，时一抒泄而外，尚有一作意，屡见不鲜。其于光阴之速，年命之短，世变无涯，人生有尽，每感怆低徊，长言永叹。"他对自己的衰病反复吟咏："日夕著书罢，惊霜落素丝。镜中聊自笑，讵是南山期。""壮年抱羁恨，梦泣生白头。""病骨犹能在，人间底事无?""秋姿白发生，木叶啼风雨。""咽咽学楚吟，病骨伤幽素。""吴霜点归鬓，身与蒲塘晚。"因此，他唯恐时光流逝，要"长绳系日"，使"老者不死，少年不哭"，有时甚至要"捶碎千年日长白"，将"千年"打碎，时光停滞，使"一日作千年，不须流下去"。不仅如此，他还要进而"酒酣喝月使倒行"。当然，他也完全明白，人生的永恒是不可期的，"彭祖巫咸几回死"，"天上几回葬神仙"。仙鬼两界都不可靠，何况人间？所以，死亡的意象在他的诗中显得那样密集与沉重："一方黑照三方紫，黄河冰合鱼龙死"，"桂叶刷风桂坠子，青狸哭血寒狐死"，"津头送别唱流水，酒客背寒南山死"。这种对生命的终极思考，使任何一个认真思索人生和体味生命的人都无法轻松地超迈过去。

因此，李贺将忧愤从人间带到了幽冥世界："秋坟鬼唱鲍家诗，恨血千年土中碧。"（《秋来》）生而功业不遂，死而幽愤不散。苏小小那凄艳无比而又孤寂无依的灵魂，居然在人鬼两界都不能解脱：

> 幽兰露，如啼眼。无物结同心，烟花不堪剪。草如茵，松如盖。风为裳，水为珮。油壁车，夕相待。冷翠烛，劳光彩。西陵下，风吹雨。
>
> （《苏小小墓》）

苏小小为南齐时钱塘名娼。古乐府《苏小小歌》："我乘油壁车，郎骑青骢马。何处结同心，西陵松柏下。"这郎才女貌的佳偶生不为世所容，死亦不成眷属。只有那飘忽不定的鬼火和令人心碎肠断的凄风苦雨伴随着苏小小那徘徊于西陵松柏之下的孤独落寞的灵魂。

当然，李贺对神仙的世界有时也表现出美好的向往：

> 天河夜转漂回星，银浦流云学水声。玉宫桂树花未落，仙妾采香垂佩缨。秦妃卷帘北窗晓，窗前植桐青凤小。王子吹笙鹅管长，呼龙耕烟种瑶草。粉霞红绶藕丝裙，青洲步拾兰苕春。东指羲和能走马，海尘新生石山下。
>
> （《天上谣》）

但即使是在这最为温馨安详的仙界，李贺也没有忘记"海尘新生石山下"的沧桑巨变。尤其是当他从天上俯瞰人间时，人间更是那样的渺小与变动不居："老兔寒蟾泣天色，云楼半开壁斜白。玉轮轧露湿团光，鸾佩相逢桂香陌。黄尘清水三山下，更变千年如走马。遥望齐州九点烟，一泓海水杯中泻。"（《梦天》）实际上，无论走到哪里，李贺所祈求的“劫灰飞尽古今平”的永恒世界都没有找到。

对于历史，李贺往往多有深沉而悲凉的感喟。如对那位声威赫赫的汉武帝，李贺也认为是秋风中的过客：

茂陵刘郎秋风客，夜闻马嘶晓无迹。画栏桂树悬秋香，三十六宫土花碧。魏官牵车指千里，东关酸风射眸子。空将汉月出宫门，忆君清泪如铅水。衰兰送客咸阳道，天若有情天亦老。携盘独出月荒凉，渭城已远波声小。

（《金铜仙人辞汉歌》）

生前的声威与死后的衰败真使茂陵刘郎心有不甘，赫赫炎汉已如远去的渭城的波声，渐渐消失。天若有情，面对如此巨变，也会因悲伤而衰老吧！

对生命如此深刻的体悟使李贺具有了无可比拟的艺术感受力，他似乎在对音乐的感悟中超越了生命的局限，实现了他生死以求的永恒：

吴丝蜀桐张高秋，空山凝云颓不流。江娥啼竹素女愁，李凭中国弹箜篌。昆山玉碎凤凰叫，芙蓉泣露香兰笑。十二门前融冷光，二十三丝动紫皇。女娲炼石补天处，石破天惊逗秋雨。梦入神山教神妪，老鱼跳波瘦蛟舞。吴质不眠倚桂树，露脚斜飞湿寒兔。

（《李凭箜篌引》）

这应该是中国描写音乐的第一诗。整个天地宇宙都氤氲在“吴丝蜀桐”的乐声中，这“石破天惊”的秋雨秋思，这“吴质不眠”的心情意绪，已使李贺进入了一种虚灵的境界。

但归到结穴处，李贺还是不能忘怀现实功业：

男儿何不带吴钩，收取关山五十州。请君暂上凌烟阁，若个书生万户侯？

（《南园诗》其五）

黑云压城城欲摧，甲光向日金鳞开。角声满天秋色里，塞上燕脂凝夜紫。半卷红旗临易水，霜重鼓寒声不起。报君黄金台上意，提携玉龙为君死。

（《雁门太守行》）

燕昭王高筑黄金台招贤纳士的往事是令人无比向往的，李贺正是在这种可望而不可即的生命状态中促生了他的生命的悲剧意识，铸就了他的雄奇瑰丽、不可复现的诗歌。

三、李贺诗歌的艺术成就及影响

李贺的诗具有极其独特的艺术价值。严羽《沧浪诗话》说：“人言‘太白仙才，长吉鬼才’。不然，太白天仙之词，长吉鬼仙之词耳。”杜牧在《李长吉歌诗叙》中也说李贺诗“鲸呿鳌掷，牛鬼蛇神，不足为其虚荒诞幻也”，宋人范晞文《对床夜语》也曾引述陆游的话说：“李贺词如百家锦衲，五色炫耀，光夺眼目，使人不敢熟视”。这些都是对李贺诗超越现实，沟通仙、鬼两界艺术想象力的最好概括。李贺不仅接受了《楚辞》、李白、韩愈的影响，更重要的是他以最为大胆的想象将那些不可能出现和发生的事情联系起来，从而获得了前所未有的陌生化效果，而这些“陌生”的想象都来自他独特的生命意识的深处，一经喷薄而出，就具有了震撼人心的力量。

李贺诗的最主要的艺术特点在于他将视觉、听觉、味觉、触觉等各种感觉极为大胆而又奇妙地结合起来，这种结合有时接近于幻觉，正是这种类似幻觉的通感手法才使他创造出了瑰丽、冷艳、瘦硬、奇崛的诗境。如以听感写视感：“烹龙炮凤玉脂泣”、“银浦流云学水声”、“兰脸别春啼脉脉”；以视感写听觉，如“别浦云归桂花渚，蜀国弦中双凤语。芙蓉叶落秋鸾离，越王夜起游天姥。暗佩清臣敲水玉，渡海蛾眉牵白鹿”。至于《李凭箜篌引》，就更为典型了。有时，李贺诗中的想象和比喻根本找不逻辑联系，但又能使人心领神会，如“松柏愁香涩”、“荒沟古水月如刀”、“思牵今夜肠应直，雨冷香魂吊书客”等等。

李贺在诗中运用的上述艺术方法铸造出了他的诗瑰丽荒诞、幽峭冷艳的极为突出的艺术风格。李贺的诗以想象思维为线索，物象交错，时空错置，构建了一个上天入地、超越人间的诗性世界。

韩愈当时就甚推李贺，令其声誉更高。后世学李贺者不乏其人，如宋末的谢皋羽，杨维桢的铁崖体更是受到了李贺长吉体的影响，徐渭的七言诗也仿李贺。李贺诗在语言上的瑰奇风格对后世诗歌语言有着深远的潜在影响。

第三节 刘禹锡

刘禹锡在元白、韩孟两个诗派之外异军突起，虽然未能自立一派，但其正道直行、自强不息的人品和蕴藉自然、流丽顿挫的诗品给后世以很大的影响。

刘禹锡（约 772—约 824），字梦得，洛阳人，进士出身，因参加王叔文倡导的“永贞革新”而被一贬再贬在外 20 多年，晚年迁太子宾客。刘禹锡生活态度很积极，在被贬时所作的《秋词》中写道：“自古逢秋悲寂寥，我言秋日胜春朝。晴空一鹤排云上，便引诗情到碧霄。”在被贬 10 年后被召回京城游玄都观后，写了《元和十年自朗州至京，戏赠看花诸君子》一诗：“紫陌红尘拂面来，无人不道看花回。玄都观里桃千树，尽是刘郎去后栽。”因以桃树讽刺了新得势的权贵，再度被贬 14 年。但 14 年后重回京城时，他又写了一首《再游玄都观》：“百亩庭中半是苔，桃花开尽菜花开。种桃道士归何处，前度刘郎今又来。”对新贵的讽刺比前首更为辛辣，可见其不屈不挠的性格。他在这方面最著名的诗还是《酬乐天扬州初逢席上见赠》：

巴山楚水凄凉地，二十三年弃置身。怀旧空吟闻笛赋，到乡翻似烂柯人。沉舟侧畔千帆过，病树前头万木春。今日听君歌一曲，暂凭杯酒长精神。

唐敬宗宝历二年（826），刘禹锡罢和州刺史，在贬官20多年后被召回京城洛阳。途经扬州，与白居易相遇。这首诗是在筵席上写给白居易的一首赠诗。诗作感慨深沉，情绪低昂顿挫，但又悲而不哀，时现慷慨奔放之气，是“贬谪诗”的佳作。

刘禹锡最著名和对后世影响最大的还是他的怀古诗。他写怀古诗的宗旨可以用他自己的诗句来概括：“兴废由人事，山川空地形。”（《金陵怀古》）如：

朱雀桥边野草花，乌衣巷口夕阳斜。旧时王谢堂前燕，飞入寻常百姓家。

（《乌衣巷》）

山围故国周遭在，潮打空城寂寞回。淮水东边旧时月，夜深还过女墙来。

（《石头城》）

王濬楼船下益州，金陵王气黯然收。千寻铁索沉江底，一片降幡出石头。人世几回伤往事，山形依旧枕寒流。从今四海为家日，故垒萧萧芦荻秋。

（《西塞山怀古》）

这些怀古诗慨叹世事兴亡，深寓历史教训，即景抒情，由情及理，令人叹惋不已。这些诗之所以具有那样大的影响力，还在于它们契合了中国人重自然而轻人事的文化心理结构。自然的真实与人事的虚幻，自然的神圣庄严与人事的卑下荒诞，自然的永恒与人事的短暂——在自然与人事的比照中透显出浓烈的悲剧意识。中唐晚期的士大夫们正是在振兴无望的心态中重新思考起自然与人事的关系，从而展露出这种美丽的伤感。

刘禹锡的这些怀古诗在咏史与咏怀的结合方面效法左思，也追步杜甫，由“怀古”转向“述古”、“览古”、“议古”，从历史胜迹和地方风物起笔论史，抒发感慨，因而其取材也就更为广泛；借针砭古人而讽刺现实，显得更加深刻。如：

潮满冶城渚，日斜征虏亭。蔡洲新草绿，幕府旧烟青。兴废由人事，山川空地形。后庭花一曲，幽怨不堪听。

（《金陵怀古》）

万里长城坏，荒营野草秋。秣陵多士女，犹唱白符鸠。

（《经檀道济故垒》）

前诗讲国家兴亡不系于地形，乃在于人事，后诗借悼念刘宋名将檀道济的无辜被贬，寄托了对惨死于贬所的王叔文等人的怀念，具有深刻的现实意义。

值得一提的是，刘禹锡还在贬谪期间努力学习民歌，现存《刘梦得集》的两卷乐府诗是他这方面的成就。如《竹枝词》：

杨柳青青江水平，闻郎江上唱歌声。东边日出西边雨，道是无晴却有晴。

这些诗既有民歌的特色，又有文人的加工，健康开朗，清新自然，在中国诗歌史上并不多见。

陈师道认为苏轼学诗从刘禹锡开始："苏诗始学刘禹锡，故多怨刺。"（《后山诗话》）苏轼推重刘禹锡，兼及兄弟门人，"苏子由晚年，多令人学刘禹锡诗，以为用意深远，有曲折处"（《苕溪渔隐丛话》前集卷21引《吕氏童蒙训》），黄庭坚更是以刘禹锡诗为榜样，江西诗派的多数人都善于点化刘禹锡的诗。另外，刘禹锡学习民歌、变革诗体的做法对后世也有启发意义。他的《竹枝词》当时就流播遐迩，而且历代都有拟作者。据胡仔记载："予尝舟行苕溪，夜闻舟人唱吴歌。"歌词中有"东边日出西边雨，道是无晴还有晴"两句，胡仔遂疑曰："岂非梦得之歌，自巴渝流传至此乎?"（《苕溪渔隐丛话》后集卷12）由此可知，起码至南宋时还有人歌唱《竹枝词》。

第四节　杜　牧

杜牧（803—852），字牧之，京兆万年（今陕西西安）人。宰相杜佑之孙，进士出身，受牛僧孺器重，征辟为淮南节度掌书记，后来受李德裕排挤，出为黄州刺史，转池州、睦州，仕途蹭蹬；李党失势后，官终中书舍人。

杜牧与李商隐是晚唐诗坛杰出的诗人，后人将二人并称为"小李杜"。杜牧秉性刚直，有济世之志，与李商隐有很大不同。所以前人往往评论说："开成以降，则有杜牧之之豪纵，温飞卿之绮靡，李义山之隐僻，许用晦之偶对"（高棅《唐诗品汇总序》），刘熙载说："杜樊川诗雄姿英发，李樊南诗深情绵邈"（《艺概》卷2《诗概》）。杜牧诗如其人，确实具有"豪纵"、"雄姿英发"的特点。当然，他的诗还具有更为丰富的艺术特质，如深情与纤细、清丽与明朗等特点，都带有晚唐的色彩，与李商隐有许多相同之处。

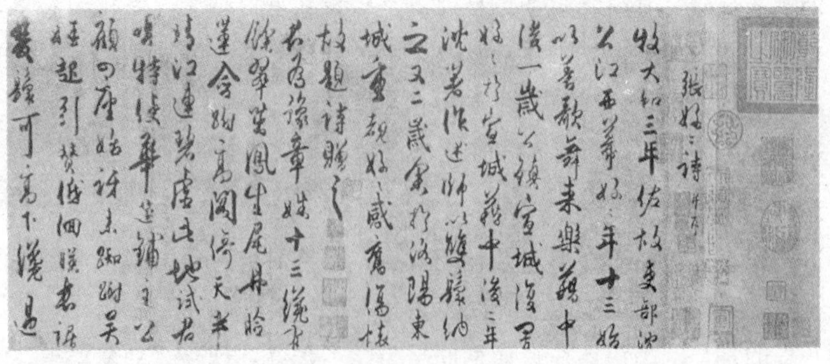

杜牧自书《张好好诗》

杜牧强调创"文以意为主，气为辅，以辞采章句为之兵卫"（《答庄充书》）。在其今存500多首诗中，有相当一部分是反映现实政治和社会生活，表现其忧国忧民的情怀的。如《河湟》：

元载相公曾借箸，宪宗皇帝亦留神。旋见衣冠就东市，忽遗弓剑不西巡。牧羊驱马虽戎服，白发丹心尽汉臣。惟有凉州歌舞曲，流传天下乐闲人。

该诗表达了杜牧渴望解除边患，收复失地，报效国家的心愿，对边地人民的苦难表示同情，对朝廷的软弱无能表示愤慨。另外像《早雁》表现了对边地人民的关怀，《郡斋独酌》表达了自己的理想和抱负，《感怀诗一首》乃针对藩镇割据而发。《早雁》诗描写了因遭受回鹘侵扰而流亡的民生哀怨：

金河秋半虏弦开，云外惊飞四散哀。仙掌月明孤影过，长门灯暗数声来。须知胡骑纷纷在，岂逐春风一一回。莫厌潇湘少人处，水多菰米岸莓苔。

诗作运用比兴手法，以哀鸿喻逃避回鹘侵扰的边民，表现出对人民同情的情怀，也隐含着对朝廷不能御侮安民的强烈不满。

比较著名的还是他的咏史诗。如：

长安回望绣成堆，山顶千门次第开。一骑红尘妃子笑，无人知是荔枝来。
新丰绿树起黄埃，数骑渔阳探使回。霓裳一曲千峰上，舞破中原始下来！
（《过华清宫绝句三首》选二）

折戟沉沙铁未销，自将磨洗认前朝。东风不与周郎便，铜雀春深锁二乔。
（《赤壁》）

胜败兵家事不期，包羞忍耻是男儿。江东子弟多才俊，卷土重来未可知！
（《题乌江亭》）

上述的诗都与他的政治抱负和现实关怀有关，以诗论史，议论精到，表现出了"豪纵"、"雄姿英发"的特点，多为后人仿效。

还有一些咏史、怀古诗不仅表现其人生与历史的感慨，更也表现出深刻的悲剧意识。如《悲吴王城》：

二月春风江上来，水精波动碎楼台。吴王宫殿柳含翠，苏小宅房花正开。解舞细腰何处往，能歌姹女逐谁回。千秋万古无消息，国作荒原人作灰。

表现了历史的虚空感，同时也对帝王的荒淫奢侈进行了讽刺与抨击，引起了人们对历史价值与人生意义的追问，风格跳荡流畅，爽朗俊发。又如《题桃花夫人庙》：

细腰宫里露桃新，脉脉无言度几春。至竟息亡缘底事，可怜金谷坠楼人。

诗作前两句表现出对息夫人的无限同情，后两句以未自杀的息夫人和自杀的绿珠作比较，提出了红颜到底是不是祸水的问题，借此对历史的种种变故进行了深度的追问。又如《登乐游原》：

长空澹澹孤鸟没，万古销沉向此中。看取汉家何事业，五陵无树起秋风。

前两句写长空宁静而无限，孤鸟没入其中而无任何消息；万年象征永恒的时间，一切都消失于其中。汉家事业、五陵豪杰都没入长空，消失在时间中，人的价值、历史的价值就处在绝对的虚空中，显示出彻底的历史悲剧意识。

一些与怀古有关的咏怀诗，表现出的文化意蕴也十分丰富。如《题宣州开元寺水阁阁下宛溪夹溪居人》：

六朝文物草连空，天淡云闲今古同。鸟去鸟来山色里，人歌人哭水声中。深秋帘幕千家雨，落日楼台一笛风。惆怅无因见范蠡，参差烟树五湖东。

首联从历史与宇宙自然处着眼，进行理性的追询。在天淡云闲代表的大而无垠的宇宙面前，六朝文物不过是过眼烟云。颔联通过描绘具体生活情景和借用历史掌故使人的情感有着落之处。颈联以精丽淡远的意象充分表现了其宇宙情怀，提供了人生的归宿；其中既有知命、认命的淡淡的伤感，更有洒脱而悠远的超越感，极为精到地表现了中国人的文化心理。尾联兜诗思意脉，表现的是对功成身退的洒脱豁达而又无贫寂之苦的人生模式的向往，是上面宇宙观、历史观、人生观共同作用下的必然选择。

杜牧诗风格俊爽清丽，不像李商隐醉心于展示人物内心世界的幽深曲奥。但李商隐赠给杜牧的诗中说他“刻意伤春复伤别，人间惟有杜司勋”（《杜司勋》），应该说抓住了杜牧这类诗歌的特征，真正代表杜牧诗歌审美特色的，还应该是这些诗。由此看来，即使像杜牧这样“豪纵”的诗人，也摆脱不了时代的影响。至于李商隐，则是晚唐诗歌的典型代表了。

第五节　李商隐

李商隐（约 813—约 858），字义山，号玉溪生，怀州河内（今河南沁阳）人。16 岁著《才论》、《圣论》等，以古文知名。从祖父起，迁居郑州（今属河南郑州市）。父亲李嗣曾任获嘉（今河南获嘉县）县令。文宗大和三年（829），李商隐谒令狐楚，受到赏识。18 岁时，受牛党天平军节度使令狐楚之辟，聘入幕府，且亲自指点文章，助其中进士。令狐楚病逝后，李商隐入泾原，节度使王茂元爱其才而将女儿嫁给他。当时牛李党争激烈，令狐父子和王茂元分属牛李两党，因而李商隐被牛党骂为“背恩”。此后牛党一直执政，李商隐辗转幕府，潦倒终生。李商隐在朝廷仅任九品秘书省校书郎、秘书省正字、太学博士，为时均很短。他从入仕到去世，20年辗转于各处幕府。最后，妻子早逝，子女寄居他处，更使他感到痛苦。但正是这种耿介忧郁的性格和敏感的心灵造就了他的诗的独特风格。

李商隐早年胸怀大志，写出了不少关注现实的文章和诗篇，咏史诗是这方面的杰作。这些诗历来受到推重，而内容则多针对封建统治者的淫奢昏愚进行讽慨。如：

宣室求贤访逐臣，贾生才调更无伦。可怜夜半虚前席，不问苍生问鬼神。

（《贾生》）

一笑相倾国便亡，何劳荆棘始堪伤。小怜玉体横陈夜，已报周师入晋阳。

巧笑知堪敌万机，倾城最在著戎衣。晋阳已陷休回顾，更请君王猎一围。

（《北齐二首》）

乘兴南游不戒严，九重谁省谏书函？春风举国裁宫锦，半作障泥半作帆。

（《隋宫》）

紫泉宫殿锁烟霞，欲取芜城作帝家。玉玺不缘归日角，锦帆应是到天涯。于今腐草无萤火，终古垂杨有暮鸦。地下若逢陈后主，岂宜重问《后庭花》？

（《隋宫》）

这些诗对历代帝王都有讽刺，而对隋炀帝的逸游和荒淫的揭露和抨击尤为激烈和尖锐，而且在含蓄委婉的抒情中寓有深刻的思致，令人回味无穷。

安史之乱后，唐王朝由强盛迅速走向衰败，李商隐对玄宗的失政感到极为痛心，讽刺也特别尖锐。如《马嵬》：

海外徒闻更九州，他生未卜此生休。空闻虎旅传宵柝，无复鸡人报晓筹。此日六军同驻马，当时七夕笑牵牛。如何四纪为天子，不及卢家有莫愁！

但晚唐时期的社会政治已处于风雨飘摇之中，与李商隐同时的诗人许浑所写的“山雨欲来风满楼”（《咸阳城东楼》）的诗句，正是此时的真实写照，再加上个人的失意，孤独、无望、多愁善感便成了李商隐诗的主调。如“云母屏风烛影深，长河渐落晓星沉。嫦娥应悔偷灵药，碧海青天夜夜心”（《嫦娥》），“荷叶生时春恨生，荷叶枯时秋恨成。深知身在情长在，怅望江头江水声”（《暮秋独游曲江》），“客散酒醒深夜后，更持红烛赏残花”（《花下醉》），“秋阴不散霜飞晚，留得残荷听雨声”（《宿骆氏亭寄怀崔雍崔衮》）等，都表现了他的这种情绪，这种由细腻的情感和独特的意象铸成的伤感，在晚唐诗歌中独树一帜，形成了一种独特的风格。

对这一类诗，清人贺裳在《载酒园诗话又编》中说：“义山之诗，妙于纤细”，并举《晚晴》等诗为例。《晚晴》诗云：“深居俯夹城，春去夏犹清。天意怜幽草，人间重晚晴。并添高阁迥，微注小窗明。越鸟巢干后，归飞体更轻。”写雨后晚晴生机勃勃的景象，虽然清新，境界却不廓大，以“纤细”二字概括还是比较恰当的。

李商隐对后世影响最大的还是他的爱情诗：

锦瑟无端五十弦，一弦一柱思华年。庄生晓梦迷蝴蝶，望帝春心托杜鹃。沧海月明珠有泪，蓝田日暖玉生烟。此情可待成追忆，只是当时已惘然。

（《锦瑟》）

昨夜星辰昨夜风，画楼西畔桂堂东。身无彩凤双飞翼，心有灵犀一点通。隔坐送钩春酒暖，分曹射覆蜡灯红。嗟余听鼓应官去，走马兰台类转蓬。

相见时难别亦难，东风无力百花残。春蚕到死丝方尽，蜡炬成灰泪始干。晓镜但愁云鬓改，夜吟应觉月光寒。蓬山此去无多路，青鸟殷勤为探看。

飒飒东风细雨来，芙蓉塘外有轻雷。金蟾啮锁烧香入，玉虎牵丝汲井回。贾氏窥帘韩椽少，宓妃留枕魏王才。春心莫共花争发，一寸相思一寸灰。

（《无题三首》）

这些爱情诗，似有所寄托而又无可索解。元好问《论诗绝句》说："诗家总爱西昆好，独恨无人作郑笺。"说的就是这些诗的隐晦曲折。其实，对于审美来讲，根本就不需要坐实，坐实了反而失去了原有的美感，倒是近人梁启超的话说得明白而有见地："义山的《锦瑟》、《碧城》、《圣女祠》等诗，讲的什么事，我理会不着。拆开一句一句叫我解释，我连文义也解不出来。但我觉得他美，读起来令我精神上得一种新鲜的愉快。须知美是多方面的，美是含有神秘性的，我们若还承认美的价值，对于此种文字，便不容轻轻抹煞。"（《中国韵文内所表现的情感》）

诗至晚唐，已不像盛唐那样寓情于景或通过对景物、事件的忠实描写来表达情感，而是向内心回缩；不是要表现客观世界，而是要表现自己体验到的心灵世界。因此，心情意绪便成为诗的主题。这正是中唐以后由"外"向"内"的转变，是中国审美 历程中从"文以气为主"到"文以韵为主"，从"立象以尽意"到"境生于象外"的一次重要的审美转向。李商隐爱情诗的艺术成就就在于以心象融铸物象，营造了深情绵邈，绮丽精工，具有"韵外之致"、"味外之旨"的新的诗境。

晚唐的诗多以艳体与曲笔写深情与苦调，在浓厚的感伤情绪与悲剧意识中展示精工细小、静谧深邃的诗境，在这方面，李商隐是其杰出的代表。

关键概念

"郊寒岛瘦"	生命的悲剧意识	陌生化效果	瑰丽
"贬谪诗"	怀古诗	朦胧美	

思考题

1. 简述孟郊诗的内容与艺术特点。
2. 试述李贺诗的内容及艺术特点。
3. 试论刘禹锡的怀古诗。
4. 简述杜牧咏史诗和写景抒情的七言绝句在艺术上的基本特色。
5. 试论李商隐爱情诗的朦胧美。

第八章　晚唐文学

本章提示

皮日休、罗隐与陆龟蒙：(1) 熟悉皮日休的《皮之文薮》中的《十原》、《九讽》、《首阳山碑》、《鹿门隐书》等。(2) 熟悉罗隐《谗书》中的《英雄之言》、《汉武山呼》、《三帝所长》等。(3) 对陆龟蒙的《笠泽丛书》、《甫里集》有所了解。

聂夷中与杜荀鹤：(1) 熟悉聂夷中的《田家》等。(2) 熟悉杜荀鹤的《山中寡妇》等。

司空图与韦庄等：(1) 了解韩偓的香奁体。(2) 熟悉司空图诗论的基本思想。

第一节　皮日休、罗隐与陆龟蒙

晚唐五代散文的代表作家主要有皮日休、罗隐等。

皮日休（约838—约883），字逸少，湖北襄阳（今襄阳县）人，自号鹿门子、间气布衣，咸通八年（867）登进士，授著作佐郎，迁太常博士，乾符中为昆陵副使。黄巢入长安时任他为翰林学士，后不知所终。皮日休胆识过人，声称要“上剥远非，下补近失”（《皮子文薮序》）。他推崇韩愈，主要散文都收在自编文集《皮子文薮》中，比较有代表性的篇章应该是其中的《十原》、《九讽》、《首阳山碑》、《鹿门隐书》等。皮日休生逢乱世，思想往往自出机杼，不依傍前人；针砭时弊往往切中要害，一针见血，具有很强的反抗精神。语言也简洁明快，铿锵有力。如《读司马法》中：

> 古之取天下也以民心，今之取天下也以民命。唐虞尚仁，天下之民从而帝之，不曰取天下以民心者乎？汉魏尚权，驱赤子于利刃之下，争寸土于百战之内，由士为诸侯，由诸侯为天子，非兵不能威，非战不能服，不曰取天下以民命者乎？由是编之为术，术愈精而杀人愈多，法益切而害物益甚。呜呼！其亦不仁矣。

文章对“今之取天下”的人给予了无情抨击。再如《原谤》中：

天之利下民，其仁至矣。未有美于味而民不知者，便于用而民不由者，厚于生而民不求者。……后之王天下，有不为尧舜之行者，则民扼其吭，捽其首，辱而逐之，折而族之，不为甚矣。

这实际上是在为农民起义寻找理论根据。应该说，在当时的历史条件下，这是一种相当进步的思想了。

皮日休的诗歌也很有成就，他在《正乐府十篇·序》中强调了乐府诗反映现实，补察时政的作用；在诗歌理论方面，与白居易的讽喻美刺之说相近。他的乐府诗中的《橡媪叹》较为突出：

秋深橡子熟，散落榛芜冈。伛偻黄发媪，拾之践晨霜。移时始盈掬，尽日方满筐。几曝复几蒸，用作三冬粮。山前有熟稻，紫穗袭人香。细获又精舂，粒粒如玉珰。持之纳于官，私室无仓箱。如何一石余，只作五斗量。狡吏不畏刑，贪官不避赃。农时作私债，农毕归官仓。自冬及于春，橡实诳饥肠。吾闻田成子，诈仁犹自王。吁嗟逢橡媪，不觉泪沾裳。

诗作通过一位拾橡子充饥的老妇人的愤怒控诉，揭露了封建统治阶级鱼肉人民的罪行，对劳动人民充满了同情。

罗隐（833—909），字昭谏，余杭新城（今浙江桐庐）人，曾入京师求官，历经七年不第；光启三年（887）为钱塘令，迁著作郎，辟掌书记；梁开平二年（908）授给事中，迁发运使。他将自己的文集定名为《谗书》。《谗书》是一部讽刺小品集，其中都是愤懑不平之言，其中比较有代表性的有《英雄之言》、《汉武山呼》、《三帝所长》等。他的散文往往一反正统观念，能够另立新说，对统治者的本质和现实中不合理的现象多有深刻的揭露和抨击。如《英雄之言》：

物之所以有韬晦者，防乎盗也。故人亦然。夫盗亦人也，冠履焉，衣服焉。其所以异者，退让之心、正廉之节，不常其性耳。视玉帛而取之者，则曰牵于寒饿。视国家而取之者，则曰救彼涂炭。牵于寒饿者，无得而言矣。救彼涂炭者，则宜以百姓心为心。而西刘则曰“居宜如是”，楚籍则曰“可取而代”。噫！彼必无退让之心、正廉之节，盖以视其靡曼骄崇，然后生其谋耳。为英雄者犹若是，况常人乎？是以峻宇逸游，不为人之所窥者，鲜矣。

文章对所谓取天下“英雄”的虚伪面目给予了无情的揭露，使一切借为民为天下之名行盗窃之实的强盗无所遁形。

陆龟蒙（？—881），字鲁望，姑苏（今江苏苏州）人，举进士不第；曾做过苏湖二郡从事，后隐居甫里，人称甫里先生，又号天随子，有《笠泽丛书》、《甫里集》。他的文学主张和创作风格都与皮日休相近，现实针对性很强，议论也十分精切，如《野庙碑》：

……今之雄毅而硕者有之，温愿而少者有之，升阶级，坐堂筵，耳弦匏，口粱肉，载车马，拥徒隶者，皆是也。解民之悬，清民之暍，未尝贮于胸中。民之当奉者，一日懈怠，则发悍吏，肆淫刑，驱之以就事。较神之祸福，孰为轻重哉？平居无事，指为贤良。一旦有天下之忧，当报国之日，则恇挠脆怯，颠踬窜踣，乞为囚虏之不暇。……

文章借评论鬼神的罪过来揭露和抨击封建官吏，用笔辛辣而生动。《记稻鼠》则这样写道："……农民转远流渐稻本，昼夜如乳赤子，欠欠然救渴不暇，仅得葩坼穗结，十无一二焉。无何，群鼠夜出，啮而僵之，信宿食殆尽。虽庐守版击，殴而骇之，不能胜。若官督尸责，不食者有刑，当是而赋索愈急，棘械束榜箠木肌体者无壮老。"以稻鼠喻官吏，十分形象而尖锐。

对于晚唐的这些小品文，鲁迅先生曾经精到地指出："唐末诗风衰落，而小品放了光辉。但罗隐的《谗书》几乎全部是抗争和愤激之谈；皮日休和陆龟蒙自以为隐士，别人也称之为隐士，而看他们在《皮子文薮》和《笠泽丛书》中的小品文，并没有忘记天下，正是一塌糊涂的泥塘里的光彩和锋芒。"（《小品文的危机》）这段话可在一定意义上作为晚唐小品的定评。这一时期的优秀散文对后代小品文的发展也产生了积极的影响。

陆龟蒙和罗隐的诗也值得一提，如陆龟蒙的《筑城词》：

莫叹将军逼，将军要却敌。城高功亦高，尔命何足惜。

又如罗隐的《雪》和《蜂》：

尽道丰年瑞，丰年事若何？长安有贫者，为瑞不宜多。

（《雪》）

不论平地与尖山，无限风光尽被占。采得百花成蜜后，为谁辛苦为谁甜。

（《蜂》）

这些诗同小品文一样以讽刺见长，也代表了晚唐诗文的一种风气。

第二节　聂夷中与杜荀鹤

聂夷中（837—？）的诗多反映农民的悲惨生活。如他在《田家》中写道：

父耕原上田，子劚山下荒。六月禾未秀，官家已修仓。

最著名的还是《伤田家》：

二月卖新丝，五月粜新谷。医得眼前疮，剜却心头肉。我愿君王心，化作光明烛。不照绮罗筵，只照逃亡屋。

杜荀鹤（约846—904），字彦之，进士出身，唐亡后曾为朱温政权的翰林学士，但五日而亡。他的论文主张与白居易相近，创作上也具有鲜明的现实主义特色。他的300多首诗对当时混乱黑暗的现实都有所揭露，对劳动人民表示了深切的同情，有些诗写得十分尖锐。如：

夫因兵死守蓬茅，麻苎衣衫鬓发焦。桑柘废来犹纳税，田园荒后尚征苗。时挑野菜和根煮，旋斫生柴带叶烧。任是深山更深处，也应无计避征徭。

（《山中寡妇》）

去岁曾经此县城，县民无口不冤声。今来县宰加朱绂，便是生灵血染成。

（《再经胡城县》）

另外，他还像白居易等新乐府运动的人物那样关注妇女的生活情感。如《春宫怨》就表现了不幸宫女对平民自由生活的向往：

早被婵娟误，欲妆临镜慵。承恩不在貌，教妾若为容。风暖鸟声碎，日高花影重。年年越溪女，相忆采芙蓉。

杜荀鹤的诗虽然都是近体，也没有新乐府的名字，但在精神上是与新乐府运动一脉相承的。

第三节　司空图与韦庄等

司空图（837—908），字表圣，河中虞乡人，咸通十年（869）登进士第。僖宗乾符四年（877）授光禄寺主簿。广明元年（880）召为礼部员外郎，迁礼部郎中。冬十二月，黄巢入长安，僖宗出逃，司空图退还河中。后来僖宗自蜀还，拜司空图为知制诰、中书舍人。十二月，僖宗再次出逃，司空图又从之不及，后退隐不仕，屡次辞官。后来，朱温弑济阴王，司空图闻讯忧愤不食而卒。自编文集《一鸣集》，现存十卷。

他写过一些自鸣得意的田园诗，实际没有什么成就。与晚唐的一些诗人不同，他有浓厚的避世思想，如“有是有非还有虑，无心无迹亦无猜。不平便激风波险，莫向安时稔祸胎。”（《狂题十八首》其十六）对当时的战乱有所反映，如“家山牢落战尘西，匹马偷归路已迷”（《丁未岁归王官谷》）、“乱来已失耕桑计，病后休论济活心”（《丁巳重阳》）等。他的诗境比较清冷，如《重阳阻雨》：

重阳阻雨独衔杯，移得山家菊未开。犹胜登高闲望断，孤烟残照马嘶回。

司空图论诗强调“韵外之致”、“味外之旨”（《与李生论诗书》），他的诗作也体现了这一主张，如“孤屿池痕春涨满，小栏花韵午晴初”（《归王官谷次年作》）、“草嫩侵沙短，冰轻着雨消”（《早春》）、“棋声花院闭，幡影石坛高”（残句）等。

司空图的诗论著作《诗品》十分著名。《诗品》将传统的“滋味”说发展成了“韵味”说，推崇“味外之味”、“韵外之致”的诗境，要求诗歌“超以象外，得其环中”。这其实正是中国诗歌从“文以气为主”到“文以韵为主”的理论总结。在《诗品》中，司空图将诗歌分成雄浑、冲淡、纤秾等 24 种，每一种各以 12 句形象化的韵语来比喻概括，虽然在具体区分上有一定困难，我们还是能从其形象的描述中看出各种诗歌的基本风貌。《诗品》在内容和形式上对后世影响很大，如严羽、王士祯都发挥了《诗品》的观点，袁枚也仿效其体式写了《续二十四诗品》。

司空图的诗论在书简诗文中也多次有所表达，可以与《诗品》互相印证。他在《与极浦书》中说：“戴容洲云：‘诗家之景，如蓝田日暖，良玉生烟，可望而不可置于眉睫之前也。’象外之象，景外之景，岂容易可谈哉！然题纪之作，目击可图，体势自别，不可废也。”在《与王驾评诗书》中评王驾的诗“思与境偕”，可以与《诗品》“缜密”品中的“意象”相互参解。在《与极浦书》中记述了“可望而不可置眉睫之前”的诗的朦胧境界，然后就提到了“象外之象，景外之景”的高度。在《与李生论诗书》中以比喻说诗：“愚以为辨于味，而后可以言诗也。江岭之南，足资于适口者，若醯，非不酸也，止于酸而已；若鹾，非不咸也，止于咸而已。华之人以充饥而遽辍者，知其咸酸之外，醇美者有所乏耳。”其“味外之味”说相对于钟嵘《诗品》的“诗味”说已进入了更高的境界。

学术界近年曾有人提出《诗品》不是唐代作品之说，但因论证不够充分还不足以完全成立。

唐亡前后的重要诗人有韦庄。韦庄（约 836—约 910），字端己，京兆杜陵人，在唐亡入蜀后成为著名的词人。其诗作也很有价值，著有《浣花集》十卷，诗作 300 余首。

韦庄一生为功名奔波，希望唐朝复兴，但又屡屡失望，所以心情也阴晴不定，诗歌时而开朗，时而哀婉。他早年写的《秦妇吟》，虽然对农民起义进行了丑化，但也暴露了官兵腐败和残暴的面目，同时也表现出他自己昂扬的进取精神。《泛鄱阳湖》一诗也是他在心怀希望时的作品：“四顾无边鸟不飞，大波惊隔楚山微。纷纷雨外灵均过，瑟瑟云中帝子归。迸鲤似梭投远浪，小舟如叶傍斜晖。鸱夷去后何人到？爱者虽多见者稀。”场景开阔，且不乏幽默。但他的诗中更多的还是凄凉感伤的末世情调。如：

> 江雨霏霏江草齐，六朝如梦鸟空啼。无情最是台城柳，依旧烟笼十里堤。
>
> （《台城》）
>
> 满目墙匡春草深，伤时伤世更伤心，车轮马迹今何在？十二玉楼无处寻。
>
> （《长安旧里》）

晴烟漠漠柳毵毵，不那离情酒半酣。更把马鞭云外指，断肠春色在江南。

（《古离别》）

十年身世各如萍，白首相逢泪满缨。老去不知花有态，乱来唯觉酒多情。且对一樽开口笑，未老应见泰阶平。

（《与东吴生机遇》）

默默无言恻恻悲，闲吟独傍菊花篱。只今已作经年别，此后知为几岁期。开箧每寻遗念物，倚楼空缀悼亡诗。夜来孤枕空肠断，窗月斜辉梦觉时。

（《悼亡姬》其一）

韦庄所以在文学史上受到重视，主要因为他是唐朝的最后一个诗人，他以追慕前朝而又凄凉哀婉的低吟为唐朝这个诗的朝代作结实在意味深长。

韩偓（约842—约923），字致尧，京兆万年人，李商隐之甥，官至翰林承旨，后受朱温排挤，全家入闽。相传他有《香奁集》一卷，《韩内翰别集》一卷。他虽被称作香奁体诗人，但作品并不都写男女之情，《韩内翰别集》中多感时伤事之作。

吴融（850—903），字子华，山阴人，有《唐英歌诗》二卷，音节和谐典雅，有中唐遗风。

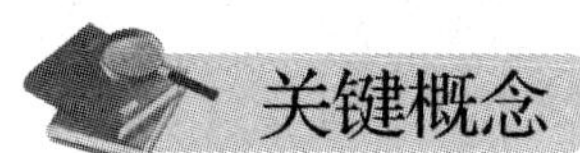

关键概念

讽刺小品文　　《诗品》　　“味外之味”、“韵外之致”

思考题

1. 简述皮日休、陆龟蒙、罗隐小品文的内容及特点。
2. 简述皮日休的《橡媪叹》的内容。
3. 简述聂夷中、杜荀鹤反映民生疾苦的诗歌内容。

第九章　敦煌文学

本章提示

变文：(1) 了解变文的概念。(2) 了解变文的分类。(3) 能够举出一些变文的篇目。

其他通俗文学：(1) 了解俗讲的概念及篇目。(2) 了解俗赋的概念及篇目。(3) 了解敦煌话本小说及篇目。(4) 了解敦煌通俗文学对唐传奇、说唱文学、白话小说的影响。

第一节　变　文

20 世纪初，敦煌藏经洞发现近 5 万件遗书，其中有一部分是关于文学的。在其中的通俗文学部分中，主要的是变文。

变文，或简称“变”，是说唱艺人使用的底本。所谓“变”，类似于今天的“演义”。现知明确以“变文”或“变”为名的有八种：《破魔变文》、《降魔变文》、《大目乾连冥间救母变文》、《八相变》、《频婆娑罗王后宫彩女功德意供养塔生天因缘变》、《汉将王陵变》、《舜子变》（又题《舜子至孝变文》）和《前汉刘家太子变一卷》（又题《前汉刘家太子传》）。此外，据体制也应属变文一类的还有《伍子胥变文》、《李陵变文》、《王昭君变文》、《张议潮变文》、《张淮深变文》和《目连变文》等数种。

现存敦煌变文在内容上大致可以分为两类。一类是宗教性变文，如《破魔变文》、《大目乾连冥间救母变文》、《八相变》、《降魔变文》。这类变文多以佛经为梗概，宣传佛教的教义。另一类是通俗变文。其中又分成讲史性变文，如《伍子胥变文》、《李陵变文》等；民间传说题材变文，如《舜子变》等；还有取自当时重大事件的变文，如《张议潮变文》等。

变文是一种通俗文学的新形式，它的演出形式是以说唱相间、散韵结合的方式来演述故事。说白与吟唱转换时，往往有比较固定的提示语，如“……处若为陈说”等。变文演出时，往往以图画相辅。说唱结合，声情并茂，是变文演唱的基本特点。比如《降魔变文》中舍利佛和六师设坛斗法，六师变化成宝山、水牛、水池、毒龙、恶鬼、大树，舍利佛变化成执宝杵的金刚、狮子、白象之王、金翅鸟王、毗沙门天王和风神而加以摧毁：

> 六师既两度不如，神情渐加羞恼，强将顽皮之面，众里化出水池。四岸七宝庄严，内有金沙布地。浮萍菱草，遍绿水而竞生；软柳芙蓉，匝灵沼而氛氲。舍利见池奇妙，亦不惊嗟。化出白象之王，身躯广阔，眼如日月，口有六牙。每牙吐七枝莲花，花上有七天女。手捣弦管，口奏弦歌。声雅妙而清新，姿逶迤而姝丽。象乃徐徐动步，直入池中。蹴踏东西，回旋南北。以鼻吸水，水便干枯，岸倒尘飞，变成旱地。于时六师失色，四座惊嗟，合国官僚齐声叹异处，若为：
>
> 其池七宝而为岸，玛瑙珊瑚争灿烂。池中鱼跃尽衡冠，龟鳖鼋鼍竞谷窜。……

文中前面部分是说，最后一段七言是概述上面内容的唱词。形式是说一段，唱一段，变文的说唱形式大致如此。

第二节　其他通俗文学

俗讲是僧徒按照经文为一般的俗众讲解佛教教义的一种方式，其目的是既可以宣扬佛教的基本精神，又可以使俗众高兴，获得更多的布施。俗讲来源于六朝以来佛家的一种讲道化俗的“转读”和“唱导”。转读又称咏经、唱经，指讲经时以抑扬顿挫的声调讽诵经文。发展到唐代，转读经师为了适应民间的需要，吸收了民间声腔，向娱乐的方向发展。唱导是指宣唱佛法，开导人心。这样融讲说、咏唱为一体，以取悦俗众为目的，就形成了唐代的俗讲。唐代俗讲非常盛行，据记载，每逢开讲的日子，往往是市肆停业，而寺庙则人满为患。

俗讲的形式是多种多样的，我们今天看到的俗讲底本有押座文、讲经文、缘起、话本以及歌、诗、词、赋等许多文体，从这一特点看俗讲应该是较为广泛地吸收了当时民间流行的各种叙事和吟咏的方法。从演出形式上看，上述的底本大致可以分为两类：一类基本上用散文叙述体，只说不唱，如《庐山远公话》、《舜子变》等；另一类则是韵文和散文相间，演出时有说有唱，唱的曲调都隶属于一定的宫调，如《汉将王陵变》、《降魔变文》等。我们在底本中可以在韵语前面看到标出的“平”、“侧”、“断”等字样，可能是平调、侧调、断金调的略文。

此外还有敦煌俗赋。它是用韵文或是问答式的韵文来演唱的，故称俗赋。与文人

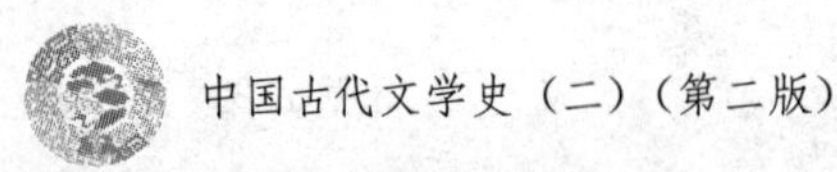

赋相比，敦煌俗赋有着丰富的现实内容和活泼的形式与通俗的语言。如《韩朋赋》、《孔子项橐相问书》等。

词文则是一种通俗叙事诗，如《季布骂阵词文》等，与小说的密切关系是显而易见的。

敦煌遗书中还有一类作品被学者归入志怪小说，如灵验记、传验记之类。这类作品在内容上都以宣扬佛教为主，果报灵验思想十分浓厚，目的是劝人诵经向佛。如《龙兴寺毗沙门天王灵验记》写敦煌张家有人用小石头打鸽子，误中天王神像，致使双目失明，后经诵经念咒诚心忏悔才再见光明。同类的还有《白龙庙灵异记》、《道明还魂记》等，这类故事情节虽然较为简单，但在语言上较多地采用了民间口语，为后来的白话文体开辟了道路。

第三节　敦煌文学的影响

敦煌文学对后世的说唱文学、白话小说以及戏曲都有很大的影响。唐传奇的发展与兴盛，大致上与敦煌通俗文学的发展与兴盛是同步的，而且我们可以从唐传奇的故事、结构及其他表现方式上看到敦煌通俗文学的影响。宋代的讲史、小说、说经等数种通俗文学样式都与敦煌通俗文学有关，尤其是说经一家，直接受到了俗讲的影响，甚至可能是其延续，只是没有底本流传下来。此外，后世的乐曲系、诗赞系等说唱诸艺术，如宋代的鼓子词、诸宫调，元代的词话乃至明清的鼓词、弹词、宝卷等，都与俗讲有关。

早在唐朝末期，四川市井中就有人开始模仿僧人的俗讲形式进行表演了。唐人吉师老曾在诗中赞颂蜀中有女子能说唱《王昭君变文》，说她“檀口解知千载事，清词堪叹九秋文”。从中我们还可知道她一边说唱，一边展示相关的图画，尚未超出模仿阶段。但毫无疑问，俗讲的说唱形式直接开启了后来的说唱艺术。

丰富的变文故事为后世的戏曲提供了题材，例如元代杂剧和明代南戏中都有数种是根据敦煌话本《伍子胥》改编的。敦煌本《破魔变文》中的佛和波旬斗法的故事演化成为气势宏大的神话文学作品，明杂剧《释迦佛双林坐化》仍然保存着佛和魔王波旬斗法故事的本来面目。

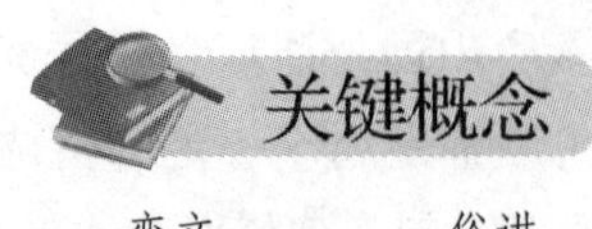

关键概念

变文　　　俗讲

思考题

1. 简述敦煌变文的主要篇目及演出形式。
2. 简述敦煌文学对后代文学的影响。

第十章　唐传奇

本章提示

兴起与发展：(1) 了解唐传奇兴起与发展的原因。(2) 了解唐传奇的发展阶段。

主要内容：(1) 掌握唐传奇的思想内容。(2) 熟悉《柳毅传》、《李娃传》、《霍小玉传》、《莺莺传》、《枕中记》、《昆仑奴》、《红线》等。

掌握唐传奇的艺术成就及影响。

第一节　唐传奇的兴起与发展

小说进入唐代已经发展到了比较成熟的阶段。唐人小说称为"传奇"，其名来自晚唐的裴铏的《传奇》一书，宋人便以此来称唐人的此类文言小说。以唐传奇为代表的传奇体，它的直接渊源是史传散文，如《左传》、《史记》等，但唐传奇不再垂青于史学家，而是注重小说的虚构特点，表明小说与史书、子书开始区别并以自身的特点独立出来，中国小说开始走向自觉。

唐代小说的兴起是社会发展与文学自身发展的共同结果。唐代商业经济的发展促生了"市人"小说，这不仅为唐传奇的兴起提供了素材，也为之提供了艺术方面的借鉴。当时，唐代盛行"温卷"的风气，至晚唐尤盛，这也在客观上促进了唐传奇的发展。从文学自身的发展看，诗歌是唐代文学的主流，诗歌的形象性、想象性、虚构性也影响到了其他的文学样式。唐传奇的重要作家如王度、沈既济等都是史官，"温卷"的"史才、诗笔、议论"的特点必然导致史官们将史传向虚构文学的方向推进。记叙性散文的发展也对唐传奇的发展产生了影响，如韩愈的《毛颖传》，在当时和后代都被视为小说。史传文学的发展也为唐传奇提供了丰富的资源，而唐传奇的部分作家如沈既济等本身就是史官。还有一个十分重要的因素，就是佛教俗讲文以及俗赋、话本、词文等通俗文学的影响。20世纪初在敦煌发现的大量唐代通俗文学资料中，有变文、俗赋、话本、词文等样式，胡适曾说“印度人的幻想文学之输入确有绝大的解放力”（胡适《白话文学史》上卷），对于唐人发挥文学的想象力确实起到了非常重要的作用。

唐传奇的发展可以分为三个阶段：一是初、盛唐时期。此时的小说还比较简单，留有志怪小说的痕迹，如王度的《古镜记》、无名氏的《补江总白猿传》和张鷟的《游仙窟》。二是中唐时期。此时为唐传奇发展的高峰时期，出现了一批优秀的作品，如沈既济的《枕中记》、《任氏传》，李公佐的《南柯太守传》，李朝威的《柳毅传》，蒋防的《霍小玉传》，白行简的《李娃传》和元稹的《莺莺传》等。三是晚唐时期。此时涌现出了大批传奇集，如裴铏的《传奇》，牛僧孺的《玄怪录》，薛用弱的《集异记》，袁郊的《甘泽谣》等。

第二节　唐传奇的主要内容

一、唐传奇爱情主题

在这些传奇小说中，成就最高的是以爱情为主题的作品。在唐传奇中，妇女形象得以大放异彩，这主要是由唐代思想相对解放、妇女地位相对较高的社会政治状况决定的。唐代（尤其是中唐以后）妇女的家庭地位和社会地位相对较高，朝廷命妇所享受的礼仪与大臣几乎没有什么区别；在家庭中，“惧内”似乎也不是什么特别丢脸的事。所以，在唐传奇中，妻子主宰丈夫、女性主宰男性、男性几乎要仰女性鼻息才能生活的作品才会出现，一批义女、侠女也得以脱颖而出。这些女性形象的出现反映了唐代民俗信仰、文人心态和唐代注重感性生活的普遍社会心理。

《柳毅传》中的柳毅本是个落第穷儒，因巧遇落难龙女，并仗义为之捎信而受到了龙女的眷顾，最终得娶龙女。此后，他更好运备至，不仅成为淮右巨富，而且“寿比神仙”，行动逍遥自在，“水陆无所不至”。应该看到，《柳毅传》取材于民间关于龙女的传说故事，在思想主导方面也受到了民间信仰的影响，如柳毅以穷困落第书生的身份与龙女相爱，既解决了他的婚姻问题，又使他富贵起来，这既是由民间信仰面对现实倾向解决具体问题的基本精神决定的，也带有明显的文士创作的特征。如柳毅自高身份，让神仙求己，明显呈现士人清高的特征。而柳毅最后长生成仙，也表现出了中唐以后士大夫受仙道影响的思想情调。

《任氏传》应该属于写实性的作品。小说中的书生郑生与狐女任氏相爱，任氏为其谋划，使其经商而致富。《任氏传》开篇即云：“任氏，女妖也”。但小说中郑六与任氏结识之时的描写却完全是写实性的，特别是在任氏遇到恶人险遭强暴时也完全是以一位现实中弱女子的形象出现的，并未显现任何神异之能。但故事的结局是郑生既能享受公子式的婚外性生活，又能过上富足的生活，这明显反映了当时人们对生活所产生的幻想。

《李娃传》、《霍小玉传》更是属于“现实主义”的作品。《李娃传》描写了妓女李娃和荥阳公子的曲折爱情，真实地反映了当时长安的民风世俗，赞颂了李娃的高尚品德。小说中李娃不仅是荥阳公子的救命恩人，甚至可以说是他的造就者，荥阳公子即使最后金榜题名，也还是要在精神上获取李娃的支撑。《霍小玉传》中的霍小玉虽然被情人李益抛弃，但却是一个追求真挚爱情、敢于坚持斗争的光彩照人的正面形象。至于《莺莺传》里的莺莺先是乘夜私奔，后被张生“始乱终弃”，也在很大程度上表现了莺莺的自由和大胆，虽然她和霍小玉一样都是悲剧性的结局，但这并没有损害她们的形象，反倒通过她们的悲剧鞭挞了男人的无情与卑鄙。

皇甫枚的《三水小牍》中的《步非烟》也是一篇优秀作品。功曹参军武公业的爱妾步非烟和邻居少年赵象因相互倾慕而至偷情，事泄后，赵象逃走，非烟被殴打致死。临死犹言：“生得相亲，死亦何恨”。步非烟对爱情至死无悔的坚贞的态度感人至深。虽然在她死后有一书生作诗讥嘲她：“艳魄香魂如有在，还应羞见坠楼人”，但她的灵魂在梦里反讥道：“士有百行，君得全乎？何至务矜片言，苦相诋斥？”其不屈不挠的鲜明性格形象地跃然纸上。

唐传奇中的妇女形象在中国文学史上是独特的例证。除了上述具体社会政治原因外，也许在唐代这个相对自由浪漫的社会里，人们唤醒了自己诗性的记忆。女性作为人类生命的直接创造和养育者，相对于男人，有其天然的注重情感而反对异化的一面，因此，尊崇女性实际上是人性复归的一种形式。还有，在远古母系社会时代，女酋长的权力和男性交好女酋长的无上的荣耀，都在民族文化心理上打下了深深的烙印。“巫山云雨”的神话实际上是这种记忆在男权制社会里帝王权势心理和无耻奢望结合以后的变形反映。从《太平广记》里收入的唐代的人神恋爱的故事、小说来看，女神的崇高与对男人的眷顾已经成为一种模式，这种模式实际上意味着人类的美好记忆与诗性的愿望在那个特定时代的复活。唐传奇是中国人第一次以虚构、幻想的方式来叙述自己的情感，因此，这些优秀的爱情作品也许正是在对现实的艺术的描述中展示着这种诗性的记忆和愿望。

唐传奇在主观上还是继承了小说的“劝惩”功能，如《李娃传》中说：“嗟乎，倡荡之姬，节行如是，虽古先烈女，不能逾也。焉得不为之叹息哉！”《长恨歌传》说“……意者不但感其事，亦欲惩尤物，窒乱阶，垂于将来者也”，李公佐写《谢小娥传》的目的是“儆天下逆道乱常之心”，“观天下贞夫孝妇之节”。但由于小说初萌初兴，作者往往沉浸在“虚构”的快乐中，客观上似乎未能实现他们的思想。

二、唐传奇的其他内容

唐传奇的另一类内容是反映仕途虚幻莫测、人生如梦、官场尔虞我诈的。如《枕中记》写卢生在邯郸逆旅中借道士吕翁的青瓷枕入睡，在梦中经历了他所渴求的“出将入相”的生活，醒来以后，黄粱米饭尚未蒸熟，于是悟彻人生真相，万念俱灰。最后卢生对道士说：“宠辱之道，穷达之运，得丧之理，死生之情，尽知之矣，此先生所以窒吾欲也，敢不受教。”《南柯太守传》写淳于棼在梦中被招为槐安国的驸马，出任南柯太守20年，“风化广被，百姓歌谣，建功德碑，立生祠宇，王甚重之”；他的“五男二女，男以门荫授官，女亦聘于王族。荣耀显赫，一时之盛，代莫比之”。后来因与檀罗国交战失利，又兼公主病逝，于是宠衰谗起，国王将其孤身遣归尘世。小说最后写道：“生感南柯之浮虚，悟人世之倏忽，遂栖心道门，绝弃酒色。”

此外，唐传奇中还有一类是写剑士侠客的。晚唐时期藩镇割据，节度使各养剑士以自卫，并以此威慑他人，或者仗义除奸。这在晚唐时期的传奇集多有表现。如杜光庭的《虬髯客传》在晚唐豪侠小说成就突出，其中被称为风尘三侠的虬髯、红拂、李靖，既有真实人物，又有虚构人物，故事情节以虚为主，但却有真实的历史背景。“风尘三侠”并没有高强的武功，也没有纠缠于个人的恩恩怨怨，他们的人格光彩体现在对时势的清醒认识和对未来的明智抉择上，因而他们从胆识、气魄和人格理想上都超出了一般豪侠。李靖是兴唐元勋，大概受历史事实的局限，光彩稍弱；红拂妓则慧眼独具，她身为权重京师的杨素的侍妾，却认为杨素“尸居余气，不足畏也”，星夜投奔布衣李靖，并周旋实现了三侠“环坐”，约会太原。虬髯客则最具光彩，结尾叙述虬髯客率领千艘海船，十万甲兵，攻入扶余国，杀其主自立，成为扶余国新的国主。

裴铏的《昆仑奴》写一位武艺高强的老奴帮助少主人窃取豪门姬妾成全他们的爱情的故事，薛调的著名爱情传奇《无双传》中也出现了一个知恩图报的侠客形象。值得注意的是，这时出现了一些女侠的形象，如袁郊《红线》里的红线，裴铏的《聂隐娘》中的聂隐娘，她们虽然还只是为藩镇军阀之间的相互攻杀出力，但在当时无疑表现了对女性的重视和赞美。

唐传奇既数量大，内容也十分丰富庞杂，其中许多篇章还表现了灵异意识。李复言《续玄怪录》多散佚，《太平广记》引录了34条，其中有许多著名的故事，如《定婚店》写韦固在宋城南店月下遇一老人，自称是掌管天下人婚姻的幽吏，并告知韦固，说他未来的妻子是附近一个卖菜老妪的3岁幼女，姻缘前定，不可挣脱。韦固见到那个女孩后感到十分羞愤，派家奴用小刀刺杀她，匆忙中只刺伤了她的眉心。14年后，他娶了一位刺史家的小姐，原来正是那个女孩。《李卫公靖》写李靖替龙行雨，为报答村人厚意，违命多下了几滴雨，结果却造成了灭顶的水灾。这一类故事往往情节繁复细致，出人意表，有警世之效。

第三节　唐传奇的艺术成就

唐传奇在艺术方面有着突出的成就。首先，唐传奇已经不再是“粗陈梗概”的简陋的小说，而是结构复杂完备、人物刻画细腻生动的成熟的小说了。《李娃传》在结构方面尤为典型，以故事的发展而论，可以分为三个阶段。第一阶段写郑生和李娃。李娃与荥阳公子相遇，“娃回眸凝睇，情甚相慕”。听说公子来访，娃大悦曰：“尔姑止之，吾当整妆易服而出。”如此隆重，表明她对荥阳公子的敬慕和钟情。然而，“岁余，资财仆马荡然。迩来姥意渐怠，娃情弥笃”。李娃对荥阳公子已由才色之慕发展到了真挚的爱情，但这种爱情并不足以使成熟老练的李娃立即抛弃她以前的生活方式和价值观念，所以就发展到了串通老鸨设置“倒宅计”来欺骗荥阳公子的第二阶段。李娃将荥阳公子骗至事先预备好的假姨的宅第，“娃下车，妪（李娃的假姨）逆访之曰：‘何久疏绝?’相视而笑”。荥阳公子问道：“此姨之私第耶?”李娃则“笑而不答以他语对”。两次讳莫如深的微笑充分刻画出了李娃作为风尘女子的性格特征。后来，两处皆人去宅空，荥阳公子被抛弃了。第三阶段是从重逢到最后团圆。荥阳公子资财荡尽，功名无成，被其父鞭挞几死，弃置不顾，最终沦为乞丐。当李娃再次见到他时，他已满目疮痍，不成人形，已处人鬼之间。李娃的可贵之处在于她在风尘中显现出来的正义与善良，她疚愧难当，“连步而出……前抱其颈，以绣襦拥而归于西厢。失声长恸曰：‘令子一朝及此，我之罪也!’绝而复苏”。然后与老鸨力争，得以与荥阳公子同居，尔后数年如一日，资助荥阳公子发愤读书。当荥阳公子高中以后，她又怕影响荥阳公子的声誉，压抑着内心的感情，拒绝了荥阳公子的求婚。“生泣曰：‘子若弃我，当自到以就死’。娃固辞不从，生勤请弥恳。”最后李娃被朝廷封为汧国夫人。小说在具体的叙述过程中，由于长安市井生活的复杂性，所以很多地方显得诡秘莫测，但最后又都一一坐实，中间加上东、西二肆的斗唱争胜，假姨、信使以及荥阳公等各种人物的参与，使小说显得波诡云谲，跌宕起伏，具备了相当的叙事技巧和叙事规模。

在刻画人物方面，唐传奇已显得十分细腻和生动，如《任氏传》这样描写郑六与任氏的结识：

> 郑子乘驴而南，入升平之北门。偶值三妇人行于道中，中有白衣者，容色姝丽。郑子见之惊悦，策其驴，忽先之，忽后之，将挑而未敢。白衣时时盼睐，意有所受。郑子戏之曰：“美艳若此，而徒行，何也?”白衣笑曰：“有乘不解相假，不徒行何为?”郑子曰：“劣乘不足以代佳人之步，今辄以相奉。某得步从足矣。”相视大笑。

虽是写人、狐之恋，但却完全是现实生活中的男女的挑逗、调情。《霍小玉传》中最后对霍小玉与李益相见而死的描写也极其细腻动人，在整妆相见，数说李生之过，把酒酹地之后，“乃引左手握生臂，掷杯于地，长恸号哭，数声而绝”，塑造了一个温婉美丽、受尽屈辱而又不肯屈服的悲剧形象。

唐传奇在心理描写方面也颇有成就。如李复言《续玄怪录》中的《薛伟》（又名《鱼服记》）一篇，它主要描写一位县主簿热病昏迷，灵魂策杖出游，来到江潭，想游泳图凉，却被河神变成一条赤鲤，并借用庄子濠梁观鱼的故事来讨论知不知乐的问题。虽然人变成了鱼，心理活动还是县主簿老爷的。它饥饿难耐，见钓饵后明知有危险，却又认为渔夫不敢奈何它。因吞饵上钩被穿了腮，它又被衙役买走，但它还以为自己是老爷：“我是汝县主簿，化形为鱼游江，何得不拜我？”它被提入县门，看见同僚在下棋，呼救无效，又埋怨说：“我是公同官，今而见擒，竟不相舍，促杀之，仁乎哉？”小说通过人物变形，将官场心理和人际关系表现得十分生动。

唐传奇在中国文学史上具有重要的地位，它不仅标志着中国小说的自觉和趋向成熟，还对后世的小说、戏曲产生了重大的影响。从传奇一脉而论，直接影响了明代的“剪灯二话”，并在清代蒲松龄的《聊斋志异》中达到了高峰。后代的许多白话小说和戏曲也多取材于唐传奇的故事，其简易、生动、精练、准确的语言对后来的文言文也产生了积极的影响。

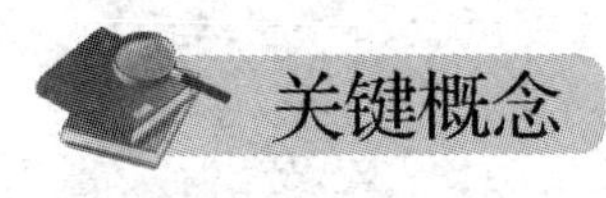

关键概念

唐传奇

思考题

1. 试谈唐传奇兴起的原因。
2. 试论唐传奇的爱情主题。
3. 唐传奇在艺术上有怎样的成就？

第十一章　词的产生与晚唐五代词

本章提示

词的兴起：(1) 掌握词的概念。(2) 掌握词的形成过程。(3) 掌握词牌的概念。

敦煌曲子词：(1) 掌握敦煌曲子词的主要内容。(2) 掌握敦煌曲子词的艺术特点。

中唐词人：(1) 熟悉戴叔伦、韦应物的《调笑令》，刘禹锡的《杨柳枝》，韩偓的《章台柳》等。(2) 了解以上四人作品的艺术特点。

温庭筠与花间词：(1) 背诵温庭筠的词《菩萨蛮》、《望江南》。(2) 掌握温庭筠词的艺术特点。(3) 熟悉《花间集》及其主要作家。

韦庄：(1) 背诵韦庄的《菩萨蛮》、《思帝乡》等。(2) 掌握韦庄词的艺术特点。

第一节　词的兴起

词，又称“长短句”、“诗余”、“乐章”、“近体乐府”、“杂曲子”等，是继格律诗以后兴起的新的诗歌体裁。词最早应该萌芽于南朝，在初唐时已有明确的记载。词的发展与南北朝、隋唐时期清商乐和燕乐的流行有很大的关系，尤其是燕乐。燕乐的兴起可以追溯到北朝，由于少数民族入主中原，包括边地及境外音乐的胡乐通过进献、通婚、贸易、传播宗教以及战争等方式陆续传入内地，如唐代的十部乐，高丽、天竺、安国、康国、龟兹、疏勒、高昌七部皆可寻到域外的源头。胡乐以琵琶为主要伴奏乐器。琵琶有 28 调，音域宽广，音律富于变化，能够演奏繁复曲折的曲调，适应宫廷及民间的各种场合，具有鲜明的时代风格，所以为中原音乐广泛吸收。为了适应娱乐的需要，乐曲需要配以歌辞，由于形式过于规整的五、七言诗不易与之配合，所以更为自由的长短句就应运而生了。词本来是可以配乐演唱的，后来音乐消亡，词便成为脱离音乐而独立存在的新诗体了。

词对于曲调是有选择的，如宫廷音乐，由于规模宏大，难于入词，只有一些较为短小轻便的乐曲才适合词的演唱。所以，虽然在隋代就已出现配词演唱的乐曲，但真正大量涌现还是在晚唐五代。

词的重要组成部分是词调，俗称“词牌”，如［菩萨蛮］、［念奴娇］等都是。每个曲牌都有自己特定的格式，句数、每句的字数、用韵都有明确的限定。词与诗的主要区别就在于词牌众多，每个词牌的句数和每句的字数以及用韵都不一样，所以可以根据不同的需要比较自由地选择词牌。一般词牌分为上下两阕（片），以便反复吟唱。多于两阕的称为长调，不分阕的称为单调。

词牌的来源很复杂。最多的是来源于唐代的教坊歌曲和大曲，如［南乡子］、［渔歌子］、［杨柳枝］、［何满子］、［浣溪沙］、［清平乐］、［西江月］等；也有的是来源于外国和少数民族的歌曲，如［菩萨蛮］、［苏幕遮］等；有的则的是通过对唐代的近体诗进行增减字数变化而来，如［雨霖铃］、［浪淘沙］等；有的是个人自制曲，如后唐庄宗李存勖的［如梦令］、宋人王诜的［人月圆］等；还有的直接来源于民歌，如［竹枝词］等。在词牌的来源和填词习惯的影响下，有的词牌形成了特定的艺术情调，如［满江红］字句短促，用仄韵，宜作慷慨激昂之声；［蝶恋花］句长声慢，宜抒缠绵柔和之情；［行香子］多有诙谐之趣，而［竹枝词］则歌咏民俗风情。

词的产生经历了一个孕育、萌生到词体建立的较长的历史时期。从隋代到初、盛唐，作品较少，创作也不自觉，到了中唐，张志和、韦应物、白居易、刘禹锡等诗人开始自觉地填词，词的创作才逐步走向自觉。

第二节 敦煌曲子词

在1900年敦煌石窟打开之后，我们可以确认词起源于民间。敦煌词曲数量很大，除少数属于著名的文人词外，大多数词的作者都来源于民间。这些词从内容、体制到语言风格等方面都显示出由诗向词过渡的特征。《云谣集杂曲子》抄卷收词30首，比《花间集》的编定时间应该早数十年。

曲子词的内容主要有以下几个方面：

第一，倾诉妇女对地位不平等的悲怨情感，表现出她们反抗的心理，其风格往往朴实、感情直率，生活气息浓郁，在敦煌曲子词中价值较高。如《望江南》两首：

> 莫扳我，扳我太心偏。我是曲江临池柳，者人折去那人扳，恩爱一时间。
>
> 天上月，遥望似一团银。夜久更阑风渐紧，为奴吹散月边云，照见负心人。

以浅近而又形象的方式表达了娼妓内心的不平。我们还可以从中看到词的形式的灵活性，第一首词27字，是［望江南］的正规写法；第二首词28字，多出一个“似”字，在读或唱时都可轻轻带过，并不影响听觉上的效果，这些早期的词已经开启了元曲的某些特性。

第二，反映安史之乱时据守敦煌郡的军民希望朝廷救援以及对战乱的厌恶。如《望江南·四面六蕃围》、《菩萨蛮·敦煌古往出神将》等。后者这样写：

敦煌古往出神将，感得诸蕃遥钦仰。效节望龙庭，麟台早有名。　　只恨隔蕃部，情悬难申诉。早晚灭狼蕃，一起拜圣颜。

第三，反映时局动乱、政治腐败、民不聊生的晚唐社会状况。如《菩萨蛮·自从銮驾三峰起》等。

第四，表现征夫思乡、闺妇怀远，如《破阵子·年少征夫军帖》等。

敦煌词具有民间词的朴素风格，读来能使人感觉到扑面而来的生活气息。如：

枕前发尽千般愿：要休且待青山烂。水面上秤锤浮，直待黄河彻底枯。白日参辰现，北斗回南面。休即未能休，且待三更见日头。

（《菩萨蛮》）

在语言风格上很像汉乐府中的《上邪》，一连串的比喻，率直强烈的情感，显示了与诗的区别。

第三节　中唐词人

在唐代文人词中，较早的词作家有张志和、刘长卿、韦应物、戴叔伦等。如：

西塞山前白鹭飞，桃花流水鳜鱼肥。青箬笠，绿蓑衣，斜风细雨不须归。

（张志和《渔歌子》）

胡马，胡马，远放燕支山下。跑沙跑雪独嘶，东望西望路迷。迷路，迷路，边草无穷日暮。

河汉，河汉，晓挂秋城漫漫。愁人起望相思，江南塞北别离。离别，离别，河汉虽同路绝。

（韦应物《调笑令》二首）

边草，边草，边草尽来兵老。山南山北雪晴，千里万里月明。明月，明月，胡笳一声愁绝。

（戴叔伦《调笑令》）

除张志和的词有闲适的情调外，韦、戴二人的词无论是写奔腾的胡马、戍卒的乡愁还是江南思妇，均不再有盛唐边塞诗的苍凉豪迈和激昂慷慨，而是流溢出萧飒沉咽的中、晚唐基调。

中唐时的白居易、刘禹锡写词较多。如白居易的两首词：

汴水流，泗水流，流到瓜州古渡头，吴山点点愁。　　思悠悠，恨悠悠。恨到归时方始休，月明人倚楼。

（《长相思》）

江南好，风景旧曾谙。日出江花红胜火，春来江水绿如蓝。能不忆江南！

（《忆江南》）

刘禹锡《潇湘神》：

斑竹枝，斑竹枝，泪痕点点寄相思。楚客欲听瑶瑟怨，潇湘深夜月明时。

需要看到的是，这些词平仄的词韵是从五、七言绝句中脱胎而来的，在五、七言的基础上再加入三言，便成了词，这种写法对温庭筠的影响很大。

第四节　温庭筠与花间词

温庭筠是晚唐词人中对后世影响最大的一位。温庭筠（约 812—866），字飞卿，本名岐，山西太原人。本为唐初宰相后代，但到他这一代已经中衰。温庭筠在《花间集》中被列为首位，入选作品 66 首。他是第一个专力作词的文人，长期出入秦楼楚馆，“能逐弦吹之音，为侧艳之词”。他的词无论成就或影响都远在其诗之上，他更因开一派词风而被奉为“花间鼻祖”。

温词内容多是描写闺情怨绪和宫女寂寞愁闷的心理活动的。如：

小山重叠金明灭，鬓云欲度香腮雪。懒起画蛾眉，梳妆弄洗迟。　　照花前后镜，花面交相映。新贴绣罗襦，双双金鹧鸪。

（《菩萨蛮》）

这首词在细节表现和心理刻画上都比较细腻。虽然“香软丽蜜”，“红香翠软”，但其中也寓有自己的身世之感，那寂寞独处，愁锁蛾眉，春恨满腹的思妇；那独自梳妆，无人理会，对镜自怜，命薄如花的女子，不正暗合了温庭筠怀才不遇、无人赏识的人生体验吗？

由于温庭筠长期出入青楼妓院，所以有很多词表现歌伎舞女的伤春感别和悲欢无常的感情。如：

梳洗罢，独倚望江楼。过尽千帆皆不是，斜晖脉脉水悠悠。肠断白苹洲。

（《梦江南》）

以赋为词是温词的突出特点，他善于集中铺陈物象，以此渲染气氛，构筑意境。

对温词的评价历来很高。如张惠言《词选序》说认为“自唐之词人”，“温庭筠最高”。陈廷焯《白雨斋词话》说：“飞卿短古，深得屈子之妙，词亦从《楚辞》来，所以独绝千古，难乎为继。”温庭筠以自己丰富的创作提高了词的地位，开花间派之先河，并以其特定的题材和风格，对后代婉约词派的形成产生了很大的影响。

五代时后蜀的赵崇祚选录了温庭筠、皇甫松、韦庄等18家的词为《花间集》，凡500首，是最早的文人词总集。当中除温庭筠、皇甫松、孙光宪外，其余都集中在西蜀。欧阳炯在《花间集序》中描述西蜀词人的创作情景时说：“绮筵公子，绣幌佳人，递叶叶之花笺，文抽丽锦；举纤纤之玉指，拍按香檀。不无清绝之词，用助娇娆之态。自南朝之宫体，扇北里之倡风。”当时西蜀因山川之阻而受战乱较少，帝王官僚恣意享乐，他们十分欣赏温庭筠的词，词风也与温庭筠基本一致，后人将其统称为花间派词人。《花间集》的出现在词的发展史上具有重要的意义，它标志着词在格律、文辞、风格、意境上的基本特征的初步确立，奠定了词体发展的基础。

第五节　韦　庄

花间派中较有成就的还有韦庄。韦庄（约836—约910）字端己，京兆杜陵（今陕西西安）人，乾宁元年（894）进士，曾任左补阙，后为西川节度副使王建掌书记，前蜀建国后，一度官至宰相，有《浣花集》。《花间集》收其词48首。韦庄与温庭筠齐名，有些词比较清新生动。如：

> 人人尽说江南好，游人只合江南老。春水碧于天，画船听雨眠。　垆边人似月，皓腕凝霜雪。未老莫还乡，还乡须断肠。
>
> （《菩萨蛮》）
>
> 春日游，杏花吹满头，陌上谁家年少，足风流，妾拟将身嫁与，一生休。纵被无情弃，不能羞。
>
> （《思帝乡》）
>
> 四月十七，正是去年今日，别君时。忍泪佯低面，含羞半敛眉。　不知魂已断，空有梦相随。除却天边月，没人知。
>
> 昨夜夜半，枕上分明梦见，语多时。依旧桃花面，频低柳叶眉。　半羞还半喜，欲去又依依，觉来知是梦，不胜悲。
>
> （《女冠子》二首）

词中没有艳丽的色彩，也没有绵密朦胧的意象和跳跃的断层，而是色彩清淡、通俗浅近、直率自然、结构疏朗、意脉流畅。韦庄的词对南唐词作家产生了一定的影响。

当时，南唐首都金陵出现了文艺昌盛的局面。这主要是因为中原人士前来避乱，使文化得以进一步发达。而南唐统治者不善治国，也感到兴国无望，进而钟情文艺、恣意享乐，也是造成这种局面的重要原因。

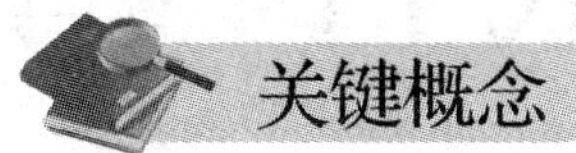

关键概念

词　　　词牌　　　敦煌曲子词　　　花间派

思考题

1. 简述词兴起的原因及过程。
2. 简述敦煌曲子词在词的发展史上的地位。
3. 简述花间派主要作家的词的内容及特点。

第十二章 五代十国文学

本章提示

西蜀词人：熟悉西蜀词人的代表作家。

南唐词人：（1）背诵冯延巳的两首《鹊踏枝》。（2）掌握冯延巳词的艺术特点。（3）背诵李煜的《捣练子》、《清平乐》、《乌夜啼》、《浪淘沙》、《虞美人》等。（4）掌握李煜词的艺术特点及在词史上的地位。

第一节 西蜀词人

从朱温灭唐建立后梁至郭威建立后周，几十年间，北方先后经历了五个朝代，而南方则先后或并存了十个国家，史称五代十国。

这一时期，总的看来战乱频仍。但与北方相比，南方有时相对安定一些，而南方有些帝王和官员又十分注重享乐和文艺创作，因此这一时期南方的文学比北方要发达得多。

五代十国的文学思想大致可以分为教化说和娱乐、缘情说。教化说的代表有牛希济的《文章论》等。娱乐、缘情说的代表则是欧阳炯的《花间集序》，它肯定了南朝文学的贡献，对许多文学作品的考察也从审美的角度着眼，在当时和后世都产生了很大影响。

真正代表五代十国文学成就的是西蜀和南唐的词，这些词在词的发展史上有着很重要的地位。

牛峤（约 848—?），字松卿，乾符五年（878）进士，历官拾遗、补尚书郎，后入蜀为官。其词善于表达女性的身心痛苦，并能寄予同情，深具内美，所以牛峤往往被看作是花间派作家。如：

> 东风急，惜别花时手频执，罗帏愁独入。马嘶残雨春芜湿，倚门立。寄语薄情郎，粉香和泪泣。
>
> （《望江怨》）

词写春日闺思，颇为生动传神。又如：

舞裙香暖金泥凤，画梁语燕惊残梦。门外柳花飞，玉郎犹未归。　　愁匀红粉泪，眉剪春山翠。何处是辽阳？锦屏春昼长。

《菩萨蛮》

词写闺思，上片写景，而情在景中；下片写情，而语浅情深。

牛希济（生卒年不详），牛峤之侄，唐末入蜀投奔牛峤，曾在前蜀任御史中丞。其词写别情，比兴十分生动传神。如：

春山烟欲收，天淡星稀小。残月脸边明，别泪临清晓。　　语已多，情未了。回首犹重道。记得绿罗裙，处处怜芳草。

新月曲如眉，未有团圞意。红豆不堪看，满眼相思泪。　　终日劈桃穰，人在心儿里；两朵隔墙花，早晚成连理。

（《生查子》二首）

第一首结尾二句由罗裙而思及芳草，情在言外，耐人回味。第二首出语率直，立意诚挚。

牛希济的《临江仙》七首是其代表作，词咏古代神话传说中的人物，也写求仙之事，与一般的花间词不同。如：

洞庭波浪飐晴天，君山一点凝烟。此中真境属神仙。玉楼珠殿，相映月轮边。

万里平湖秋色冷，星辰垂影参然。橘林霜重更红鲜。罗浮山下，有路暗相连。

（《临江仙》）

词以赞叹的语调，渲染洞庭秋月的如画美景。上片一起极言洞庭湖之大，以君山之小，反衬出湖面之阔，营造出一种神秘的朦胧气氛。下片一起点明泛湖的节令，“橘林”一句的点染使整个画面显得鲜丽动人。

欧阳炯（896—971），五代后蜀时累迁门下侍郎，兼户部尚书平章事，后入宋任右散骑常侍。他作词善于吸收民歌的长处，所以风格往往显得明快。如：

路入南中，桄榔叶暗蓼花红。两岸人家微雨后，收红豆，树底纤纤抬素手。

（《南乡子》）

他写爱情的词也十分细腻生动，如：

春欲尽，日迟迟，牡丹时。罗幌卷，翠帘垂。彩笺书，红粉泪，两心知。

人不在，燕空归，负佳期。香烬落，枕函欹。月分明，花淡薄，惹相思。

（《三字令》）

词写闺中相思之情，细致入微。又如：

见好花颜色，争笑东风。双脸上，晚妆同。闭小楼深阁，春景重重。三五夜，偏有恨，月明中！　　情未已，信曾通。满衣犹自染檀红。恨不如双燕、飞舞帘栊。春欲暮，残絮尽，柳条空。

（《献衷心》）

词写女子暮春相思之情，层层深入，将人物曲折的情感刻画得深切动人。

第二节　南唐词人

一、冯延巳

冯延巳（903—960），又名延嗣，字正中，官至南唐同平章事。有《阳春集》，留词 100 多首。冯词多写闺思，继承了温庭筠词婉丽的一面，语浅而情深，对后代婉约派词有很大影响，在词史上占有重要的地位。如：

谁道闲情抛弃久？每到春来，惆怅还依旧。日日花前常病酒，不辞镜里朱颜瘦。　　河畔青芜堤上柳，为问新愁，何事年年有？独立小桥风满袖，平林新月人归后。

（《鹊踏枝》）

词写女子伤春之苦，清癯畅达，细腻感人，历来被认为是其代表作。其实，词作的意境与初唐的《春江花月夜》不无相似之处，都表现出了与宇宙相关的某种生命意识，但一个是欢乐的歌唱，一个是惆怅的感伤，正好处在两个极端。冯词中的“闲愁”、“春愁”是那样的缠绵悱恻，无以排遣，这虽然主要是由时代和词风决定的，但与他对南唐的振兴无望也不无关系。他的词同样善于以景衬情，但在语言上更为自然，没有花间派的词汇和物象堆砌之弊。如：

几日行云何处去？忘却归来，不道春将暮。百草千花寒食路，香车系在谁家树？　　泪眼倚楼频独语。双燕飞来，陌上相逢否？撩乱春愁如柳絮，悠悠梦里无寻处。

（《鹊踏枝》）

词写春闺之怨，情思辗转，若不自胜。又如：

细雨湿流光，芳草年年与恨长。烟锁凤楼无限事，茫茫。鸾镜鸳衾两断肠。
魂梦任悠扬，睡起杨花满绣床。薄幸不来门半掩，斜阳。负你残春泪几行。

（《南乡子》）

词写少女怀春之情，思深辞丽，音韵谐婉。可见他的词虽然仍以相思离别、花柳风情为题材，但着重表现的是人物的心境，而不是仅仅停留在对人物外貌和服饰的描写上。如《谒金门》：

风乍起，吹皱一池春水。闲引鸳鸯香径里，手挼红杏蕊。　斗鸭栏干独倚，碧玉搔头斜坠。终日望君君不至，举头闻鹊喜。

冯延巳的词已与花间派的词有了明显的区别，这就是不再沉溺于享乐之中，而是以感伤和迷茫为主调，这对后代的词有很大的影响。王国维说："冯正中词虽不失五代风格，而堂庑特大。"（《人间词话》十九）他不仅开启了南唐词风，而且还影响到了宋代晏殊、欧阳修等词家。

二、李煜

李煜像

李煜（937—978），字重光，号钟隐，又称钟山隐士、钟峰白莲居士等。他少聪慧，美风仪，"广颡隆准，风神洒落"，精通六经，洞晓音律，工书善画，尤善诗词文章，在艺术造诣方面为历代帝王之最。他的词流传下来的总共不过三四十首，但1/3以上堪称千古绝唱，因此他被后人尊为"词中之帝"。李煜本不善治国，在他即位之前，南唐已经奉宋正朔，他当政时更是处在宋朝的严重威胁之下。他只过了十几年的苟且偷安、纵情声色的生活便当了宋朝的俘虏。在离开金陵到汴京做囚徒时，他写了这样一首《破阵子》词："四十年来家国，三千里地山河。凤阙龙楼连霄汉，玉树琼枝作烟萝，几曾识干戈？一旦归为臣虏，沈腰潘鬓消磨。最是仓皇辞庙日，教坊犹奏别离歌，垂泪对宫娥。"在过了两年多的极其屈辱的幽禁生活后，他最终被宋太宗派人毒死，据说是因为《虞美人》词中有故国之思。李煜的词以其亡国为界分为前后两期。前期的词多写奢侈的声色和旖旎的风情，如《浣溪沙》写豪华的生活场面：

红日已高三丈透，金炉次第添香兽，红锦地衣随步皱。　佳人舞点金钗溜，酒恶时拈花蕊嗅，别殿遥闻箫鼓奏。

《菩萨蛮》写男女幽会：

花明月暗笼轻雾，今宵好向郎边去。刬袜步香阶，手提金缕鞋。　画堂南畔见，一晌偎人颤。奴为出来难，教郎恣意怜。

真率、火辣、生动！冲破了抒情小词固有的界限。而真正使他的词在艺术上趋于成熟的，还是当他从声色和爱情中暂时清醒过来，看到南唐无法挽回的行将灭亡的命运时所自然流露出的那种伤感无奈的情绪。如《捣练子》：

深院静，小庭空，断续寒砧断续风。无奈夜长人不寐，数声和月到帘栊！

此时的李煜，已经是一位成熟的词人了。李煜词的价值主要体现在后期。如：

往事只堪哀，对景难排。秋风庭院藓侵阶。一任珠帘闲不卷，终日谁来。
金剑已沉埋，壮气蒿莱。晚凉天静月华开。想得玉楼瑶殿影，空照秦淮。

（《浪淘沙》）

这首词写出了李煜在囚俘中怀念南唐的哀痛心情。写景，写实，有对比，有对过去豪情的慨叹，前人评曰："此在汴京念秣陵（即金陵）事作，读不忍竟"（沈际飞《草堂诗馀续集》）。他由一国之君沦为国家易姓、妻子不保、人尽可辱的囚徒，其心理落差是可以想见的。入宋后的作品，往往是"深哀浅貌，短语长情"。如：

林花谢了春红，太匆匆。无奈朝来寒雨晚来风。　　胭脂泪，留人醉，几时重。自是人生长恨水长东。

（《乌夜啼》）

有凄清，有悲慨，有沉凝，也有郁结。"愁"与"恨"如此之浓，直如胭脂和泪，化解不开。朝雨晚风，人生如水，已使词境深沉而廓大了。但若论艺术上最突出，也最著名的，还是这首《虞美人》：

春花秋月何时了，往事知多少！小楼昨夜又东风，故国不堪回首月明中！
雕栏玉砌应犹在，只是朱颜改。问君能有几多愁？恰似一江春水向东流。

物候与心境，自然与生命，天命与人事，这些因素本来应该是相互统一的，但在词中，却都相互拒斥，应然与实然之间产生了巨大的矛盾。"问君能有几多愁"正是因无法解决上述矛盾而产生的"愁"，"恰似一江春水向东流"则不止是渲染"愁"之大之广，更是将"愁"引向了本体性的普遍与永恒！

李煜在词史上最重要的贡献是他改变了词的传统，在内容上由写思妇怨女、离愁别绪转向写国破家亡的深哀与剧痛，在形式上逐渐减少乃至消释了词的宫廷贵族式的娱乐性，不再"以男子作闺音"，而是径由自我作发端，直接抒写自我，增强了词作者的主体意识。他的词在这两方面正如王国维所总结的："词至李后主而眼界始大，感慨遂深，遂变伶工之词而为士大夫之词。"（《人间词话》）

词至李煜，开始突破了愁红惨绿的格调，开始进行不加衬托的白描，如：

云一緺，玉一梭。淡淡衫儿薄薄罗。轻颦双黛螺。　　秋风多，雨相和。帘外芭蕉三两棵。夜长人奈何。

（《长相思》）

此词描写一个宫中美人希求宠幸的心情，以极其简练的笔墨勾勒出了人物的装束、外貌以及心情意绪。

在语言方面，李煜一改花间词人的雕饰涂绘、绮丽繁腻的风格，多用白描手法，语言清新朴素，自然流丽，率真畅达。至于对后世的影响，他的词风不仅直接影响了从晏、欧、秦、周直到姜、吴、张等词以及“婉约派”的深婉含蓄、沉挚绵邈的审美特征，还跨越了“词为艳科”的藩篱，为豪放派词人奠定了基础。

南唐中主李璟（916—961）的词以感伤为主调，但境界趋于廓大。他遗词四首，最著名的是《摊破浣溪沙》：

> 菡萏香销翠叶残，西风愁起绿波间。还与韶光共憔悴，不堪看。　　细雨梦回鸡塞远，小楼吹彻玉笙寒。多少泪珠何限恨，倚栏干。

尤其是“细雨”两句最为后人称道，为开拓词境做出了贡献。

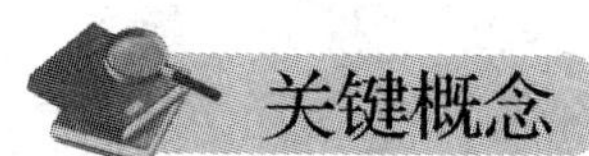

关键概念

西蜀词人　　南唐词人

思考题

1. 简述冯延巳词的内容及在词史上的贡献。
2. 简述李煜词的发展阶段及在词史上的贡献。

两宋辽金文学

两宋辽金文学概论

相对于唐代文学来讲，宋代的政治、经济、文化都发生了很大的变化，对宋代文学精神特质的形成产生了重大的影响。

宋代的政治有这样几个特点：(1) 高度的中央集权。其优点是政治相对稳定，但由此也带来了宋代一直无法克服的弊端，如冗兵、冗官、冗费等。(2) 朝廷中激烈的党争连绵不断。北宋党争主要围绕着两次改革展开，南宋则主要围绕着战、和展开。(3) 在历代王朝中，宋代的外患最严重，时间也最长。(4) 重视文人，重视文治。

宋代的经济——尤其是城市经济的发达——有力地促进了文化、文学的发展。(1) 城市经济的发展直接促进了市民文学的发展。(2) 经济发展也促进了教育的发展。宋代的官学、私学都很发达，尤其是科举录取人数的激增，更使人们重视教育。(3) 促进了文化的传播和知识水平的提高。宋代印刷工艺的改进使得宋代书籍数量激增，宋人的知识水平有了明显的提高。

宋代文化十分发达，表现在这样几个方面：(1) 宋代理学的建立。这是中国哲学史和思想史上划时代的大事，对宋代文学和文化产生了深刻的影响。(2) 禅宗的流行。禅与士大夫的生活方式和文学创作产生了密切的联系，影响了宋代文学。(3) 宋代注重世俗和超越的两种人生态度对文学的世俗化和超越性都有相当的影响。(4) 艺术的全面繁荣。宋代的诗词、书画、音乐都十分发达，形成了各种艺术形式间的互动。

北宋初期和中期，欧阳修、梅尧臣、苏舜钦、王安石都写出了许多反映民生疾苦、富有现实意义，在艺术上或质朴自然，或简约清新的诗歌。尤其是王安石对奠定宋诗的基调有着不可忽视的意义，如他的《明妃曲二首》中的第一首，“深折透辟”，有“气骨”，显“瘦劲”。但宋诗至苏轼才真正形成自己的基本特点，应该说苏轼的诗是宋诗的典范。宋诗至黄庭坚则创造出了一种生新瘦硬、精警峭拔的山谷诗风来，也可说是别具一格。

宋代政治相对比较宽松，文人地位很高，再加上宋初百年承平的局面，所以晚唐五代以来绮靡的词风此时又有所抬头，但更多的是表现闲情逸致，而没有五代词的繁缛与感伤。晏殊、晏几道父子便是这种词风的代表。柳永在词史上的贡献首先体现在他发展了慢词，在扩大词的题材方面也有贡献。词发展到苏轼时，他开始使诗雅化，雅化的本质就是使执著现实出发走出了感性享乐的泥淖，把现实生活提升到了生命本体的高度，使宋词成为时代精神的主要表达形式。苏轼稍后，北宋后期的词主要向婉约和注重声律方面发展，出现了秦观、贺铸和以周邦彦为代表的大晟派词人。

宋初的柳开曾经提倡复古之文。柳开鉴于晚唐五代灭亡的教训，主张继承古文运动的精神。然而，继之而来的杨亿的“四六”时文却有很大的影响。王安石是“唐宋八大家”之一，作为政治家，王安石出于政治考虑，并受宋初文学“经世致用”思潮的影响，强调文学济世致用的实用价值，主张文学应该“有补于世”、“以适用为本”，要求文学对现实的改革有所裨益，并严厉地抨击了杨亿等人的浮华不实的文风。而欧阳修和苏轼则领导了宋代诗文革新运动，确立了唐宋古文的统治地位。

进入南宋，宋诗发生了转折，以陆游、范成大、杨万里、尤袤“中兴四大诗人”为代表的诗人将江西派“宗韩学杜”艺术的路子转到了爱国主义上来，除了产生了陆游这样杰出的爱国诗人以外，陈与义、范成大等人的诗歌也具有强烈的爱国热情。曾几也是南宋初期重要的爱国诗人。这一时期的诗派有三，一是四灵诗派，二是江湖诗派，三是南宋末年的爱国诗派。

词在南宋继续发展，出现了一些杰出的词作家和流派。南宋前期的著名词人主要有李清照、张孝祥等人，接下来便是爱国词人辛弃疾和辛派词人，南宋后期的词人主要有以姜夔为代表的格律派。南宋后期受周邦彦、姜夔影响的词人有史达祖、高观国等，宋亡后，还有王沂孙、张炎、周密等。

南宋中期的散文趋于繁荣，主要是由于抗金的需要，论兵、论政的散文兴起，陈亮是其突出的代表。另外，陆游、杨万里、范成大也有许多这方面的代表作。南宋末年，文天祥、谢翱、邓牧等也写出了一些优秀的爱国散文。

另外，其他一些艺术形式在宋代也得到了发展。戏剧开始萌芽，杂剧相当繁荣，白话小说也开始出现了。

辽代在文学和文化上具有汉族文人与契丹文人并存、汉文学与契丹文学并存、中原风格与契丹风格并存的特点。在辽代的120年中，前期的主要文人有耶律倍、耶律德光、耶律琮等。耶律倍被《辽史》本传称“工辽汉文章”，应该是辽代的首要文人。辽帝耶律德光也工书善文，文风刚劲简约。耶律琮的文章则“文气慷慨”，文字简明生动。由中原入辽的作家有韩延徽、李浣、赵延寿等人。辽代中后期出现的几位后妃作家中，以道宗皇后萧观音最为突出，《辽史·后妃列传》中记载她曾赋诗赞扬道宗畋猎的威风，又有《谏猎疏》一篇，劝谏道宗，反对畋猎，文字丰赡，典故运用也很纯熟；据说她因此文而遭致失宠，后来又有《回心院十首》，其艺术成就几乎不亚于中原诗人。天祚帝的文妃箫瑟瑟，曾作《讽谏歌》、《咏史》来劝谏帝王不要贪图享乐，应该卧薪尝胆，奋发有为。

金代初期多是“借才异代”，比较著名的诗人和词人有宇文虚中、吴激、蔡松年等人。吴激是当时著名的词人，著有《东山集》，被元好问推为“国朝第一手”。蔡松年有《名秀集》，与吴激齐名。但必须看到的是，吴激和蔡松年的作品只能算作是对中原风格的移植，并没有吸收女真族的特色。使二者较好地融合起来的，是金国的第四代君主完颜亮。他的《南征至维阳诗》写得“咄咄逼人”、“凶焰可见”，充满了征服者的杀伐之气。

金代中期是一个比较安定繁荣的时期，文学的发展比较全面，不仅诗词发达，讲唱文学也有了很大的发展。如金院本有690多种，诸宫调有《西厢记诸宫调》和《刘知远诸宫调》等。诗词则有蔡珪、党怀英、王庭筠等人。

金代后期由于亡国之征已现，作家的心态也变得复杂起来，有人抒写忧国之思，也有人逃避现实。其中主要作家有赵秉文、李纯甫、王若虚、段克已等人。但只有元好问才是金代乃至中国文学史上的大家。

总的来看，该时期的文学是在延续中唐以来文学走向的基础上一次较大的发展，它偏重于理性思考和内向的省悟与体察，而不大注重外向的宣扬。所谓“唐诗以韵胜，故浑雅而贵蕴藉空灵；宋诗以意胜，故精能而贵深析透辟。唐诗之美在情辞，故丰腴；宋诗之美在气骨，故瘦劲”（缪钺《论宋诗》），这种着眼于美学风格的论述，应该说揭示了唐宋诗内在本质的差异，也在一定程度上揭示了唐宋文学的精神特质的不同。

第一章　北宋前期的文学

本章提示

宋初作家：(1) 熟悉柳开的复古主张。(2) 熟悉王禹偁的创作。

西昆派：(1) 了解西昆派的概念、特点及影响。(2) 解释《西昆酬唱集》。

柳永：(1) 掌握柳永的生平。(2) 背诵柳永词《雨霖铃》、《八声甘州》、《望海潮》等。(3) 掌握柳永词的艺术成就和在词史上的地位。

晏殊、晏几道与张先：(1) 背诵晏殊的《浣溪沙》、《踏莎行》、《蝶恋花》。(2) 掌握晏殊词的艺术成就。(3) 背诵晏几道词《临江仙》、《鹧鸪天》。(4) 掌握晏几道词的内容特点。(5) 背诵张先的《天仙子》。(6) 掌握张先词的内容特点、艺术特点及在词史上的贡献。

第一节　柳开、王禹偁及宋初其他作家

唐宋古文的发展有一个承续的过程。在唐朝的韩柳之外，当时知名的古文家还有李翱、皇甫湜、元稹、白居易、刘禹锡等。到了晚唐时期，皮日休、陆龟蒙、罗隐等人创作了一批小品文，鞭挞现实弊端，揭露社会矛盾，被鲁迅赞为“是一塌糊涂的泥塘里的光彩和锋芒”，代表了古文运动的余脉，但从文坛整体看，骈文之风再度弥漫，而且一直延续到了宋初。于是宋初的王禹偁、石介、柳开、穆修等人开始起而校正，但未能从根本上扭转颓风。直到宋仁宗当政时，社会发展要求政治上的革新，文风上也要求有切合实用的散文体古文。在这种历史情况下，欧阳修、苏轼等人掀起了第二次古文运动，从此确立了中国传统社会后期散文的主要风格。

柳开（947—1000），原名肩愈，字绍先，后改名开，字仲涂，进士及第，曾任赞善大夫、侍御史等职。著有《河东先生集》15卷。柳开十六七岁习学韩愈散文，26岁前即写出了一批世人注目的古文作品，中年以后“取六经以为式”（《河东先生集》卷

二《东郊野夫传》)，终生以复古自任。他最重要的文章是《应责》，在其中明确界定了“古文”的特质，对“古文”提出了具体的要求，并特别强调文章要重视寓理与立意，指出“古文者，非在辞涩言苦，使人难读诵之，在于古其理，高其意，随言短长，应变作制，同古人之行事”（《河东先生集》卷一)。柳开倡古文，崇朴质，反辞“华”，是因为他认为“文章为道之筌”，“刻削伤于朴，声律薄于德，无朴与德，于仁义礼智信也何?”(《上王学士第三书》)他强调文道并重，并倡导平易自然、朴实流畅的文风。在《应责》篇中将“吾之文”、“吾之道”对举并论，批评“华而不实，取其刻削为工、声律为能”(《上王学士第三书》)的文风，与韩愈的主张大致相近。柳开创作了《代王昭君谢汉帝疏》，历代读者都称赞其中饱含着浓烈的艺术气息。柳开是较早创作文艺散文的作家之一，后人称赞柳开“拯五代之横流，扶百世之大教，续韩、孟而助周、孔”(张景《河东先生集序》)。

柳开的主张是要改变宋初的文风，应当是有积极意义的，但由于他的创作实绩并不突出，没有造成声势，也由于当时的客观条件还不成熟，他的主张和创作在当时没有形成较大的影响。

王禹偁（954—1001)，字元之。济州巨野（今属山东省）人。宋太宗太平兴国八年（983）进士，官至翰林学士。他因敢于直谏，屡遭贬谪，后卒于黄州，世称王黄州，有《小畜集》和《小畜外集》传世。他将自己的散文集题作《小畜集》，含有“兼济天下”之意。他与柳开一样，反对浮靡文风，认为“咸通以来，斯文不竞。革弊复古，宜其有闻”(《送孙何序》)，他为文文风清健，寄托深厚，在宋初文坛上独树一帜。如《黄州新建小竹楼记》:

> 黄冈之地多竹，大者如椽。竹工破之，刳去其节，用代陶瓦。比屋皆然，以其价廉而工省也。子城西北隅，雉堞圮毁，榛莽荒秽，因作小楼二间，与月波楼通。远吞山光，平挹江濑，幽阒辽夐，不可具状。夏宜急雨，有瀑布声；冬宜密雪，有碎玉声；宜鼓琴，琴调虚畅；宜咏诗，诗韵清绝；宜围棋，子声丁丁然；宜投壶，矢声铮铮然：皆竹楼之所助也。公退之暇，披鹤氅，戴华阳巾，手执《周易》一卷，焚香默坐，消遣世虑。江山之外，第见风帆沙鸟、烟云竹树而已。待其酒力醒，茶烟歇，送夕阳，迎素月，亦谪居之胜概也。……

宋真宗咸平元年（998)，王禹偁被贬到黄冈。作者以悠闲的笔调记述了竹楼的建造，楼外的情景，以及幽居竹楼的闲情逸致，抒发了寄情山水的散淡情怀，最后作者由竹瓦易朽引发出谪贬异乡、奔走不暇的感慨。文章层次分明，前后呼应，气韵清畅自然，意境萧远简淡，虽未完全废弃骈文之法，但已有古文的特点，且清丽疏朗，迂徐婉转，实是欧阳修、苏轼散文的先导。议论文如《待漏院记》，记叙文如《唐河店妪传》等，都古朴清健，显示了对唐代古文的继承。

第二节 西昆派

杨亿（974—1020），字大年，建州浦城人（今属福建）人，少有文名，才思敏捷，为人耿直，为宋太宗赏识，官至工部侍郎、翰林学士。他著作颇丰，也有一些优秀的散文，但最有影响的是他编的《西昆酬唱集》。

西昆体，以《西昆酬唱集》而得名。真宗景德二年（1005），翰林学士杨亿等奉命编纂《历代君臣事迹》，历经八年而成书，诏题作《册府元龟》。当时参加编书的共有18人，其中有著名的诗人钱惟演、刘筠等。在漫长的撰书过程中，馆阁文士就有了许多酬唱之作。大中祥符元年（1008），杨亿将他们在编书的前三年所写的诗作汇集在一起，称作《西昆酬唱集》，取昆仑之西有群玉之山（帝王藏书之府）之意。《西昆酬唱集》共收录了17位诗人的247首诗，诗人有杨亿、刘筠、钱惟演、李宗谔等人。但实际上《西昆酬唱集》主要是杨亿、刘筠、钱惟演三人的作品，他们的唱和共占全书总数的9/10，因此杨亿等三人是西昆派诗风的最重要的倡导者和诗派的领袖。

《西昆酬唱集》行世后，由于是上层文人所作，再加上宋初文学的需要，所以西昆体风行一时，成为诗坛上最重要的流派。后来欧阳修说："盖自杨、刘唱和，《西昆集》行，后进学者争效之，风雅一变，谓之昆体。由是唐贤诸诗集几废而不行。"（《六一诗话》）

西昆体的主要特点是效法华彩妍丽的李商隐体，内容贫乏，思想空虚，缺乏真情实感，喜欢堆砌典故，卖弄学问，片面追求对偶的工巧、辞藻的雕饰和音节的和谐。杨亿的《代意》可以说明上述的特点：

> 梦兰前事悔成占，却羡归飞拂画檐。锦瑟惊弦愁别鹤，星机促杼怨新缣。舞腰试罢收纨袖，博齿慵开委玉奁。几夕离魂自无寐，楚天云断见凉蟾。

前四句用四个典故，写美人见疏的幽怨；后四句写孤寂的美人空虚无聊的生活。全诗华丽幽深，对薄命佳人寄予了同情。后来王安石在《张刑部诗序》一文中尖锐地指出："杨、刘以其文词染当世，学者迷其端原，靡靡然穷日力以摹之，粉墨青朱，颠错丛庞，无文章黼黻之序。"可谓一针见血地指出了西昆体的弊端。

在西昆体盛行的同时，主张复古、反对西昆体的声音也很突出，如穆修、范仲淹、尹洙、姚铉以及上面介绍的柳开、王禹偁等人。姚铉编选《唐文粹》，主要选录古文。穆修以刊刻韩、柳文集来提倡韩、柳古文，对抗西昆体，并亲自在东京大相国寺出售。石介指斥西昆体诗文"穷妍极态"，后来的尹洙、苏舜钦等人也积极提倡古文，做出了突出的成绩。而王禹偁则逆潮流而动，写出了反映现实的力作《感流亡》。正是由于这些人的努力，欧阳修等人的诗文革新运动才得以成功。

第三节 柳 永

一、柳永的生平

柳永（约987—约1053），原名三变，字耆卿，崇安（今福建崇安）人，是工部侍郎柳宜的少子。著有《乐章集》，传词近200首。柳永早年即以词知名，到汴京应试时曾为许多歌妓填词，并得罪了当时著名的词人晏殊。有人曾在仁宗面前举荐他，仁宗批了四个字："且去填词"。仁宗的批语虽未必当真，但在当时却等于堵死了他的仕途，他以解嘲之语自称"奉旨填词柳三变"，此后在汴京、杭州、苏州出入青楼妓院，过着一种流浪的生活。他于晚年考取进士，在浙江等地做了几任小官，最终死于润州（江苏镇江），据说是由歌妓聚钱殓葬的。

柳永的词在当时流传极广，叶梦得《避暑录话》说："凡有井水饮处，即能歌柳词。"柳永是北宋第一个专力写词的作家，在词的发展史上有着突出的贡献。但柳永与一般的词人不同，他不是要拿词这种形式去表现什么，而是自身就生活在词的世界里，是用生命在填词，因而他的词的独特的审美价值也主要就在这里。

柳永在仕途被阻塞以后，选择了爱情与温情来对抗现实体证生命。他与歌妓建立了深厚的感情，甚至成为她们中的一员："自春来，惨绿愁红，芳心是事可可。日上花梢，莺穿柳带，犹压香衾卧。暖酥消，腻云亸。终日厌厌倦梳裹。无那，恨薄情一去，音书无个。早知恁么，悔当初、不把雕鞍锁。向鸡窗、只与蛮笺象管，拘束教吟课。镇相随，莫抛躲。针线闲拈伴伊坐。和我。免使年少，光阴虚过。"（《定风波》）"针线闲拈伴伊坐"，不是外在的消遣，而是内在的生命状态。"珊瑚筵上，亲持犀管，旋叠香笺。要索新词，殢人含笑立尊前。"（《玉蝴蝶》）柳永从这温柔的倾慕之中，感受到了自己的存在价值。于是，他"且恁偎红依翠，风流事，平生畅。青春都一饷。忍把浮名，换了浅斟低唱"（《鹤冲天·黄金榜上》）。他的生命的价值，不在于"恁驱驰、何时是了"，而在于"又争似、却返瑶京，重买千金笑"（《轮台子·一枕清宵好梦》）。他沉浸在"应念念，归时节。相见了、执柔荑，幽会处、偎香雪"（《塞孤·一声鸡》）的感性生存体验中。所以，柳永词中的爱情，也不再是一种游戏和玩弄，而是双方都共同沉浸与分担的深挚的情感，所以才会那样的动人。因此，对于柳永，我们决不能仅仅把他看成一个"无行浪子"，而应该从时代的高度看到宋人对世俗生命的重视与显扬。

二、柳永词的内容

柳永的词在题材上有了很大的突破。在他的词集中，有40多首是描绘城市状况以及城市生活情景的，几乎占到了他的全部词作的1/4，他的词对当时的汴京、杭州、苏州、长安、成都等地都有描绘，这在当时是一个了不起的成就。如描绘杭州城市的景色和经济状况的《望海潮》：

东南形胜，三吴都会，钱塘自古繁华。烟柳画桥，风帘翠幕，参差十万人家。云树绕堤沙。怒涛卷霜雪，天堑无涯。市列珠玑，户盈罗绮竞豪奢。　　重湖叠巘清嘉。有三秋桂子，十里荷花。羌管弄晴，菱歌泛夜，嬉嬉钓叟莲娃。千骑拥高牙。乘醉听箫鼓、吟赏烟霞。异日图将好景，归去凤池夸。

词写杭州的湖光山色和繁华富庶，巨细互衬，动静交映，将“承平气象，形容曲尽”。据《鹤林玉露》说，此词广为传唱，传到了金国，金主完颜亮“欣然有羡于‘三秋桂子、十里荷花’，遂起投鞭渡江之志”。足见此词的艺术魅力。又如描绘春日郊游的《木兰花慢》：

拆桐花烂漫，乍疏雨、洗清明。正艳杏烧林，缃桃绣野，芳景如屏。倾城。尽寻胜去，骤雕鞍绀幰出郊垧。风暖繁弦脆管，万家竞奏新声。　　盈盈。斗草踏青。人艳冶、递逢迎。向路傍往往，遗簪堕珥，珠翠纵横。欢情。对佳丽地，信金罍罄竭玉山倾。拚却明朝永日，画堂一枕春酲。

词写春日胜景和踏青者的欢乐心情，可谓一幅极有情趣的风俗画，表现了北宋承平时期的繁华气象。开头以简短而又有跳跃性的句子生动地刻画出清明乍雨、春花烂漫的物候特征，“拆”、“烧”、“绣”等字，笔墨饱满，动感十足。下片写游冶之乐，充满青春朝气的妇女栩栩如生。在这斗草踏青的游乐之中，人生的欢乐愉悦和满怀生机的春之节奏相融为一，简直是生命和青春的颂歌。词作笔调明丽，风格欢快，在柳词中别具一格。《望海潮·东南形胜》写城市，此词写郊野，可谓双璧。

柳永词以表现爱情的为多。如《雨霖铃》：

寒蝉凄切。对长亭晚，骤雨初歇。都门帐饮无绪，留恋处、兰舟催发。执手相看泪眼，竟无语凝噎。念去去、千里烟波，暮霭沉沉楚天阔。　　多情自古伤离别。更那堪、冷落清秋节。今宵酒醒何处，杨柳岸、晓风残月。此去经年，应是良辰好景虚设。便纵有、千种风情，更与何人说。

这正是一种无法言喻的离愁别绪。在重重铺叙和层层点染中，烘托出“杨柳岸、晓风残月”的意境，抒发了“便纵有、千种风情，更与何人说”的孤独与伤感。整首词意境宏阔而又细腻，情感缠绵悱恻而又深沉真挚，堪称“有我之境”的典范。所以如此，不仅只是融入了柳永的真情，更是因为融入了柳永的生命。

如果说上一首是“俗”的话，那么，“雅”者则可以熔铸前人诗句，气象宏大。如《八声甘州》：

对潇潇、暮雨洒江天，一番洗清秋。渐霜风凄惨，关河冷落，残照当楼。是处红衰翠减，苒苒物华休。惟有长江水，无语东流。　　不忍登高临远，望故乡渺邈，归思难收。叹年来踪迹，何事苦淹留。想佳人、妆楼颙望，误几回、天际识归舟。争知我、倚阑干处，正恁凝愁。

此词写羁旅行役，也是柳永词的重要主题。该词起句高远，数句即描绘出冷落萧瑟的深秋景致，在低沉的情调中烘托出深厚高远的意境。“误几回、天际识归舟”系从谢朓的“天际识归舟，云中辨江树”化来。苏轼称其意境“不减唐人高处”。

柳永还有一类词是感慨生平，自叙身世之作，如《鹤冲天·黄金榜上》，又如长调《戚氏》：

晚秋天。一霎微雨洒庭轩。槛菊萧疏，井梧零乱惹残烟。凄然。望江关。飞云黯淡夕阳间。当时宋玉悲感，向此临水与登山。远道迢递，行人凄楚，倦听陇水潺湲。正蝉吟败叶，蛩响衰草，相应喧喧。　　孤馆度日如年。风露渐变，悄悄至更阑。长天净，绛河清浅，皓月婵娟。思绵绵。夜永对景，那堪屈指，暗想从前。未名未禄，绮陌红楼，往往经岁迁延。　　帝里风光好，当年少日，暮宴朝欢。况有狂朋怪侣，遇当歌、对酒竞留连。别来迅景如梭，旧游似梦，烟水程何限。念名利、憔悴长萦绊。追往事、空惨愁颜。漏箭移、稍觉轻寒。渐呜咽、画角数声残。对闲窗畔，停灯向晓，抱影无眠。

全词三叠，212 字，写羁旅孤独之情，以景物、身世、心绪营造出凄凉的意境，透辟明了而富有感染力。词作以时间为序，自黄昏写至将晓，循序渐进，层层揭示了自己孤独与悲戚的情怀。词中的情感十分复杂，流连于绮陌红楼而未名未禄，名缰利锁的萦绊使旅途困顿，在对酒当歌与功名利禄之间难以选择。空惨愁颜，孤独无奈，这也许正是柳永的人生情感。

三、柳永词的艺术成就

首先，柳永词在艺术手法上吸收了辞赋和骈文的长处，极善铺叙，并在铺叙中渲染情感，将情景层层展开，层层推进，渐至极境。清人冯煦就此评论说：“耆卿词曲处能直，密处能疏……状难状之景，达难达之情，而出之以自然，自是北宋巨手。”（《蒿庵论词》）《雨霖铃》就是典型的代表。

其次，柳永词有俗有雅，俗者多以口语入词，如《忆帝京》：“薄衾小枕凉天气。乍觉别离滋味。展转数寒更，起了还重睡。毕竟不成眠，一夜长如岁。也拟待、却回征辔。又争奈、已成行计。万种思量，多方开解，只恁寂寞厌厌地。系我一生心，负你千行泪。”几乎全是用口语写成。而雅者则可以熔铸前人诗句，气象宏大，如《八声甘州》。

柳永词在词史上的贡献，一是体现在他发展了慢词。在柳永以前，词以小令为主，但这显然不适合歌女的演唱和表达丰富复杂的思想情感。《避暑录话》说："教坊乐工，每得新腔，必求永为辞，始行于世，于是声传一时。""新腔"一般都是长调，所以经过柳永的努力，慢词成为词的常用形式。正如《乐府余论》中所说："（柳词）一时动听，散布四方，东坡、少游辈继起，慢词遂盛。"二是体现在他扩大了词的题材。柳永的一些词描绘了汴京的繁华，涉及元宵灯火，九陌香风以及斗鸡走马、斗草踏青等等，这在以前是没有的，如最著名的《望海潮》等。

柳永词对后世影响很大。被苏轼称为婉约派之宗的秦观是"学柳七作词"（《唐宋诸贤绝妙词选》），蔡嵩云认为"至其（柳永）佳词，则章法精严，极离合顺逆贯串映带之妙，下开清真、梦窗词法……"（《柯亭词论》），一代词宗的苏轼也不敢忽视柳永词，也要关心"我词比柳词何如"（俞文豹《吹剑续录》）。这些都说明了柳永词的历史地位。

第四节 晏殊、晏几道与张先

宋初百年承平，晚唐五代以来的绮靡词风又有所抬头，但词中开始更多地表现闲情逸致，而没有了五代词的繁缛与感伤。晏殊、晏几道父子以及张先是这种词风的代表。

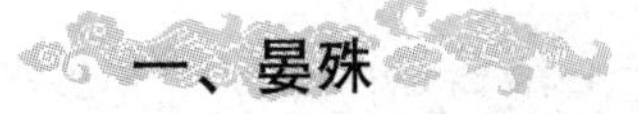

一、晏殊

晏殊（991—1055），字同叔，抚州临川（今属江西）人；少聪慧，以神童荐之于朝，28岁为知制诰，30岁为翰林学士，官至同平章事兼枢密使，卒官江西。晏殊少年早达，虽小有波折，但总的看来仕途显达，生活优裕。晏殊死谥元献，世称晏元献，著有《珠玉词》，有词122首，绝大部分是小令。其词多表现优游的生活和幽微的心境，在艺术上既珠圆玉润，又显得清新自然，多有可取之处。兹举几首：

> 一曲新词酒一杯，去年天气旧亭台。夕阳西下几时回？　无可奈何花落去，似曾相识燕归来。小园香径独徘徊。
>
> （《浣溪沙》）

上片首句描绘的是富贵闲人的诗酒生活，空间的固定与时间的停滞透显出作者对这种生活的沉溺，更隐含着作者对这种生活永不改变的期冀。"夕阳西下几时回"一句，显示出的是对感性生命的钟情和对美好时光的留恋与追逐。下片首句典型地表现了中国悲剧意识的重要特征——在暴露困境的同时又弥合困境。以"小园香径独徘徊"收住全词，展示的是对生活与生命的深情体味。又如：

> 一向年光有限身，等闲离别易销魂。酒筵歌席莫辞频。　满目山河空念远，

落花风雨更伤春。不如怜取眼前人。

（《浣溪沙》）

据多种资料记载，晏殊喜宾客，每有嘉客必留，留亦必以歌乐相佐，日以饮酒赋诗为乐，佳时胜日，未尝辄废。该词的第一句表现的是时光短暂，生命有限；第二句是写在这种悲剧意识的观照下，使人变得容易伤感。然而，如何消解这种悲剧意识，晏殊指出的方向不是超越，而是回避——“酒筵歌席莫辞频”。下片一、二句是设想之辞：若是登临之际，放眼河山，即便思念远别的亲友，也是徒然；若是独处家中，眼见风雨摧落了繁花，更会令人感伤春光易逝。结拍陡然一转，以“怜取眼前人”的质实消解了“空念远”和“更伤春”带来的悲剧感，与上片形成了紧密的呼应。

在富贵优游的生活中，晏殊的词很善于表现对人的生存状态的细腻而又深情的体味。如：

小阁重帘有燕过，晚花红片落庭莎。曲阑干影入凉波。　　一霎好风生翠幕，几回疏雨滴圆荷。酒醒人散得愁多。

（《浣溪沙》）

写优游的情景，小阁燕过，晚花落庭，阑影入波，好风生幕，疏雨滴荷，情景越是美好，就越是“酒醒人散得愁多”。这种因欲求超越而未得导致的“闲愁”情绪状态在宋词中的表现比唐诗中要充分得多，这是宋代以文化为本体的时代特征决定的。

伤春悲秋也是晏殊词的重要主题。如：

小径红稀，芳郊绿遍。高台树色阴阴见。春风不解禁杨花，濛濛乱扑行人面。

翠叶藏莺，珠帘隔燕。炉香静逐游丝转。一场愁梦酒醒时，斜阳却照深深院。

（《踏莎行》）

暮春晚景，浅酒轻愁，一齐融入了幽微的心境，对春天的轻轻的爱惜和挽留几乎使人觉察不到。再如：

槛菊愁烟兰泣露，罗幕轻寒，燕子双飞去。明月不谙离恨苦，斜光到晓穿朱户。　　昨夜西风凋碧树，独上高楼，望尽天涯路。欲寄彩笺兼尺素，山长水阔知何处？

（《蝶恋花》）

离情与秋思真如“山长水阔”，精丽的物象和华美的语言使人觉得如锦心绣口连吐珠玉，满地散落而不及拾。又如：

绿杨芳草长亭路，年少抛人容易去。楼头残梦五更钟，花底离愁三月雨。

无情不似多情苦，一寸还成千万缕。天涯地角有穷时，只有相思无尽处。

（《木兰花》）

临秋相思，逢春伤感，但慕而不怨，苦而不凄，正是晏殊词的本色。

晏殊的一些写人咏物的词也很出色。如《渔家傲》：

> 嫩绿堪裁红欲绽，蜻蜓点水鱼游畔。一霎雨声香四散。风飐乱，高低掩映千千万。　　总是凋零终有恨，能无眼下生留恋。何似折来妆粉面。勤看玩，胜如落尽秋江岸。

上片写塘中绿荷春夏期间的美丽多姿，风情万种；下片写秋来凋零的情景，大有怜香惜玉之态。整首词则借咏荷表达了对美人迟暮的惋惜和“怜取眼前人”的情感。

晏殊的词也多写美人歌女的愁怨，不乏佳作，而写村姑莲女的几首词则尤为出色，如《渔家傲》：

> 越女采莲江北岸，轻桡短棹随风便。人貌与花相斗艳。流水慢，时时照影看妆面。　　莲叶层层张绿伞，莲房个个垂金盏。一把藕丝牵不断。红日晚，回头欲去心撩乱。

莲花与人面争艳，有缠绵不尽之意。

晏殊的词有的也清新自然，富有生活气息。如《破阵子》：

> 燕子来时新社，梨花落后清明。池上碧苔三四点，叶底黄鹂一两声，日长飞絮轻。　　巧笑东邻女伴，采桑径里逢迎。疑怪昨宵春梦好，元是今朝斗草赢，笑从双脸生。

描写采桑少女嬉戏的情景，笔调已经脱去了富贵闲愁。

在艺术上，晏殊的词笔调闲雅，有委婉畅达之致，这与他爱好陶渊明、韦应物的诗有关，而且理致深蕴，在淡雅中另有一种深情，这就是人们所说的晏殊词有“过人之情”。另外，晏殊词描写富贵生活而无雕饰的痕迹，描写男女之情也无轻薄之语。

宋人对晏殊的词评价甚高，如李之仪、黄庭坚等对他推崇备至，近人冯煦在《宋六十一家词选例言》中称晏殊为“北宋倚声家初祖”。实际上，晏殊的词以歌颂太平为出发点，在艺术上又追求“气象”，在一定程度上以诗境入词境，使诗词在审美趣味上相互融通，在这一方面几乎臻于完美。另外，讲究音律也使他的词对后世词的音律美产生了一定的影响。但是，题材的褊狭终归限制了他的词的总体价值。

二、晏几道

晏几道（1038—1110），晏殊幼子，字叔原，号小山，生活曾一度贫困，曾监许田镇，不久即免。据传他曾为郑侠“流民图”一案吃过官司，家境由此一败涂地，晚年几乎衣食不继。著有《小山词》。黄庭坚对他的为人和才性有中肯的评价，说：“（小山）磊隗权奇，疏于顾忌。文章翰墨，自立规模，常欲轩轻人，而不受世之轻重，遂陆沉于下位。平生潜心六艺，玩思百家，持论甚高。”又说：“叔原，固人英也，其痴亦自绝人。人爱叔原者，皆愠而问其旨。曰‘仕宦连蹇，而不能一傍贵人之门，是一痴也。论文自有体，不肯作一新进士语，此又一痴也。费资千百万，家人饥寒，而面有孺子之色，此又一痴也。人百负之而不恨，己信人，终不疑其欺己，此又一痴也。’乃共以为然。”（《小山词序》）可见其纯朴忠厚、轻宦重义以及孤高自标的个性特征。

对往日恋情的追忆，对境遇的感伤，对歌女的生活的描述和同情，是晏几道词的主要内容。如《临江仙》：

梦后楼台高锁，酒醒帘幕低垂。去年春恨却来时，落花人独立，微雨燕双飞。

记得小苹初见，两重心字罗衣，琵琶弦上说相思。当时明月在，曾照彩云归。

晏几道《小山词跋》云：“始时沈十二廉叔、陈十君宠家有莲、鸿、苹、云，品清讴娱客。每得一解，即以草授诸儿，吾三人持酒听之，为一笑乐。”此词即写与小苹的感情。词作层次分明，蕴藉深沉，对仗工整流畅，结拍二句含不尽之意于言外。全词流丽俊爽，闲雅沉静，为一时之冠。又如《鹧鸪天》：

彩袖殷勤捧玉钟，当年拚却醉颜红。舞低杨柳楼心月，歌尽桃花扇底风。

从别后，忆相逢，几回魂梦与君同。今宵剩把银釭照，犹恐相逢是梦中。

词写与歌女重逢时的情景，今昔互衬，悲喜交集，形象鲜明生动，当时曾广为传唱。另外，《蝶恋花·醉别西楼醒不记》表现这种感情也很典型：

醉别西楼醒不记。春梦秋云，聚散真容易。斜月半窗还少睡，画屏闲展吴山翠。

衣上酒痕诗里字。点点行行，总是凄凉意。红烛自怜无好计，夜寒空替人垂泪。

所谓“醒不记”乃是不忍记，然而“衣上酒痕诗里字”，这“点点行行”如何又不记？分别前后的欢愉和悲伤都被曲曲折折而又浓墨重彩地渲染出来。

晏几道词也表现出对爱情的珍惜，如“初心已恨花期晚。别后相思长在眼。兰衾犹有旧时香，每到梦回珠泪满。多应不信人肠断，几夜夜寒谁共暖。欲将恩爱结来生，只恐来生缘又短。”（《木兰花》）对爱情的追求的强烈有时几乎显得直白，如：“花信来时，恨无人似花依旧。又成春瘦。折断门前柳。天与多情，不与长相守。分飞后，泪痕和酒。沾了双罗袖。”（《点绛唇》）情感真挚而强烈，感人肺腑。此外，像“玉楼深处绮窗前。梦回芳草夜，歌罢落梅天”，写爱怜之意；“酒醒长恨锦屏空。相寻梦里路，飞雨落花中”，绘惆怅之情；“与谁同醉采香归。去年花下客，今似蝶分飞”，述离别之苦等，多有具体怜爱的对象，是至情的流露，非泛泛言情可比。

对青春易逝的感伤也是晏几道词的内容之一，如“守得莲开结伴游，约开萍叶上兰舟。来时浦口云随棹，采罢江边月满楼。花不语，水空流，年年拚得为花愁。明朝万一西风动，争奈朱颜不耐秋。”（《鹧鸪天》）“东风又作无情计，艳粉娇红吹满地。碧楼帘影不遮愁，还似去年今日意。”（《玉楼春》）这些词句惜春花之易凋，叹云雾之难聚，悲时光之流逝，往往有着动人之处。

随着阅历的加深，晏几道由最初的寻芳问艳开始认识到歌妓的悲苦与辛酸，他在一些词中描写了她们的幽微的心理，并寄予了真切的同情。如《菩萨蛮》：

> 哀筝一弄湘江曲，声声写尽湘波绿。纤指十三弦。细将幽恨传。　　当筵秋水慢，玉柱斜飞雁。弹到断肠时，春山眉黛低。

哀筝、湘波、纤指、幽恨、断肠等词联翩而出，映衬出歌妓的难以言传的幽恨，而“春山眉黛低”则将人情移于春山，活画出了一个低眉俯首而又胸含愁怨的歌妓形象。再如《浣溪沙》：

> 日日双眉斗画长，行云飞絮共轻狂。不将心嫁冶游郎。　　溅酒滴残歌扇字，弄花熏得舞衣香。一春弹泪说凄凉。

在巧装细饰、争歌斗舞的背后，隐含着“不将心嫁冶游郎”的清醒的认识，而“一春弹泪说凄凉”更是将前面所有的欢笑歌舞一笔荡尽，使其更加映衬出欢愉背后的悲苦与辛酸。

晏几道有的词也表现了自己的身世之感。如《浣溪沙》：

> 午醉西桥夕未醒，雨花凄断不堪听。归时应减鬓边青。　　衣化客尘今古道，柳含春意短长亭。凤楼争见路旁情。

晏几道出身名门，更兼才识过人，本可在仕途上一帆风顺，但因他常与当权者政见不同，再加上性格耿直狷介，所以一直仕途蹭蹬，以致不得不为生活奔走四方，尝尽漂泊之苦。此词即表现了这种情绪。

晏几道的词风，颇接近李煜前期的词风，但没有冲破“词为艳科”的藩篱。

晏几道所作多为小令，《小山词》收词260余首。晏几道本人遭际坎坷，于是情寄文辞，以词曲为乐。黄庭坚说他的词“嬉弄于乐府之余，而寓以诗人句法，清壮顿挫，能动摇人心”，后来的论者多称赞其词作清丽婉转，如珠转玉盘，聪俊深婉，为“一时独秀”（陈廷焯《白雨斋词话》）。

三、张先

张先（990—1078），字子野，乌程（今浙江湖州）人，身体强壮，精力充沛，虽然官运不通，但人生还算顺利，久任州郡而政绩平平。他好流连风月，听歌看舞，一生与酒歌相伴，是优游卒岁的典型。现存词165首。

张先被人称为“张三影”，有人记载说：“尚书郎张先善著词，有云：‘云破月来花弄影’，‘帘压卷花影’，‘堕轻絮无影’。世称颂之，号‘张三影’。”其实这正反映了张先对自然景物描写的特点，即善于以轻柔的笔触来表现自然情景的朦胧美。如他的代表作《天仙子》：

水调数声持酒听，午醉醒来愁未醒。送春春去几时回？临晚镜，伤流景，往事后期空记省。　　沙上并禽池上暝，云破月来花弄影。重重帘幕密遮灯，风不定，人初静，明日落红应满径。

词写临老伤春之情，“云破”一句最为著名，王国维云：“著一‘弄’字而境界全出矣！”（《人间词话》）整首词自然流畅，浑无间隔，即使放在整个宋词里来考察，也算上品。

张先有一些词描写城市的湖山胜迹以及市井的繁华，如《破阵子·钱塘》就是一首描写杭州的长调，为开拓词的题材做出了贡献。

另外，如《宴春台慢·仙吕宫》写汴京：

丽日千门，紫烟双阙，琼林又报春回。殿阁风微，当时去燕还来。五侯池馆频开。探芳菲、走马天街。重帘人语，辚辚绣轩，远近轻雷。　　雕觞霞滟，翠幕云飞，楚腰舞柳，宫面妆梅。金猊夜暖、罗衣暗裛香煤。洞府人归，放笙歌、灯火下楼台。蓬莱。犹有花上月，清影徘徊。

词中极写帝王之都宫殿的巍峨、王侯府第的华丽以及都市繁华的景象，与柳永这方面的词有近似之处。另外，张先还有着一些词描绘江南水乡的情韵，也很具特色，如《武陵春·双调》：

秋染青溪天外水，风棹采菱还。波上逢郎密意传，语近隔丛莲。　　相看忘却归来路，遮日小荷圆。菱蔓虽多不上船，心眼在郎边。

清丽的景色与男女的恋情自然地融合在一起，柔美可喜。

抒写离愁别绪的词在张先词中也占有一定的比重。如《庆春泽·般涉调》：

飞阁危桥相倚。人独立东风，满衣轻絮。还记忆江南，如今天气。正白苹花，绕堤涨流水。　　寒梅落尽谁寄。方春意无穷，青空千里。愁草树依依，关城初闭。对月黄昏，角声傍烟起。

正当“如今天气”，恰是想念故乡的时节，故乡的白苹流水如在眼前而情意难寄。词作风格柔婉细腻而又疏朗清劲，在艺术上很有特色。

由于张先的生活特点，所以他描写歌舞生活的词比较多，对于琵琶、胡琴等乐声的描写，更有独到之处。如“啄木细声迟，黄蜂花上飞。”（《醉垂鞭》）“三十六弦蝉闹，小弦蜂作团。”（《定西番》）等。对于歌舞的描写，如“冰齿映轻唇，蕊红新放。声宛转，疑随烟香悠扬。对暮林静，寥寥振清响”（《庆春泽》）等，也显得细腻生动。

如《一丛花令·南吕宫》：

伤高怀远几时穷，无物似情浓。离愁正引千丝乱，更东陌、飞絮濛濛。嘶骑渐遥，征尘不断，何处认郎踪。　　双鸳池沼水溶溶，南北小桡通。梯横画阁黄昏后，又还是、斜月帘栊。沈恨细思，不如桃杏，犹解嫁东风。

该词描写歌妓的伤怀悲远，情景精当细腻，感情极其充沛真切，传诵一时。对于晏殊出姬一事，张先还专门作了一首《碧牡丹·晏同叔出姬》：

步帐摇红绮。晓月堕，沈烟砌。缓板香檀，唱彻伊家新制。怨入眉头，敛黛峰横翠。芭蕉寒，雨声碎。　　镜华翳，闲照孤鸾戏。思量去时容易。钿盒瑶钗，至今冷落轻弃。望极蓝桥，但暮云千里。几重山，几重水。

将歌妓的经历和将要离去的复杂的心理活动细致入微地刻画出来。据说晏殊看了以后也为之感动。

写“心中事，眼中泪，意中人”（《行香子》），应该是张先词的主要内容，这些词虽然没有超越传统的内容，但在艺术上还是有一定特色的。他的词有的婉约雅丽，有的清新疏朗，有的善于铺陈，有的还有着雄壮之风，因此体现出了由晏殊、欧阳修、柳永向苏轼、秦观过渡的状态。另外，张先的词在两个方面对词的发展做出了贡献。一方面是打破了词不登大雅之堂的旧习，用大量的词来应酬交际，扩大了词的实用功能，如《山亭宴慢·有美堂赠彦猷主人》、《玉联环·送临淄相公》等；另一方面是率先在词中使用小序，而有的小序还有着一定的叙事性，如《木兰花》词的小序这样写道：“去春自湖归杭，忆南园花已开，有‘当时犹有蕊如梅’之句。今岁还乡，南园花正盛，复为此词以寄意。”这就首先改变了词的有调无题的传统形式，使词的主题更加集中，题材范围也更加廓大，因而更有实用性，对词的发展起到了很大的推动作用。所以张先词被人视为“古今一大转移”（陈廷焯《白雨斋词话》卷一）。

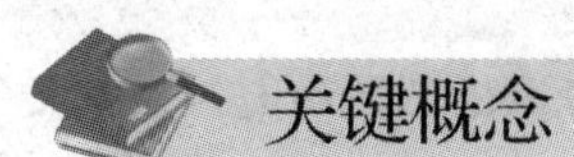

关键概念

西昆派　　　　　　“二晏”

思考题

1. 简述柳开的文学主张。
2. 试述柳永词的内容特点。
3. 试论柳永词的艺术特点。
4. 简述张先词的内容及对词发展的贡献。

第二章　欧阳修与北宋中期的文学

本章提示

掌握欧阳修的生平。

欧阳修的散文及其他：(1) 熟悉欧阳修的散文《答吴充秀才书》、《读李翱书》、《朋党论》、《五代史伶官传序》、《醉翁亭记》等。(2) 掌握欧阳修散文的艺术特点。(3) 解释诗文革新运动并熟悉欧阳修与诗文革新运动的关系。(4) 掌握欧阳修的文学思想。

欧阳修的诗：(1) 背诵欧阳修的《戏答元珍》、《画眉鸟》等。(2) 掌握欧阳修诗的艺术特点。

欧阳修的词：(1) 背诵欧阳修的词《踏莎行》、《蝶恋花》、《朝中措》等。(2) 掌握欧阳修词的艺术成就。

梅尧臣与苏舜钦：(1) 了解梅尧臣开拓诗歌题材的尝试及其对宋诗艺术的先导作用。(2) 熟悉梅尧臣《汝坟贫女》、《陶者》等。(3) 掌握苏舜钦诗的艺术特点。(4) 熟悉苏舜钦《中秋夜吴江亭上对月怀前宰张子野及寄君谟蔡大》、《淮中晚泊犊头》等。

王安石、曾巩与王令：(1) 掌握王安石的生平与思想。(2) 熟悉王安石的散文《读孟尝君传》、《答司马谏议书》、《游褒禅山记》、《本朝百年无事札子》、《上仁宗皇帝言事书》等。(3) 掌握王安石散文的艺术特点。(4) 背诵王安石的诗《明妃曲二首》其一，熟悉《河北民》等。(5) 掌握王安石诗的艺术特点。(6) 熟悉曾巩散文的内容。(7) 熟悉王令诗歌的内容及艺术特点。

第一节　欧阳修的生平

欧阳修（1007—1072），字永叔，庐陵（今江西吉安）人，北宋时期的大文学家兼史学家，号醉翁，别号六一居士。欧阳修4岁丧父，在“无一瓦之覆，一垅之植”的处境下，母亲郑氏不得不带着4岁的儿子投奔远方的亲友。因家境贫困，买不起纸笔，母亲就用芦荻画地教他识字。他于24岁进士及第，为西京留守推官。欧阳修40年的仕途生涯可分为五个阶段：（1）出仕初期。从天圣九年（1031）到康定元年（1040）是欧阳修结交文友、酝酿诗文革新运动的时期。（2）壮年勇为时期。从庆历元年（1041）到庆历五年（1045）五六月，是欧阳修政治热情最浓烈的时期，在此期间，他写出了大量脍炙人口的政论性散文。由于直言敢谏，他在仕途上经历了多次起落。（3）十年困顿时期。从庆历五年（1045）到至和元年（1054）五月，大约十年，是欧阳修政治上失意的时期。他辗转州郡，远离政治尘嚣，徜徉在山水之间，写下了不少令人心醉的佳作。（4）从政时期。从至和元年（1054）到治平四年（1067）二月，前后13年，此时欧阳修官运亨通，他利用自己的地位和影响，在政治、文化建设方面做了不少有益的事情。（5）乞退时期。从治平四年（1067）三月到熙宁四年（1071）六月，此时的欧阳修开始撰写笔记体的《归田录》，在书的序言中他明确希望皇帝让他“优游田亩，尽其天年”。多次上书“乞骸骨”之后，终以太子少师告老还家，次年病卒，谥“文忠”。

第二节 欧阳修的散文

一、欧阳修散文的艺术特点

欧阳修的散文大致可以分为议论文、史论散文、记叙文、墓志和祭文等。

欧阳修的议论文大多具有深刻的现实意义。如著名的《朋党论》提出了“君子与君子以同道为朋”、“小人与小人以同利为朋”的论断，显然是继承了韩愈的《柳子厚墓志铭》中的有关思想，但又比韩愈的观点更加概括和深刻。这是欧阳修为回击保守派诬蔑实行庆历新政的范仲淹、韩琦、富弼等人结党营私而写的，从理论的高度剖析了不同的人际关系，学术性、思想性很强，因而具有很强的现实性和战斗性。这是欧阳修议论文的总的特点。《纵囚论》从唐太宗纵囚务虚名而无实效等处驳难，结果把唐太宗纵囚回家的历史“佳话”一笔扫倒，其驳难直可以与王安石的《读孟尝君传》媲美，直接批判了当时图务虚名的不良政风。另外，《上范司谏书》和《与高司谏书》等也是关注现实的好文章。

在史论散文中，《五代史伶官传序》很有影响：

呜呼，盛衰之理，虽曰天命，岂非人事哉！原庄宗之所以得天下，与其所以失之者，可以知之矣。世言晋王之将终也，以三矢赐庄宗而告之曰：“梁，吾仇也；燕王吾所立，契丹与吾约为兄弟，而皆背晋以归梁。此三者，吾遗恨也。与尔三矢，尔其无忘乃父之志。”庄宗受而藏之于庙。其后用兵，则遣从事以一少牢告庙，请其矢，盛以锦囊，负而前驱，及凯旋而纳之。方其系燕父子以组，函梁君臣之首，入于太庙，还矢先王，而告以成功，其意气之盛，可谓壮哉！及仇雠已灭，天下已定，一夫夜呼，乱者四应，仓皇东出，未及见贼，而士卒离散，君臣相顾，不知所归，至于誓天断发，泣下沾襟，何其衰也！岂得之难而失之易欤？抑本其成败之迹而皆自于人欤？《书》曰：“满招损，谦受益。”忧劳可以兴国，逸豫可以亡身，自然之理也。故方其盛也，举天下之豪杰莫能与之争；及其衰也，数十伶人困之，而身死国灭，为天下笑。夫祸患常积于忽微，而智勇多困于所溺，岂独伶人也哉！

文章开篇即提出中心论点：“盛衰之理，虽曰天命，岂非人事哉！”采取欲扬先抑的手法，先极赞庄宗成功时的意气之“壮”，再叹失败时大形势之“衰”，在论述过程中不断提出“忧劳可以兴国，逸豫可以亡身”，“祸患常积于忽微，而智勇多困于所溺”等警戒性的断语，通过盛衰兴亡、得失成败的强烈对比，突出了后唐庄宗李存勖的历史悲剧的根源所在，得出了“抑本其成败之迹，而皆自于人欤”的结论。苏轼说欧阳修的文章“其言简而明，信而通，引物连类，折之于至理，以服人心”（《居士集序》）是很能概括欧阳修议论文的风格的。

欧阳修的墓志、祭文也非常著名，这些文章往往因在评介人物时凝注了作者的深情而质朴动人。如《泷冈阡表》、《祭尹师鲁文》、《祭石曼卿文》、《徂徕先生墓志铭》、《黄梦升墓志铭》等都是其中的名篇。《祭尹师鲁文》是为追悼亡友尹洙所作。尹洙是欧阳修政治、文学上的挚友，但一生坎坷，贬困而死，年仅46岁，而且死后家无余资，孀妻弱子无所依恃。作者对此深感不平，将满腔悲愤泻诸笔端，为其“志可以挟四海，而无所措其一身”，不得不与“万鬼而为邻”的悲惨命运而呐喊，读来撼人心魄。《泷冈阡表》是这类散文中的代表性作品，作为一篇为其父母墓道撰写的碑文，没有谀墓之嫌，而是娓娓道来，深情流溢。作者记叙了自己幼年丧父，家境贫寒，母亲“守节自誓”，含辛茹苦地抚育教养自己的情景。作者4岁丧父，难以知悉父亲行状，便用母亲的见闻感受，用间接描写的笔法，刻画出了父亲的清廉仁厚，同时，母亲的贤明通达亦彰显无遗。作者以自己为纽带，巧妙地将父母事迹糅合在一起，避实就虚，以虚求实，令父德母节相映生辉。《泷冈阡表》不仅是墓志的典范，也是记叙文的典范，其以情带事，以事显情的艺术手法已达到了炉火纯青的境界。而《祭石曼卿文》则更像一篇抒情诗，文章先以无限感慨发端称其永垂不朽，次叙其一生抑郁不得志，死后坟墓荒芜，满目凄凉，对“黄钟毁弃，瓦釜雷鸣”的现实表示了极大的愤懑，最后追念友谊，哀彻肺腑：

鸣呼曼卿！生而为英、死而为灵。其同乎万物生死而复归于无物者，暂聚之形；不与万物共尽而卓然其不朽者，后世之名。此自古圣贤，莫不皆然，而著在简册者，昭如日星。

鸣呼曼卿！吾不见子久矣，犹能仿佛子之平生。其轩昂磊落，突兀峥嵘，而埋藏于地下者，意其不化为朽壤，而为金玉之精。不然生长松之千尺，产灵芝而九茎。奈何荒烟野蔓，荆棘纵横，风凄露下，走磷飞萤。但见牧童樵叟，歌吟而上下，与夫惊禽骇兽，悲鸣踯躅而咿嘤。今固如此，更千秋而万岁兮，安知其不穴藏狐貉与鼯鼪？此自古圣贤亦皆然兮，独不见夫累累乎旷野与荒城？

鸣呼曼卿！盛衰之理，吾固知其如此，而感念畴昔。悲凉凄怆，不觉临风而陨涕者，有愧乎太上之忘情。尚飨！

哀及今古，痛及天人，“吾固知其如此”而又情动天地，已经不仅仅是一篇祭文了。

欧阳修在散文史上影响最大的还是他包括游记和抒情文在内的记叙文。《醉翁亭记》是欧阳修为滁州太守时所作。滁州地僻事简，欧阳修为政以宽，又值丰稔之年，作者遂放情于山水之间。散文描写了滁州山间的朝暮变化，与四时的景色，以及作者和滁州人民共同游乐的情景，充溢着士大夫悠闲自适的情调，表现了“与民同乐”的胸怀，也从侧面显示了他治理滁州的政绩。散文以“乐”字贯穿始终，层次鲜明而又富有变化，语言流畅，如行云流水，飘逸隽永，骈散结合，错落有致。全篇用 21 个“也”字，回环往复，造成了一唱三叹的吟咏格调，极富艺术感染力。尤其是描写山间景色的一段，历来为人称道：

若夫日出而林霏开，云归而岩穴暝，晦明变化者，山间之朝暮也。野芳发而幽香，佳木秀而繁荫，风霜高洁，水落而石出者，山间之四时也。朝而往，暮而归，四时之景不同，而乐亦无穷也。

在这里，欧阳修使自然景色与人的生命情调冥然合一，达到了物我不分、陶然自乐的境界。另外，像《有美堂记》、《丰乐亭记》、《真州东园记》等也是十分有名的游记佳作。

在抒情散文中，《读李翱文》、《秋声赋》等比较有名。《秋声赋》反映了欧阳修晚年的心态，当时，他已经 53 岁，连遭贬谪，对仕途生活已经厌倦失望，打算辞官归里。在文中，他先以铺陈的方式用各种比喻将无形的秋色描绘得极其生动形象，表现了暮秋时节山川萧瑟、草木凋零的凄凉景象，进而写出自己对人生自然的深沉的感慨，流露出浓厚的老庄思想。全篇抒情、写景、议论融合无间，读之令人愀然神动。试举其中几句：

盖夫秋之为状也：其色惨淡，烟霏云敛；其容清明，天高日晶；其气栗冽，砭人肌骨；其意萧条，山川寂寥。故其为声也，凄凄切切，呼号愤发。丰草绿缛而争茂，佳木葱茏而可悦；草拂之而色变，木遭之而叶脱；其所以摧败零落者，乃一气之余烈。

文章在这里已经不仅仅停留在对景物外观的描摹上了，而是进入了抽象的深度，即抓住了外在的客观事物作为人的主观景物的本质特点，直接以这种景物来抒写自己的情感。这就超越了情景交融的层次，上升到了哲理自然的高度。因此，欧阳修的抒情往往超越了一般的社会情感，进入到了文化——生命的深处。这其实也是宋代抒情文学的一个特点。

关于欧阳修散文的艺术特点，历代已有定评。苏洵说："执事之文，纡徐委备，往复百折，而条达疏畅，无所间断；气尽语极，急言竭论，而容与闲易，无艰难劳苦之态。"（《上欧阳内翰书》）姚鼐认为欧阳修的散文是"偏于柔之美者"，而他的柔美的标准是："其得于阴与柔之美者，则其文如升初日，如清风，如云，如霞，如烟，如幽林曲涧，如沦，如漾，如珠之玉辉，如鸿鹄之鸣而如寥廓；其于人也，漻乎其如叹，邈乎其如有思，暖乎其如喜，愀乎其如悲。"（《惜抱轩文集·复鲁絜非书》）苏洵主要是从外在的形式上来看欧阳修散文的行文特点，而姚鼐主要考察其审美特质。这一内一外，应该说全面、准确而又深刻地概括了欧阳修散文的艺术特点。

二、欧阳修与诗文革新运动

诗文革新运动也称新古文运动。宋代由欧阳修倡导的新古文运动是中唐韩愈倡导的古文运动的继续。新古文运动的产生、发展和完成有其深刻的历史原因和现实原因。

韩愈倡导的古文运动本身有着明显的缺陷，到了唐朝末年，文学上更是形式主义、唯美主义重新抬头。宋初，杨亿的"四六"时文兴起，由于这些人官位很高，统治者又推崇，再加上这种文体在科举应试中得到提倡，变成了士子求官的敲门砖，因而造成了很大的影响，致使韩愈的古文不再受人重视。对于这种现象，连当朝皇帝都感到了忧虑。据《祥符诏书记》记载："祥符二年，翰林学士杨亿、知制诰钱惟演、秘阁校理刘筠，倡和《宣曲》诗，述前代掖庭事，辞多浮艳。真宗闻之曰：'辞臣，学者宗师也，安可不戒于流宕？'乃下诏曰：'国家道莅天下，化成域中，敦百行于人伦，阐六经于教本，冀斯文之复古，期末俗之还淳。而近代以来，属辞多弊，侈靡滋甚，浮艳相高，忘祖述之大猷，竞雕刻之小巧。爰从物议，卑正源流。咨尔服儒之人，示乃为学之道。夫博闻强识，岂可读非圣之书；修辞立诚，安可乖作者之制？必思教化为主，典训是师，无尚空言，当遵体要。'……"在这期间，欧阳修、尹洙尊崇韩、柳，刻印韩、柳文集，抵制西昆体的影响，实际上成为新古文运动的发起者。石介还作《怪说》三篇，历数当时的怪象，其中篇有云："今杨亿穷妍极态，缀风月，弄花草……破碎圣人之言，离析圣人之意，蠹伤圣人之道，使天下不为《书》之《典》、《谟》、《禹贡》、

《洪范》；《诗》之《雅》、《颂》；《春秋》之经；《易》之‘繇’、‘爻’、‘十翼’，而为杨亿之穷妍极态，缀风月，弄花草，淫巧侈丽，浮华纂组。其为怪大矣!”石介的思想与真宗的诏书相应和，终于拉开了扫荡西昆体、建立新文体的序幕。

北宋发展到仁宗时期，社会矛盾开始显露，而浮靡的文风仍在延续和发展。庆历年间，范仲淹主持新政，在诸项改革措施中，就有改革文风一项，主张要“兴复古道”，后来皇帝也曾下诏，明令革除文弊。

范仲淹是集政治改革与文风改革于一身的典型人物，他认为，杨亿之后，“学者刻辞镂意，有希仿佛，未暇及古也。其间甚者专事藻饰，破碎大雅，反谓古道不适于用，废而弗学者久之”（《尹师鲁河南集序》）。其实，他把文风改革和政治改革看成是二而一的事。他在《奏上时务书》中说：“臣闻国之文章，应于风化，风化厚薄，见乎文章。是故观虞夏之书，足以明帝王之道；览南朝之文，足以知衰靡之化。故圣人之理天下也，文弊则救之以质，质弊则救之以文。质弊而不救，则晦而不彰；文弊而不救，则华而将落。前代之季，不能自救，以至于大乱，乃有来者起而救之。故文章之薄，则为君子之忧；风化其坏，则为来者之资。惟圣帝明王，文质相救，在乎己不在乎人。”他在《上时相议制举书》中也说：“今文庠不振，师道久缺，为学者不根乎经籍，从政者罕议乎教化，故文章柔靡，风俗巧伪，选用之际，常患才难。”在这里，范仲淹更进一步申明了“风俗巧伪”与政治腐败是孪生兄弟。范仲淹希望通过“厚其风化”、“兴复古道”、“救斯文之薄”，来矫正“师道”，培养人才，改变风俗，进而推进政治改革，走的正是一条从思想入手而进行政治改革的正确道路，这也正是中国古文运动与政治改革始终相关的根本原因。

当时，欧阳修也站在新政的支持者中，他利用自己在政治上，特别是在文坛上的地位，从理论和实践两方面将这些主张付诸实施。

欧阳修利用知贡举的便利条件贬抑华而不实、艰深险怪的文风，注重古朴平易、有现实内容的文章，并趁录取考生的大好时机来奖掖后进，培养了一大批有志于革新文风的年轻士子，壮大了革新势力。欧阳修以自己的理论、文章和师长（古时士子称录取自己的考官为师长）的身份全方位地推动了新古文运动，再经过苏轼等人的努力，这次运动终于取得了巨大的成功。

像韩愈的古文运动一样，新古文运动从实质上讲也是政治改革的一个部分，但它又确实是文学自身的发展规律所致。新古文运动是韩愈的古文运动在新的历史条件下的继续和完成，它使得韩愈开创的新散文再放光辉，并使之在文学史上的地位最终确立。

第三节 欧阳修的文学主张

欧阳修的思想基本是属于儒家的，他在《答吴充秀才书》、《读李翱书》、《答李翱第二书》、《与张秀才第二书》、《居士集序》等文章中，也明确地提出“道”对“文”的决定作用，但他的“道”的具体内容与柳宗元的“道”有相近之处，即主张要将古道加以变通，使之适用于现实，有补于现实，并要亲身实践。在《答吴充秀才书》中，他提出了“道胜者文不难而自至”等著名的观点：

> 夫学者未始不为道，而至者鲜焉。非道之于人远也，学者有所溺焉尔。盖文之为言，难工而可喜，易悦而自足。世之学者往往溺之，一有工焉，则曰：“吾学足矣。”甚者至弃百事不关于心，曰：“吾文士也，职于文而已。”……圣人之文虽不可及，然大抵道胜者，文不难而自至也。故孟子皇皇不暇著书，荀卿盖亦晚而有作。若子云、仲淹，方勉焉以模言语，此道未足而强言者也。后之惑者，徒见前世之文传，以为学者文而已，故愈力愈勤而愈不至。此足下所谓终日不出于轩序，不能纵横高下皆如意者，道未足也。若道之充焉，虽行乎天地，入于渊泉，无不之也。

文章论述了文与道的关系，认为为文之人易于陶醉于文辞之美而忽略道德修养，不关世事，致使文章的内容单薄、空泛，缺乏感染力，因此，提高修养，关注社会现实，是搞好文学创作的根本。文章表现了欧阳修坚持以道文本，文道统一的观点。

欧阳修的理论是很开放的，他文道并重，如他在《与乐秀才第一书》中说：“今之学者或不然，不务深讲而笃信之徒，巧其词以为华，张其言以为大。夫强为则用力艰，用力艰则有限，有限则易竭。又其为辞，不规模于前人，则必屈曲变态，以随时俗之所好，鲜克自立。此其充于中者不足，而莫自知其所守也。”

作为一个杰出的散文家，他对于文的重要性给予了充分的重视，尤其在他的晚年，当西昆体的形式主义文风基本被克制以后，更是这样。他在《送徐无党南归序》中发展了“立德”、“立功”、“立言”三不朽的观点，进一步充分肯定了文的相对独立性。在文学创作论上他坚决反对“有德者必有言”的理论，而是继承和发展了韩愈的“物不平则鸣”说和“欢愉之辞难工，而穷苦之言易好”的思想，对传统的文学创作观念有所突破，指出只有“失志之人”，“穷居隐约，苦心危虑”，“感激发愤”才能“寓于文辞”（《薛简肃公文集序》）。在此基础上，欧阳修还进一步提出了“穷者而后工”的观点（《梅圣俞诗集序》）。

欧阳修文艺思想的开放性还在于不避俗见，敢于对一切有益的东西兼收并蓄。他曾经十分郑重地提出了对西昆体的批判继承问题（见《笔说》）。

总体来看，欧阳修新古文运动的理论有三大贡献：一是较正确地论述了文、道关系；二是对传统的文学本源论有比较自觉的革新；三是兼收并蓄，保持了理论的开放性，防止了各种片面性的出现。

第四节 欧阳修的诗

欧阳修在散文改革的同时也进行了诗风改革，他提出了“诗穷而后工”的理论，对西昆派诗人作品和主张进行抨击，认为作诗应当“因事有所激，因物兴以通”，与他的散文创作理论一脉相承。

欧阳修有一部分反映现实、同情人民的诗作，如《边户》以同情的笔触描写了宋辽边境地区人民的不幸遭遇，表现出对和平的渴望；而《食糟民》则通过对农民只能以酒糟充饥悲惨境况的描写抨击了不合理的现实。但总体而言，他更多的诗还是表现自己的遭遇和抒发个人情怀的。

欧阳修的诗有以古文笔法为诗的特点，在诗中关键处往往突发议论，标新立异，振起全诗。如《再和明妃曲》：

> 汉宫有佳人，天子初未识。一朝随汉使，远嫁单于国。绝色天下无，一失难再得。虽能杀画工，于事竟何益。耳目所及尚如此，万里安能制夷狄！汉计诚已拙，女色难自夸。明妃去时泪，洒向枝上花。狂风日暮起，漂泊落谁家。红颜胜人多薄命，莫怨春风当自嗟。

仁宗嘉祐四年（1059），王安石作《明妃曲》，本诗是欧阳修的和作。诗作在叙王昭君远嫁事后，以“虽能杀画工，于事竟何益”夹叙夹议，继之以“耳目所及尚如此，万里安能制夷狄”翻出新意，意在言外。诗作还指斥了汉帝的昏庸，也表示不应自矜才能，在困难中不应怨天尤人。在用韵形式上，转韵时不拘于四句一转的常规，句数也多寡不一，实是以散文句式入诗。因此，在诗的散文化方面比韩愈尤甚，应该说，在对中国诗歌形式中已形成的过分对称、均衡、和谐、圆润的矫正方面有一定的积极意义。

与以古文笔法入诗相适应的是注重理性思考，如《戏答元珍》：

> 春风疑不到天涯，二月山城未见花。残雪压枝犹有橘，冻雷惊笋欲抽芽。夜闻归雁生乡思，病入新年感物华。曾是洛阳花下客，野芳虽晚不须嗟。

此诗历来被看作是欧阳修的代表作，既描写了自己遭受贬谪的情景，更抒发了自己开朗豁达而又倔强不屈的心境，其中寓有深刻的理性思考。再如《画眉鸟》：

百啭千声随意移，山花红紫树高低。始知锁向金笼听，不及林间自在啼。

这首诗是庆历七年（1047）春谪贬滁州时作，已接近于哲理诗。又如《盘车图》：

古画画意不画形，梅诗咏物无隐情。忘形得意知者寡，不若见诗如见画。乃知杨生真好奇，此画此诗兼有之。乐能自足乃为富，岂必金玉名高赀。朝看画，暮读诗，杨生得此可不饥。

应该说，这对后来苏轼的“论画以形似，见与儿童邻”（《书鄢陵王主簿所画折枝》）的理论是有所启发的。这种对诗歌的叙述、议论功能的强调和对其抒情功能的淡化初步显示出宋诗“主理”的特征。

欧阳修后期效仿李白、孟郊、贾岛、李贺以及白居易，有意突破西昆派的雕饰华丽的诗风，使自己的诗风归于平易疏畅，并在抒写自然情趣时得到了很好的彰显。如《丰乐亭游春》：“红树青山日欲斜，长郊草色绿无涯。游人不管春将老，来往亭前踏落花。”诗抒写了人们尽兴游春的情趣。又如《秋怀》：“节物岂不好，秋怀何黯然？西风酒旗市，细雨菊花天。感事悲双鬓，包羞食万钱。鹿车终自驾，归去颍东田。”这首诗是作者五十多岁时所作，写他由秋天风物的触发而产生的复杂的感想，但疏落自然。又如《再至汝阴三绝》（其一）：“黄栗留鸣桑椹美，紫樱桃熟麦风凉。朱轮昔愧无遗爱，白首重来似故乡。”写景述道，两联皆对，于笔底自然流出，略无雕饰痕迹。

欧诗以散文手法和以议论入诗，但议论往往能与叙事、抒情相互融合，富有情韵，欧阳修的诗语言清纯流畅，对韩愈和李白的诗风都有所继承，对王安石、苏轼的诗歌有一定的影响。

第五节　欧阳修的词

欧阳修现存词200多首，主要收在《六一词》和《醉翁琴趣外编》中。论词者历来欧、晏并称，实际上，欧阳修的成就远过晏殊。欧词多描写爱情，受冯延巳影响较深，但更生动自然，富有民歌特征。

欧阳修前期写离情闲愁的词精工流丽，富有文人词的气息。如《踏莎行》历来被认为是其代表作：

候馆梅残，溪桥柳细，草薰风暖摇征辔。离愁渐远渐无穷，迢迢不断如春水。

寸寸柔肠，盈盈粉泪，楼高莫近危栏倚。平芜尽处是春山，行人更在春山外。

全诗观察细微，想象精到，雕琢玲珑，意境牵绵。有的词则十分自然流畅，如

《蝶恋花》：

庭院深深深几许？杨柳堆烟，帘幕无重数。玉勒雕鞍游冶处，楼高不见章台路。　雨横风狂三月暮，门掩黄昏，无计留春住。泪眼问花花不语，乱红飞过秋千去。

词写闺中思妇的伤春之情，也可能寓意政治。词作层次清楚，形象鲜明，余意绵绵，是此类词作中的上乘佳作。

欧阳修还有意识地吸收民歌的营养，并进行了仿作。广为传颂的《生查子》就是一首具有民歌风味的佳作：

去年元夜时，花市灯如昼。月上柳梢头，人约黄昏后。　今年元夜时，月与灯依旧。不见去年人，泪满春衫袖。

词写一女子对爱情的追求与失落，通俗而自然，清新而流畅，是民歌与文人创作结合的典范。另如《玉楼春》：

别后不知君远近，触目凄凉多少闷。渐行渐远渐无书，水阔鱼沉何处问。　夜深风竹敲秋韵，万叶千声皆是恨。故欹单枕梦中寻，梦又不成灯又烬。

此词抒写闺中思妇深沉凄绝的离愁别恨，也清新纯朴，有民歌风韵。欧阳修后期的词最引人注目的是他对西湖风光及自然山水的描写。如《采桑子》（二首）：

轻舟短棹西湖好，绿水逶迤。芳草长堤，隐隐笙歌处处随。　无风水面琉璃滑，不觉船移。微动涟漪，惊起沙禽掠岸飞。

天容水色西湖好，云物俱鲜。鸥鹭闲眠，应惯寻常听管弦。　风清月白偏宜夜，一片琼田。谁羡骖鸾，人在舟中便是仙。

欧阳修早年曾被贬至颍州（今安徽阜阳），晚年又归隐于此，因而他对颍州的山水感情深厚。颍州城西有一天然湖泊，称作西湖，欧阳修常来此游玩，并写了十首《采桑子》，以清新自然，纯朴流畅的笔触渲染出了西湖山水之美。

欧阳修的词中有不少表现个人抱负和写景的作品，如在《朝中措·平山堂》中说："文章太守，挥毫万字，一饮千钟。行乐直须年少，樽前看取衰翁。"在写围场时："霜重鼓声寒不起，千人指，马前一雁寒空坠。"（《渔家傲》）这些词使欧阳修与前代词人有了很大的区别，不仅开拓了词境，令词格变得峻洁清疏，还与他所开创的诗文革新运动相联系，使词在主题、思想及艺术手法等方面开始与诗接近，并对苏轼也产生了很大的影响。

在艺术特点上，欧阳修的词与其散文相同，往往有迂徐委婉，一唱三叹之致，有时又在含蓄和婉中带有清丽疏放，不可拘囿之势。但总的来看，欧词中清新委婉、纯朴自然、深致缠绵、率直奔放等风格是并存的。

第六节 欧阳修的地位及影响

欧阳修乐于提携后进，奖掖了苏轼等一大批著名的文学家，为北宋诗文革新运动的最终成功准备了基本条件。关于欧阳修的文学成就，王安石在《祭欧阳文忠公文》中这样说：

> 如公器质之深厚，智识之高远，而辅以学术之精微，故充于文章，见于议论，豪健俊伟，怪巧瑰琦。其积于中者，浩如江河之停蓄；其发于外者，烂如日星之光辉。其清音幽韵，凄如飘风急雨之骤至；其雄辞闳辩，快如轻车骏马之奔驰。世之学者，无问乎识与不识，而读其文，则其人可知。

应该说，这是对欧阳修人格和文格的简要而深刻的说明。在反对宋初浮靡文风的诗文革新运动中，欧阳修起到了倡导者和主将的重要作用，并以众体皆备的散文为当时和后世的散文提供了楷模。欧阳修作词无论在风格和词境上都有所开拓，是北宋婉约词风的重要代表人物，他的诗与梅尧臣齐名，对后来宋诗基本特征的形成有着相当的影响。

欧阳修的文学主张主要以儒家思想为基础，但又具有很强的开放性。他还是宋学的创始人之一，影响很大。苏轼在《六一居士集叙》中说：

> 愈之后三百有余年而后得欧阳子，其学推韩愈、孟子以达于孔氏，著礼乐仁义之实，以合于大道。其言简而明，信而通，引物连类，折之于至理，以服之人心，故天下翕然师尊之。自欧阳子之存，世之不说者哗而攻之，能折困其身，而不能屈其言。士无贤不肖不谋而同曰："欧阳子，今之韩愈也。"

苏轼的比喻也许不够确切，但对欧阳修在当时的影响还是做了比较恰当的描述。

第七节 梅尧臣与苏舜钦

一、梅尧臣

梅尧臣（1002—1060），字圣俞，宣城（今属安徽）人，曾任尚书都官员外郎，后人因称之为"梅都官"，又以宣城之古名称之为"梅宛陵"。有《宛陵先生集》。

梅尧臣对《诗经》干预社会、针砭现实的精神多有继承，反对西昆派的娱乐、游戏倾向。他在《答裴送序意》中说："我于诗言岂徒尔，因事激风成小篇。辞虽浅陋颇克苦，未到二雅未忍捐。安取唐季二三子，区区物象磨穷年。”在《答韩三子华、韩五持国、韩六玉汝见赠述诗》中又说：“迩来道颇丧，有作皆言空。烟云写形象，葩卉咏青红。人事极谀谄，引古称辩雄。经营惟切偶，荣利因被蒙。”反对将文学当做无聊的娱乐乃至谄媚工具。

他因此写出了一些反映现实的诗，如《陶者》：“陶尽门前土，屋上无片瓦。十指不沾泥，鳞鳞居大厦。”再如《汝坟贫女》：“汝坟贫家女，行哭音凄怆。自言有老父，孤独无丁壮。郡吏来何暴，县官不敢抗。督遣勿稽留，龙钟去携杖。勤勤嘱四邻，幸愿相依傍。适闻闾里归，问讯疑犹强。果然寒雨中，僵死壤河上。弱质无以托，横尸无以葬。生女不如男，虽存何所当！拊膺呼苍天，生死将奈向？”又如《小村》：“淮阔洲多忽有村，棘篱疏败谩为门。寒鸡得食自呼伴，老叟无衣犹抱孙。野艇鸟翘唯断缆，枯桑水啮只危根。嗟哉生计一如此，谬入王民版籍论！”这些诗都秉笔直书，继承了杜甫、白居易的传统风格。

梅诗在艺术上追求“平淡”的风格，他说：“作诗无古今，唯造平淡难。”他的“平淡”应该是指超越了雕饰的炉火纯青的艺术境界，如《鲁山山行》：

> 适与野情惬，千山高复低。好峰随处改，幽径独行迷。霜落熊升树，林空鹿饮溪。人家在何许，云外一声鸡。

纯净透僻，富有理趣，后人评之曰“去浮靡之习，超然于昆体极弊之际；存古淡之道，卓然于诸大家未起之先”。

梅诗还有着一个重要的特点，即以琐碎平常的生活题材入诗。这在前代诗歌中是很少见的。梅尧臣的这种做法开启了宋诗的一个新的特点，即诗歌题材的生活化。梅尧臣在这方面的有些诗歌常贯以哲理性的思考，使平凡的题材显示出了不平凡的意义，如《范饶州坐中客语食河豚鱼》中说：“春洲生荻芽，春岸飞杨花。河豚当是时，贵不数鱼虾。”“皆言美无度，谁谓死如麻！”“甚美恶亦称，此言诚可嘉。”由食河豚而引发出许多的生活哲理和思考。但有些诗也是失败的，如写虱子等，显得平庸而无味。

二、苏舜钦

苏舜钦（1008—1048），字子美，开封（今属河南）人，历任县令、大理评事、集贤殿校理等职，曾被人诬陷罢居苏州，后复起为湖州长史，不久病故。他与梅尧臣齐名，人称“梅苏”。有《苏学士文集》。

苏舜钦认为诗歌应该有补于时，他在《石曼卿诗集序》中说：“诗之于时，盖亦大物。”此处的“大物”，是指诗可以反映“风教之感，气俗之变”，可以帮助统治者“弛张其务”，达至“长治久安”。因此，他赞扬穆修的“任以古道”，石曼卿的诗能“警时鼓众”，而对“以藻丽为胜”的文风多有批评。

苏舜钦写出了很多关注现实的诗，如《庆州败》记叙了宋与西夏战争的失败，批评朝廷边防松懈和将帅无能，《吴越大旱》更是抨击了朝廷不顾饥民死活搜刮粮食的卑劣行径。

苏舜钦有些抒怀诗很有特色，如《对酒》："丈夫少也不富贵，胡颜奔走乎尘世！予年已壮志未行，案上敦敦考文字。有时愁思不可掇，峥嵘腹中失和气。侍官得来太行颠，太行美酒清如天，长歌忽发泪迸落，一饮一斗心浩然。嗟乎吾道不如酒，平褫哀乐如摧朽。读书百车人不知，地下刘伶吾与归！"其英风豪情直逼李白，与西昆诗风截然不同。

苏舜钦的写景诗往往显得雄奇廓大，如《大风》、《城南归值大风雪》等；有时更显得直率自然，如《中秋夜吴江亭上对月怀前宰张子野及寄君谟蔡大》："长空无瑕露表里，拂拂渐渐寒光流。江平万顷正碧色，上下清澈双璧浮。自视直欲见筋脉，无所逃遁鱼龙忧。不疑身世在地上，只恐槎去触斗牛。"境界开阔，想象奇特，雄浑有力。再如《淮中晚泊犊头》："春阴垂野草青青，时有幽花一树明。晚泊孤舟古祠下，满川风雨看潮生。"自然流畅而又奇崛刚劲，也与西昆诗风迥异。

苏舜钦在语言上和梅尧臣一样，他们都希望用自然清纯的语言取代华丽雕饰的语言，虽然有时显得过于散文化。"梅苏"的诗风虽然还不够成熟，但对后来的苏轼、黄庭坚的诗起到了一定的先导性作用。

第八节　王安石、曾巩与王令

一、王安石的生平与思想

王安石（1021—1086），字介甫，号半山，抚州临川（今江西抚州）人，晚年住在半山园（今南京紫金山附近），故号半山老人；元丰三年（1080）受封荆国公，世称王荆公，死后追封舒王，谥文，又称王文公。

王安石出身于中下层小官吏家庭，19 岁前随父宦游南北各地，对社会现实有所了解。宋仁宗庆历二年（1042）中进士，他连任地方官近二十年，显示出卓越的政治才干。嘉祐三年（1058）十月，王安石被召入京，为度支判官，三年后迁知制诰。嘉祐八年（1063），护丧归葬江宁，在家收徒讲学。熙宁元年（1068），王安石应诏再次回京，越次入对，奏著名的《本朝百年无事札子》，次年迁为参知政事（副宰相）。此后主持了六七年的变法改革，推行了均输法、农田水利法、青苗法、市易法等一系列新法，史称"王安石变法"。变法受挫后，于熙宁七年（1074）罢相，出知江宁府，次年又复相；因官场倾轧，两年后辞去相位，退居江宁。神宗病死后，旧党尽废新法，王安石在郁闷中病逝，终年 66 岁。

历史上对于王安石的新法历来毁誉参半，但对他的文学成就，却无异议。魏了翁说："元祐诸贤，与公异论者，至其为文，则未尝不许之。"（《临川诗注序》）作为政治家，王安石出于政治考虑，并受宋初文学"经世致用"思潮的影响，强调文学经世致用的实用价值，主张文学应该"有补于世"、"以适用为本"，要求文学对现实的改革有所裨益，并严厉地抨击过杨亿等人的浮华不实的文风。王安石十分重道崇经，他认为"文贯乎道"（《上邵学士书》），为文应"缘饰治道，以古今参之，以经术断之"（《论议取材》）。他对西昆派持反对的态度，在《上邵学士书》中说："某尝患近世之文，辞弗顾于理，理弗顾于事，以襞积故实为有学，以雕绘语句为精新，譬之撷奇花之英，积而玩之，虽光华馨香，鲜缛可爱，求其根柢济用，则蔑如也。"对其浮靡无用的文风进行了严厉的抨击。而他最具代表性的文章是《上人书》：

> 尝谓文者，礼教治政云尔。其书诸策而传之人，大体归然而已。而曰"言之不文，行之不远"云者，徒谓"辞之不可以已也"，非圣人作文之本意也。……且所谓文者，务为有补于世而已矣。所谓辞者，犹器之有刻镂绘画也。诚使巧且华，不必适用；诚使适用，亦不必巧且华。要之，以适用为本，以刻镂绘画为之容而已。不适用，非所以为器也。不为之容，其亦若是乎否也？然容亦未可已也，勿先之，其可也。……

将文学看成是"立言"的形式和为现实政治服务的工具，认为内容重于形式，要求文章应与"礼教治政"相关，"务为有补于世"，"以适用为本"。王安石的这种主张对于反对西昆派文风和支持变法是有益的，但同时也忽视了文学的独立的审美价值。

二、王安石的散文

王安石的散文既有政论文、书札序跋文，又有记叙文和杂文，题材广泛，其中既有长篇大论的奏章，如著名的《本朝百年无事札子》、《上仁宗皇帝言事书》，又有言简意深的短文，如《读孟尝君传》、《知人》等。王安石的散文内容丰富、题材广泛、现实性强，这在"唐宋八大家"中是绝无仅有的。

在为文上，王安石不依古人，喜欢翻奇出新，如《读孟尝君传》中说：

> 世皆称孟尝君能得士，士以故归之，而卒赖其力以脱于虎豹之秦。嗟乎，孟尝君特鸡鸣狗盗之雄耳，岂足以言得士？不然，擅齐之强，得一士焉，宜可以南面而制秦，尚何取鸡鸣狗盗之力哉？夫鸡鸣狗盗之出其门，此士之所以不至也。

真如老吏断案，略无枝蔓，不足百字，足以翻千古之定案。"词简而精"是王安石散文的重要特点，为世人传颂的《答司马谏议书》也很能表现他的"笔力简而健"的文章特点。熙宁三年（1070）二月，在变法进行一年之际，司马光先后三次给王安石写信，给新法罗列罪名，要求废止新法。王安石写此文逐条批驳了对方所提四大罪状，即所谓“侵官”、“生事”、“征利”、“拒谏”，针锋相对，理直气壮。

> 盖儒者所争，尤在于名实。名实已明，而天下之理得矣。今君实所以见教者，以为侵官、生事、征利、拒谏，以致天下怨谤也。某则以谓受命于人主，议法度而修之于朝廷，以授之于有司，不为侵官；举先王之政，以兴利除弊，不为生事；为天下理财，不为征利；辟邪说，难壬人，不为拒谏。至于怨诽之多，则固前知其如此也。人习于苟且非一日，士大夫多以不恤国事，同俗自媚于众为善。上乃欲变此，而某不量敌之众寡，欲出力助上以抗之，则众何为而不汹汹然？盘庚之迁，胥怨者民也，非特朝廷士大夫而已。盘庚不为怨者故改其度，度义而后动，是而不见可悔故也。

司马光在责难和回答他的反驳时，洋洋万言，而王安石的回答却寥寥数语，确实是“简而劲”。其后作者又分析了“天下怨谤”的根本原因，可谓独踹流俗，刚毅果断，表现出了简捷悍厉、劲峭雄健的风格，清代吴汝纶评论说：“固由兀傲性成，亦理足气盛，故劲悍廉厉无枝叶如此。”（《唐宋文举要》引）

他的一些记叙散文也很有特色，如《游褒禅山记》，叙议结合，以议为宗，行文跌宕顿挫，寓意深远。此文虽为游记，但却不以游览观赏为重点，而是借记游阐明治学之道，得出避险就易、浅尝辄止就会无所获取的结论。全文写得脉络分明，记叙、议论浑然一体，用笔简洁，说理透辟。

他的抒情散文以《祭欧阳文忠公》为最好，其文情感深挚，气势旺盛，被后人推为哀祭文之典范：

> 夫事有人力之可致，犹不可期，况乎天理之溟漠，又安可得而推？惟公生有闻于当时，死有传于后世，苟能如此足矣，而抑又何悲？如公器质之深厚，智识之高远，而辅以学术之精微，故充于文章，见于议论，豪健俊伟，怪巧瑰琦。其积于中者，浩如江河之停蓄；其发于外者，烂如日星之光辉。其清音幽韵，凄如飘风急雨之骤至；其雄辞闳辩，快如轻车骏马之奔驰。世之学者，无问乎识与不识，而读其文，则其人可知……其出处进退，又庶乎英魄灵气，不随异物腐散，而长在乎箕山之侧与颍水之湄。然天下之无贤不肖，且犹为涕泣而歔欷，而况朝士大夫，平昔游从，又予心之所向慕而瞻依。呜呼，盛衰兴废之理，自古如此，而临风想望不能忘情者，念公之不可复见，而其谁与归？

文章叙述欧阳修生平，言简意赅，写其祝颂与悼念，沉雄而坚凝。清人蔡上翔评曰：“于是欧公之其人其文，其立朝大节，其坎坷困顿，与夫平生知己之感，死后临风想望之情，无不具见于其中。”（《王荆公年谱考略》）

沈德潜也说其用笔“一气奔驰，不可控抑”（《唐宋八家文读本》），都表明了王安石散文的基本风格。

另外，王安石还有不少探究学术、讨论学术观点的文章，如《答韩求仁书》、《庄周》、《荀卿》等，这些文章往往立意新颖，结论出人意表，同样表现出他的一贯风格。

在总体艺术风格上，王安石的散文善于标新立异，独抒己见，文笔遒劲老练，在倔强和桀骜中回荡着一股峭拔之势，形成了一种严整峻洁、沉雄爽厉的风格。

三、王安石的诗词

王安石的诗今存1 600余首，广泛吸收了中晚唐诗的特长，并极为重视杜甫，十分讲究对语言的锤炼，善于化用前人的词汇和意象。又有中晚唐诗那种清丽的风致，黄庭坚谓之“雅丽精绝，脱去流俗”（《苕溪渔隐丛话》引），取得了很高的成就，对宋诗的发展和风格的形成有很大的影响。

作为一个改革家、政治家，王安石的诗中有相当一部分是反映现实和民生疾苦的，如《感事》写水旱之年官家仍横征暴敛：

贱子昔在野，心哀此黔首。丰年不饱食，水旱尚何有！虽无剽盗起，万一且不久。特愁吏之为，十室灾八九。原田败粟麦，欲诉嗟无赇。间关幸见省，笞扑随其后。况是交冬春，老弱就僵仆。州家闭仓庾，县吏鞭租负。乡邻铢两征，坐逮空南亩。取赀官一毫，奸桀已云富。彼昏方怡然，自谓民父母。

又如：

去秋东出汴河梁，已见中州旱势强。日射地穿千里赤，风吹沙度满城黄。近闻急诏收群策，颇说新年又亢阳。贱术纵工难自献，心忧天下独君王。

（《读诏书》）

柔桑采尽绿阴稀，芦箔蚕成密茧肥。聊向村家问风俗，如何勤苦尚凶饥？

（《郊行》）

前一首表达了作者对旱灾的忧心和有术而不能自献的苦恼；后一首则对终年勤苦而不得温饱的不合理现实进行了诘问。

对于宋朝国土日蹙的现状，王安石深表忧虑。他曾送辽使至当时宋、辽边界的白沟河（今河北省内），在那里写下了寄托深远的《白沟行》：

白沟河边蕃塞地，送迎蕃使年年事。蕃使常来射狐兔，汉兵不道传烽燧。万里钽耰接塞垣，幽燕桑叶暗川原。棘门灞上徒儿戏，李牧廉颇莫更论。

蕃兵骄悍而“汉兵不道传烽燧”，一片“棘门儿戏”的景象，更不要提李牧、廉颇这样的名将了。诗作对宋代虚假的平安局面进行了揭露。又如《涿州》：

涿州沙上望桑干，鞍马春风特地寒。万里如今持汉节，却寻此路使呼韩。

说自己本为出使契丹的使者，但却行走在自己的国土上，心情十分沉痛。

王安石素怀大志，往往借咏史为喻来表现自己的志向、思想和个性。如《苏秦》、《范雎》、《张良》、《曹参》、《韩信》、《伯牙》、《范增二首》、《贾生》等。在《孟子》中写道：

沉魄浮魂不可招，遗编一读想风标。何妨举世嫌迂阔，故有斯人慰寂寥。

诗中对孟子给予了极高的评价，并将之引为知己。在《商鞅》中写道：

自古驱民在信诚，一言为重百金轻。今人未可非商鞅，商鞅能令政必行。

此诗为商鞅翻案，犹如他的散文《读孟尝君传》。另外，王安石还有着一些咏物诗，形象地显现了他的性格特征。如《雨过偶书》：

霈然甘泽洗尘寰，南亩东郊共慰颜。地望岁功还物外，天将生意与人间。霁分星斗风雷静，凉入轩窗枕簟闲。谁似浮云知进退，才成霖雨便归山。

王安石以此表达了自己致力改革，为民造福而不以为功的心情。而《孤桐》一首则这样说：

天质自森森，孤高几百寻。凌霄不屈己，得地本虚心。岁老根弥壮，阳骄叶更阴。明时思解愠，愿折五弦琴。

这首诗应该说是他自己孤高自标的人格象征。《读史》一诗更是具有卓荦不凡的见识：

自古功名亦苦辛，行藏终欲付何人。当时黮闇犹承误，末俗纷纭更乱真。糟粕所传非粹美，丹青难写是精神。区区岂尽高贤意，独守千秋纸上尘。

诗作认为凡在历史上有成就的人都必然会受到误解，而无论是文字还是书画都不能将其精粹传达出来，因此对古籍要有自己的见解，不能“独守千秋纸上尘”。

在变法失败后，王安石也写出了一些表达伤感情绪的诗。如：

重将白发傍墙阴，陈迹茫然不可寻。花鸟总知春烂漫，人间独自有伤心。

（《重将》）

载酒欲寻江上舟，出门无路水交流。黄昏独倚春风立，看却花开触地愁。

（《载酒》）

为人们广为称道的，还是他的那些描绘自然景物的诗，尤其是写于后期的诗。如：

京口瓜洲一水间，钟山只隔数重山。春风又绿江南岸，明月何时照我还。

（《泊船瓜洲》）

水际柴门一半开，小桥分路入青苔。背人照影无穷柳，隔屋吹香并是梅。

（《金陵即事三首》其一）

染云为柳叶，剪水作梨花。不是春风巧，何缘有岁华。

（《染云》）

随月出山去，寻云相伴归。春晨花上露，芳气著人衣。

（《山中》）

南浦随花去，回舟路已迷。暗香无觅处，日落画桥西。

（《南浦》）

江水漾西风，江花脱晚红。离情被横笛，吹过乱山东。

（《江上》）

王安石极其崇拜杜甫，对他的诗风及诗歌精神都有继承，他在《杜甫画像》中说：

吾观少陵诗，为与元气侔。力能排天斡九地，壮颜毅色不可求。浩荡八极中，生物岂不稠。丑妍巨细千万殊，竟莫见以何雕锼。惜哉命之穷，颠倒不见收。青衫老更斥，饿走半九州。瘦妻僵前子仆后，攘攘盗贼森戈矛。吟哦当此时，不废朝廷忧。常愿天子圣，大臣各伊周。宁令吾庐独破受冻死，不忍四海赤子寒飕飕。伤屯悼屈止一身，嗟时之人死所羞。所以见公像，再拜涕泗流。惟公之心古亦少，愿起公死从之游。

文中对杜甫的爱国爱民思想给予了高度的赞扬。他对杜诗用功很深，并续得杜诗200余篇，编为《老杜诗后集》，在其自序中说："每一篇出，自然人知非人之所能为，而为之者惟其甫也，辄能辨之。"对杜诗的独特风格和价值深自体认。

韩愈的诗歌对王安石影响也很大。王安石虽指责韩愈"力去陈言夸末俗，可怜无补费精神"（《韩子》），也在《读墨》、《送潮州吕使君》等篇章中对其表示不满，但他实际上继承了韩愈诗的某些基本艺术特点。梁启超《王安石评传》有这样两句话："荆公古体，与其谓之学杜，毋宁谓之学韩。"其实不仅韩、杜皆学，即使中唐其他诗人的风格，他也多有糅合。如他的最著名的《明妃曲二首》中的第一首：

明妃初出汉宫时，泪湿春风鬓脚垂。低回顾影无颜色，尚得君王不自持。归来却怪丹青手，入眼平生几曾有。意态由来画不成，当时枉杀毛延寿。一去心知更不归，可怜着尽汉宫衣。寄声欲问塞南事，只有年年鸿雁飞。家人万里传消息，好在毡城莫相忆。君不见咫尺长门闭阿娇，人生失意无南北！

此诗已如缪钺先生所言，"深折透辟"、有"气骨"、显"瘦劲"，已是纯正的宋调。王安石的这种诗风对于奠定宋诗的基调有着不可忽视的意义。

王安石词仅存29首，词的内容多是抒发个人的抱负志趣，有些词以怀古、咏史为题材，对于突破晚唐五代以来词风及题材的藩篱，有着相当的意义。如其两首著名的怀古、咏史词：

登临送目。正故国晚秋，天气初肃。千里澄江似练，翠峰如簇。归帆去棹残阳里，背西风、酒旗斜矗。彩舟云淡，星河鹭起，画图难足。　　念往昔、繁华竞逐。叹门外楼头，悲恨相续。千古凭高，对此漫嗟荣辱。六朝旧事随流水，但寒烟、芳草凝绿。至今商女，时时犹唱，后庭遗曲。

（《桂枝香·金陵怀古》）

伊吕两衰翁，历遍穷通。一为钓叟一耕佣。若使当时身不遇，老了英雄。

汤武偶相逢，风虎云龙。兴王只在笑谈中。直至如今千载后，谁与争功？

（《浪淘沙令》）

两首词都是反思历史，借古抒怀，表现个人的胸襟，也预示着诗风的转变。

四、曾巩

曾巩（1019—1083），字子固，建昌南丰县（今江西南丰）人，出身于一个书香门第、官宦世家。他自幼聪敏好学，十二岁能文，有落笔惊人之才；十六七岁时，已通读六经，立志成为优秀的古文家；年未二十，已名闻四方；十八岁时赴京应举不第，结识了王安石，二人志趣相投，成为挚友。曾巩后入太学，受到欧阳修赏识，文名渐盛，但庆历二年（1042）再次落榜。后欧阳修任主考官，改革险怪奇涩的“太学体”，曾巩与其弟曾牟、曾布等一门六人俱中进士，后任太平州司法参军、馆阁校勘、越州通判、中书舍人等职。曾巩一生著述勤奋，创作了大量的诗歌散文，有《元丰类稿》50卷、《续元丰类稿》40卷、《外集》10卷行世，今存《元丰类稿》50卷。

曾巩文现存771篇，有论说、记叙、书简，序跋、赠序、传记、奏议，诏册、碑志、祭文以及杂体等。曾巩为文崇尚儒学，相信“经者乃万世之法”（《黄河》），“于天地人事，无不备者”（《上欧阳舍人书》），为宣扬儒道殚精竭虑，不遗余力。曾巩一贯坚持儒家“民惟邦本”、“民为贵”的思想，经常表现出对民生疾苦的关切。《救灾议》、《议仓》、《时俗辨》、《财用》、《上欧阳舍人书》等文章都充分体现了曾巩的入世精神和匡时济民的政治理想，内容充实，绝少空谈，于事有补。在《梁书目录序》、《分宁县云峰院记》、《菜园院佛殿记》、《鹅湖院佛殿记》、《兜率院记》、《论非异》等文中，曾巩还表现出对国计民生的关心和对儒道衰微的忧虑，并尖锐地指责了佛门大肆修建佛殿，抨击佛教徒“利心无足，而佯无欲者也；行为险䜳，而强高言淡泊者也”的虚伪性，断言佛教是“中国之患”。他支持宋神宗任用王安石实行变法，在《熙宁转对疏》中，称神宗“更制变俗”的决心是“比迹唐虞之志”，表现出他的政治抱负。

作为儒家正统的古文家，曾巩论文强调以道为本，文以载道，特别强调文章的经世致用。在古文理论方面，他主张先“道”后“文”，不可在文辞上多下工夫。他在《南齐书目录序》中提出了杰出的史学家必须具备“明”（善于解释历史的变化）、“道”

（政治思想）、“智”（深刻的洞察力）、“文”（善于表达）的条件。在这种原则的指导下，曾巩散文的特点就是雍容平和。这种正统的文学观点给他的散文创作造成了一些局限，使其未能自觉地追求文学的审美价值，追求真实自然的艺术情趣与境界，因而文字淳厚有余而文采相对不足。但曾巩毕竟不同于那些重道轻文乃至认为作文害道的理学家，他深知“文”在述“道”中的重要作用，因此强调“畜道德而能文章”（《寄欧阳舍人书》），二者不可偏废。他自己其实也颇“爱文”，在《与王向书》中三致其意：“爱其文”，“复爱其文”，“实可叹爱”。他虽然对司马迁的非正统思想表示不满，但他还是承认司马迁“亦不可不谓隽伟拔出之材、非常之士也”（《南齐书目录序》），对《史记》，他认为“伟丽可喜”、“闳深隽美”、“雄壮俊伟”，充分肯定了它的艺术性。正是由于对文辞的重视，他才创造出了文质兼胜的优秀散文，在“唐宋八大家”中得占一席之位。

曾巩的文章中成就较高的是杂记、书信和序文，如《墨池记》、《宜黄县学记》、《越州赵公救灾记》、《拟岘台记》、《寄欧阳舍人书》等。《墨池记》开篇写道：

> 临川之城东，有地隐然而高，以临于溪，曰新城。新城之上，有池洼然而方以长，曰王羲之之墨池者，荀伯子《临川记》云也。羲之尝慕张芝，临池学书，池水尽黑，此为其故迹，岂信然邪？

文章先记墨池故迹，再写王羲之苦练书法而取得卓异成就，然后引申到人品道德也是由后天修养所得，进而勉励后人刻苦学习。

整篇文章布局严谨而有法度，讲究抑扬开合。语言平易晓畅，生动精练，文句有时大致整齐，有时则长短错落，注重音节的和谐。这些应该是曾巩散文的基本风格。但也间有流丽之作，如《拟岘台记》中有：

> 山之苍颜秀壁，巅崖拔出，挟光景而薄星辰。至于平冈长陆，虎豹踞而龙蛇走，与夫荒蹊聚落，树阴晻暧，游人行旅，隐见而断续者，皆出乎衽席之内。若夫烟云开敛，日光出没，四时朝暮，雨旸明晦，变化不同，则虽览之不厌，而虽有智者，亦不能穷其状也。

文章记拟岘台建成后的登临之美，兼颂知州治简政、民风纯朴，更有与民同乐的情致。文中写景状物，历历如画，且文采华茂，行文骈散结合，整饬流畅，在曾巩文中并不多见。明代茅坤认为：“此记大略本柳宗元《訾家洲》、欧阳公《醉翁亭》等记来。”（《唐宋八大家文钞》）

总的看来，曾巩文章的特点是议论成分较重，章法细密，有时也能跌宕有致，摇曳柔婉，甚至有时文辞和情志都很高妙，但内容往往严整有余而生动不足。曾巩的散文在当时影响很大，后人评价也很高，对于南宋理学家散文一派的形成有开启之功。

五、王令

王令（1032—1059），初字钟美，后改字逢原，广陵郡（今江苏扬州）人。5 岁而孤，家贫，27 岁时因脚气病发作而死。王令与王安石交往十分密切，王安石长王令 11 岁，是忘年交，但视为畏友。王安石钦佩他才学过人，耿直狷介，更喜他与自己志同道合，所以曾不遗余力地帮助过他。王安石在《思王逢原》诗中说："自吾失逢原，触事辄愁思。岂独为故人，抚心良自悲。我善孰相我？孰知我瑕疵？我思谁能谋？我语听者谁？"足见王安石对他的敬畏与思念。

王令是一位有才华、有抱负的诗人，他的诗无论是在思想上还是在内容上都独具特色。他做诗尊崇杜甫、白居易，写了许多反映民生疾苦的佳作，如《梦蝗》、《和洪与权逃民》、《良农》、《饿者行》等。其中《饿者行》写道：

> 雨雪不止泥路迂，马倒伏地人下无。居者不出行者止，午市不合人空衢。道中独行乃谁子？饿者负席缘门呼。高门饮食岂无弃，愿从犬彘求其余。耳闻门开身就拜，拜伏不起呼群奴。喉干无声哭无泪，引杖去此他何如？路旁少年无所语，归视纸上还长吁。

诗作将一个雪地独行的饿者乞食不得且备受凌辱的情景血淋淋地展现在我们的面前，对悲惨的现实进行了无情的揭露，对贫苦大众给予了无限的同情。这样的诗作具有强烈的现实主义精神，在中国诗歌史上并不多见。

王令也有很多抒发豪情壮志的佳作。如《寄洪与权》：

> 剑气寒高倚暮空，男儿日月锁心胸。莫藏牙爪同痴虎，好召风雷起卧龙。旧说王侯无世种，古尝富贵及耕佣。须将大道为奇遇，莫踏人间龌龊踪。

诗作以卧龙自比，胸怀日月，蔑视血统，睥睨世俗，将一个卓尔不群的奇男子形象栩栩如生地展示在读者面前。

从上面引述的两首诗可以看出，王令的诗意象高古，构思奇崛而真实，而其想象和夸张也往往给人以想落天外之感。如《暑旱苦热》：

> 清风无力屠得热，落日着翅飞上山。人固已惧江海竭，天岂不惜河汉干。昆仑之高有积雪，蓬莱之远常遗寒。不能手提天下往，何忍身去游其间。

居然要手提天下，解除人间的酷热，如果不能，则不忍独享，那是何等的胸怀与气度！

《四库全书总目提要·〈广陵集〉提要》说："令才思奇轶，所为诗磅礴奥衍，大率以韩愈为宗，而出入于卢仝、李贺、孟郊之间，虽得年不永，未能锻炼以老其材，或不免纵横太过，而视局促剽窃者流，则固倜倜乎远矣。"大致能够概括王令诗的特点。

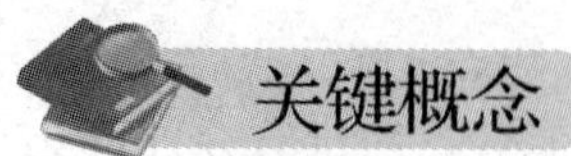

关键概念

诗文革新运动　　“梅苏”

思考题

1. 试述欧阳修散文的内容及艺术特点。
2. 简述欧阳修的文学主张。
3. 简述欧阳修诗、词的内容及艺术特点。
4. 简述王安石的文学主张。
5. 试论王安石散文的内容及艺术成就。
6. 简述王安石诗歌的内容与艺术成就。
7. 简述曾巩散文的艺术特色。
8. 简述王令诗歌的艺术特点。

第三章 苏轼、苏洵与苏辙

本章提示

掌握苏轼的生平。

苏轼的诗：(1) 掌握苏轼诗的内容。(2) 掌握苏轼诗的艺术特点与在宋诗发展过程中的历史地位。

苏轼的词：(1) 掌握苏轼词的内容，背诵《念奴娇·赤壁怀古》、《水调歌头·明月几时有》、《卜算子·黄州定慧院寓居作》、《水调歌头·落日绣帘卷》等。(2) 掌握苏轼词的艺术成就和历史地位。(3) 理解苏轼使词雅化的方法和本质。

苏轼的散文：(1) 掌握苏轼散文的内容分类。(2) 背诵《赤壁赋》、《记承天寺夜游》、《凌虚台记》、《超然亭记》、《放鹤亭记》等。(3) 掌握苏轼散文的艺术成就。

掌握苏轼文艺思想的内容。

苏洵：(1) 熟悉苏洵的《六国论》、《上欧阳内翰第一书》等。(2) 了解苏洵散文的艺术特点。

苏辙：(1) 熟悉苏辙的散文《上枢密韩太尉书》、《答黄庭坚书》、《黄州快哉亭记》、《武昌九曲亭记》等。(2) 了解苏辙散文的艺术特点。

第一节 苏轼的生平与思想

苏轼（1037—1101），字子瞻，号东坡居士，眉州眉山（今四川眉山）人，苏洵长子。宋仁宗嘉祐元年（1056），他与父亲一起到京城，次年与弟弟苏辙一同进士及第；嘉祐六年（1061），他又应制科考试，列为三等。熙宁四年（1071），官至太常博士。此时，正值王安石变法，苏轼从当时的实际情况考虑，不同意王安石的一些措施，因而被放外任，通判杭州，后又知徐州、密州。后来，朝廷御史台有人居心不良，罗织罪名，诬陷他以诗讪谤朝廷，他被捕入狱，酿成了著名的“乌台诗案”。出狱后，被贬为黄州团练副使。后哲宗即位，高太后临政，尽废王安石新法，苏轼因属于“旧党”而被召回朝廷，官至中书舍人。但苏轼在多年的贬谪生涯中，了解到王安石的新法有许多好处，不同意司马光等人尽废新法的主张，于是又被放外任，历任定州、杭州、扬州等地的知州。高太后死后，哲宗亲政，“新党”再度执政，苏轼再次遭到迫害，先被贬惠州，继而被贬到琼州（今海南岛）。三年后，徽宗即位，苏轼病逝于被赦北归的途中。

苏轼的人格具有十分典型的意义，他通过自己的生命实践，达到了中国士大夫人格的最高境界——审美境界。苏轼的一生可分为三个时期：早期、黄州时期和岭海时期。早期的思想尚未成熟，黄州时期则基本上建立了自由人格。所谓自由人格，是指他对现实的超越与执著的生活态度，即既不做“散人”，也不做“拘人”，对于“兼济”和“独善”两种人生方式，都不从主观上要求外在社会准则的认同，而是建立在心理主义的基础上，成为丰富自我、发展自我的两种手段。而到了岭海时期，苏轼已经达到了人格上的天地境界。

公元1101年，苏轼在岭海渡过了七年的贬谪生涯，得以生还北归，在路过金山寺时，他对自己的一生作了这样的总结：“问汝平生功业，黄州、惠州、儋州。”（《自题金山画像》）岭海时期的苏轼对自己的既往生活作了反思，他参透了生死关，不论遇到怎样的情形，都能在自己特有的心理机制作用下转换走向，使任何事情都直指心理本体，在情感的观照下显得意趣盎然，使自己的生活充满了诗意，从而建立了审美化的人生。这种审美的人生方式由两翼组成：一是“吾生本无待”，生命的意义在于过程；二是“思我无所思”，生活的方式在于情感观照。

在岭海时期以前，苏轼似乎总是在寻寻觅觅，希图寻找精神的栖息地，想在有限的生命中获得无限，飞鸿的形象，似乎成为他的象征。“人生到处知何似，应似飞鸿踏雪泥”（《和子由渑池怀古》），“人似秋鸿来有信，事如春梦了无痕”（《正月二十日与潘郭二生出郊寻春，忽记去年是日同至女王城作诗，乃和前韵》），“谁见幽人独往来，缥缈孤鸿影”（《卜算子·缺月挂疏桐》）。苏轼创造出的这一飞动不居、缥缈寂寞的飞鸿形象，正表明了诗人思无所依，神无所归的心理状态。到了岭海时期，他就沉浸于心理本体之中，不再向外寻找精神依托了。此时，人从哪里来，到哪里去，自己是什么，要干什么，均无所挂心。“此间道路熟，径到无何有”（《谪居三适》），“从来性坦率，醉语漏天机。相逢莫相问，我不记吾谁”（《次韵定慧钦长老见寄八首》）。这里既没有社会角色的自我确认和追索，也没有向自然的回归和同化，只是走向内心，以一颗赤裸裸的心来贴近生活。因此，他往往在日常生活情景中感悟人生真相，拈花微笑，心境一片恬然澄明。但这不是禅宗的顿悟，只是对生活的感受和态度。庄子讲“吾丧我”，与物同化，而苏轼的“我不记吾谁”则是要解除一切束缚心灵的桎梏，真正做到心灵的自由高蹈。这种心理自由扩展便成了精神家园，因为它不仅“可观”、“可游”而且“可居”，作为一种精神的终极归依，“也无风雨也无晴”，它可以使人安居于“寸田尺宅”而不向外求索，一切苦难、不幸都可以在内心得到化解，一切欢乐、幸福也都在内心过滤、升华。这也就是所谓的天地境界、宇宙情怀，现实中的人上与天通，下与地合，从中体味生命的律动、宇宙的幽韵。

苏轼与陶渊明最大的不同就在于他超越了陶渊明乘化委运的思想意识，通过发展孟子的“养气说”，吸收禅宗的即心即佛的思想、支遁的“适足”新理以及道家的自然观，从根本上解决了人生不能永恒的烦恼，确立了“气”与“神”可以永存于天地之间的坚定信念。因此，苏轼做到了有史以来真正的旷达和执著，苏轼的精神超越不离对现实的执著，他从细微的现实生活中体味生命的本体，建立了以感性的心理自由为指归审美的人格。这种自由不否弃感性生命，也不否弃现实生活，只是对这一切进行不作世俗的价值关怀的生命感受。在“下焉者”那里可以成为逃避的精神胜利法，甚至被当做活命哲学或放浪形骸的借口，但在苏轼那里，它不是对现实、社会、人际等回避以后获得的自由，而是一种有力的反抗世俗和政治意识形态的方式。苏轼的这种人格受到了明中叶启蒙思想家的高度重视，董其昌说王阳明的心学“其说非出于苏（轼），而血脉则苏（轼）也”（沈德符《野获编》卷27），足见苏轼对后世的影响。

第二节 苏轼的诗

一、苏轼诗的内容

苏轼现存诗2 700多首，他广取前人之长，又多方开拓，诗的题材广阔，各体兼备，尤擅七言古体和律、绝，风格也富于变化，在宋诗中占有十分重要的地位。

广泛而深刻的现实关注和对民生疾苦的反映是苏轼诗的重要内容之一，“惟有悯农心尚在，起瞻云汉更茫然”（《立秋日祷雨宿灵隐寺同周徐二令》）是苏轼忧民悯农的基本心态。“况复连年苦饥馑，剥啮草木啖泥土。今年雨雪颇应时，又报蝗虫生翅股。”（《寄刘孝叔》）对连年饥馑，又遇蝗灾的状况忧心忡忡。“三年东方旱，逃户连欹栋。老农释耒叹，泪入饥肠痛。春雪虽云晚，春麦犹可种。敢怨行役劳，助尔歌饭瓮。”（《除夜大雪留潍州元日早晴遂行中途雪复作》）悯农、劝农、助农之心溢于言表。“我是朱陈旧使君，劝耕曾入杏花村。而今风物那堪画，县吏催钱夜打门。”（《陈季常所蓄朱陈村嫁娶图》）则反映了农村的凋敝和官吏的蛮横。《秧马歌》赞颂一种新式农具，表现了对农民的由衷关心。有时，苏轼还对自己有着深刻的自责：“秋禾不满眼，宿麦种亦稀。永愧此邦人，芒刺在肤肌。平生五千卷，一字不救饥。……何以累君子，十万贫与羸。”（《和孔郎中荆林马上见寄》）王安石变法的流弊在他的诗作中也有反映，如《吴中田妇叹》、《山村五绝》等。《吴中田妇叹》写道：

> 今年粳稻熟苦迟，庶见霜风来几时。霜风来时雨如泻，杷头出菌镰生衣。眼枯泪尽雨不尽，忍见黄穗卧青泥。茅苫一月垅上宿，天晴获稻随车归。汗流肩赪载入市，价贱乞与如糠粞。卖牛纳税拆屋炊，虑浅不及明年饥。官今要钱不要米，西北万里招羌儿。龚黄满朝人更苦，不如却作河伯妇。

苏轼在《乞不给散青苗钱斛状》中说："官吏无状，于给散之际，必令酒务设鼓乐倡优，或关扑卖酒牌子，农民至有徒手而归者。但每散青苗，即酒课暴增，此臣所亲见而为流涕者也。二十年间，因欠青苗至卖田宅雇妻女投水自缢者，不可胜数，朝廷忍复行之欤！"看来，苏轼不仅在诗中反映事实，自己也曾试图改变这种状况。

苏轼诗最多的还是那些抒发人生情怀和感受的作品，如《和子由渑池怀旧》、《题西林壁》、《新城道中》、《六月二十七日望湖楼醉书》、《惠崇春江晚景》等。

苏轼对宋诗的最大贡献是率先打破"唐风"，建立"宋调"。如《游金山寺》：

> 我家江水初发源，宦游直送江入海。闻道潮头一丈高，天寒尚有沙痕在。中泠南畔石盘陀，古来出没随涛波。试登绝顶望乡国，江南江北青山多。羁愁畏晚寻归楫，山僧苦留看落日。微风万顷靴文细，断霞半空鱼尾赤。是时江月初生魄，二更月落天深黑。江心似有炬火明，飞焰照山栖乌惊。怅然归卧心莫识，非鬼非人竟何物。江山如此不归山，江神见怪警我顽。我谢江神岂得已，有田不归如江水！

纪昀评道："首尾谨严，笔笔矫健，节短而波澜甚阔。"（《纪批苏诗》卷七）但这并未涉及诗的神理，此诗有韩愈《山石》诗的"荦确"，有李贺《李凭箜篌引》的奇瑰，但更重要的是有了宋诗"打通后壁"、"透过一层"（刘熙载评苏诗语）的品格。再如《和子由渑池怀旧》：

> 人生到处知何似？应似飞鸿踏雪泥。泥上偶然留指爪，鸿飞那复计东西。老僧已死成新塔，坏壁无由见旧题。往日崎岖还记否？路长人困蹇驴嘶。

这并非一般的伤感性的怀旧，而是蕴含着极其丰厚的人生哲理，意象与意境都奇崛而深邃。以诗法而论，凌空蹈虚，其出如万斛泉源，不择其地；其行如列子御风，无所待而自发。这正是宋诗的"议论"高出唐诗的地方。

苏轼晚年十分尊崇陶渊明，写了许多"和陶诗"，如《和陶归园田居六首》其一：

> 春江有佳句，我醉堕渺莽。新浴觉身轻，新沐感发稀。风乎悬瀑下，却行咏而归。仰观江摇山，俯见月在衣。步从父老语，有约吾敢违。

其中有儒，但已不是俗儒，而是"浴乎沂，风乎舞雩，咏而归"的具有超越精神的儒；有道，但已不是祈求长生或无为而治的道，而是“与天地精神独往来”的道，有禅，但已不是屏气凝神、排除杂念的苦禅，而是在现实的感性生活中体味本体的活禅；也有隐，但已不是为隐而隐的隐，而是一无所隐的隐。所以说他的生命已经达到了审美的境界。而宋诗的精髓，也正在这种由情入理，再由理返情的境界之中。

二、苏轼诗的艺术成就

宋诗至苏轼才真正形成自己的基本特点。

首先是讲究才学，赵翼《瓯北诗话》说：“以文为诗自昌黎始，至东坡益大放厥词，别开生面，成一代之大观。……尤其不可及者，天生健笔一支，爽如哀梨，快如并剪，有必达之隐，无难显之情，此所以继李、杜后一大家也。”是说苏轼诗才气横溢，极富表现力。这主要表现在其丰富新奇的意象、细致深刻的观察和构思巧妙上面。沈德潜说：“苏子瞻胸有洪炉，金银铅锡，皆归熔铸；其笔之超旷，等于天马脱羁，飞仙游戏，穷极变幻，而适如意中所欲出。韩文公后，又开辟一境界也。”（《说诗晬语》）颇能概括苏轼诗这一特点。赵翼也说苏轼“才思横溢，触处生春，胸中书卷繁富，又足以供其左旋右轴，无不如志。”（《瓯北诗话》）熔书典而铸学理，以为己用，这也是苏轼诗讲究才学的另一个侧面。

其次是讲究议论。宋诗重理趣。所谓“理趣”，就是诗中蕴涵的哲理。但哲理不是抽象概括的名言警句，而是富有诗意地从形象中自然流露出来的。理趣的实质，就是“趣”中之“理”，即诗意催生的哲理。从这方面来讲，苏轼的诗更是以情悟理，最终化理为情。以山水诗为例，苏轼已达到了哲理自然的层次。这一层次是人与自然互融，将自然哲理化，在自然中以情悟理的层次。如《六月二十七日望湖楼醉书五绝》其二：

放生鱼鳖逐人来，无主荷花到处开。水枕能令山俯仰，风船解与月徘徊。

鱼鳖逐人，荷花无主，山与人俯仰，船与月徘徊，你能分清哪是人？哪是景？而随缘自适、空心入世，心境与物境同起共灭的“理趣”却淡如轻烟，又浓如老酒。又如人们耳熟能详的《饮湖上初晴后雨》：

水光潋滟晴方好，山色空濛雨亦奇。欲把西湖比西子，淡妆浓抹总相宜。

诗的结穴在最后一句。心境与物境随缘起灭，无有不好，也不是没有抒情主体，而是人的抒情主体已经化入物境，所以，这可以说是典型的“入禅”之作。其实，若单从所谓“艺术”上讲，此诗并无特别出色之处，所以会成为名诗，恐怕还是因为契合了人人皆有但又往往深藏不露的“禅心”。至于像“红波翻屋春风起，先生默坐春风里。浮空眼缬散云霞，无数心花发桃李。悠然独觉午窗明，欲觉犹闻醉鼾声。回首向来萧瑟处，也无风雨也无晴”（《独觉》）这样的诗，由于理趣过于直露，所以应该算是下乘了。

我们还可以此来分析苏轼的情感境界的不同的层次和进程。如《行琼儋间，肩舆坐睡，梦中得句云：“千山动鳞甲，万谷酣笙钟。”觉而遇清风急雨，戏作此数句》：

> 四州环一岛，百洞蟠其中。我行西北隅，如度月半弓。登高望中原，但见积水空。此生当安归？四顾真途穷！眇观大瀛海，坐咏谈天翁，茫茫太仓中，一米谁雌雄。幽怀忽破散，咏啸来天风，千山动鳞甲，万谷酣笙钟。安知非群仙，钧天宴未终，喜我归有期，举酒属青童。急雨岂无意，催诗走群龙，梦云忽变色，笑电亦改容。应怪东坡老，颜衰语徒工，久矣此妙声，不闻蓬莱宫。

此诗为苏轼被贬海南渡海后从琼州到儋州途中所作。海南当时是真正的天涯海角，被贬此地，九死一生，苏轼的心境可以想见。诗作从开始至“四顾真途穷”为第一阶段，表现出迷茫怅惘的心境；至“笑电亦改容”为第二阶段，写自己跳出了琼州，置身于宇宙之中，幽怀破散，心境洞开，天地为贺。最后数句以调侃的笔调说自己枉善为诗，至老方悟。此诗虽并没有具体表现什么理趣，但却形象地展现了理趣的审美特质，即在悟“理”之后的那种审美愉悦。

诗情与哲理本来就是孪生姊妹，应该说，宋诗的理趣在一定意义上对此有所体现。后人所诟病的，其实并非上述的理趣，而是那种缺乏诗意的议论和说教。而这些并不是宋诗的精髓，而是应该从审美领域中剔除的东西。

再次，在具体表现上，苏轼的诗飞翔灵动，想象恣肆，奇趣横生，比喻新颖巧妙，层出不穷，奇崛而又自然妥帖。如《欧阳少师令赋所蓄石屏》：

> 何人遗公石屏风，上有水墨希微踪。不画长林与巨植，独画峨眉山西雪岭上万岁不老之孤松。崖崩涧绝可望不可到，孤烟落日相溟濛。含风偃蹇得真态，刻画始信有天工。我恐毕宏、韦偃死葬虢山下，骨可朽烂心难穷。神机巧思无所发，化为烟霏沦石中。古来画师非俗士，摹写物像略与诗人同。愿公作诗慰不遇，无使二子含愤泣幽宫。

像这样的想象和比喻，在苏轼的诗集中几乎俯拾皆是，这也是苏轼诗产生巨大艺术魅力的奥秘之所在。

最后，诗的题材得到了空前的扩大。在苏轼那里，无论是议论时事，感怀历史，体味人生，记游山水，参禅悟道，还是服食洗浴，动植细物，日用器具等，均可入诗，在一定意义上讲使诗获得了一种解放，成为体味生命、建构精神本体的一种形式。

苏轼诗的出现标志着宋诗的成熟，也使宋诗达到了一个高峰。后世虽将苏、黄之诗并称，其实黄庭坚终究无法与苏轼比肩。

第三节 苏轼的词

一、苏轼词的内容

苏轼一生作词可考者350余首，其中约有百首留有晚唐五代词遗风，这其中又有二三十首可以说深得晚唐五代词的真传，大有温庭筠、韦庄、冯延巳、李煜之风，但这并不是苏词的主要风格。苏轼在词境方面的重要贡献是他在保留传统词的畛域的同时而充分拓展的词的新境界。在苏词中，占重要地位和绝大部分篇幅的是有关壮志、哲理、送别、旅怀、风光、农村、怀古、悼亡、闲适、贺寿、嘲谑等题材的。正是这种质和量的变化，使苏词与前代任何词人的词都有了实质的不同。苏词这种题材上的巨大变化在北宋的影响尚不突出，至南宋则适逢其会，直开辛弃疾一派，就是对陆游的诗风也有一定的影响。可以说，晚唐五代词代表了中国词的一半，而苏轼在词境开拓上的首事之功则使词的发展完成了另一半。

《江城子·密州出猎》是表现苏轼壮志平生的第一快词：

> 老夫聊发少年狂，左牵黄，右擎苍，锦帽貂裘，千骑卷平冈。为报倾城随太守，亲射虎，看孙郎。　　酒酣胸胆尚开张，鬓微霜，又何妨！持节云中，何日遣冯唐？会挽雕弓如满月，西北望，射天狼。

全词塑造了一个英姿飒爽、慷慨激昂、渴望驰骋疆场杀敌报国的英雄志士形象。苏轼在《与鲜于子骏书》中说："近却颇作小词，虽无柳七郎风味，亦自成一家。呵呵，数日前猎于郊外，所获颇多，得一阕，令东州壮士抵掌顿足而歌之，吹笛击鼓以为节，颇壮观也。"当时，柳永的依红偎翠词正风靡天下，苏轼用词来塑造英雄的形象，正是有意与之作对。

《水调歌头·黄州快哉亭赠张偓佺》是一篇流连光景之作，但以古文章法入词，已与晚唐五代词风明显不同：

> 落日绣帘卷，亭下水连空。知君为我，新作窗户湿青红。长记平山堂上，敧枕江南烟雨，渺渺没孤鸿。认得醉翁语，"山色有无中"。　　一千顷，都镜净，倒碧峰。忽然浪起，掀舞一叶白头翁。堪笑兰台公子，未解庄生天籁，刚道有雌雄。一点浩然气，千里快哉风。

上片主要描绘快哉亭的风光，其自得之趣使人产生一种超然之感；下片则是即景抒情，即情析理，将三者十分自然地融会在一起。"未解庄生天籁，刚道有雌雄。一点浩然气，千里快哉风"数句可说是此词的"文眼"。这首词既不像魏晋玄言诗、山水诗一样在诗末大发玄言议论，也不像汉赋那样"曲终奏雅"，而是词作者情绪流程的自然终结。这也正是苏轼的“理趣”与宋代的“以文字为诗、以才学为诗、以议论为诗”的主要不同之处。

《定风波》可以说是一首哲理词：

> 莫听穿林打叶声，何妨吟啸且徐行。竹杖芒鞋轻胜马，谁怕？一蓑烟雨任平生。　　料峭春风吹酒醒。微冷，山头斜照却相迎。回首向来萧瑟处，归去，也无风雨也无晴。

这是一首心灵洗礼的赞歌。上片写雨中表现，下片写雨中感受，苏轼借写雨完成了对自己心灵的一次洗礼。中国的诗词和人生都讲究妙悟，苏轼在“雨具先去”的情态中坦然接受了急雨的洗礼，急雨成了触发他心灵感受的可遇而不可求的外在契机，使他豁然开悟，由“一蓑烟雨任平生”到“也无风雨也无晴”便是这种开悟的过程和开悟后的心灵状态。至此，苏轼的人生态度便逐渐直至心灵本体，而不拘囿于具体的实物和具体的外在价值标准了。另外，《临江仙·夜归临皋》也属于这一类词：

> 夜饮东坡醒复醉，归来仿佛三更。家僮鼻息已雷鸣，敲门都不应，倚杖听江声。　　长恨此身非我有，何时忘却营营。夜阑风静縠纹平，小舟从此逝，江海寄余生。

苏轼当时的实际状态是谪居黄州，但这并没有使他的精神遭受拘囿，相反，倒成了激发其思想和情感升华的外在契机。词作正是描述了苏轼由现实压抑而至精神解脱的历程。

另外，他的悼亡词《江城子·十年生死两茫茫》也很著名：

> 十年生死两茫茫，不思量，自难忘，千里孤坟，无处话凄凉。纵使相逢应不识，尘满面，鬓如霜。　　夜来幽梦忽还乡，小轩窗，正梳妆，相顾无言，惟有泪千行。料得年年肠断处，明月夜，短松岗。

词为悼念妻子王弗去世十周年而作，全无香软丽蜜的词态，而有清丽爽劲的诗的韵致。《浣溪沙》（三首其一）则对农事和民间风情进行了描写：

> 麻叶层层苘叶光，谁家煮茧一村香。隔篱娇语络丝娘。　　垂白杖藜抬醉眼，捋青捣麨软肌肠。问言豆叶几时黄？

此词写麦收前后的农事活动，表达了对农事的关怀之情。

总之，苏轼的词无论在题材还是在词风上，都使词发展到了一个新的阶段。

二、苏轼词在词史上的贡献及其艺术成就

苏轼对词发展的巨大贡献是使词雅化。这主要表现在三个方面：

首先，以词来表现深重的时代意识和深厚的文化意蕴。如《念奴娇·赤壁怀古》：

> 大江东去，浪淘尽，千古风流人物。故垒西边，人道是，三国周郎赤壁。乱石穿空，惊涛拍岸，卷起千堆雪。江山如画，一时多少豪杰！　　遥想公瑾当年，小乔初嫁了，雄姿英发，羽扇纶巾，谈笑间，樯橹灰飞烟灭。故国神游，多情应笑我，早生华发。人生如梦，一樽还酹江月。

此词所以具有巨大的艺术魅力，关键在于它与民族文化心理的深层结构相吻合。中国人没有外在超越的价值观念，英雄梦是生而有之的理想，所以此词开篇三句就唤起了人的英雄梦想，但并不是单纯地、廉价地为人描绘出一幅英雄的图景，而是在充满深沉的历史悲剧意识的同时，面对长江这一历史的见证发出了苍凉的感喟。可以说，苏轼在唤起人的英雄梦的同时又打破了人的英雄梦。只此一句，就高度概括了中华民族文化心理中从起点到终点的整个流程。接下来对赤壁之战和周瑜的具体描绘，只是为了说明和论证一下这个开端。而自“故国神游”以下，则转入了对上述悲剧意识的消解。中国人传统的悲剧意识的消解因素有仙、酒、自然、梦、女人等，而“故国神游，多情应笑我，早生华发，人生如梦，一樽还酹江月”数句中，除“仙”之外，其余诸种悲剧意识的消解因素居然都包含其中。从慷慨壮志到悲剧意识的消解，最终归结到一种超越性的执著，苏轼此词概括了一个人甚至一个民族的精神历程。《水调歌头·明月几时有》一词也有类似的特点：

> 明月几时有？把酒问青天。不知天上宫阙，今夕是何年。我欲乘风归去，又恐琼楼玉宇，高处不胜寒。起舞弄清影，何似在人间！　　转朱阁，低绮户，照无眠。不应有恨，何事长向别时圆？人有悲欢离合，月有阴晴圆缺，此事古难全。但愿人长久，千里共婵娟！

前人说：“此词一出，其余中秋词尽废。”那是因为它描绘出了民族文化心理的流程。以“明月几时有，把酒问青天”起句，代表了自屈原《天问》以来的中国人对人生价值、意义的追寻，苏轼超越了现实功利的局限，以一颗自由的心灵贴近了自然和宇宙。但在那个时代又不可能构建起新的价值观念，他必然还要在一定意义上回返现实，“高处不胜寒”，正是在询问得不到答案之后的一种无可奈何的结局，也是一种必不可少的心理过度。“起舞弄清影，何似在人间”，是苏轼追寻之后得到的现实答案。然而，这种形上追询——心理过渡——现实答案的民族文化心理的历程绝不仅仅是一种无谓的、简单的重复，苏轼最后虽然仍然落脚在现实的伦理道德上（“但愿人长久，千里共婵娟”），但这已经不是政治意识形态化的伦理道德，而是心理本体化的伦理道德，即以一种审美观照的态度来对待现实生活和人的生命，已经具有了对僵固的政治意识形态进行突破的意义。此词以富有历史文化积淀的典型的意象和高度概括的艺术手法表现了民族文化心理，使之深合于民族文化的深层结构，并在结尾处激发了人的超越性的美好情感，充满了传统的生生不息的乐观主义精神，因而具有打动人心的艺术力量。另外，《卜算子·黄州定慧院寓居作》等也表现了一定的时代意识。

其次，苏轼使词雅化最直接有效的方式是“以诗为词”。如《水调歌头·明月几时有》有四处化用唐诗，化用的唐诗有“青天有月来几时，我今停杯一问之”（李白《把酒问月》）、“我歌月徘徊，我舞影零乱”（李白《月下独酌》）、“已悟化成非乐界，不知今夕是何年”（戴叔伦《二灵寺守岁》）和“惟应洞庭月，万里共婵娟”（许浑《怀江南同志》）。而苏轼在这首词中绝不仅仅是外在形式上的化用，而是将诗的内在品格和其中的文化信息移植入词向，以词的艺术形式来表现诗的内质。

最后，富有理趣。如《水调歌头·落日绣帘卷》上片写人在风光中的自得之趣，使人产生一种超然之感；下片则是即景抒情，即情析理，将三者十分自然地融会在一起。

况周颐说：“有宋熙、丰间，词学称极盛，苏长公提倡风雅，为一代山斗。”（《蕙风词话》）这实际上说的就是宋词的雅化。从根本上讲，并不是“词主情”，而是“情”选择了“词”。苏轼在词史上的贡献主要取决于他是这一时代之“情”的表达者。但苏轼绝不是普通的世俗之情的代言人，也绝不仅仅是将词的体式变得高雅，其关键是使宋代的世俗精神雅化了，这一雅化的本质就是使执著现实走出了感性享乐的泥淖，把现实生活提升到了生命本体的高度。生命本体是现实生活情节的本质，而现实生活情节是生命本体的外在显现。苏轼为宋代的世俗精神张目，使其在一定程度上成为正统，雅化的词才真正成为表现宋代世俗精神的艺术形式。

《四库全书总目提要·词曲类·东坡词提要》中说：“词自晚唐五代以来，以清切婉丽为宗。至柳永而一变，如诗家之有白居易，至轼而又一变，如诗家之有韩愈，遂开南宋辛弃疾一派。”从实质上看，词至苏轼，始有意突破传统题材的束缚，把词从花前月下和香软丽蜜中解放出来，使词建立起了新的范式，成为时代之情的表现形式。

苏轼在词风上的贡献还在于他创立了豪放派词。明人张綖在《诗余图谱》中说：“词大约有二，一体婉约，一体豪放。婉约者欲其词情蕴藉，豪放者欲其气象恢弘。盖亦存乎其人。如秦少游之作，多是婉约，苏子瞻之作，多是豪放。”

在表现手法上，苏轼发展了柳永的铺陈手法，以赋的技法入词，多用直陈手法叙事抒怀，往往以叙事为主，即事写景，此其一。其二，苏词以议论入词，这不待多言。其三，苏轼喜欢直抒胸臆，不假婉曲。其四，把比兴、比拟、寄托等诗的艺术技巧引入词中，对于塑造艺术形象起到了很好的作用。其五，采用隐括式、俳体式、对话式，也丰富了词的表现方法。

“词至东坡，倾荡磊落，如诗如文，如天地奇观”（刘辰翁《辛稼轩词序》），刘辰翁这样评价苏轼的词是有道理的。

第四节 苏轼的散文

一、苏轼散文的内容

苏轼的散文大致可以分为两类：一类是政论和史论；另一类是书信、记、序等抒情文和记叙文。

宋代的士大夫相当关心政治和国事，苏轼表现得尤为突出。苏轼早年的政治热情很高，也因此写出了很多优秀的论说文。宋代取士以策论为主，苏轼在科举应试时写的《刑赏忠厚之至论》就是表达他政治主张的策论：

> 《书》曰："罪疑惟轻，功疑惟重，与其杀不辜，宁失不经。"呜呼，尽之矣。可以赏，可以无赏，赏之过乎仁。可以罚，可以无罚，罚之过乎义。过乎仁，不失为君子；过乎义，则流而入于忍人。故仁可过也，义不可过也。古者赏不以爵禄，刑不以刀锯。赏以爵禄，是赏之道，行于爵禄之所加，而不行于爵禄之所不加也。刑之以刀锯，是刑之威，施于刀锯之所及，而不施于刀锯之所不及也。先王知天下之善不胜赏，而爵禄不足以劝也，知天下之恶不胜刑，而刀锯不足以裁也，是故疑则举而归之于仁，以君子长者之道待天下，使天下相率而归于君子长者之道，故曰忠厚之至也。

文章以纵横家的文风表达了苏轼以德治国，以仁行政的基本政治主张。在参加"制科"考试时，他写了《进策》，由25篇文章组成，其中《策别》中的《教战守策》是十分有名的，其中这样说：

> 夫当今生民之患，果安在哉？在于知安而不知危，能逸而不能劳，此其患不见于今，将见于他日。今不为之计，其后将有所不可救者。昔者先王知兵之不可去也，是故天下虽平，不敢忘战。秋冬之隙，致民田猎以讲武，教之以进退作坐之方，使其耳目习于钟鼓旌旗之间而不乱，使其心志安于斩刈杀伐之际而不慑。是以虽有盗贼之变，而民不至于惊溃。及至后世，用迂儒之议，以去兵为王者之盛节，天下既定，则卷甲而藏之。数十年之后，甲兵顿弊，而人民日以安于太平之佚乐。卒有盗贼之警，则相与恐惧讹言，不战而走。

可见，苏轼绝不是一介腐儒，而是对现实有着清醒的认识和明确的策略。他这些文章，在一定程度上也代表了北宋中后期的文风。

苏轼散文中，最优秀的是包括记、杂说、随笔、书信、题跋和抒情文在内的抒情记叙类散文。如《赤壁赋》：

> 壬戌之秋，七月既望，苏子与客泛舟游于赤壁之下。清风徐来，水波不兴。

举酒属客，诵明月之诗，歌窈窕之章。少焉，月出于东山之上，徘徊于斗牛之间。白露横江，水光接天。纵一苇之所如，凌万顷之茫然。浩浩乎如冯虚御风，而不知其所止，飘飘乎如遗世独立，羽化而登仙。于是饮酒乐甚，扣舷而歌之。歌曰："桂棹兮兰桨，击空明兮溯流光。渺渺兮予怀，望美人兮天一方。"客有吹洞箫者，倚歌而和之，其声呜呜然，如怨如慕，如泣如诉。余音袅袅，不绝如缕。舞幽壑之潜蛟，泣孤舟之嫠妇。苏子愀然，正襟危坐，而问客曰："何为其然也？"客曰："'月明星稀，乌鹊南飞。'此非曹孟德之诗乎？西望夏口，东望武昌。山川相缪，郁乎苍苍。此非孟德之困于周郎者乎？方其破荆州，下江陵，顺流而东也，舳舻千里，旌旗蔽空，酾酒临江，横槊赋诗，固一世之雄也，而今安在哉？况吾与子渔樵于江渚之上，侣鱼虾而友麋鹿。驾一叶之扁舟，举匏尊以相属。寄蜉蝣于天地，渺沧海之一粟。哀吾生之须臾，羡长江之无穷。挟飞仙以遨游，抱明月而长终。知不可乎骤得，托遗响于悲风。"苏子曰："客亦知夫水与月乎？逝者如斯，而未尝往也。盈虚者如彼，而卒莫消长也。盖将自其变者而观之，则天地曾不能以一瞬；自其不变者而观之，则物与我皆无尽也，而又何羡乎？且夫天地之间，物各有主，苟非吾之所有，虽一毫而莫取。惟江上之清风，与山间之明月，耳得之而为声，目遇之而成色，取之无禁，用之不竭，是造物者之无尽藏也，而吾与子之所共适。"客喜而笑，洗盏更酌。肴核既尽，杯盘狼藉。相与枕藉乎舟中，不知东方之既白。

从"壬戌之秋"至"羽化而登仙"为第一段，"清风"、"水波"触动了人的思绪，而酒又使人暂时忘却了现实的束缚，使人进入了"明月之诗"、"窈窕之章"的审美境界，接着，明月升起，水天寥廓，游人与自然冥然合一，无复有物我之别。这个开端引出了人的宇宙意识，是人由现实而至超越的生命流程的概括显现，在空明澄澈中，把人推向了哲理——审美的云端。接下来，由"如怨如慕，如泣如诉"的歌声、箫声引发了对历史及人生价值和意义的思辨。从"苏子愀然"至"托遗响于悲风"写传说黄州赤壁就是三国时期曹操和周瑜鏖战的赤壁，此情此景，不能不引发今人对历史和现实的思考，于是就产生了这种历史的悲剧意识和人生的悲剧意识。苏轼试图以深邃的哲学思想，从心灵的深处来化解这种无限的悲剧意识。从"客亦知夫水与月乎"至"吾与子之所共适"是全文的关键。在这里，苏轼改变了观察事物的参照系，把自然万物和历史、人生放到一个更大乃至无穷的参照系当中去考察，取消了事物的差别，使悲剧意识得到了有效的化解。必须看到的是，这既不是消极的化解，也不是逃避现实的聪明的借口，更不是精神胜利法，而是以诗情为哲理，实现了对人生的审美超越。这种超越把人从现实中局促的功利之心的束缚中解脱出来，使人不再拘泥于一时一事的得失成败，而是有了更开阔的胸怀和更深邃的眼光。这样一来，人就会变得既努力做好现实中的每一件事，又不局限于这件事的具体意义，而对现实生活中的每一件事都进行着审美体验，这就是执著而又超越、现实而又审美的人格。考察苏轼在黄州和岭海时期的生命实践可以看出，他正是这种人格的典范。

苏轼的一些“记”类的散文也写得十分出色。像《记承天寺夜游》不足百字，却写得自然淡泊而又意蕴丰厚、意味隽永：

元丰六年十月十二日夜，解衣欲睡，月色入户，欣然起行。念无与为乐者，遂至承天寺寻张怀民。怀民亦未寝，相与步于中庭。庭下如积水空明，水中藻荇交横，盖竹柏影也。何夜无月，何处无竹柏，但少闲人如吾两人耳。

心静人闲，触处生春，同样表现了其审美的人生态度。另外，像《凌虚台记》、《超然台记》、《放鹤亭记》等也表现了他超然物外的出世思想。如《超然台记》中写道：

凡物皆有可观。苟有可观，皆有可乐，非必怪奇伟丽者也。餔糟啜醨，皆可以醉；果蔬草木，皆可以饱。推此类也，吾安往而不乐？夫所为求福而辞祸者，以福可喜而祸可悲也。人之所欲无穷，而物之可以足吾欲者有尽。美恶之辨战乎中，而去取之择交乎前；则可乐者常少，而可悲者常多，是谓求祸而辞福。夫求祸而辞福，岂人之情也哉？物有以盖之矣。彼游于物之内，而不游于物之外。物非有大小也，自其内而观之，未有不高且大者也。彼挟其高大以临我，则我常眩乱反覆，如隙中之观斗，又焉知胜负之所在？是以美恶横生，而忧乐出焉，可不大哀乎！

文章有议论，有叙事，有抒情，从“人之所欲无穷”和“物之可以足吾欲者有尽”的矛盾起笔，言及不知足的祸患，只有“游于物之外”才能“辞祸求福”，才能“无所往而不乐”。文章有一种使人胸襟旷达，超然领悟的情致。而《石钟山记》则通过对景物丰富细腻、情态可掬的描述，再加上与抒情、议论融合无间，通过对石钟山得名由来的探索，阐述了调查研究认识事物的道理，是一篇不可多得的山水游记。

苏轼的一些人物传记往往写得简洁生动，融进了自己的人格理想。如《方山子传》：

方山子，光、黄间隐人也。少时慕朱家、郭解为人，闾里之侠皆宗之。稍壮，折节读书，欲以此驰骋当世，然终不遇。晚乃遁于光、黄间，曰岐亭。庵居蔬食，不与世相闻。弃车马，毁冠服，徒步往来山中，人莫识也。见其所著帽，方屋而高，曰：“此岂古方山冠之遗象乎？”因谓之方山子。

余谪居于黄，过岐亭，适见焉，曰：“呜呼！此吾故人陈慥季常也，何为而在此？”方山子亦矍然问余所以至此者。余告之故，俯而不答，仰而笑。呼余宿其家，环堵萧然，而妻子奴婢皆有自得之意。余既耸然异之。独念方山子少时，使酒好剑，用财如粪土。前十有九年，余在岐山下，见方山子从两骑，挟二矢，游西山，鹊起于前，使骑逐而射之，不获；方山子怒马独出，一发得之。因与余马上论用兵及古今成败，自谓一世豪士。今几日耳，精悍之色犹见于眉间，而岂山中之人哉！然方山子世有勋阀，当得官；使从事于其间，今已显闻。而其家在洛阳，园宅壮丽与公侯等；河北有田，岁得帛千匹，亦足以富乐。皆弃不取，独往来穷山中，此岂无得而然哉？余闻光、黄间多异人，往往佯狂垢污，不可得而见，方山子傥见之与？

文章欲擒故纵，先细叙其“庵居蔬食”、“环堵萧然”而“弃车马，毁冠服，徒步往来山中，人莫识也”的骇世之举，再写其“世有勋阀”、“园宅壮丽”、“岁得帛千匹”的家世，最后写其“皆弃不取，独往来穷山中”，方山子的形象便呼之欲出。再穿插以两人过去的交往、苏轼的自叙经历以及方山子“俯而不答，仰而笑”的神态，成功地塑造出了一位特立独行、超尘出世的人物形象。

苏轼的祭文碑文也十分优秀，如《韩文公庙碑》从评价韩愈的文学成就和政绩入手，便与一般记叙生平的碑记区别开来。其中说：

匹夫而为百世师，一言而为天下法。是皆有以参天地之化，关盛衰之运。其生也有自来，其逝也有所为矣。……独韩文公起布衣，谈笑而麾之，天下靡然从公，复归于正，盖三百年于此矣。文起八代之衰，而道济天下之溺，忠犯人主之怒，而勇夺三军之帅。岂非参天地、关盛衰、浩然而独存者乎！盖尝论天人之辨，以谓人无所不至，惟天不容伪。智可以欺王公，不可以欺豚鱼；力可以得天下，不可以得匹夫匹妇之心。故公之精诚，能开衡山之云，而不能回宪宗之惑；能驯鳄鱼之暴，而不能弭皇甫镈、李逢吉之谤；能信于南海之民，庙食百世，而不能使其身一日安于朝廷之上。盖公之所能者，天也。所不能者，人也。

文章高度评价了韩愈在政治、学术、文学上的成就及任潮州刺史的业绩，并借韩愈的政治遭遇寄托了自己的身世之感，落笔挟风带雨，气势奔放，排奡闳伟，其势不让韩文。

苏轼的散文成就卓然，在当时就产生了巨大的影响，而且对最终完成诗文革新运动也起了很大作用。

二、苏轼散文的艺术成就

关于苏轼散文的艺术风格，前人多有评论，但似乎只有苏轼自己在《自评文》中的总结更有概括力，他说：“吾文如万斛泉源，不择地而出，在平地滔滔汩汩，虽一日千里无难。及其与山石曲折，随物赋形而不可知也。所可知者，常行于所当行，常止于不可不止，如是而已。其他虽吾亦不能知也。”确实，苏轼散文总的特点是其外在形式如行云流水，略无滞碍，内在审美特质高风绝尘而又淡远深邃，但在不同的问题上又表现出不同的艺术特点。如他的议论文往往是开始即提出鲜明的论点，然后一气贯注，证据充分，逻辑严密，令人无由置喙；其书信、随笔、杂文、游记等，往往直抒胸臆，无所遮蔽，真情倾泻，直至吐尽而后快。其实，最能代表他的散文特点的还是抒情类散文。正如苏轼自己所说，如泉源出地，不择地势，又如水行地，不避险阻，“随物赋形”，曲尽其意。有时如长江大河，不可阻遏，有时又如涓涓细流，滋地无声。

其实，苏轼的散文姿态横生，挥洒自如，几乎无所不能，不可以条目来限定。

苏轼继承了唐代的古文运动和宋代的新古文运动的精神，使古文在与口语的接近方面、艺术的融合方面、表现力方面和应用范围方面都达到了前所未有的程度，对后世产生了深远的影响。

第五节　苏轼的文艺思想

宋代是中国封建社会的转型期，这一时期在思想、文化上具备两个显著的特征：一是人的感性进一步解放，表现在文艺创作上就是既自由高蹈又思无所依；二是人的理性进一步强化，表现在意识形态上就是程朱理学把伦理道德本体化。

关于文艺的本源，苏轼认为是出自人的自由心灵，即人的真实感情的自由表达。他对历史上的朴素的情本说、物感说进行了改造和超越，他说：“夫昔之为文者，非能为之为工，乃不能不为之为工。”（《居士集叙》）鉴于苏轼所处时代、哲学思想及其有关文艺的论述，我们可知苏轼的“不能不为之”的根据是自由的心灵。在《书李伯时〈山庄图〉》中，苏轼写道：“居士之在山也，不留于一物，故其神与万物交，其智与百工通。虽然，有道有艺，有道而不艺，则物虽形于心，不形于手。”根据通篇文意和苏轼的哲学思想，我们认定这里的“道”就是“神与万物交”，“艺”就是“智与百工通”。不受任何具体事物的遮蔽而自由地“神与物游”，这就是文艺产生的本源，是“道”；熟练地掌握“百工”的各种艺术手段，由此而使心灵得到一种外化形式，这就是文艺产生的方式，是“艺”。苏轼在这里论述的不是内容和形式的关系，而是本源和手段的关系，或曰道和器的关系。苏轼强调摒除了功利干扰的纯粹的审美状态，“惟江上之清风，与山间之明月，耳得之而为声，目遇之而成色”，便是解脱后的自由状态，也是文艺产生的根源。

苏轼《枯木竹石图》

从创作论的角度看，苏轼把文艺看作是抒写自由心灵的唯一形式。何薳《春渚记闻》引苏轼语说："某平生无快意事，惟作文章。意之所到则笔力曲折，无不尽意，自谓世间乐事无逾此者。"他在《密州通判厅题名记》中又说："余性不谨言语，与人无亲疏，辄输写肺腑。有所不尽如茹物不下，必吐出而已。"在苏轼那里，自由的文艺创作实在已成为他最高的生命本质。基于这一发自生命深处的根本要求，即使在经历了几欲丧命的"乌台诗案"之后也不改初衷，甚至在出狱的第二天就"试拈诗笔已如神"。苏轼强调"辞达"，用自由抒情的方式塑造美感形象，从而划清了文艺同孔子所谓的"言"及一般文章的内在界限。

苏轼在具体创作中，除主张"神与万物交"外，还主张"身与竹化"（苏轼《书晁补之所藏文与可画竹》），这种十分符合艺术创作本质规律的观点在当时则具有摆脱"理义"束缚的作用。在具体构思上，苏轼在《评草书》中提出了"无意于嘉乃嘉"的理论，揭示出创作中自由的审美规律。刘熙载评得甚好："东坡、放翁两家诗，皆有豪有旷，但放翁是有意要做诗人，东坡虽为诗，而仍有夷然不屑之意，所以尤高"（《艺概·诗概》）。在具体表达方面，苏轼除主张"了然于口与手"外，还主张"冲口而出"和"随物赋形"。在《重寄》等诗中他就多次讲到"好诗冲口谁能择"，"冲口出常言"，这已不单是重视艺术灵感的问题，而是上升到了生命形式的高度。苏轼的《自评文》可以看作是他对自己艺术创作的总结，"随物赋形"的"形"是苏文不受拘碍而包融一切的外在形式，其内在的本质仍是苏轼心灵的自由，但又不是自由无度的。在《书吴道子画后》中，他提出了著名的"出新意于法度之中，寄妙理于豪放之外"的观点，正确地阐述了创作自由与艺术规律的互动关系。

在艺术风格上，苏轼所追求的是一种淡远深邃的美的境界。在《书黄子思诗集后》中，苏轼赞美了唐代颜、柳的书法和李、杜的诗歌，但对魏晋"萧散简远"、"高风绝尘"的书风和诗风的衰微表示惋惜，认为"独韦应物、柳宗元发纤秾于简古，寄至味于淡泊"，"非余子所及也"。在"简古"的形式中蕴涵着高超的技艺，在"淡泊"的神态中深藏着无穷的意味，二者的双重统一便构成了独特的淡远深邃的艺术境界。苏轼早年曾对宏放豪迈的艺术风格表示推崇，但在艺术风格成熟的晚年却表现出对魏晋艺术风格的无限神往。他在《和陶诗序》中说："吾于诗人无所甚好，独好渊明之诗。渊明作诗不多，然其诗质而实绮，癯而实腴。自曹、刘、鲍、谢、李、杜诸人，皆莫及也。"在《评韩柳诗中》说："柳子厚诗在陶渊明下、韦苏州上，退之豪放奇险过之，而温丽靖深不及也。所贵乎枯淡者，谓其外枯而中膏，似淡而实美。渊明、子厚之流是也。若中边皆枯淡，亦何足道？"由此看出，苏轼推崇和追求的艺术风格和艺术境界的共同特点是淡远而深邃，而这种风格的代表便是陶渊明的诗。

在文艺鉴赏批评方面，苏轼同样从文艺的本质特征入手。形似与神似本是前人长期讨论的问题，苏轼进一步提出："论画以形似，见与儿童邻。赋诗必此诗，定非知诗人。”（《书鄢陵王主簿所画折枝》）他并未否定形似，而是融通前人论诗主张寓意而不限于摹状、论画主张传神而不囿于形似的观点，提出传神与寓意统一的审美理想，这与他的“诗中有画”、“画中有诗”和“诗画本一律，天工与清新”的有关论述是一致的。苏轼力图打破诗与画的界限，并非要取消艺术形式的外在差别，而是要寻求艺术的普遍规律，对艺术的审美境界提出更高的要求。

第六节　苏　洵

苏洵（1009—1066），字明允，号老泉，四川眉山（今四川眉山县）人，“唐宋八大家”之一，苏轼、苏辙的父亲。他 27 岁才“折节读书”，后举进士不第，不愿意赴阙应试，终于霸州文安县主簿，著有《嘉祐集》。

苏洵的散文最为人称道的是《权书》中的《六国论》，该文主要论证战国时期六国灭亡的原因是由于“贿赂”秦国而不懂得自强自立：

> 六国破灭，非兵不利，战不善，弊在赂秦而力亏，破灭之道也。或曰：六国互丧，率赂秦耶？曰：不赂者以赂者丧。盖失强援，不能独完，故曰弊在赂秦也。秦以攻取之外，小则获邑，大则得城。较秦之所得，与战胜而得者，其实百倍。诸侯之所亡，与战败而亡者，其实亦百倍。则秦之所大欲，诸侯之所大患，固不在战矣。……向使三国各爱其地，齐人勿附于秦，刺客不行，良将犹在，则胜负之数，存亡之理，当与秦相较，或未易量。呜呼！以赂秦之地封天下之谋臣，以事秦之心礼天下之奇才，并力西向，则吾恐秦人食之不得下咽也。悲夫，有如此之势，而为秦人积威之所劫，日削月割以趋于亡，为国者无使为积威之所劫哉！夫六国与秦，皆诸侯，其势弱于秦，而犹有可以不赂而胜之之势。苟以天下之大，而从六国破亡之故事，是又在六国下矣。

这篇文章正是借历史教训来讥讽宋朝向北方少数民族屈膝投降，是具有现实意义的“讥时之弊”的优秀散文。在艺术上，这篇散文条分缕析，逻辑性很强，引证贴切，比喻生动，气势流畅，雄辩滔滔，有不可阻遏之势，大有先秦纵横家的余绪，充分体现了苏洵散文的“纵横驰骤”、雄奇恣肆的风格。

苏洵立论不拘俗见，善出己意，往往翻前人之定论。管仲临终前劝桓公不要任用竖刁、易牙、开方三人，人皆服其有先见之明，但苏洵在《管仲论》中说：

> 夫齐国不患有三子，而患无仲。有仲则三子者，三匹夫耳。不然，天下岂少三子之徒？虽桓公幸而听仲，诛此三人，而其余者，仲能悉数而去之邪？呜呼！仲可谓不知本者矣。因桓公之问，举天下之贤者以自代，则仲虽死，而齐国未为无仲也，夫何患？三子者，不言可也。

苏洵认为关键不在于是否任用三个小人的问题，而在于是否有真正的贤人出来控制小人。否则，即使杀掉了三个小人，天下的小人也是杀不完的。这样的立论与王安石的《读孟尝君传》有同工之妙。

苏洵的文章具有很强的现实性，有人曾认为他是“孙武之徒”，语含贬义，苏洵亦曾对这一点给予明确回答：“吾疾夫世之人不究本末，而妄以我为孙武之徒也。夫孙氏之言兵，为常言也。而我以此书为不得已而言之之书也。故仁义不得已，而后吾《权书》用焉。然则权者，为仁义之穷而作也。”（《权书引》）他的基本意思是说，写作《权书》的目的是为了实现仁义之道。苏洵的这种观点，在宋学中具有一定的代表性。

苏洵有自己的文学思想，对一些作家的评论也十分精到。如在《上欧阳内翰第一书》中评论孟子、韩愈和欧阳修的文章时说：

> 孟子之文，语约而意尽，不为巉刻斩绝之言，而其锋不可犯。韩子之文，如长江大河，浑浩流转，鱼鼋蛟龙，万怪惶惑，而抑遏蔽掩，不使自露，而人望见其渊然之光，苍然之色，亦自畏避，不敢迫视。执事之文，纡余委备，往复百折，而条达疏畅，无所间断。气尽语极，急言竭论，而容与闲易，无艰难劳苦之态。此三者，皆断然自为一家之文也。

他在此将三人文章特点极笔形容，出语如赴壑之水，奔腾跳跃，不可拘囿。而他的《仲兄字文甫说》则用同样的方式表达了他关于文学的见解：

> 且兄尝见夫水之与风乎？油然而行，渊然而留，渟洄汪洋，满而上浮者，是水也，而风实起之。蓬蓬然而发乎大空，不终日而行乎四方，荡乎其无形，飘乎其远来，既往而不知其迹之所存者，是风也，而水实形之。今夫风水之相遭乎大泽之陂也，纡余委蛇，蜿蜒沦涟，安而相推，怒而相凌，舒而如云，蹙而如鳞，疾而如驰，徐而如徊……此亦天下之至文也。然而此二物者岂有求乎文哉？无意乎相求，不期而相遭，而文生焉。是其为文也，非水之文也，非风之文也，二物者非能为文，而不能不为文也。物之相使而文出于其间也，故曰：此天下之至文也。

风与水的自然相应才能产生“天下之至文”，只有从人的自由的心灵中自然流出的才是真正的好文章，这就是苏洵的基本文学思想。

曾巩在论及苏洵散文特点时说：“其指事析理，引物托喻，侈能尽之约，远能见之近，大能使之微，小能使之著，烦能不乱，肆能不流。其雄壮俊伟，若决江河而下也；其辉光明白，若引星辰而上也。”（《苏明允哀辞》）这些描述应该说较为准确地把握了苏洵的文风。明人茅坤将其列为“唐宋八大家”之一，是有充分的理由的。

第七节　苏　辙

苏辙（1039—1112），字子由，晚年号颍滨遗老，“唐宋八大家”之一，苏洵的儿子，苏轼的弟弟。他与哥哥苏轼同年进士及第，官至翰林学士知制诰。

苏辙作文用力最大的是奏议、政论和史论等议论文，如他的《新论》三篇剖析宋朝的“冗吏”、“冗兵”、“冗费”三大弊端，被《宋史》本传称为“论事精确，修辞简严”。但真正能够体现他的散文风格的，还是那些能够自由发挥的书信杂文，如《上枢密韩太尉书》、《答黄庭坚书》、《黄州快哉亭记》、《武昌九曲亭记》等。

在《上枢密韩太尉书》中，苏辙表达了他的重视“养气”的观点，他说：

> 辙生好为文，思之至深，以为文者，气之所形，然文不可以学而能，气可以养而致。孟子曰：“我善养吾浩然之气。”今观其文章，宽厚宏博，充乎天地之间，称其气之小大。太史公行天下，周览四海名山大川，与燕、赵间豪俊交游，故其文疏荡，颇有奇气。此二子者，岂尝执笔学为如此之文哉？其气充乎其中而溢乎其貌，动乎其言而见乎其文，而不自知也。

在苏辙看来，文应当是气的外化，无气则无文，有气则文自然显现，气是可以通过有意识的聚养而获得的，聚养的方式不仅要体察自己的内心，还要善于游览结交，增加社会阅历，砥砺自己的人格。在如此立论的基础上，苏辙顺理成章地论证了游览和拜谒的合理性，文风流畅犀利，简洁明快，独具特色。

《黄州快哉亭记》是苏辙的代表作之一，其中写道：

> 江出西陵，始得平地。其流奔放肆大，南合湘、沅，北合汉、沔，其势益张。至于赤壁之下，波流浸灌，与海相若。清河张君梦得，谪居齐安，即其庐之西南为亭，以览观江流之胜，而余兄子瞻名之曰“快哉”。
>
> 盖亭之所见，南北百里，东西一舍。涛澜汹涌，风云开阖。昼则舟楫出没于其前，夜则鱼龙悲啸于其下，变化倏忽，动心骇目，不可久视。今乃得玩之几席之上，举目而足。西望武昌诸山，冈陵起伏，草木行列，烟消日出，渔夫樵父之舍皆可指数。此其所以为“快哉”者也。

文章点明了“快哉”之名的由来，并借楚王与宋玉的对话引发了关于“快”的议论，认为快与不快不决定于外物，而决定于人的内在的修养和情感。文风畅快流丽，因记叙而说理，体现了宋文的基本特点。另外，《武昌九曲亭记》也表现了这一特点。其中写道：

> 山中有二三子，好客而喜游，闻子瞻至，幅巾迎笑，相携徜徉而上，穷山之深，力极而息，扫叶席草，酌酒相劳，意适忘反，往往留宿于山上。以此居齐安

三年，不知其久也。然将适西山，行于松柏之间，羊肠九曲而获少平，游者至此必息。倚怪石，荫茂木，俯视大江，仰瞻陵阜，旁瞩溪谷，风云变化，林麓向背，皆效于左右。有废亭焉，其遗址甚狭，不足以席众客。其旁古木数十，其大皆百围千尺，不可加以斤斧。子瞻每至其下，辄睥睨终日。一旦大风雷雨，拔去其一，斥其所据，亭得以广。子瞻与客入山视之，笑曰："兹欲以成吾亭耶！"遂相与营之。亭成，而西山之胜始具，子瞻于是最乐。昔余少年，从子瞻游，有山可登，有水可浮，子瞻未始不褰裳先之。有不得至，为之怅然移日。至其翩然独往，逍遥泉石之上，撷林卉，拾涧实，酌水而饮之，见者以为仙也。盖天下之乐无穷，而以适意为悦。方其得意，万物无以易之，及其既厌，未有不洒然自笑者也。譬之饮食杂陈于前，要之一饱而同委于臭腐。夫孰知得失之所在？惟其无愧于中，无责于外，而姑寓焉。此子瞻之所以有乐于是也。

九曲亭乃三国孙权所建，苏轼谪居黄州时重修此亭，本文记叙了修亭的经过。苏辙曾到黄州看望其兄，并与他同游武昌西山。文章从苏轼的山水之好写起，由"意适忘反"，引出重修九曲亭，最后由寄情山水之乐引出"天下之乐无穷，而以适意为悦"的议论，希望苏轼保持乐观、豁达的心态。文章将记事、写景、议论以及抒写兄弟深情有机地结合在一起，轻松畅达而又深沉精警，具有很高的艺术水平。

对于苏辙的散文，苏轼曾经评论说："子由之文实胜仆，而世俗不知，乃以为不如。其为人，深不愿为人知之。其文如其为人，故汪洋澹泊，有一唱三叹之声。"（《答张文潜》）"汪洋淡泊"、"一唱三叹"确实能够概括苏辙散文的风格。

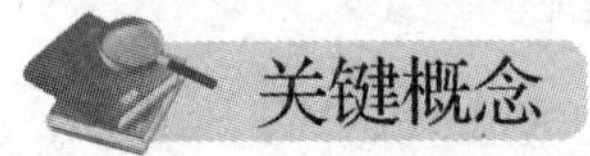

理趣　　豪放词　　"三苏"

1. 试论苏轼人格的意义。
2. 简述苏轼诗的内容及艺术成就。
3. 试述苏轼词的内容特点。
4. 试论苏轼词的艺术成就及在词史上的贡献。
5. 简述苏轼散文的内容及艺术成就。
6. 简述苏轼的文艺思想。
7. 简述苏洵、苏辙散文的艺术特点。

第四章　北宋后期的文学

本章提示

黄庭坚等：(1) 了解黄庭坚的生平。(2) 背诵黄庭坚的《登快阁》、《雨中登岳阳楼望君山》等。(3) 掌握黄庭坚诗歌的特点。(4) 掌握黄庭坚的诗歌主张。(5) 熟悉陈师道、张耒、晁补之的代表作及诗歌特点。

秦观等：(1) 了解秦观的生平。(2) 背诵秦观的词《满庭芳》、《踏莎行》、《千秋岁》等。(3) 掌握秦观词的艺术特点。(4) 背诵贺铸的《青玉案》、《踏莎行》等。(5) 掌握贺铸词的艺术特点。(6) 了解周邦彦的生平。(7) 背诵周邦彦的《苏幕遮》等。(8) 掌握周邦彦词的艺术成就及他在词史上的地位和影响。

第一节　黄庭坚及陈师道、张耒、晁补之

一、黄庭坚的生平与诗作

黄庭坚（1045—1105），字鲁直，号山谷道人，江西分宁（修水）人。他于 23 岁中进士，在叶县等地做过多年的县下级官员，此时比较接近下层人民，写过一些反映现实的诗作。元丰八年（1085）以司马光为首的旧党上台后，黄庭坚任职于馆阁，官至北京（大名）国子监教授和国史编修，参与编写《神宗实录》。他在政治上追随苏轼，与苏轼交往密切，常与苏轼等人唱和，此时诗作的主要内容则是书斋生活。哲宗绍圣元年（1094）始，旧党失势，新党再度掌权，黄庭坚因修《神宗实录》“不当”而先后被贬谪到黔州（今四川彭水）、戎州（今四川宜宾），最后卒于宜州（今属广西）贬所。他在被贬时期的作品以抒写个人的羁旅情怀和人生感慨为主。苏轼曾称赞他的诗文“超轶绝尘，独立万世之表”，因而一时声誉鹊起。他与秦观、晁补之、张耒被后人称为“苏门四学士”，著有《黄山谷诗集》。

黄庭坚传诗 1 900 多首，其中2/3左右以思念亲友、描摹山水、感怀人生、题咏书

画为内容，也有一些诗与现实有关。而他写得最好的还是那些表现自己孤高自标的人格和遭际感慨的诗。

黄庭坚诗的突出特点有三：

第一，追求一种生新瘦硬、戛戛独造的意境和情致，使其在欧、苏的诗歌之外标立起了一种壁立峭拔、清劲执拗的诗风。他的诗追求在字、句的声调上打破常规，造成语音上拗峭不顺，以产生不同凡响的审美效果。他在用韵上不仅用宽韵、次韵、步韵，更用窄韵、险韵，于艰难中出奇峭；在句法上要使句子生动灵活，句意新警不凡。

第二，追求“点铁成金”、“夺胎换骨”、“以故为新”，即从前人的诗词典故中点化出新意。如《寄黄几复》：

> 我居北海君南海，寄雁传书谢不能。桃李春风一杯酒，江湖夜雨十年灯。持家但有四立壁，治病不蕲三折肱。想见读书头已白，隔溪猿哭瘴溪藤。

其中多处使用了《左传》和《史记》中的典故，但能不露痕迹，与自己的身世较为切合，属于难得的成功之作。

第三，善于以口语入诗，插科打诨，形成了一种近似游戏的风格。如《子瞻诗句妙一世，乃云效庭坚体，次韵道之》：

> 我诗如曹郐，浅陋不成邦；公如大国楚，吞五湖三江。赤壁风月笛，玉堂云雾窗；句法提一律，坚城受我降。枯松倒涧壑，波涛所舂撞；万牛挽不前，公乃独立扛。诸人方嗤点，渠非晁张双；坦怀相识察，床下拜老庞。小儿未可知，客或许敦厖；诚堪婿阿巽，买红缠酒缸。

诗作前四句写他自己的诗不如苏轼的诗开阔雄浑，中间写苏轼对他的赏识，从其中的比喻可以看出他的高标兀傲的性格，最后四句是说自己的儿子或许可以与苏轼的孙女阿巽相配，意谓自己的诗比苏轼要低一等。这是后来的江西诗派所说的“打猛诨入，打猛诨出”的做法。

黄庭坚的诗有的有着明显的堆砌典故、议论生硬、结构松散的毛病，但从好的方面来讲，他的诗多数还是讲究法度，求深求异，以生新瘦硬为美，由此也给宋诗带来了一定的发展。下举几首较好的诗：

> 投荒万死鬓毛斑，生出瞿塘滟滪关。未到江南先一笑，岳阳楼上对君山。
>
> 满川风雨独凭栏，绾结湘娥十二鬟。可惜不当湖水面，银山堆里看青山。
>
> （《雨中登岳阳楼望君山》二首）
>
> 痴儿了却公家事，快阁东西倚晚晴。落木千山天远大，澄江一道月分明。朱弦已为佳人绝，青眼聊因美酒横。万里归船弄长笛，此心吾与白鸥盟。
>
> （《登快阁》）

第一首不写投荒之痛与“生出”之喜，而只将“投荒万死”与“生出”、“一笑”对举，便把桀骜不驯、卓然兀立的品格凸显出来，将诗人“横祸所加，随处安受，不悔不折”（包恢《跋山谷书范孟博传》）的顽强精神表现出来。第二首则清新疏朗，自然流畅，表现出开阔的心境。第三首则曲折跌宕，意蕴较深。再如《题王居士所藏王友画桃杏花二首》之一：“凌云一笑见桃花，三十年来始到家。从此春风春雨后，乱随流水到天涯。”是借灵云志勤禅师见桃花而悟禅的偈子（见《景德传灯录》卷十一）而抒写自己的人生感悟。

至晚年，黄庭坚刻意为诗的痕迹少了，奇险生硬的缺点几乎不复存在，诗作往往意境清新，语言流畅，还时有骨鲠之气，如《跋子瞻和陶诗》：

> 子瞻谪岭南，时宰欲杀之。饱吃惠州饭，细和渊明诗。彭泽千载人，东坡百世士。出处虽不同，风味乃相似。

这首诗用苏轼所说的“渐老渐熟，乃造平淡”来评论较为合适，体现出了黄诗的老成境界。但有时诗作中的感情也少了，如《病起荆江亭即事》十首之一：“翰墨场上老伏波，菩提坊里病维摩。近人积水无鸥鹭，惟见归牛浮鼻过。”自然是自然了，化用无名诗作不露痕迹，意味也有些潇然淡远，但其中的无奈与平熟无味也已掩饰不住了，应该说与“平淡”已经无缘了。

二、黄庭坚诗歌的艺术成就与文学主张

黄庭坚反对西昆体诗，企图在诗的立意、谋篇、用事、琢句等方面有所创新，主张向杜甫、韩愈学习，他根据自己的性情特点，在杜甫、苏轼之外，创造出了一种生新瘦硬、精警峭拔的山谷诗风来，可以说是别具一格。但黄庭坚的诗风也有明显的缺点，即过于在书本知识和写作技巧上争强斗胜和翻空出新，有相当的形式主义倾向。

他作诗强调“点铁成金”、“夺胎换骨”、“以故为新”，即从古人的诗意中变化出新的形式和内容来。他在《答洪驹父书》说杜诗“无一字无来处，盖后人读书少，故谓韩杜自作此语耳。古之能文章者，真能陶冶万物，虽取古人之陈言入于翰墨，如灵丹一粒，点铁成金也”。取古人陈言入翰墨，以这作为写诗的灵丹，使其起到点铁成金的功效，这就是黄庭坚的作诗之法。因此，这样的诗必然走向雕琢。如“公诗如美色，未嫁已倾城”（《次韵刘景文登邺王台见思》），是根据李延年《佳人歌》化来，“王侯须若缘坡竹，哦诗清风起空谷”（《次韵王炳之惠玉版纸》），是根据王褒《僮约》中的“离离若缘坡之竹”化来。这些诗不能说一点新意都没有，但毕竟失于空洞和雕琢。

黄庭坚十分讲究诗法，他在《答洪驹父书》中说：“文章最为儒者末事，然既学之，又不可不知其曲折，幸熟思之。至于推之使高，如泰山之崇崛，如垂天之云，作之使雄壮，如沧江之涛，海云吞舟之鱼，又不可守绳墨令俭陋也。”他追求的是如何遵

循法度而又不露痕迹，他的审美标准是“不烦绳削而自合”，“文章成就更无斧凿痕”（黄庭坚《与王观复书》）。当然，这只是一种理想，当二者难以调和时，他的选择便偏重于法度。

历史上虽有人将苏、黄诗并称，但实际上两者之间大不相同。宋代的林光朝在比较苏、黄诗时说：“苏黄之别，如丈夫女子应接，丈夫见宾客，信步出将去，如女子则非涂泽不可”（《艾轩集·读韩柳苏黄集》），这一比喻可谓精妙至极。然而，刘克庄在《江西诗派小序》中又说黄庭坚的诗“荟萃百家句律之长，究极历代体制之变，搜猎奇书，穿穴异闻，作为古律，自成一家。虽只字半句不轻出，遂为本朝诗家宗祖”。如此而能成为“本朝诗家宗祖”，正是因为苏轼学不来而黄庭坚则可以模仿，也是宋代的社会风气使然。

三、陈师道、张耒、晁补之

陈师道（1053—1102），字履常，号后山居士，彭城（今江苏徐州）人。35岁时由苏轼举荐而任州学教授，与黄庭坚、张耒、晁补之并称“苏门四学士”。他“闭门觅句”，苦吟作诗，不学苏而学黄，与黄庭坚诗有一定的联系。他一生清贫，人又耿直狷介，诗歌的题材比较狭窄，但往往富有真实感，后人称赞说：“其境皆真境，其情皆真情，故能引人之情，相与流连往复，而不能自已。”如《别三子》：

> 夫妇死同穴，父子贫贱离。天下宁有此？昔闻今见之。母前三子后，熟视不得追。嗟夫胡不仁，使我至于斯！有女初束发，已知生离悲。枕我不肯起，畏我从此辞。大儿学语言，拜揖未胜衣。唤爷我欲去，此语那可思？小儿襁褓间，抱负有母慈。汝哭犹在耳，我怀人得知？

诗作选取了一个离别场面，将小儿女惜别时的情态和贫苦人家相依为命的情景十分生动地表现出来。

陈师道有些诗具有江西诗派的特征，显得风格“高古”，如《春怀示邻里》：

> 断墙着雨蜗成字，老屋无僧燕作家。剩欲出门追语笑，却嫌归鬓着尘沙。风翻蛛网开三面，雷动蜂窠趁两衙。屡失南邻春事约，只今容有未开花。

内容写怀春，在风格上避熟甜，就生新，去柔媚而择刚拙，确有苍劲高古之的气象。陈师道作诗“宁拙毋巧，宁朴毋华”，力求“朴拙”美，但有时过于言简意赅，有的作品质木无文。

张耒（1054—1114），字文潜，楚州淮阴人。初与秦观同学于苏轼。苏轼以为：“秦得吾工，张得吾易。”张耒学习白居易、张籍，以平易朴素的语言写了不少反映民间疾苦的诗篇，如《田家》、《和晁应之悯农》、《劳歌》、《八盗》等。他说：“文章之于人，有满心而发，肆口而成，不待思虑而工，不待雕琢而丽者，皆天理之自然而性情之至道也。”（《东山词序》）如《有感》：

群儿鞭笞学官府，翁怜痴儿傍笑侮。翁出坐曹鞭复呵，贤于群儿能几何？儿曹相鞭以为戏，翁怒鞭人血满地。等为戏剧谁后先？我笑谓翁儿更贤。

此诗角度新颖，讽刺尖锐，但因记叙说理太多而致诗味淡薄。

晁补之（1053—1110）字无咎，巨野人。21岁时袖文谒见苏轼，苏轼见所作《钱塘七述》而大为称赏，由是知名。

后中进士，任北京国子监教授等职，曾因坐元祐党籍被贬为应天府通判。晁补之“束发经史，白首翰墨”，著作颇丰，传有《鸡肋集》七十卷。

晁补之在各方面的成就比较平衡。在理论上，他多受苏轼的影响，他的《评本朝乐章》指出柳词也有雅而不减唐人的一面，对东坡词“多不谐音律”之说，他认为是“横放杰出，自是曲子中缚不住者”。苏轼称其文“博辩俊为，绝人甚远”。他的诗也显得胸襟豪迈。他的词的成就比诗文高，风格也有豪放之处，如《盐角儿》写梅花：

开时似雪。谢时似雪。花中奇绝。香非在蕊，香非在萼，骨中香彻。　占溪风，留溪月。甚羞损、山桃如血。直饶更、疏疏淡淡，终有一般情别。

雄健奇崛，有苏词之风。晁补之的文风和理论对于完成诗文革新运动有一定的帮助。

第二节　秦观、贺铸与周邦彦

一、秦观

苏轼稍后，北宋后期词主要向婉约和注重声律方面发展，出现了秦观、贺铸和以周邦彦为代表的大晟派词人。

秦观（1049—1100），字少游，扬州高邮（江苏高邮）人。熙宁末年，曾到彭城（今江苏徐州）拜谒苏轼，为赋《黄楼赋》。苏轼赞其“有屈、宋才”（《宋史》本传），后与之经常来往，谊如师友。他因苏轼推荐，曾为太学博士，后因党争，连遭贬斥，死于滕州。秦观创作颇多，但“性不耐聚稿”，故所存不多。只有《淮海居士长短句》（又称《淮海词》、《淮海琴趣》等）三卷，现共存词八十多首。

秦观词的内容大致有三方面：第一，表现爱情是秦观词的主要内容。这些词中虽有个别趣味低俗的作品，但大多数还是健康的，如表现追求真挚长久的爱情及对歌妓的同情等。第二，抒写迁离之苦。这类作品有三四十首，主要表现了他后期迭遭贬谪的心境。第三，怀古词、纪梦。此类词为数不多，只有《望海潮》三首、《好事近》、《满庭芳》、《雨中花》等，但往往寄托兴亡之慨，词境俊洁，审美价值很高。

秦观的词在审美上独具特色，在艺术上有着突出的成就。他很擅长营造凄迷忧伤、沉郁苍凉的意境，词境深远，有不尽之意。如《满庭芳》：

山抹微云，天连衰草，画角声断谯门。暂停征棹，聊共引离尊。多少蓬莱旧事，空回首、烟霭纷纷。斜阳外，寒鸦万点，流水绕孤村。　销魂。当此际，香囊暗解，罗带轻分。谩赢得、青楼薄幸名存。此去何时见也，襟袖上、空惹啼痕。伤情处，高城望断，灯火已黄昏。

词写离别之情，极尽凄婉缠绵，因“山抹微云”一句秦观被称为“山抹微云”君。王国维说：“少游词境，最为凄婉。”在比较了晏几道和秦观之后他又说：“小山所以愧淮海者，意境异也。”并说：“古今人词……之以境胜者，莫若秦少游”（《人间词话》附录）。又如《踏莎行》：

雾失楼台，月迷津渡，桃源望断无寻处。可堪孤馆闭春寒，杜鹃声里斜阳暮。
驿寄梅花，鱼传尺素，砌成此恨无重数。郴江幸自绕郴山，为谁流下潇湘去？

词作伤贬谪寂寞之苦，苏轼激赏最后两句，并自书扇面，叹曰：“少游已矣，虽万人何赎！”（胡仔《苕溪渔隐从话》前集卷五十引《冷斋夜话》）再如《千秋岁》：

水边沙外，城郭春寒退。花影乱，莺声碎。飘零疏酒盏，离别宽衣带。人不见，碧云暮合空相对。　忆昔西池会，鹓鹭同飞盖。携手处，今谁在？日边清梦断，镜里朱颜改。春去也，飞红万点愁如海。

其中“飞红万点愁如海”一句可谓凄迷已极。而南宋诗人范成大最欣赏“花影乱，莺声碎”一句，专门为建“莺花亭”。这类词句在秦观词中极多，如“绿荷多少夕阳中，知为阿谁凝恨背西风。”（《虞美人》）“烟暝酒旗斜，但倚楼极目，时见栖鸦，无奈归心，暗随流水到天涯”（《望海潮·梅英疏淡》）等。秦观词多写斜月冷晖、寒鸦流水、飞红败叶、残更幽梦、雾霭楼台等意象，极力营造凄迷幽婉的意境。

秦观的词还十分善于抒情，含而不露，深沉雅致，情韵兼胜，但又显得自然畅达，了无滞碍。上面引述的词作都具有这一特点，又如《浣溪沙》：

漠漠轻寒上小楼，晓阴无赖似穷秋。淡烟流水画屏幽。　自在飞花轻似梦，无边丝雨细如愁。宝帘闲挂小银钩。

隐约的春愁，轻轻的寂寞和淡淡的哀怨，细微、奇妙、难以捉摸，而秦观用具体的景物和形象的比喻作了细腻的表现。《望海潮·梅英疏淡》一词表现自己的遭际也写得十分动人：

梅英疏淡，冰澌溶泄，东风暗换年华。金谷俊游，铜驼巷陌，新晴细履平沙。长记误随车。正絮翻蝶舞，芳思交加。柳下桃蹊，乱分春色到人家。　西园夜饮鸣笳。有华灯碍月，飞盖妨花。兰苑未空，行人渐老，重来是事堪嗟！烟暝酒旗斜。但倚楼极目，时见栖鸦。无奈归心，暗随流水到天涯。

此词约作于哲宗绍圣初秦观离京时。秦观多次赴京，所遇皆不顺，初因苏轼等人的推荐应召赴京，因受人忌恨，引病而归。元祐五年（1090）因范纯仁举荐再赴京师，次年苏轼请放外任。绍圣元年（1094）二苏及门下诸士均坐党籍远谪。此词即托语洛阳旧事而实写汴京今昔之感，衬托出苏轼师门的浮沉聚散。词作委婉深情，有不胜之致。而他描写爱情的名作《鹊桥仙》则表现出另一种风格：

纤云弄巧，飞星传恨，银汉迢迢暗度。金风玉露一相逢，便胜却人间无数。柔情似水，佳期如梦，忍顾鹊桥归路。两情若是久长时，又岂在朝朝暮暮。

快人快语，倾泻而出，作情语而有此爽利，并不多见。

秦观词用典甚少，语言清丽自然，柔和妩媚而又十分规范，可谓情胜于辞。如《江城子》：

西城杨柳弄春柔。动离忧，泪难收。犹记多情，曾为系归舟。碧野朱桥当日事，人不见，水空流。　　韶华不为少年留。恨悠悠，几时休。飞絮落花时候、一登楼。便做春江都是泪，流不尽，许多愁。

上片写当年美好的情事消逝了，永恒的自然也无法留住当年的情事，表达的是对人事—自然否定的深刻的绝望情绪。下片写人生有限，青春不再；“恨悠悠，几时休”则是写情绪的长期积郁；“飞絮落花时候、一登楼”是感悟生存真相的最佳契机；在明白了生存真相后，最终是无法解决人生有限问题的彻底绝望和对价值追询的放弃，显示出深远的意味。

其他如“夜月一帘幽梦，春风十里柔情”（《八六子》），“轻寒细雨情何限，不道春难管”（《虞美人》），“东风里，朱门映柳，低按小秦筝”（《满庭芳》）等，都十分缠绵、委婉、含蓄自然。

秦观一生仕途蹭蹬，大为伤心，这对他的词风也深有影响。清冯煦说：“淮海、小山，古之伤心人也。其淡语皆有味，浅语皆有致。求之两宋词人，实罕其匹”（《宋六十一家词选例言》）。但晏几道的“伤心”究竟不如秦观，所以秦观虽受花间派及柳永影响，但又师法苏轼，破其藩篱，终于使词真正显示出了婉约的风格。

二、贺铸

贺铸（1052—1125），字方回，原籍山阴（今浙江绍兴），生长卫州（今河南汲县），为宋太祖孝慧皇后五代族孙。贺铸为人，《宋史》称其“长七尺，面铁色，眉目耸拔。喜谈当世事，可否不少假借。虽贵要权倾一时，少不中意，极口诋之无遗辞。

人以为近侠”。哲宗元祐六年（1091）因苏轼等人的推荐而为承事郎，此后18年历任泗州、太平州通判等职。贺铸性格狂放耿介，故仕途蹭蹬。他于晚年退居苏州，自号庆湖遗老，潜心收集校注古书，成就斐然。贺铸著有《东山词》。

贺铸今传词280多首，数量仅次于苏轼。在内容上，取材十分丰富，言志、抒怀、吊古、记游，几乎无不可入词。其词风格多样，兼具婉约清丽、豪壮粗放的艺术特色，宋人张耒为贺铸词作序，曾称其中的婉约词篇“盛丽如游金（金日磾）、张（张汤）之堂，而妖冶如揽嫱（王嫱）、施（西施）之袪”（《东山词序》），可以概括他的词风。在豪放方面，贺铸的词有意识地继承了苏轼以诗为词的创新精神，对词的发展有着一定的贡献。

贺铸词的代表作是那首洋溢着爱国主义热情的《六州歌头》：

少年侠气，交结五都雄，肝胆洞，毛发耸。立谈中，生死同。一诺千金重。推翘勇，矜豪纵。轻盖拥，联飞鞚，斗城东。轰饮酒垆，春色浮寒瓮，吸海垂虹。间呼鹰嗾犬，白羽摘雕弓，狡穴俄空。乐匆匆。　　似黄粱梦。辞丹凤，明月共，漾孤篷。官冗从，怀倥偬，落尘笼。簿书丛，鹖弁如云众，供粗用，忽奇功。笳鼓动，《渔阳》弄，思悲翁。不请长缨，系取天骄种。剑吼西风。恨登山临水，手寄七弦桐，目送归鸿。

此词作于元祐三年（1088），时西夏屡犯边境，通过追忆年轻时的豪情壮举，表现了词人英雄豪侠的人格，以及请缨无路、报国无门的悲慨之情。词作慷慨悲壮，英风侠气溢于纸外，千载之下犹令人感动。唐以来的文人词本来就极少直接表现爱国主题，以第一人称写爱国之情者也只有苏轼的《江城子·密州出猎》等二三首而已，所以尤为难能可贵。另外，像《将进酒·城下路》和《行路难·缚虎手》也是类似的作品。《将进酒·城下路》以“城下路，凄风露，今人犁田古人墓”开端，以“生忘形，死忘名，谁论二豪初不数刘伶?”作结，通篇贯注了超迈不凡的豪气，写出了人世沧桑巨变，以其狂傲否定了功名富贵。《行路难·缚虎手》以“缚虎手，悬河口，车如鸡栖马如狗”开端，以“揽流光，系扶桑，争奈愁来，一日却为长”为结，气脉贯通，章法跌宕生姿，以激愤之气推动，抒发了有才之士不得其遇的悲慨。

《古捣练子》六首写征夫思妇，表现了贺铸对下层人民的关怀。如其四、其六：

斜月下，北风前，万杵千砧捣欲穿。不为捣衣勤不睡，破除今夜夜如年。

边堠远，置邮稀，附与征衣衬铁衣。连夜不妨频梦见，过年惟望得书归。

情真意切，自然流畅，是此类词中的上品。

他追念妻子的悼亡词《半死桐》也十分出色：

重过阊门万事非，同来何事不同归？梧桐半死青霜后，头白鸳鸯失伴飞。

原上草，露初晞，旧栖新垄两依依。空床卧听南窗雨，谁复挑灯夜补衣？

情真意切，内容充实，富有生活气息，可与苏轼的悼亡词一争长短。另外，他的六首登临怀古之作也颇为出色，在当时对词的题材的开拓也很有意义。

贺铸最为人传颂的还是那些歌情咏物之词。如《青玉案》：

凌波不过横塘路，但目送、芳尘去。锦瑟华年谁与度？月台花榭，琐窗朱户，只有春知处。　　碧云冉冉蘅皋暮，彩笔新题断肠句。若问闲情都几许？一川烟草，满城风絮，梅子黄时雨。

此词风格与秦观有相似之处，当时大受赞赏，黄庭坚曾亲手抄录此词放在案头。秦观去世后，黄庭坚曾寄诗给贺铸说："解道江南断肠句，只今惟有贺方回。"正说明秦、贺词风的相似。贺铸也因此词而获"贺梅子"的美称。此外，他的《踏莎行》也很典型：

杨柳回塘，鸳鸯别浦，绿萍涨断莲舟路。断无蜂蝶慕幽香，红衣脱尽芳心苦。返照迎潮，行云带雨，依依似与骚人语。当年不肯嫁春风，无端却被秋风误。

全词绮丽而又清新，在咏荷花中寄寓了深长的身世之感，让人叹惋沉思。除此以外，像《西江月》写离别相思之情："携手看花深径，扶肩待月斜廊。临分少伫已怅怅，此段不堪回想。欲寄书如天远，难销夜似年长。小窗风雨碎人肠，更在孤舟枕上。"细腻深致，清澈柔婉。《菩萨蛮》写相思之情："彩舟载得离愁动，无端更借樵风送。波渺夕阳迟，销魂不自持。良宵谁与共，赖有窗间梦。可奈梦回时，一番新别离！"比喻生动，语浅情深。这些都堪称佳作。

贺铸词在艺术上有许多独到之处。从大的方面来看，他的词豪放的一面对南宋的爱国词人有相当的影响，深情绵邈的柔婉的一面又充分体现了婉约派的词风。因此，他的词风是多样化的。贺铸词"语意精新，用心良苦"（《碧鸡漫志》），极其善于营造绮靡的词境，其"愁"有"浓得化不开"之说。贺铸词的这一特点是与他极善炼字分不开的，只一个"愁"字，在不同的情景和不同的语言环境下其韵致有着很大的不同。贺铸还善于化用前人的诗句，往往不露痕迹而别开生面，并且非常注意对称和骈偶之美。对于用韵更是十分讲究，善于使用密集回环的韵位，以错综抑扬、复合多变的声韵来营造词的节奏感和音韵美。

三、周邦彦

1. 周邦彦的生平与词的内容

周邦彦（1056—1121），字美成，晚号清真居士，浙江钱塘人。24岁时"布衣西上"（《西平乐》词序），入太学读书，元丰七年（1084），因献《汴都赋》，受到神宗赏识，由太学外舍生超擢为负责执行学规的太学正，“声名一日震耀海内”（楼钥《清真先生文集序》），但虽一赋而为学正，却“居五岁不迁”（《宋史》本传）又使其倍感沮丧。于是他转而走马章台，流连坊曲，“益尽力于辞章”。中年时期受党争排挤而过了十年漂泊州县的生活，其间词风发生变化，由善为小令转为工于长调，从失于软媚转为浑厚和雅，并开始创制新调。被召还朝后，他因妙解音律而进徽猷阁待制提举大晟府，为朝廷制礼作乐，与同在大晟府供职的万俟咏、晁端礼等人一起被称为大晟词人。

周邦彦著有《清真词》，《全宋词》共录入周邦彦词 180 多首，其中有相当一部分并不可靠。周邦彦的词句式整齐，格律谨严，后期词更是讲究平仄，甚至严守四声，极其适合配乐歌唱。他的词基本上写艳情和羁旅之愁，间或有描写时令、景物和咏史的作品，较有影响的词则是那些吟咏离愁别绪、男女之情和风花雪月的作品。

《少年游》写于太学生时期，表现了他早期词作的风格：

并刀如水，吴盐胜雪，纤手破新橙。锦幄初温，兽烟不断，相对坐调笙。低声问，向谁行宿？城上已三更。马滑霜浓，不如休去，直是少人行。

全词明白简练，清丽自然，生动活泼，情见乎辞，反映的应该是当时上层社会的冶游生活。《风流子》则是一首艳词：

新绿小池塘，风帘动、碎影舞斜阳。羡金屋去来，旧时巢燕，土花缭绕，前度莓墙。绣阁凤帏深几许？曾听得理丝簧。欲说又休，虑乖芳信；未歌先咽，愁近清觞。　　遥知新妆了，开朱户、应自待月西厢。最苦梦魂，今宵不到伊行。问甚时说与，佳音密耗，寄将秦镜，偷换韩香。天便教人，霎时厮见何妨。

此词写于为溧水县知时。全词叙写相思怀人的苦闷，上片写黄昏听曲，于曲折中爱上了一位大家闺秀，可见忆念深挚；下片写渴望会面却无缘得见，只有想象意中的女子待月西厢的情景，无由相晤，即使在梦中也无法相见。

周邦彦善于以慢词来表现细腻丰富的情感。如《浪淘沙慢》：

昼阴重，霜凋岸草，雾隐城堞。南陌脂车待发。东门帐饮乍阕。正拂面、垂杨堪揽结。掩红泪、玉手亲折。念汉浦离鸿去何许，经时信音绝！　　情切。望中地远天阔。向露冷风清，无人处，耿耿寒漏咽。嗟万事难忘，唯是轻别。翠樽未竭，凭断云留取，西楼残月。　　罗带光销纹衾叠，连环解、旧香顿歇。怨歌永、琼壶敲尽缺。恨春去、不与人期，弄夜色，空余满地梨花雪。

词作的主题乃怀念久别的恋人。第一叠回忆分别时的情景，仿佛历历在目；第二叠写自己深切的思念，情致缠绵；第三叠则将激荡于胸怀的思念情绪倾囊泄出。全词层层递进，比柳永的《雨霖铃》多了一份灵动之美。《瑞龙吟》则被人们看作是代表周邦彦沉郁顿挫词风的典型慢词：

章台路，还见褪粉梅梢，试花桃树。愔愔坊陌人家，定巢燕子，归来旧处。 黯凝伫，因念个人痴小，乍窥门户。侵晨浅约宫黄，障风映袖，盈盈笑语。 前度刘郎重到，访邻寻里，同时歌舞，惟有旧家秋娘，声价如故。吟笺赋笔，犹记《燕台》句。知谁伴，名园露饮，东城闲步？事与孤鸿去。探春尽是，伤离意绪。官柳低金缕。归骑晚、纤纤池塘飞雨。断肠院落，一帘风絮。

词当作于词人还京任国子主簿之时，时年42岁。词写“人面桃花”之类的故事，在短短的篇幅中以灵动的手法将经历和情感表达得深致细腻，文辞清畅，流转自如，被誉为周词的压卷之作。

写身世之感的《兰陵王》也是一首出色的作品：

柳阴直，烟里丝丝弄碧。隋堤上、曾见几番，拂水飘绵送行色。登临望故国。谁识京华倦客。长亭路，年去岁来，应折柔条过千尺。 闲寻旧踪迹，又酒趁哀弦，灯照离席。梨花榆火催寒食。愁一箭风快，半篙波暖，回头迢递便数驿。望人在天北。 凄恻。恨堆积！渐别浦萦回，津堠岑寂。斜阳冉冉春无极。念月榭携手，露桥闻笛。沉思前事，似梦里，泪暗滴。

此词乃周邦彦于徽宗重和元年（1118）春天出知真定府（今河北正定县）时留别汴京故旧之作，时年63岁。词以铺叙的方式借咏柳写离愁，既富艳精工，又情感深沉真挚。其中“愁一箭风快，半篙波暖”两句极能写时光流逝，世事变幻之感，而“沉思前事，似梦里，泪暗滴”则前事曲折如梦，令人不堪回首。

有些咏物词也写得清新可喜，如《苏幕遮》：

燎沉香，消溽暑。鸟雀呼晴，侵晓窥檐语。叶上初阳干宿雨。水面清圆，一一风荷举。 故乡遥，何日去？家住吴门，久作长安旅。五月渔郎相忆否？小楫轻舟，梦入芙蓉浦。

词写京师荷花、眼前荷花、故乡荷花，雨后荷花的神态和小楫轻舟的归梦，思乡之情衬托得宛然深致，成为咏荷诗词的名作。

周邦彦词在当时流传甚广，“贵人、学士、市儇、妓女皆知美成词为可爱”（陈郁《藏一话腴外编》）。周邦彦词极善描写轻柔细腻的景物和情感，将其融成一片浑融朦胧而又清新深微的意境，在艺术上确实有其独到之处。

2. 周邦彦词的艺术成就

周邦彦词在当时和词史上都有很大影响。陈廷焯说：“词至美成，乃有大宗，前收苏、秦之终，后开姜、史之始，自有词人以来，不得不推为巨擘。后之为词者，亦难出其范围。”（《白雨斋词话》）周济说：“美成思力独绝千古，如颜平原书，虽未臻两晋，而唐初之法至此大备，后有作者，莫能出其范围矣。”这些说法虽嫌太过，但周邦彦词博采北宋诸家之长，最终形成了“富丽精工”的一家之风；又极重声律，开南宋姜夔、吴文英、史达祖格律词派的先声，说其“结北开南”，亦有道理。如《苏幕遮》等词，王国维曾在《人间词话》中说“叶上初阳干宿雨，水面清圆，一一风荷举”数句为“真能得荷之神理者”，还说“美成深远之致，不及欧、秦，唯言情体物，穷极工巧”。确是如此，如《瑞龙吟·章台路》、《风流子·新绿小池塘》、《满江红·昼日移阴》等，都是如此。

此外，周邦彦还善于化用前人的诗词，如《西河·金陵怀古》：

> 佳丽地，南朝盛事谁记？山围故国绕清江，髻鬟对起。怒涛寂寞打孤城，风樯遥度天际。　　断崖树，犹倒倚。莫愁艇子曾系。空余旧迹，郁苍苍、雾沉半垒。夜深月过女墙来，伤心东望淮水。　　酒旗戏鼓甚处市？想依稀、王谢邻里。燕子不知何世，向寻常、巷陌人家相对，如说兴亡斜阳里。

该词以刘禹锡《石头城》、《乌衣巷》诗为基础，又化用了谢朓、杜牧等人的诗意，大有超迈前人之处。北宋灭亡后，南宋词人刘辰翁在《大圣乐》词中说：“伤心处，斜阳巷陌，人唱《西河》。”可见此词的影响。

周邦彦“好音乐，能自度曲”（《宋史》本传），并多自创长调，在词的形式之美和表达的精工之美方面对词的发展都做出了贡献。

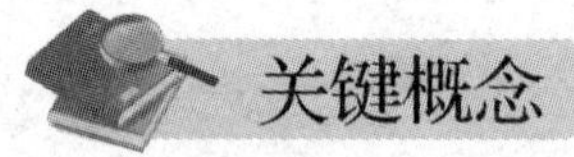

关键概念

“点铁成金”　　“夺胎换骨”　　婉约派词

思考题

1. 试论黄庭坚诗歌的内容及艺术特点。
2. 试论黄庭坚的文学主张。
3. 试论秦观词的内容及艺术特点。
4. 试论贺铸词的内容及艺术特点。
5. 简述周邦彦词的内容及艺术特点。

第五章　南宋前期的文学

本章提示

江西诗派及其作家：(1) 掌握江西诗派概况。(2) 了解江西诗派的重要作家陈与义、吕本中、曾几等。

李清照：(1) 掌握李清照的生平，注意前后两期。(2) 掌握李清照词的内容。背诵《如梦令·常记溪亭日暮》、《点绛唇·蹴罢秋千》、《如梦令·昨夜雨疏风骤》、《凤凰台上忆吹箫·香冷金猊》、《一剪梅·红藕香残玉簟秋》、《醉花阴·薄雾浓云愁永昼》、《渔家傲·天接云涛连晓雾》、《临江仙·庭院深深深几许》、《永遇乐·落日熔金》、《声声慢·寻寻觅觅》等。(3) 重点掌握李清照词的艺术成就。

张元干与张孝祥：(1) 熟悉张元干的代表作和艺术特点。(2) 熟悉张孝祥的代表作和艺术特点。

第一节　江西诗派及其作家

一、江西诗派概况

南北宋之交，诗人和诗论家吕本中著有《江西诗社宗派图》，他自称传衣于江西的黄庭坚，编刊《江西诗派诗集》，宗派图列共25位诗人，遂有江西诗派名。至杨万里则从诗理上对江西诗派进行了探究，他在《江西宗派诗序》中说："江西宗派诗者，诗江西也，非人皆江西也"，"以味不以形也"，以共同的诗"法"来分派，更明确了江西诗派的特征。后来方回在《瀛奎律髓》中进而尊杜甫、黄庭坚、陈师道、陈与义为"一祖三宗"，说："古今诗人当以老杜、山谷、后山、简斋四家为一祖三宗，余可预配飨者有数焉。"意思是以杜甫为"祖"，黄庭坚、陈师道、陈与义三人为"宗"。此派的影响很大，一直延续到晚清。

江西诗派的发展可分三期：一是以黄庭坚、陈师道为代表的产生期；二是以吕本中、曾几、陈与义等为代表的扩展期；三是以杨万里、范成大、陆游为代表的末期。

二、陈与义、曾几、吕本中

陈与义（1090—1138），字去非，号简斋，洛阳人，官至参知政事。虽然他也是江西诗派的代表人物，但南渡以后，由于山河破碎，他的诗风发生了很大的变化，写出了像《次韵尹潜感怀》这样的质朴雄健的爱国诗章，杨万里曾说他“诗风已上少陵坛”（《跋陈简斋奏章》）。如《牡丹》：

一自胡尘入汉关，十年伊洛路漫漫。青墩溪畔龙钟客，独立东风看牡丹。

又如《伤春》：

庙堂无策可平戎，坐使甘泉照夕烽。初怪上都闻战马，岂知穷海看飞龙。孤臣霜发三千丈，每岁烟花一万重。稍喜长沙向延阁，疲兵敢犯犬羊锋。

后一首诗写于宋高宗建炎四年（1130）。前一年冬，金兵南下，宋高宗赵构从海上逃亡。陈与义对朝廷的无能深表愤慨，而对敢于抗战的大臣则表示钦佩。

曾几（1084—1166）也是南渡初期重要的爱国诗人，他曾受秦桧打击，历任江西提刑、秘书少监等职，为陆游所师事。他虽然同江西诗派渊源甚深，但他不受拘囿，诗风质朴活泼，雄健有力。如《寓居吴兴》：

相对真成泣楚囚，遂无末策到神州。但知绕树如飞鹊，不解营巢似拙鸠。江北江南犹断绝，秋风秋雨敢淹留？低回又作荆州梦，落日孤云始欲愁。

曾几的爱国热情对陆游有很深的影响。

吕本中（1084—1145），是江西诗派后期最重要的诗论家。吕本中论诗深受黄庭坚的影响，如：“学诗当识活法。所谓活法者，规矩备具，而能出于规矩之外；变化不测，而亦不背于规矩也。”（《夏均父集序》）他早年作诗，专以黄庭坚为典范，生新刻峭，旨趣幽深。金兵围攻汴京时，吕本中正在城中，他的《守城士》记录并描写了抗金将士的奋力抵抗，《城中纪事》则控诉了金兵烧杀抢掠的罪行。汴京失陷以后，吕本中曾回到汴京写了组诗《兵乱后杂诗》，反映了劫后的惨相，抒写了亡国之痛。如其一：

晚逢戎马际，处处聚兵时。后死翻为累，偷生未有期。积忧全少睡，经劫抱长饥。欲逐范仔辈，同盟起义师。（自注：“近闻河北布衣范仔起义师。”）

但在南渡后，他又逐渐形成了轻快圆美的诗风。

第二节 李清照

一、李清照的生平

李清照（1084—1155），自号易安居士，山东济南人，父亲李格非官至礼部员外郎，精通经史，耿直狷介，母亲王氏亦善诗文。李清照少时即以诗词知名，后与太学生赵明诚结婚。赵明诚是金石家，他们夫妻恩爱，志同道合，共同收集、研究金石书帖。赵明诚对李清照的文学爱好和创作从不束缚限制，夫妻平等，生活中充满了学术气氛和诗情画意，李清照因此积累了丰富的艺术鉴赏和艺术审美经验。但李清照过门不久，李格非的名字即被刻于党人碑上，李清照随父返回原籍。蔡京罢相后，李清照又由原籍回汴京，但赵家已失势，赵明诚、李清照回山东青州赵氏故家居住了十余年。靖康二年（1127）三月，赵明诚奔母丧赴建康，年底，青州兵变，赵明诚所存书画古器等十余屋被焚，李清照只身所带15车金石书画在途经镇江时遇盗。建炎三年（1129）赵明诚奉旨知湖州，八月卒于建康。绍兴二年（1132）李清照居临安，因孤零无依，以49岁之年，于夏天改嫁监诸军审计司张汝舟。后李清照漂泊于杭州、金华一带，度过了孤苦的晚年。宋刊《漱玉词》已散失，现在辑录的词有70多首。

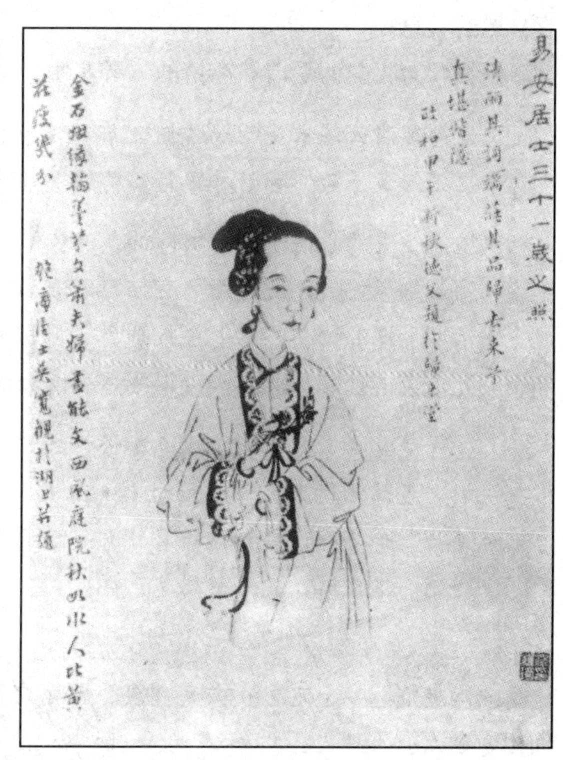

李清照画像

二、李清照词的内容

李清照的词以南渡为界分为前后两期。前期主要写她天真烂漫的少女生活和夫妻间的爱情，后期则多表现国破家亡的哀痛。前期的词如《点绛唇》，塑造了一位顽皮活泼而又心思细致的少女形象：

> 蹴罢秋千，起来慵整纤纤手。露浓花瘦，薄汗轻衣透。　见客人来，袜刬金钗溜。和羞走，倚门回首，却把青梅嗅。

再如《如梦令》：

常记溪亭日暮，沉醉不知归路。兴尽晚回舟，误入藕花深处。争渡，争渡，惊起一滩鸥鹭。

以紧凑而又轻松的节奏将日暮饮酒、兴尽晚归、迷途误入、争渡惊鸥等情节描绘出来，同时蕴含着人物的神情动作和音容笑貌，是那样地富有生活情趣而又散发着清真自然的气息。

她描写与丈夫的爱情和离情的《醉花阴》也十分典型：

薄雾浓云愁永昼，瑞脑销金兽。佳节又重阳，玉枕纱橱，半夜凉初透。东篱把酒黄昏后，有暗香盈袖。莫道不销魂，帘卷西风，人比黄花瘦。

其思念丈夫的心情比任何男性词人的代笔都不知要高出多少倍。尤其是“莫道不销魂，帘卷西风，人比黄花瘦”三句，已成为思念爱人的经典名句。

李清照后期的词在艺术上更加成熟，她以女性特有的敏感心灵，将国破家亡的沉痛、夫死流离的伤悲与孤寂表现得凄楚哀婉而深切动人：

寻寻觅觅，冷冷清清，凄凄惨惨戚戚。乍暖还寒时候，最难将息。三杯两盏淡酒，怎敌他晚来风急？雁过也，正伤心，却是旧时相识。　满地黄花堆积，憔悴损，如今有谁堪摘？守著窗儿，独自怎生得黑！梧桐更兼细雨，到黄昏、点点滴滴。这次第，怎一个愁字了得！

（《声声慢》）

故国之痛、乡土之思、亡夫之哀、飘零之苦，一时俱发，在低回婉转中，俱喷薄而出，令人有不禁之势。

另外，李清照还有像《渔家傲》这样的具有求索精神和豪放风格的词：

天接云涛连晓雾，星河欲转千帆舞。仿佛梦魂归帝所，闻天语，殷勤问我归何处。　我报路长嗟日暮，学诗谩有惊人句。九万里风鹏正举，风休住，蓬舟吹取三山去。

词作抒发了李清照对人生路漫长崎岖、自己临日暮而壮志未酬的感慨，一个“谩”字，力透纸背，将自己的苦闷倾囊泄出，对不合理的现实作了有力控诉。她的《夏日绝句》更直如英雄豪杰：“生当作人杰，死亦为鬼雄。至今思项羽，不肯过江东。”其豪放悲壮、掷地有声之气概丝毫不让须眉。

李清照南渡前的主要作品有：《如梦令·常记溪亭日暮》、《点绛唇·蹴罢秋千》、《如梦令·昨夜雨疏风骤》、《凤凰台上忆吹箫·香冷金猊》、《一剪梅·红藕香残玉簟秋》、《醉花阴·薄雾浓云愁永昼》、《渔家傲·天接云涛连晓雾》。南渡后的主要作品有：《临江仙·庭院深深深几许》、《永遇乐·落日熔金》、《声声慢·寻寻觅觅》等。

三、李清照词的艺术成就

李清照的词善于将抒情与意象结合起来，塑造一种情景交融的浑然词境，如《如梦令·常记溪亭日暮》，又善于细腻地体会景物和情感，将心灵层层展开，如《一剪梅》：

红藕香残玉簟秋。轻解罗裳，独上兰舟。云中谁寄锦书来，雁字回时，月满西楼。　花自飘零水自流。一种相思，两处闲愁。此情无计可消除，才下眉头，却上心头。

词由物及人，由眉头到心头，层层递进，景物与情感相互促生，在读者面前展开了一个立体的情感世界。

李清照的词还善于化用清新朴素、自然雅致的口语，善于调动比喻、拟人、夸张等各种修辞手法，并充分运用白描的艺术方法，如《武陵春》：

风住尘香花已尽，日晚倦梳头。物是人非事事休，欲语泪先流。　闻说双溪春尚好，也拟泛轻舟。只恐双溪舴艋舟，载不动许多愁。

由日常生活到常见景物，再映衬出日日皆有的情感，但这些景物与情感都已非比寻常，都因故国之思和家园之悲而显得深重和沉痛。

能将上述诸种艺术特点集中体现出来的，还是她的代表作《声声慢·寻寻觅觅》和《永遇乐·落日熔金》，后者这样写道：

落日熔金，暮云合璧，人在何处？染柳烟浓，吹梅笛怨，春意知几许？元宵佳节，融和天气，次第岂无风雨？来相召，香车宝马，谢他酒朋诗侣。　中州盛日，闺门多暇，记得偏重三五。铺翠冠儿，捻金雪柳，簇带争济楚。如今憔悴，风鬟霜鬓，怕见夜间出去。不如向帘儿底下，听人笑语。

这是李清照晚年流寓临安（今杭州市）时以元宵为题所写的一首慢词。全词通篇对比，从今到昔，又从昔返今，层层展开，抒写家国身世之悲。词中运用了铺陈、白描、比喻、夸张以及情景相互映发等艺术手法，将两种元宵佳节、两种人物心情抒写得淋漓尽致。

总的来看，李清照词继承了秦观等人的婉约词风，但她破其藩篱，无论是从词境的营造还是语言的使用上，都在传统的婉约词风的基础上发展出了清真自然的风格。她的词从实质上讲，是从她的感性生命的深处自由流溢出来的心音。

李清照的词在词史上具有特殊的意义。在她之前的词，都是男子代言闺情，而他们总是以男性的视角来审视妇女，或者把闺情当做自己爱情的点缀和陪衬，并没有真正走进妇女的心灵世界。而李清照的词树立了一个女性抒情主体的形象，展示出了强烈的个性意识，新鲜、生动、真切而又自然，使我们窥见了那颗有着欢乐而深情的、忧郁而悲伤的，却始终追求美好生活的自由的心。正如陈迩冬先生在《宋词纵谈》中所说，李清照不是女“神”，不是女“奴”，而是女“人”。

李清照对于词的理论也有一定的贡献。她早年写的《词论》回顾了词的发展史，纵论唐宋诸家，提出了词“别是一家”的主张，划清了诗词的畛域之别，严格了诗庄词媚之界。

第三节 张元干与张孝祥

一、张元干

南渡初期的爱国词人主要有张元干、张孝祥等。张元干（1091—约 1170），字仲宗，著有《芦川词》。他积极主张抗金，在李纲、胡铨等人与秦桧等主和派斗争失利的时候，他不避嫌疑，分别写了两首《贺新郎》送给他们，其中写给胡铨的《贺新郎》最为有名。

梦绕神州路。怅秋风、连营画角，故宫离黍。底事昆仑倾砥柱，九地黄流乱注！聚万落千村狐兔。天意从来高难问，况人情老易悲难诉。更南浦，送君去！

凉生岸柳销残暑。耿斜河、疏星淡月，断云微度。万里江山知何处？回首对床夜语。雁不到、书成谁与？目尽青天怀今古，肯儿曹恩怨相尔汝？举大白，听《金缕》。

绍兴八年（1138），枢密院编修官胡铨上书请斩主和者秦桧等三人，并要求拘留金使。结果，胡铨受迫害，被贬为福州签判。四年后，秦桧又唆使谏官弹劾胡铨“饰非横议”，胡铨因此而被除名编管新州。时张元干寓居三山，写此词为胡铨送行。词作音调凄凉悲壮，风格慷慨激昂，表现了对祖国山河沦陷的极度悲痛，对投降派的无比愤怒，以及对友人的深切同情。《四库全书总目提要》称此词与送李纲的那首词“慷慨悲凉，数百年后，尚想其抑塞磊落之气”。

二、张孝祥

在此时的爱国词作家中，成就较高、影响较大的是张孝祥。

张孝祥（1132—1169），字安国，别号于湖居士，历阳乌江（今安徽和县）人。南宋进士，曾任建康（今南京）留守等职，因极力主张北伐，反对“隆兴和议”而被免职，著有《于湖词》。他的诗词创作在很多地方师法苏轼，风格豪放雄丽，境界阔大。如《六州歌头》：

长淮望断，关塞莽然平。征尘暗，霜风劲，悄边声，黯销凝。追想当年事，殆天数，非人力。洙泗上，弦歌地，亦膻腥。隔水毡乡，落日牛羊下，区脱纵横。看名王宵猎，骑火一川明。笳鼓悲鸣，遣人惊。　　念腰间箭，匣中剑，空埃蠹，竟何成！时易失，心徒壮，岁将零。渺神京，干羽方怀远，静烽燧，且休兵。冠盖使，纷驰骛，若为情！闻道中原遗老，常南望、翠葆霓旌。使行人到此，忠愤气填膺，有泪如倾。

作此词时张孝祥正在建康留守任上，相传张浚召集山东、两淮义士在建康准备上书反对和议，张孝祥席上赋此词，张浚为之罢席。词作上片侧重写沦陷区的凄惨景象和金兵之骄横；下片抒发复国未竟的忠愤之气，痛斥和议。通篇是悲愤慷慨的爱国热情。

张孝祥还善于以赋为词，他的《念奴娇·过洞庭》隐然便是一篇《赤壁赋》：

洞庭青草，近中秋、更无一点风色。玉界琼田三万顷，着我扁舟一叶。素月分辉，明河共影，表里俱澄澈，悠然心会，妙处难与君说。　　应念岭海经年，孤光自照，肝胆皆冰雪。短发萧疏襟袖冷，稳泛沧溟空阔。尽吸西江，细斟北斗，万象为宾客。扣舷独啸，不知今夕何夕！

此词为张孝祥因主战而失官，从桂林北归途经洞庭湖时所赋。上片写景，空明澄澈，下片抒情，气魄激越宏大：稳泛沧溟，尽吸西江，细斟北斗，宾客万象。全词充分展现了自由高蹈、豪迈壮阔的情怀。

另外，同时期的陈与义、朱敦儒、叶梦得等人也写了一些爱国词章。此后，辛弃疾等爱国词人也以词来表达了他们的复国愿望和爱国热情，掀起了一个新的词创作高潮。

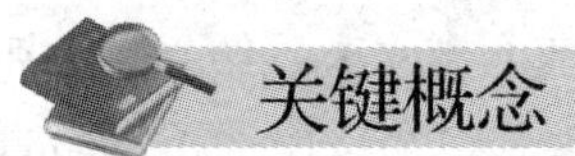

关键概念

江西诗派　　　《芦川词》　　　《于湖词》

思考题

1. 试论黄庭坚诗歌的内容及艺术特点。
2. 试论黄庭坚的文学主张。
3. 简述江西诗派的发展阶段和创作状况。
4. 试论李清照词的内容和艺术成就。

第六章　杨万里与范成大

本章提示

杨万里：(1) 掌握杨万里的生平。(2) 掌握杨万里的文学主张。(3) 解释“诚斋体”的主要特点。(4) 背诵杨万里的《晓出净慈寺送林子方》、《小池》、《宿新市徐公店》、《闲居初夏午睡起》等诗。

范成大：(1) 掌握范成大诗歌的内容。背诵《四时田园杂兴》(选数首) 等。(2) 掌握范成大诗歌的艺术成就。

第一节　杨万里

一、杨万里的生平与文学主张

杨万里（1127—1206），字廷秀，号诚斋，江西吉水人。绍兴二十四年（1154）中进士，时张浚谪居永州，杜门谢客，杨万里往访，张浚授以“正心诚意”之学，杨万里终身服其教，故自号“诚斋”。官至宝谟阁学士，因指责朝政得罪权相韩侂胄而罢官，家居 15 年，忧愤而死。杨万里思想服膺儒家，有《诚斋易传》20 卷，易学观点与程颐相近。著《诚斋集》133 卷。

当时，诗坛上影响最大的是江西诗派，晚唐诗、王安石绝句等也有一定的影响，缺乏创作个性。杨万里从学王庭珪、胡铨到学陈师道、王安石再到学晚唐诗人，但“学之愈力，作之愈寡”，像当时众多的诗人一样，陷入了创作上的困境。后来他赴任常州，在自然山水和闲适心境的共同促成下，“忽若有悟，于是辞谢唐人及王、陈、江西诸君子，皆不敢学，而后欣如也”，“自此每过午，吏散庭空，乃携一便面，步后园、登古城、采撷杞菊、攀翻花竹，万象毕来，献予诗材”（《荆溪集自序》），从此创造出了“诚斋体”。

“诚斋体”的主要特点是从师法前人和书卷转为师法自然，杨万里于绍兴三十二年(1162)尽焚江西体诗千余首，强调作诗从自然中感悟，焚诗后的第一个诗集《江湖集》就体现出其内师心源、外师造化的一些迹象，经过数十年的努力，终于落尽皮毛、自出机杼，创立了为严羽所十分赞赏的“诚斋体”。

“诚斋体”特别强调“兴”，杨万里说：“我初无意于作是诗，而是物是事适然触乎我，我之意并适然感乎是物是事，触生焉，感随焉，而是诗出焉，我何与哉？天也，斯之谓兴。”(《答建康府大军库监徐达书》)这种“兴”主要是从自然中来的，这从他的诗中可以看出来：“城里哦诗枉断髭，山中物物是诗题。欲将数句了天竺，天竺前头更有诗。”(《寒食雨中同舍人约游天竺得十六绝句呈陆务观》)“一路诗篇浑漫兴，侧溪端的不相亏。”(《晚过侧溪山下》)“山思江情不负伊，雨姿晴态总成奇。闭门觅句非诗情，只是征行自有诗。”(《下横山滩头望金华山》)“效行聊著眼，兴到漫成诗。”(《春晚往永和》)心与物交，神与物游，便是“兴”。

“诚斋体”的主要特点是内师心源、外师造化，要求师法自然，感悟自然，想象新颖清新，语言活泼，风格诙谐幽默，为南宋诗坛带来了一定的活力。

二、杨万里的诗歌及艺术成就

杨万里少习理学，讲究品节，关心国事，往往有忧国忧民之念，在诗歌中时有反映，如《初入淮河四绝句》的其一、其四：

船离洪泽岸头沙，人到淮河意不佳。何必桑干方是远，中流以北即天涯。

中原父老莫空谈，逢着王人诉不堪。却是归鸿不能语，一年一度到江南。

杨万里是一位十分关注现实的诗人，他的诗有相当一部分是抨击朝廷外戚宦官专权，反映民生疾苦和揭露不合理现实的，也有一部分诗作是为丰收感到高兴，表现对下层人民的同情和关怀的。

杨万里对后世影响最大的是他的“诚斋体”。“诚斋体”最善于描写自然景物，将情感表现得细致入微。如：

毕竟西湖六月中，风光不与四时同。接天莲叶无穷碧，映日荷花别样红。

(《晓出净慈寺送林子方》)

还有：

社日今年定几时，元宵过了燕先归。一双贴水娇无奈，不肯平飞故仄飞。

(《正月二十八日峡外见燕子》)

这些都是十分新鲜自然的感受，杨万里以特有的敏感心灵将其捕捉到了。又如“花暖能熏眼，山浓欲染衣。”（《题湘中馆》其二）“江欲浮秋去，山能渡水来。”（《和仲良春晚即事》其三）“风将春色归沙草，天放晴光入浪花。”（《过平望》）遣词造句既在意料之外，又在情理之中，透显出一种从未有过的新鲜感受。

活泼自然、幽默诙谐是“诚斋体”的另一重要特点。如：

梅子留酸软齿牙，芭蕉分绿与窗纱。日长睡起无情思，闲看儿童捉柳花。

（《闲居初夏午睡起》）

篱落疏疏一径深，树头新绿未成阴。儿童急走追黄蝶，飞入菜花无处寻。

（《宿新市徐公店》）

大自然处处都显示着其新鲜的生命力，诗中的幽默与诙谐消除了人与自然之间的紧张感，所以“诚斋体”在这方面与自然达到了高度的亲合，无论是景物还是人事，在“诚斋体”中都显得轻松自如。

“诚斋体”还善于表现理趣。如：

泉眼无声惜细流，树阴照水爱晴柔。小荷才露尖尖角，早有蜻蜓立上头。

（《小池》）

莫言下岭便无难，赚得行人错喜欢。正入万山圈子里，一山放出一山拦。

（《过松源晨炊漆公店》）

诗作从自然中感悟道理，新鲜活泼而又令人浮想联翩。

“诚斋体”要求对生活情景和不同事物进行富有兴味的新鲜感受；要求诗人具有透脱的胸怀与敏锐的哲理思维，要在与生活情景物我交融的时候，不受其局限，跳出来对其进行冷静的观照，领悟其中所蕴含的人生哲理，使诗歌既理趣盎然又生动活泼。“诚斋体”师法自然，也要求语言自然流畅，清纯朴实，吸取白话、口语入诗。其蔑视书本知识、从日常生活中取材的特点，正是对江西诗派“夺胎换骨”、“点铁成金”诗论的有力的反拨。

杨万里晚年的诗无拘无束，信手拈来，应该说达到了诗歌创作的自由的境界，成为宋诗中很有特色和影响的一家，但有的诗也由此产生了浅俗无味、平滑粗率的缺点。

杨万里在《夜读诗卷》一诗中写道：“幽屏元无垠，清愁不自任。两窗两横卷，一读一沾襟。只有三更月，知予万古心。病来谢本酌，吟罢重长吟。”调子虽嫌低沉，但我们还是可以从中看到他执著现实、追求理想、热爱生命的精神，也只有这样的人，才能写出这样新鲜独特的诗。

第二节 范成大

一、范成大诗歌的内容

范成大（1126—1193），字致能，少年贫寒，但中进士后一直做到参知政事，在南宋诗人中最为显达。他曾长年在各地任地方官，周知四方风土人情，诗歌反映的生活面比较广阔。他不仅像陆游、杨万里一样是爱国诗人，还写出了一些田园诗。他继承了唐代杜甫及元、白的新乐府的精神，不断以诗歌来反映民生疾苦，如《后催租行》："去年衣尽到家口，大女临歧两分手。今年次女已行媒，亦复驱将换升斗。室中更有第三女，明年不怕催租苦!"语中含泪，深刻地抨击了聚敛暴政。

宋孝宗乾道五年（1169），范成大奉命使金，凛然不屈，受到朝野赞扬。在这次出使过程中，范成大写了一组七言绝句，描写了自己在沦陷区的见闻。如：

> 州桥南北是天街，父老年年等驾回。忍泪失声问使者，几时真有六军来？
>
> （《州桥》）
>
> 玉节经行虏障深，马头酾酒奠疏林。兹行璧重身如叶，天日应临慕蔺心。
>
> （《蔺相如墓》）

表现了渴望复国的强烈愿望和爱国热情。

范成大在退隐石湖的十年中写了许多田园诗，其中以《四时田园杂兴》最著名，如其中的第十五、三十、三十五、四十四首：

> 胡蝶双双入菜花，日长无客到田家。鸡飞过篱犬吠窦，知有行商来卖茶。
>
> 昼出耕田夜绩麻，村庄儿女各当家。童孙未解供耕织，也傍桑阴学种瓜。
>
> 采菱辛苦废犁锄，血指流丹鬼质枯。无力买田聊种水，近来湖面亦收租。
>
> 新筑场泥镜面平，家家打稻趁霜晴。笑歌声里轻雷动，一夜连枷响到明。

难能可贵的是，这组诗全面、真切地描写了农村生活的各种细节，对田园诗的发展做出了重大贡献。

二、范成大诗歌的艺术成就

陆游、杨万里、范成大、尤袤被称为"中兴四大诗人"。其中范成大与杨万里齐名。两人的诗歌相比较而言，杨万里的诗歌没有范成大的诗歌反映的社会面广，但范成大的诗歌在艺术上不如杨万里影响大。范成大的诗没有杨万里的那么自由通脱，但在语言意象上却更加锤炼雕琢；没有杨万里的"诚斋体"那么新鲜风趣、活泼多姿，但却更多了一些深沉与含蓄。从字面上看，范成大的诗没有那么浅俗平易，但很多地方更加典雅华贵。范诗能够吸收中晚唐诸家的风格，“清新妩丽，奄有鲍谢；奔逸隽伟，穷追太白”（《石湖诗序》），对于冲破江西诗派的束缚有一定帮助。

范成大的《四时田园杂兴》汇集了历代田园诗、农事诗、山水诗、乐府诗及民歌的表现方式，一方面集中体现了中国古代田园诗的基本特征，另一方面则表现出了宋诗的基本特征，即将山水景物、田园风光哲理化，让自然成为人的生命的一部分，人再从自然中去体味生命的幽韵和律动。

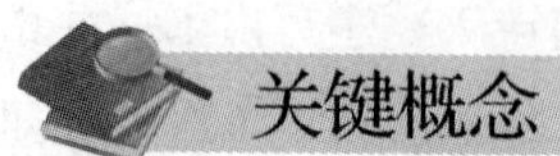

“诚斋体”　《四时田园杂兴》　“中兴四大诗人”

1. 简述杨万里诗歌的内容及艺术特点。
2. 简述范成大诗歌的内容及艺术成就。

第七章 陆 游

本章提示

掌握陆游的生平。

掌握陆游诗歌的内容：(1) 爱国诗歌。背诵《书愤》、《关山月》、《十一月四日夜风雨大作》等。(2) 闲适诗、农村诗、爱情诗中熟悉《寄奉新高令》、《喜雨歌》、《山村经行因施药》等。

陆游诗歌的艺术成就，注意论述其现实主义与浪漫主义相结合的艺术特点和影响。

掌握陆游词的内容：(1) 背诵《诉衷情·当年万里觅封侯》、《卜算子·驿外断桥边》等。(2) 掌握陆游词的艺术特点。(3) 熟悉陆游散文内容及艺术成就。

第一节 陆游的生平

陆游（1125—1210），字务观，号放翁，越州山阴县人，出身于书香士绅世家，祖父陆佃和父亲陆宰都有文学方面的专门著作。陆游幼而聪敏好学，正如他自己所说："吾生学语即耽书，万卷纵横眼欲枯。"（《解嘲》）陆游出生以后的第二年，金人攻陷了汴京，陆游一家也从荥阳逃回故乡浙江的山阴。陆游少逢丧乱，又罹奔窜，对他日后的思想产生了极大的影响。约在 17 岁的时候，他已在南宋的诗坛上知名，25 岁时又师从当时的著名爱国诗人曾几学习，逐步奠定了他的爱国主义诗歌基调。绍兴二十三年（1153），陆游到临安参加进士考试，因其成绩优秀，列为第一，排在秦桧之孙的前面，更兼喜论"恢复"，故遭秦桧嫉恨，被其罗织罪名黜落。秦桧死后，陆游任枢密院编修官等职，但因多次上书宋高宗论及恢复，终被免官。孝宗即位后，提倡抗金，陆游被召见起用，并特赐进士出身。陆游积极参与朝政，支持张浚北伐。但随着北伐的迅速失败，陆游也被罗织罪名而罢官。乾道五年（1169），陆游被任命为四川夔州通判，任满后受四川宣抚使王炎之邀，在其幕府中任干办公事之职。淳熙二年（1175），范成大调任四川制置使，邀请陆游任幕府参议官。二人是故交，因此诗酒相和，不拘礼数，结果被腐儒们讥为“恃酒颓放”，陆游因此被朝廷免官。他从此索性自号“放翁”，意为颓废放达的老人。实际上，时人和后人都未作这种理解，而是将其理解为雄放、豪放、旷放之意，因为这与他的为人为文是十分切合的。

陆游画像

淳熙五年（1178），陆游在江西任上开官仓赈济百姓，遭到弹劾并被免官。他在回山阴故乡闲居了六年之后，于淳熙十三年（1186）被任命为严州知事，三年后任满回乡。接着，陆游又被调入临安任官，不久又遭弹劾去职。此次罢官的罪名是所谓的“嘲咏风月”，实际上是因为陆游坚决主张抗金。陆游回到山阴故乡后干脆把自己的居所命名为“风月轩”。自此以后，陆游只任了不到一年的史官公职，便终老于故乡山阴。在闲居故乡二十多年的时间里，他既参加农村的生产劳动，关心下层劳动人民的生活，同时又壮怀不减当年，一直密切关注着抗金大业，甚至在逝世前的绝笔诗里写道：“死去元知万事空，但悲不见九州同。王师北定中原日，家祭无忘告乃翁。”（《示儿》）充分表现出了一位终生从事复国事业的爱国诗人的崇高情怀。

第二节　陆游诗歌的内容

一、爱国诗歌

陆游诗歌的内容是十分丰富的，题材也十分广泛，大致可以分为抗金复国、吊古述怀、关心民生疾苦和吟咏闲情逸致等若干个方面。

陆游的“素志”并不是要做一位诗人，他在其著名的《书愤》（其一）诗中这样写道：

早岁哪知世事艰，中原北望气如山。楼船夜雪瓜洲渡，铁马秋风大散关。塞上长城空自许，镜中衰鬓已先斑。出师一表真名世，千载谁堪伯仲间。

他一生当中一直以抗金复国为己任，所以，陆游爱国诗篇最主要的特征就是那种“一身报国有万死”的牺牲精神和“气吞残虏”、“铁马横戈”的大无畏的英雄气概。他在《夜读兵书》中这样写道："孤灯耿霜夕，穷山读兵书。平生万里心，执戈王前驱。战死士所有，耻复守妻孥。成功亦邂逅，逆料政自疏。陂泽号饥鸿，岁月欺贫儒。叹息镜中面，安得常肤腴?"表现了他甘愿捐身于国，不计个人得失的崇高情操。即便在82岁的高龄，陆游仍然心驰疆场，"一闻战鼓意气生，犹能为国平燕赵"（《老马行》），抒发了他永不服老的豪情壮志。他甚至希望在死后也要做"鬼雄"：

白发萧萧卧泽中，只凭天地鉴孤忠。厄穷苏武餐毡久，忧愤张巡嚼齿空。细雨春芜上林苑，颓垣夜月洛阳宫。壮心未与年俱老，死去犹能做鬼雄。

（《书愤》其二）

诗歌表现出了一种与天地同在，与日月同辉的爱国主义精神。陆游对于敌人以及奸佞之臣的痛恨在中国古代诗人中也是最为突出的，他在《书志》一诗中说："肝心独不化，凝结变金铁。铸为上方剑，衅以佞臣血。"陆游继承了以屈原为代表的爱国主义传统，又把屈原的哀怨悱恻乃至温柔敦厚的传统发展成一种刚烈雄壮的风格，在中国传统诗歌中独树一帜。

陆游爱国诗歌的另一重要特色是对投降派的猛烈抨击、坚决斗争和对腐败政治的无情揭露。陆游诗歌的这一特色与他所生活的特定时代密切相关。在所谓隆兴和议的15年后，陆游悲愤地写下了著名的《关山月》：

和戎诏下十五年，将军不战空临边。朱门沉沉按歌舞，厩马肥死弓断弦。戍楼刁斗催落月，三十从军今白发。中原干戈古亦闻，岂有逆胡传子孙?遗民忍死望恢复，几处今宵垂泪痕。

正所谓"战马死槽枥，公卿守和约"（《醉歌》），《关山月》对广大渴望恢复家园的下层士兵和人民给予了热情的赞扬。至于他自己，陆游更是显得抑郁与苦闷："生逢和亲最可伤，岁辇金絮输胡羌"（《陇头水》），"诸公尚守和亲策，志士虚捐少壮年"（《感愤》）。揭露以秦桧为首的投降派的诗歌虽然为数不多，但却构成了陆游诗歌中独特而又极有光彩的一面。如他在《夜读范至能揽辔录》中说："公卿有党排宗泽，帷幄无人用岳飞。遗老不应知此恨，亦逢汉节解沾衣。"在《追感往事》中说："诸公可叹善谋身，误国当时岂一秦?不望夷吾出江左，新亭对泣亦无人。"对秦桧、黄潜善、汪伯彦等投降派及其他主和派的抨击与深沉的历史感慨和沉郁的现实忧愤结合起来，就显得特别的精警动人。

陆游爱国诗歌的又一突出特点是借梦境来表达自己的爱国热情，如《五月十一日夜且半梦从大驾亲征尽复汉唐故地》：

天宝胡兵陷两京，北庭安西无汉营。五百年间置不问，圣主下诏初亲征。熊罴百万从銮驾，故地不劳传檄下。筑城绝塞进新图，排仗行宫宣大赦。岗峦极目汉山川，文书初用淳熙年。驾前六军错锦绣，秋风鼓角声满天。苜蓿峰前尽亭障，平安火在交河上。凉州女儿满高楼，梳头已学京都样。

陆游在诗歌中描绘的这幅乐观的情景在现实当中显然是无法实现的，但这却表达了他浓烈的爱国热情。他在梦中所想象的亲临战场的情景也十分令人感动，“三更枕上忽大叫，梦中夺得松亭关”（《楼上醉书》），“更呼斗酒作长歌，要遣天山健儿唱”（《九月十六日夜梦》），即使在将近七十的衰迈之年，陆游仍然老当益壮，梦思报国：

僵卧孤村不自哀，尚思为国戍轮台。夜阑卧听风吹雨，铁马冰河入梦来。

（《十一月四日夜风雨大作》）

吊古述怀一类的作品在陆游的诗歌中占有一定的比重，但与中国历史上其他诗人相比，陆游的此类诗歌更侧重于借追述历史往事来深刻地批判现实，抨击南宋小朝廷的投降苟安。如他在《武昌感事》中写道：

百万呼卢事已空，新寒拥褐一衰翁。但悲鬓色成枯草，不恨生涯似断蓬。烟雨凄迷云梦泽，山川萧瑟武昌宫。西游处处堪流涕，抚枕悲歌兴未穷。

这是借对楚国历史的怀念表现自己对山河破碎之悲和对朝廷腐败的抨击。在《哀郢》一诗中，陆游以屈原自况，“《离骚》未尽灵均恨，志士千秋泪满裳”，抒发了自己的志士之悲。对于杜甫和诸葛亮，陆游在他们的经历中找到了共鸣点，对之歌咏不已。在《登白帝城楼怀少陵先生》中，陆游说：“拾遗白发有谁怜？零落歌诗遍两川。人立飞楼今已矣，浪翻孤月尚依然。”陆游一直认为杜甫像自己一样绝不是仅要做一诗人，而是有着更为宏大的志向，他为世人对杜甫的误解而深感悲伤。对诸葛亮，陆游更是情有独钟，在《游诸葛武侯书台》中，陆游这样写道：

沔阳道中草离离，卧龙往矣空遗祠。当时典午称猾贼，气丧不敢当王师。定军山前寒食路，至今人祠丞相墓。松风想像《梁甫吟》，尚忆幡然答三顾。《出师》一表千载无，远比管乐盖有余。世上俗儒宁办此，高台当日读何书。

诗歌通过对“俗儒”的批评而对诸葛亮表示了深刻的理解和赞美，并将自己所处的具体历史境遇和个人心态密切结合起来，显示出其怀古诗的独特风貌。

二、农村诗、闲适诗、爱情诗

作为一位伟大的爱国诗人，陆游当然表现了对民生疾苦的真切关心。事实上，在他的诗歌中，这方面的内容占有相当的比重。陆游在关心民生疾苦的同时，往往批判官府的腐败和蛮横，这在中国古代诗人中是十分难能可贵的。如他在《寄奉新高令》中说：

小雨催寒著客袍，草行露宿敢辞劳。岁饥民食糟糠窄，吏惰官仓鼠雀豪。只要闾阎宽箠楚，不须亭障肃弓刀。九重屡下丁宁诏，此责吾曹未易逃。

而对于一场喜雨或是一次丰收，陆游更是表现出由衷的欢悦，这种可贵的品质在中国古代诗人中也并不很多见。他的《喜雨歌》即是见证之一：

不雨珠，不雨玉，六月得雨真雨粟。十年水旱食半菽，民伐桑柘卖黄犊。去年小稔已食足，今年当得厌酒肉。斯民醉饱定复哭，几人不见今年熟！

陆游不只在口头上对劳动人民表示同情和关心，而是有许多实际行动，尤其是在退居故乡山阴的20年里更是如此。他不仅亲自参加农业劳动，为当地百姓排忧解难，还亲为他们送医施药，赢得了百姓的衷心爱戴，《山村经行因施药》一诗便描绘了这种动人的情景：

驴肩每带药囊行，村巷欢欣夹道迎。共说向来曾活我，生儿多以陆为名。

在中国古代诗人中，能够像陆游这样贴近下层劳动人民的诗人并不多见，所以，陆游的诗歌像杜甫、白居易的诗歌一样，具有很强的人民性。

但陆游仍然是一位封建士大夫，他的诗集中也有一定数量的诗歌是表现诗人的闲情逸致的，但陆游此类诗歌中的绝大部分是积极健康的，很少表现出消极颓废的一面，更多的似乎是表现个人的性情和品格。如《花时遍游诸家园》二首：

为爱名花抵死狂，只愁风日损红芳。绿章夜奏通明殿，乞借春阴护海棠。

飞花尽逐五更风，不照先生社酒中。输与新来双燕子，衔泥犹得带残红。

在此类诗歌中还有相当一部分更接近于中国传统的田园诗，表现出诗人宽广坦荡的胸怀和宁静淡泊的追求，如《小园》二首：

小园烟草接邻家，桑柘阴阴一径斜。卧读陶诗未终卷，又乘微雨去锄瓜。

村南村北鹁鸪声，水刺新秧漫漫平。行遍天涯千万里，却从邻父学春耕。

另外，像《游山西村》里的"山重水复疑无路，柳暗花明又一村"早已成为妇孺皆知的名句。因此，陆游的这类诗歌主要表现一种健康向上的情趣和雍容淡泊的胸襟，有时还有着深厚的社会内容，与其他一些封建士大夫纯粹抒写个人得失感受的诗歌有着很大的不同。

陆游的爱情诗不多，但影响不小。陆游自幼与表妹唐琬相好，20岁时与之结婚，婚后感情很好。但陆游的母亲不喜欢唐琬，便以属相不合等为借口逼迫陆游休弃了唐琬，这给陆游造成了终生的痛苦。绍兴二十五年（1155），陆游去家乡附近的沈园游览，恰巧与改嫁后的唐琬及其丈夫相遇，二人俱感伤悲。陆游题词于沈园的墙壁，这就是《沈园二首》，据说唐琬在回家后不久就郁郁而逝。

第三节 陆游诗歌的艺术成就和影响

一、现实主义与浪漫主义相结合的艺术特色

陆游是中国诗歌史上产量最多的诗人，“六十年间万首诗”，其诗现存 9 300 多首，加上佚稿应在万首以上。赵翼曾说陆游的诗歌有三变，实是指前期、陕川时期和晚期三个阶段。陆游前期曾师从江西诗派的曾几，并私淑江西诗派的另一重要诗人吕本中。江西诗派在作诗上十分讲究养气，在政治上主张抗金复国，这些都对陆游产生了很大的影响。但陆游前期的诗歌没有摆脱模仿雕琢的樊篱，他自已就曾说：“我初学诗曰，但欲工藻绘。”（《示子聿》）又说：“我昔学诗未有得，残余未免从人乞。”（《九月一日夜读诗稿有感走笔作歌》）在完颜亮大集兵马于瓜州意欲灭亡南宋以及张浚北伐失败之后，陆游深感世事艰难与复杂，诗歌开始变得深沉：“中年困忧患，聊欲希屈贾。”（《入秋游山赋诗略无阙日戏作五字七首识之以野店山桥送马蹄为韵》）陆游知道自己面临着屈原、贾谊一样的命运，其诗风也就自然而然地与之接近了。陕川时期，陆游沿长江游览了李白、杜甫及其他许多历史人物遗迹，更加激发了他的爱国热情。特别是四川宣抚使王炎邀请他去干办公事，使他获得了一生中唯一的一次亲临前线的机会，所以，陆游在这一时期表现了高涨的抗金情绪。在范成大幕府中，陆游瞻仰了杜甫、苏轼、诸葛亮等人的遗迹，缅怀了他们的光辉业绩。总之，此时陆游既“游历山川，揽观风俗”，又三摄州事，亲临前线，是他一生中最为重要的时期，其诗歌也随之达到了成熟的阶段，形成了宏丽悲壮的独特诗风。杨万里曾评论陆游这一时期的诗歌“重寻子美行程旧，尽拾灵均怨句新”（《跋陆务观〈剑南诗稿〉》）是颇有概括力的。姜特立也在《陆严州惠剑外集》中评价陆游这一时期的诗歌说：“不蹑江西篱下迹，远追李杜与翱翔。”明确地指出了陆游此时的诗歌已不再步江西诗派后尘，而可望李白与杜甫的项背，卓然成为大家了。陆游为纪念这一时期的生活和创作，把自己的诗集定名为《剑南诗稿》。陆游在 66 岁后就退居故乡山阴，与农夫樵子生活在一起。这时他一方面积极参加各种劳动，一方面仍然一如既往地关心着国家大事。但毕竟身不在官，他晚期的诗风也就从中期的雄放转为淡泊隽永，内容的重点也在于描写桑麻农事，民生疾苦。

总的看来，陆游的诗歌呈现出了现实主义与浪漫主义相结合的艺术特色。首先是他对现实的深切关注和对美好理想的不懈追求构成了他的诗歌的独特的现实主义风格。陆游比杜甫多了几分雄壮和浪漫，比屈原多了几分战斗精神。他往往把广大的历史内容和深刻的个人感受压缩在一首很短的律诗里，如著名的《关山月》，以这种沉郁悲慨的现实主义风格写就了南宋一代的“诗史”。

陆游诗歌的另一重要艺术特点是强烈的浪漫主义色彩。他在当时就有“小李白”的称号。实际上，陆游既继承了屈原、李白等人的优秀的浪漫主义传统，又深深地扎根于自己的时代精神之中，形成了雄奇豪放而又沉郁悲慨的浪漫主义风格。陆游的诗歌有着瑰丽而丰富的想象，如“天为碧罗幕，月作白玉钩。织女织庆云，裁成五色裘。”（《江楼吹笛饮酒大醉中作》）“手把白玉船，身游水晶宫。方我吸酒时，江山入胸中。”（《醉歌》）他的诗歌有着奇特大胆的夸张，如“起倾斗酒歌《出塞》，弹压胸中十万兵”（《弋阳道中遇大雪》），“胸中太华蟠千仞”（《冬夜读书有感》），“十年学剑勇成癖，腾身一上三千尺”（《融州寄松纹剑》），“逆胡未灭心未平，孤剑床头铿有声”（《三月十七日醉中作》）等。另外，善于抒写梦中所见也构成了其浪漫主义的一大特色。

陆游的诗歌在反映现实方面不像杜甫和白居易那样注重故事情节的描述，更多的是概括、议论和用典，这也反映了宋代诗坛的“以才学为诗，以议论为诗”的时代风尚。

陆游诗歌的语言洗练自然，平易晓畅，在宋代诗坛乃至整个中国古典诗歌中都是独树一帜的。在这方面，他深受白居易的影响。

陆游的诗歌在体裁方面被认为是各体具备而尤善近体，七律诗的成就尤其突出。沈德潜在《说诗晬语》中说，“放翁七言诗，对仗工整，用事熨贴，当时无与比埒”，潘德舆则把陆游的七绝尊为“诗之正声”（《养一斋诗话》）。

当然，陆游的诗歌也有不足之处，姚范在其《援鹑堂笔记》中就曾指出：“放翁兴会飚举，词气踔厉，使人读之，发扬矜奋，起痿兴痹矣。然苍黯蕴蓄之风盖微。”这是批评陆游的诗歌直露有余而含蓄不足，应当是中肯的。另外，像重叠互见、不及锤炼等毛病也是存在的。

二、陆游诗歌的影响

陆游的诗歌在当时和后世都发生了很大的影响。由于陆游诗歌一扫江西诗派的积弊，把诗歌从象牙之塔中解放出来，成为现实斗争中的号角和武器，更兼南宋当时的特殊历史情况，因此，几乎整个南宋诗坛都是在陆游的笼罩之下发展的。与陆游同时稍后的江湖诗派在诗风和思想倾向上都受到了陆游的很大影响。他诗歌中强烈的爱国主义精神对后世的影响尤其重大，每当国难当头时，人们便会情不自禁地想起陆游。清末的梁启超面临着深重的民族危机，在《读陆放翁集》一诗中写道：“诗界千年靡靡风，兵魂销尽国魂空。集中十九从军乐，亘古男儿一放翁。”由此可见，陆游诗歌对后世的影响不仅在诗歌艺术方面，更重要的是在其精神思想方面。

第四节 陆游的词和散文

一、陆游词的内容和艺术成就

陆游的词现存140余首。陆游对词先是否定，认为它是从“郑卫之音”而来且“其变愈薄”的产物，但后来的态度有所变化，认为重要的是如何使用这种简短可爱的文学形式。

陆游的词像他的诗一样表达了爱国内容，这对词的发展也是一种贡献。有的词与爱国热情结合在一起，抒发了他的豪情壮志，如《诉衷情》：

青衫初入九重城，结交尽豪英。腊封夜半传檄，驰骑谕幽并。　时易失，志难成，鬓丝生。平章风月，弹压江山，别是功名。

陆游词的艺术风格多样，以超迈豪放、纤丽婉约、清雄旷达为主。如《钗头凤·红酥手》写得纤丽婉约，《卜算子·咏梅》写得清雄旷达：

驿外断桥边，寂寞开无主。已是黄昏独自愁，更著风和雨。　无意苦争春，一任群芳妒。零落成泥碾作尘，只有香如故。

而《诉衷情》则是超迈豪放：

当年万里觅封侯，匹马戍梁州。关河梦断何处？尘暗旧貂裘。　胡未灭，鬓先秋，泪空流。此生谁料，心在天山，身老沧州。

陆游十分推崇苏轼的词，说它“歌之曲终，觉天风海雨逼人”（《跋东坡七夕词后》），因此受到了苏词较多的影响。

二、陆游的散文及艺术成就

陆游《渭南文集》中的部分序跋传记有较高的文学价值，一些短篇题跋、书后之类，往往写得精警雄奇，很有特色。如《跋李庄简公家书》，仅仅数十字便勾勒出李光的“英伟刚毅之气”。

《老学庵笔记》根据陆游的书斋“老学庵”命名，所记内容大致可分两部分，一是平时所见的人、事及其评论；二是读书写作的心得。

《入蜀记》记叙的是作者乾道元年（1165）沿长江入蜀的见闻，多记自然风光、人文地理等，文字颇简练。尤其过三峡的一部分，多有对自然景物及名胜古迹的描述，读来饶有趣味。

陆游散文内容充实，见解深刻，感情强烈，禀赋宏大，造旨深远，文笔雅健。

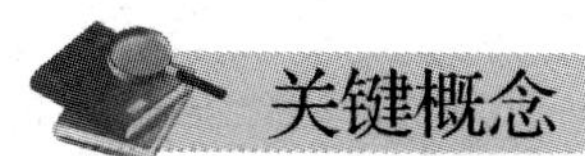

关键概念

陆游　　爱国诗歌　　现实主义　　浪漫主义

思考题

1. 简述陆游的生平。
2. 简述陆游爱国诗歌的内容。
3. 试论陆游诗歌的艺术成就和影响。

第八章　辛弃疾以及辛派词人

本章提示

掌握辛弃疾的生平。

掌握辛弃疾词的思想内容：(1) 爱国词中背诵《鹧鸪天》、《菩萨蛮》、《永遇乐·京口北固亭怀古》、《水龙吟·登建康赏心亭》等。(2) 闲适词、农村词、爱情词中背诵《青玉案·元夕》、《清平乐》、《西江月》、《摸鱼儿》等。

掌握辛弃疾词的艺术成就：(1) 辛弃疾词的豪放风格。(2) 辛弃疾词的表现手法。(3) 辛弃疾词的地位和影响。

辛派词人：(1) 熟悉陈亮词的内容和艺术特点。(2) 熟悉刘过词的内容与艺术特点。

第一节　辛弃疾的生平与思想

辛弃疾（1140—1207），字幼安，号稼轩，出生于金国初期的济南府历城县。辛家世代仕宦，具有爱国热情。辛弃疾自幼受老师的教诲、同学的影响，深受儒家思想的熏陶，具有强烈的爱国热情。1161 年 9 月，金主完颜亮大举南侵，金国后方军民趁机“屯聚蜂起”，纷纷起义，辛弃疾也毅然组织族亲民众 2 000 人起义，参加了济南耿京的农民起义军，任“掌书记”。辛弃疾的朋友义端和尚经辛弃疾动员也归属了耿京。后来义端偷取耿京大印逃往金营，被追捕处决。其后辛弃疾代表义军与南宋联系，当他北归时，叛徒张安国谋害了耿京，并劫持了部分义军归顺金国。辛弃疾与部下 50 余人直闯金营，缚张安国于马上，当场号召上万义军反正，渡淮归附南宋。

辛弃疾富有政治头脑和军事才能。他归宋后的第二年，张浚北伐失败。辛弃疾写《美芹十论》献给宋孝宗，分析敌我形式，提出北伐措施，极具见地。后来在任建康通判时又向朝廷上《论阻江为险须藉两淮疏》和《议练民兵守淮疏》，对淮南重要的战略地位以及依靠民兵巩固两淮防务的重要性进行了论证。辛弃疾将抗战北伐的期望寄托在曾战胜过金人的宰相虞允文身上，向他呈上了有名的北伐计划书——《九议》。辛弃疾还在自己任上进行了切实有效的准备工作，他曾历任滁州知府和江东、江西、京西、湖北、湖南、两浙、福建等地安抚使、转运副使、提点刑狱等职，做了很多好事。如“宽征薄赋，招流散，教民兵，议屯田”（《宋史·辛弃疾传》），还不顾众议，“起盖寨栅、招步军二千人，马军五百人”，创建了一支“飞虎军”（《宋史·辛弃疾传》）。但宋金对峙渐趋稳定，主和派一直占据上风，再兼辛弃疾是所谓的“归正”人员，一直得不到信任，南宋政府只是利用其才能来治理地方。1181年，辛弃疾因弹劾落职，退居江西上饶带湖，自号稼轩。他一生三次被罢官，在年富力强之际困居江西农村近20年！后来宰相韩侂胄想以北伐来提高自己的声望，起用辛弃疾，使任浙东安抚使、镇江知府等职。此时距辛弃疾归宋已43年了。辛弃疾正积极准备北伐，韩侂胄又莫名其妙地将其免职。不久韩侂胄北伐大败，辛弃疾受到指责，于第二年赍志而没。

第二节 辛弃疾词的思想内容

一、爱国词

清代陈廷焯在《白雨斋词话》中赞叹辛弃疾说：“辛稼轩，词中之龙也!”《稼轩词》存词600多首，虽然有闲适词、农村词和艳情词等，但抗战词是其最主要的部分，他以词为武器来表达自己强烈的爱国热情，将苏轼开启的豪放词发展到了一个新的高峰。

在内容上辛词最突出的特征是以慷慨悲歌、壮志难酬但又乐观豪放的情绪来表现其强烈的爱国热情和对投降派的憎恶。翻阅《稼轩词》，触目都是这类词句。如《鹧鸪天》前面的小序说：“有客慨然谈功名，因追念少年时事，戏作。”下阕这样写：“追往事，叹今吾，春风不染白髭须。却将万字平戎策，换得东家种树书。”约作于庆元六年(1200)辛弃疾罢居瓢泉时。上阕回忆突击金营的英雄往事，下阕由叙事转抒情，豪迈徒转悲凉，结韵写出南渡后壮心抱负落空的落寞。再如《破阵子·为陈同甫赋壮词以寄》：

> 醉里挑灯看剑，梦回吹角连营。八百里分麾下炙，五十弦翻塞外声。沙场秋点兵。　马作的卢飞快，弓如霹雳弦惊。了却君王天下事，赢得生前身后名。可怜白发生！

此词约作于与陈亮唱和《贺新郎》之后不久，辛疾弃时任福州知府兼福建安抚使。开篇虚拟，亦“醉”亦“梦”，写出沙场点兵之豪迈气概。继之激烈战斗场景，征尘劈面，气势逼人。最后写“可怜白发生”，梁启超说：“无限感慨，哀同父，亦自哀也。”

（《艺蘅馆词选》）又如《菩萨蛮·书江西造口壁》：

郁孤台下清江水，中间多少行人泪。西北望长安，可怜无数山。　　青山遮不住，毕竟东流去。江晚正愁余，山深闻鹧鸪。

上片分写山水，由清江之水而及人之清泪，诉不尽的国耻民辱，书不完的伤心泪史；写山则暗用唐代李勉“望阙”之意，寓万劫不易的耿耿忠心。下片山水合写，以不住的江流喻时光的易逝、时事的变迁。最后两句写晚闻鹧鸪，更衬托出国愁与乡愁，意境更加沉郁。全词忠愤填膺，悲壮与惋惜同蕴其中。又如“南共北，正分裂”（《贺新郎》），“剩水残山无态度”（《贺新郎》），“马革裹尸当自誓，蛾眉伐性休重说”（《满江红》），“要挽银河仙浪，西北洗胡沙”（《水调歌头》），“袖里珍奇光五色，他年要补天西北”（《满江红》）等等。辛弃疾的爱国热情总是和他的壮志不遂、虚度年华的人生慨叹结合在一起，显得尤为精警动人。

在这方面的词作中，《永遇乐·京口北固亭怀古》、《水龙吟·登建康赏心亭》、《摸鱼儿·更能消》等是其代表作。《永遇乐·京口北固亭怀古》写于镇江知府任上。面对江山而发浩叹，气势颇似苏轼的《念奴娇·赤壁怀古》。词作缅怀古来业绩，叹英雄无觅，比较两段北伐史实，引出教训，显示出偏安一隅之可悲。以廉颇自比，以示自己老当益壮之志，并对朝廷不用抗金人士感到愤懑。《水龙吟·登建康赏心亭》作于建康通判任上。词作借古讽今，以“闲愁”启“国愁”，面对六朝兴亡的历史遗迹感慨今昔，抒写深沉的国忧。把酒临江，感叹英雄无用武之地，面对苟安的现状无比愤懑。而《摸鱼儿·更能消》以失宠美人自况，一唱三叹，曲折地表达了自己的忧谗畏讥的心境，对得志的小人提出了警告。结尾处写斜阳烟柳，令人回肠荡气，哀叹无穷。《白雨斋词话》评曰：“词意殊怨，然姿态飞动，极沉郁顿挫之致。”

二、闲适词、农村词、爱情词

辛弃疾的闺情词也写得十分出色，如《青玉案·元夕》：

东风夜放花千树，更吹落、星如雨。宝马雕车香满路。凤箫声动，一夜鱼龙舞。　　蛾儿雪柳黄金缕，笑语盈盈暗香去。众里寻他千百度，蓦然回首，那人却在，灯火阑珊处。

以追寻恋人来衬托自己孤高的性格，正如前人所说，是有所寄托的。

他的一些闲适词也极具特色，闲适的外表下往往蕴含着情感的波涛。如《丑奴儿》：

少年不识愁滋味，爱上层楼；爱上层楼，为赋新词强说愁。而今识尽愁滋味，欲说还休；欲说还休，却道天凉好个秋。

个中滋味，只有寸心可知。辛弃疾直接描写农村生活的词有三四十首，对农村的景色和劳动生活都有反映，有的词写得清新可喜。如《清平乐》：

茅檐低小，溪上青青草。醉里吴音相媚好，白发谁家翁媪？　大儿锄豆溪东。中儿正织鸡笼。最喜小儿无赖，溪头卧剥莲蓬。

此词作于闲居带湖时，是农村生活小场景的素描，风俗人情，眼前耳际，形态神貌，活灵活现，惟妙惟肖，甚富情趣。又如《西江月》：

明月别枝惊鹊，清风半夜鸣蝉。稻花香里说丰年，听取蛙声一片。　七八个星天外，两三点雨山前。旧时茅店社林边，路转溪桥忽见。

此词也作于闲居带湖时，描摹江南夏夜美景，笔调跳跃活泼，曲尽其妙而深具魅力。

第三节　辛弃疾词的艺术成就

一、辛弃疾词的豪放风格

在艺术上，辛弃疾一扫“词境尖新”的旧论，而是创造出雄奇廓大的意境，“气魄极雄大，意境却极沉郁”（陈廷焯《白雨斋词话》）深刻地指出了辛词最突出的审美特征。如《永遇乐·京口北固亭怀古》：

千古江山，英雄无觅，孙仲谋处。舞榭歌台，风流总被，雨打风吹去。斜阳草树，寻常巷陌，人道寄奴曾住。想当年金戈铁马，气吞万里如虎。　元嘉草草，封狼居胥，赢得仓皇北顾。四十三年，望中犹记，烽火扬州路。可堪回首，佛狸祠下，一片神鸦社鼓。凭谁问，廉颇老矣，尚能饭否？

词境高远苍劲，雄健开阔，正是辛词的典型代表。在辛词中，许多物象一扫前人词作的柔婉，显得刚劲挺拔，甚至大有超迈唐诗之处，完全突破了所谓的“诗庄词媚”的观念。

此外，辛词善于以吊古伤今、登高怀远、运用典故的方式来营造廓大的词境。如《水龙吟·登建康赏心亭》：

楚天千里清秋，水随天去秋无际。遥岑远目，献愁供恨，玉簪螺髻。落日楼头，断鸿声里，江南游子。把吴钩看了，栏杆拍遍，无人会，登临意。　休说鲈鱼堪脍，尽西风，季鹰归未？求田问舍，怕应羞见，刘郎才气。可惜流年，忧愁风雨，树犹如此！倩何人、唤取红巾翠袖，揾英雄泪？

此词既有登高，又有怀远；既吊古又伤今；但悲中见壮，伤感中寄寓豪放，在绵延低回中尽显英雄气概，实有“词中之龙”之气象。

另外，辛词长于比兴寄托，主要是由他所处的“孤危”的地位决定的。他继承了香草美人的传统，往往托“儿女之情，写君臣之事”，这反倒使他的词在慷慨豪放中呈现出细腻婉约的风貌，如《摸鱼儿》：

更能消、几番风雨，匆匆春又归去。惜春长怕花开早，何况落红无数。春且住，见说道、天涯芳草无归路。怨春不语。算只有殷勤，画檐蛛网，尽日惹飞絮。

长门事，准拟佳期又误。蛾眉曾有人妒。千金纵买相如赋，脉脉此情谁诉？君莫舞。君不见、玉环飞燕皆尘土！闲愁最苦。休去倚危楼，斜阳正在，烟柳断肠处。

词境在开阔宏大中又蕴涵着细腻深微的情感，有明显的婉约词的影响。

二、辛弃疾词的地位和影响

辛弃疾在一定意义上可以说是宋词的集大成者。辛词不仅取法豪放和婉约两派，还兼及六经、楚辞、庄子及前代诸诗人，其语言也是熔经铸史，兼取前代诗人、词人之长。《稼轩词》中，各种词体几乎无所不备，在中国词史上也只有辛弃疾一个人达到了这种境界。

宋词到了辛弃疾的手中更加成熟，单以表现手法而论，他的词可谓词坛之冠。所以，如果说苏轼是为词立了法，辛弃疾则是集宋词之大成者。

辛弃疾出现之后，立即吸引了一批追随者，他们成为一个声势浩大的爱国词派，历史上称为辛派词人。其中主要有陈亮、刘过、韩元吉、杨炎正、刘克庄、刘辰翁等。陈亮的《龙川词》、刘克庄的《后村别调》、刘辰翁的《须溪词》都较有影响。

第四节 辛派词人

一、陈亮

陈亮（1143—1194），字同甫，号龙川，有《龙川词》。他是辛弃疾的好友，也是辛派词人中的重要作家。在思想上，他与辛弃疾一样，坚定地主张北伐，曾给朝廷写过《中兴论》、《上孝宗皇帝书》等，表达忧国忧民的心情。他在词中写道：“离乱从头说，爱吾民、金缯不爱，蔓藤累葛。”“父老长安今余几？后死无仇可雪。”（《贺新郎》）他的名作是《水调歌头·送章德茂大卿使虏》：

不见南师久，谩说北群空。当场只手，毕竟还我万夫雄。自笑堂堂汉使，得似洋洋河水，依旧只流东。且复穹庐拜，会向藁街逢。　　尧之都，舜之壤，禹之封，于中应有，一个半个耻臣戎。万里腥膻如许，千古英灵安在，磅礴几时通？胡运何须问，赫日自当中！

词中充满了强烈的民族自豪感和爱国热情，在结构上也疏朗刚健，开合大度，风格豪放雄奇，颇有辛词的格局。陈廷焯认为："精警奇肆，几于握拳透爪。可作中兴露布读"（《白雨斋词话》卷一），确是会心之论。

陈词在题材以及情感方面与辛词大致相似，表现技法也颇多接近之处。《念奴娇·登多景楼》是他"以词为文"的代表作：

危楼还望，叹此意、今古几人曾会？鬼设神施，浑认作、天限南疆北界。一水横陈，连岗三面，做出争雄势。六朝何事，只成门户私计。　因笑王谢诸人，登高怀远，也学英雄涕。凭却长江管不到，河洛腥膻无际。正好长驱，不须反顾，寻取中流誓。小儿破贼，势成宁问强对！

喜用典故也是陈词的特点之一，如《水调歌头·和赵周锡》："安识鲲鹏变化，九万里风在下，如许上南溟！斥鴳旁边笑，河汉　头倾。"用的是《庄子·逍遥游》中的寓言。对于口语，陈词也有吸收，如《洞仙歌·丁未寿朱元晦》："许大乾坤这回大。向上头些子，是雕鹗抟空，篱底下，只有黄花几朵。"

陈词虽然努力模仿学习辛词，但无论是内容还是艺术上都与之有一定的差距。在内容上，陈词比较单调狭窄，而在艺术上，不仅显得议论过多，整体上也显得较为粗糙。

二、刘过

刘过（1154—1206），字改之，号龙洲道人，一生不仕。有《龙洲词》。他年龄比陆游、辛弃疾小许多，但因主张抗战，且词风相近，所以和他们以及陈亮都有很深的友谊。刘过在《六州歌头·题岳鄂王庙》中说："狡兔依然在，良犬先烹。过旧时营垒，荆鄂有遗民。忆故将军，泪如倾。"怀念岳飞、憎恨权奸之情溢于言表。刘过对辛弃疾十分崇拜，在《呈稼轩》诗中说："书生不愿黄金印，十万提兵去战场。只欲稼轩一题品，春风侠骨死犹香。"作词刻意效法稼轩，如《沁园春》：

斗酒彘肩，风雨渡江，岂不快哉。被香山居士，约林和靖，与坡仙老，驾勒吾回。坡谓"西湖，正如西子，浓抹淡妆临镜台"。二公者，皆掉头不顾，只管衔杯。　白云"天竺飞来。图画里、峥嵘楼阁开。爱东西双涧，纵横水绕，两峰南北，高下云堆"。逋曰"不然，暗香浮动，争似孤山先探梅。须晴去，访稼轩未晚，且此徘徊"。

此词仿效辛弃疾《沁园春·将止酒戒酒杯使勿近》的对话体，将白居易、林逋和苏轼的诗化人，构思奇特，深得辛词豪迈狂放、幽默活泼的神韵。

刘过一生浪迹江湖，豪纵自许，狂放不羁，他说："人间世，算谪仙去后，谁是天才?"（《沁园春》）"坐则高谈风月，醉则恣眠芳草。"（《水调歌头·晚春》）但有时也对自己的拙于谋身自悲自惭："四举无成，十年不调。"（《沁园春·卢蒲江席上时有新第宗室》）"笑书生无用，富贵拙身谋。"（《六州歌头·吊岳王庙》）但他并不是没有才能，连年老的陆游也对之另眼相看："放翁七十病欲死，相逢尚能刮眼看。"（《赠刘改之秀才》）

刘熙载曾说："刘改之词，狂逸之中，自饶俊致，虽沉着不及稼轩，足以自成一家。"（《艺概》）刘过以文为词，不重音律，造语狂宕，有时不免粗疏。但他的词风格多样，大多数词还是沿袭旧题材，语言风格也委婉缠绵。

关键概念

辛派词人

思考题

1. 简述辛弃疾的生平。
2. 简述辛弃疾词的内容。
3. 试论辛弃疾词的艺术成就和影响。

第九章　南宋后期的诗人

本章提示

永嘉四灵与江湖派诗人：(1) 解释永嘉四灵。(2) 解释江湖派诗。

熟悉文天祥、汪元量、谢翱等人的代表作和各自的艺术特点。

第一节　永嘉四灵与江湖派诗人

一、永嘉四灵

陆游以后先后出现了三种诗潮，其一就是以永嘉四灵为代表的四灵诗派。所谓永嘉四灵，是指四个诗人，即徐玑（字灵渊）、徐照（字灵晖）、翁卷（字灵舒）、赵师秀（字灵秀），因其名字中均含一个“灵”字，故称“永嘉四灵”，又称四灵诗派。叶适曾编选《四灵诗选》，为之揄扬。

永嘉四灵标举晚唐诗风，要求以清新之语言写野逸清瘦之趣，作诗崇尚贾岛、姚合。赵师秀曾选贾岛、姚合的诗，编为《二妙集》，作品也与贾岛、姚合一样，五律为主。今存的“四灵”诗集中，五律皆占一半以上。他们每人存诗只有一二百首，他们的诗虽对江西诗派有一定的反拨作用，但毕竟多表现闲逸生活，内容比较单薄。宋末方回批评“四灵”说：“所用料不过‘花、竹、鹤、僧、琴、药、茶、酒’，于此数物一步不可离，而气象小矣。”（《瀛奎律髓》卷 10）

但他们的诗中也有一些清新可读的诗作。如：

绿遍山原白满川，子规声里雨如烟。乡村四月闲人少，才了蚕桑又插田。

（翁卷《乡村四月》）

黄梅时节家家雨，青草池塘处处蛙。有约不来过夜半，闲敲棋子落灯花。

（赵师秀《约客》）

石路入青莲，来游出偶然。峰高秋月射，岩裂野烟穿。萤冷粘棕上，僧闲坐井边。虚堂留一宿，宛似雁山眠。

（赵师秀《龟峰寺》）

“四灵”出现的时候，江西诗派已趋衰微，当时陆游、杨万里等人的诗风影响也很大，“四灵”的兴起在主观上也是想打破江西派的藩篱，他们选取被人冷落的晚唐诗风加以弘扬，但因所选不当和才力不逮，终于没有形成大的影响。

二、江湖派诗人

陆游以后第二个声势较大的诗派是江湖诗派。作者多是落第文人，生活上也多流浪江湖，以献诗卖艺为生，成为江湖诗客。后来，杭州书商陈起为这些人先后刻印诗集，总称为《江湖集》，此派因而得名。权相史弥远从新刊的《江湖集》中找出“讪谤朝政”的诗句，《江湖集》被劈版禁毁，且诏禁士大夫作诗，“江湖诗祸”反而提升了江湖诗派的声誉。

江湖派诗人多以辛辣而尖刻的诗笔讽刺各种不合理的社会现象，甚至忤逆权贵，其集亦因此曾遭禁毁。刘克庄、戴复古是其中的代表人物。他们的诗作具有深刻的现实意义。还有一批江湖派诗人看透了南宋王朝已无法挽救，甘心远离尘世，乐于在自然景物中寻找慰藉，用短小的绝句来描绘一些令人赏心悦目的情景，这群人中以叶绍翁为其代表。

江湖诗人擅长写景抒情，长于白描而字句精丽，也有一些好诗。如：

天阔雁飞飞，松江鲈正肥。柳风欺客帽，松露湿僧衣。塔影随潮没，钟声隔岸微。不堪回首处，何日可东归？

（陈允平《青龙渡头》）

应怜屐齿印苍苔，小扣柴扉久不开。春色满园关不住，一枝红杏出墙来。

（叶绍翁《游园不值》）

刘克庄（1187—1269）在江湖诗人中年龄最长，官位最高，最喜欢提携后进。他一生为官 60 年，四次被罢。四灵诗派和陆游对他都有影响。刘克庄一生写了 130 多首咏梅诗词，因《落梅》一诗中有“东风谬掌花权柄，却忌孤高不主张”两句，被言官李知孝等人指控为“讪谤当国”，而一再被黜，坐废十年，这就是文学史上著名的“落梅诗案”。刘克庄关心现实，忧国忧民，写了《国殇行》、《筑城行》、《苦寒行》等乐府诗，如《军中乐》：

行营面面设刁斗，帐门深深万人守。将军贵重不据鞍，夜夜发兵防隘口。自言虏畏不敢犯，射麋捕鹿来行酒。更阑酒醒山月落，彩缣百段支女乐。谁知营中血战人，无钱得合金疮药！

直言揭露了军队的腐败和不平，继承了乐府精神。又如《戊辰即事》：

“诗人安得有青衫？今岁和戎百万缣。从此西湖休插柳，剩栽桑树养吴蚕。”

对当时岁贡和戎的策略提出了讽刺，有陆游的诗风。

戴复古（1167—?），字式之，号石屏，浙江天台人，多次参加科举考试，皆落第。他喜漫游，性旷达，师从陆游，作诗推崇杜甫、陈子昂，多时事感慨。如：

有客游濠梁，频酌淮河水。东南水多咸，不如此水美。春风吹绿波，郁郁中原气。莫向北岸汲，中有英雄泪。

《频酌淮河水》

横冈下瞰大江流，浮远堂前万里愁。最苦无山遮望眼，淮南极目尽神州！

《江阴浮远堂》

雄奇旷达，直言无忌，已经超越了江西诗派乃至四灵诗派的影响。

戴复古论诗推崇杜甫等人，他在《论诗十绝》（其一）中说：“飘零忧国杜陵老，感遇伤时陈子昂。近日不闻秋鹤唳，乱蝉无数噪斜阳。”在国家生死存亡之秋，内忧外患接连不断之际，有些诗人只知吟咏风月，对国难民瘼漠不关心，戴氏对杜、陈的推崇与对时风的贬斥形成了强烈的对照，表现了他的诗歌主张。

第二节 文天祥、汪元量与谢翱等

一、文天祥

南宋灭亡前兴起了一股爱国诗潮，涌现了像文天祥、汪元量、谢翱、林景熙、郑思肖这样的爱国诗人。文天祥（1236—1283）用诗歌记录了自己从出使元营被拘逃脱直到从容就义的人生遭遇和心路历程。他在《过零丁洋》里写道：

辛苦遭逢起一经，干戈寥落四周星。山河破碎风飘絮，身世浮沉雨打萍。惶恐滩头说惶恐，零丁洋里叹零丁。人生自古谁无死，留取丹心照汗青！

结尾两句已成为千古传颂的名句。他的另一首名作《正气歌》更加表现了他的凛然正气、英雄气概和爱国情怀：

天地有正气，杂然赋流形。下则为河岳，上则为日星。于人曰“浩然”，沛乎塞苍冥。皇路当清夷，含和吐明庭。时穷节乃现，一一垂丹青；在齐太史简，在晋董狐笔；在秦张良椎，在汉苏武节；为严将军头，为嵇侍中血；为张睢阳齿，为颜常山舌；或为辽东帽，清操厉冰雪；或为《出师表》，鬼神泣壮烈；或为渡江楫，慷慨吞胡羯；或为击贼笏，逆竖头破裂。是气所磅礴，凛烈万古存；当其贯日月，生死安足论！地维赖以立，天柱赖以尊；三纲实系命，道义为之根。嗟余遘阳九，隶也实不力。楚囚缨其冠，传车送穷北。鼎镬甘如饴，求之不可得。……顾此耿耿存，仰视浮云白。悠悠我心悲，苍天曷有极？哲人日已远，典型在夙昔。风檐展书读，古道照颜色。

诗中颂扬了历代忠臣义士的高风亮节，自我砥砺，树立起了一个道德与正义的楷模。

他的《指南录序》和《后序》历数了他从镇江逃回南方的艰险经历，慷慨雄壮，真切动人，表现了他的“臣心一片磁针石，不指南方不肯休”的不屈不挠的意志和忠贞不渝的爱国热情。

文天祥晚期的重要诗作是把杜甫的诗句重新组合成诗，叫做“集杜诗”。他在燕京狱中写《集杜诗》一卷，共五言绝句200首，这不是文字游戏，而是独立的文学创作，他借杜诗来记叙自己的抗元历程，表达自己的情怀，正如他自己在集杜诗的《自序》中所说：“予所集杜诗，自余颠沛以来，世变人事，概见于此矣”。

二、汪元量、谢翱等

汪元量（约1241—约1317），字大有，钱塘人。他是供奉内廷的琴师，元灭宋后，跟随被掳的三宫去北方，后来当了道士，又南归钱塘。他目睹了宋亡的过程，把被俘北上见闻纪之于诗，其代表作是《醉歌》10首、《湖州歌》98首和《越州歌》20首。如：

一掬吴山在眼中，楼台叠叠间青红。锦帆后夜烟江上，手抱琵琶忆故宫。

（《湖州歌》之五）

乱点连声杀六更，荧荧庭燎待天明。侍臣已写归降表，臣妾签名谢道清。

（《醉歌》之五）

前一首写被俘的宫女乘舟离开临安的情景，对故国的思念溢于言表。后一首记述南宋的太皇太后谢氏在降表上签名之事，深含悲愤之情。汪元量的这些组诗独特价值在于真实地记录了南宋灭亡的情景，表现了深切的爱国之情。“水云（汪元量）之诗，亦宋亡之诗史也。”（李钰《湖山类稿跋》）

谢翱（1249—1295）在遗民诗人中成就较高，其诗反映了在异族统治者压制下的悲愤心情。如《西台哭所思》借悼念文天祥来表达自己的情怀：“残年哭知己，白日下荒台。泪落吴江水，随潮到海回。故衣犹染碧，后土不怜才。未老山中客，惟应赋八哀。”《秋夜词》运用隐喻的手法抒写了亡国的哀思：“愁生山外山，恨杀树边树。隔断秋月明，不使共一处。”《效孟郊体七首》也很成功。谢翱的诗辞意精警，词藻瑰丽，风格高古，有李贺、孟郊的诗风。

其他的遗民诗人也有许多好作品，如谢枋得（1226—1289）的《武夷山中》：“十年无梦得还家，独立青峰野水涯。天地寂寥山雨歇，几生修得到梅花?”林景熙（1242—1310）的《读文山集》：“书生倚剑歌激烈，万壑松声助幽咽。世间泪洒儿女别，大丈夫心一寸铁。”另外，郑思肖、萧立之、文及翁等也有佳作。

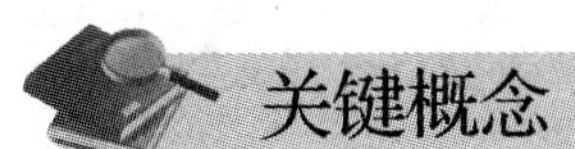

关键概念

永嘉四灵　　江湖派诗人

思考题

简述南宋后期爱国诗人诗歌的主要内容。

第十章　南宋后期的词人

本章提示

姜夔与吴文英：(1) 熟悉姜夔的生平。(2) 掌握姜夔词的内容。背诵《扬州慢》、《暗香》、《疏影》等。(3) 掌握姜夔词的艺术成就。(4) 熟悉吴文英的生平与词的内容，背诵《风入松》等。(5) 掌握吴文英词的艺术成就。

其他词人：(1) 熟悉张炎、王沂孙词的内容。(2) 掌握张炎、王沂孙词的艺术特点。

第一节　姜夔与吴文英

一、姜夔

1. 姜夔的生平与词的内容

姜夔（约1155—1209），字尧章，鄱阳（今江西波阳）人。寓居吴兴（今浙江湖州市）时，因所居地邻白石洞天，遂号白石道人，后世多称姜白石。姜夔工诗善词，精于音律，兼善书法，著有《白石词》。姜夔早年科场失意，屡试不第，一生未入仕途，生活主要靠亲友资助生活。长住杭州，游历过长江中下游的许多地区，曾与范成大有密切交往，晚年与陆游等人为友。姜夔词的内容主要以流连风景、咏物赠答、慨叹身世、歌咏恋情为主，也有一些是写时世之慨、身世之悲的。

姜夔一生清苦，但为人耿直狷介，孤高自许而不失其格，对晚唐的陆龟蒙十分敬仰，屡屡表示要追随他。如《点绛唇·丁未冬过吴松作》：

> 燕雁无心，太湖西畔随云去。数峰清苦，商略黄昏雨。　第四桥边，拟共天随住。今何许？凭栏怀古，残柳参差舞。

姜夔从湖州往苏州谒见范成大，往返于湖州、苏州之间，与当年陆龟蒙的遭际颇

姜夔浪迹江湖

有相似之处，故写下了此词。上片眼前即景，雁随云飞去，山苦欲雨；下片抚今吊古，愿随古人相伴江湖，但知音难觅，只剩下残柳参差飘舞。风格高古苍劲，有“清苦”之致。而《霓裳中序第一》则真实地表现了他的乡国之愁，身世之悲和飘零之感：

亭皋正望极，乱落红莲归未得。多病却无气力，况纨扇渐疏，罗衣初索。流光过隙，叹杏梁双燕如客。　　人何在？一帘淡月，仿佛照颜色。幽寂，乱蛩吟壁，动庾信、清愁似织。沉思年少浪迹，笛里关山，柳下坊陌。坠红无信息，漫暗水涓涓溜碧。飘零久，而今何意，醉卧酒垆侧！

词人将多重愁绪糅合在一起，真实地表现了他的情感世界。

在家国之悲方面，他的早期作品《扬州慢》是其代表作：

淮左名都，竹西佳处，解鞍少驻初程。过春风十里，尽荠麦青青。自胡马窥江去后，废池乔木，犹厌言兵。渐黄昏，清角吹寒，都在空城。　　杜郎俊赏，算而今重到须惊。纵豆蔻词工，青楼梦好，难赋深情。二十四桥仍在，波心荡、冷月无声。念桥边红药，年年知为谁生。

词前的小序说：“淳熙丙申至日，予过维扬。夜雪初霁，荠麦弥望。入其城，则四顾萧条，寒水自碧，暮色渐起，戍角悲吟。予怀怆然，感慨今昔，因自度此曲。千岩老人以为有《黍离》之悲也。”《诗经・王风・黍离》中写道：“行迈靡靡，中心摇摇。

知我者，谓我心忧；不知我者，谓我何求。”姜夔此词确实有《黍离》之悲，但不同的是此词不仅有鲜明的抒情形象，更重要的是营造了清幽的意境。尤其是下片，确实有“深情”“难赋”之致。

姜夔一生有朋友近百人，他们大都是正直的知识分子。在他的词中，有一部分就是表达朋友之情的，其中最为典型的是《八归·湘中送胡德华》：

芳莲坠粉，疏桐吹绿，庭院暗雨乍歇。无端抱影销魂处，还见筱墙萤暗，藓阶蛩切。送客重寻西去路，问水面琵琶谁拨。最可惜一片江山，总付与啼鴂。

长恨相从未款，而今何事，又对西风离别。渚寒烟淡，棹移人远，缥缈行舟如叶。想文君望久，倚竹愁生步罗袜。归来后、翠尊双饮，下了珠帘，玲珑闲看月。

此词的立意与《诗经·豳风·东山》末章有近似之处，全词从不同的角度入手，以白描手法写景抒情，情景相容，笔力浑然流转，一气到底，将友情抒写得酣畅淋漓。

姜夔词中的爱情篇章主要是怀念所谓“合肥情人”的。姜夔约在淳熙三年（1176）到合肥，结识了一位勾栏中女子，往来约十年。姜夔先后为之赋词十八九首之多。如：

燕燕轻盈，莺莺娇软。分明又向华胥见。夜长争得薄情知？春初早被相思染。

别后书辞，别时针线。离魂暗逐郎行远。淮南皓月冷千山，冥冥归去无人管。

（《踏莎行》）

肥水东流无尽期，当初不合种相思。梦中未比丹青见，暗里忽惊山鸟啼。

春未绿，鬓先丝。人间别久不成悲。谁教岁岁红莲夜，两处沉吟各自知。

（《鹧鸪天》）

两首皆为感梦之作，均写得深情流溢。尤其是前一首，更有不胜之致，以致王国维说：“白石之词，余所最爱者，亦仅二语，曰：‘淮南皓月冷千山，冥冥归去无人管。’”（《人间词话》）

另外，姜夔的咏物词如《暗香》、《疏影》等也写得十分出色。

2. 姜夔词的艺术成就

姜夔的词所以对后世有很大的影响，主要在于其独特的艺术成就。

首先，他善于运用暗喻、联想等艺术手法，吸收了婉约派词的深微细腻的表现方法，还从晚唐与江西诗派的清丽而富有哲理的诗风中受到启发，从而创造出清丽幽深的意境，表现出一种清雅之美。如《暗香》：

旧时月色，算几番照我，梅边吹笛。唤起玉人，不管清寒与攀摘。何逊而今渐老，都忘却春风词笔。但怪得竹外疏花，香冷入瑶席。　　江国，正寂寂。叹寄与路遥，夜雪初积。翠尊易泣，红萼无言耿相忆。长记曾携手处，千树压西湖寒碧。又片片吹尽也，几时见得？

词作咏梅兼及怀人，上片写月色照我，梅边吹笛，下片写江国寂寂，路遥雪积，玉人不在，梅花无言。朦胧而空灵，情景在变幻中促生交融，有玉壶冰心之情致。再如《疏影》：

苔枝缀玉，有翠禽小小，枝上同宿。客里相逢，篱角黄昏，无言自倚修竹。昭君不惯胡沙远，但暗忆、江南江北。想佩环、月夜归来，化作此花幽独。犹记深宫旧事，那人正睡里，飞近蛾绿。莫似春风，不管盈盈，早与安排金屋。还教一片随波去，又却怨、玉龙哀曲。等恁时、重觅幽香，已入小窗横幅。

本词与《暗香》均为应范成大之邀而作，写梅花冰清玉洁，兼寓故国之思。由花落而及惜花护花，运思深微妙绝，语言可谓玲珑剔透，意象含蓄而又鲜明，寄托遥深而又清淡，充分表现了姜夔词在营造意境方面的特征。

其次，姜夔精于音律，其词也极富音乐美。在姜夔的词集中，有 17 首自注工尺谱。他善于修改旧曲，自度新曲，而且都以音律和谐为原则。其自度曲中如《扬州慢》、《暗香》、《疏影》、《长亭怨慢》等，今天读来，仍觉音律和谐，句式张弛有度，舒卷自如。姜夔词多用拗句、拗调，易于营造清峻挺拔的词境，与花间派和婉约派词的温软平熟的词境有很大不同。

最后，姜夔词在艺术风格上也有其多样性。如他在用字炼句方面十分讲究，像“无奈苕溪月，又唤我扁舟东下”（《探春慢·衰草愁烟》），“数峰清苦，商略黄昏雨”（《点绛唇·燕雁无心》）等，不仅都富有清丽幽婉、挺拔俊洁的特点，并且还有着诗的韵致。《长亭怨慢》写传统的离愁题材就有别于婉约风格：

渐吹尽，枝头香絮。是处人家，绿深门户。远浦萦回，暮帆零乱向何许？阅人多矣，谁得似，长亭树？树若有情时，不会得青青如此！　　日暮，望高城不见，只见乱山无数。韦郎去也，怎忘得玉环吩咐？第一是、早早归来，怕红萼、无人为主。算只有并刀，难剪离愁千缕。

词作当写于绍熙二年（1191）词人在合肥与情人离别时。上片咏柳絮飞花，远浦萦回，暮帆零乱，又以柳树之无情，反衬离情之沉痛。下片写暮色中渐行渐远，反复回味情人临别叮嘱，将依依的深情轻轻地渲染出来。但词前的小序说：“予颇喜自制曲，初率意为长短句，然后协以律，故前后阕多不同。桓大司马云：‘昔年种柳，依依汉南；今看摇落，凄怆江潭；树犹如此，人何以堪！’此语予深爱之。”从其命意就可看出，这已不同于一般的离愁别绪，而上升到了一种生命的深情，所以在柔婉中透显出一股清刚之气。

前人对姜夔的词评价很高，如张炎称姜夔词：“姜白石词如野云孤飞，去留无迹”，“不惟清空，又且骚雅，读之使人神观飞越”。（《词源》）

二、吴文英

1. 吴文英的生平及词的内容

吴文英（约1200—1260），字君特，号梦窗，又号觉翁，四明鄞县人。他一生不仕，游荡江湖而足迹不出江浙一带，曾做过贾似道、吴潜、史宅之等显贵的门客，晚年困顿而死。他虽长期做门客与幕僚但从不为名利折腰，人格清高。有词集《梦窗词》。

吴文英词作多达340首，但因生活经历所限，他的词题材主要还是恋情、咏物、伤今怀古与和酬赠唱。如《风入松》怀念亡姬：

> 听风听雨过清明，愁草瘗花铭。楼前绿暗分携路，一丝柳、一寸柔情。料峭春寒中酒，交加晓梦啼莺。　　西园日日扫林亭，依旧赏新晴。黄蜂频扑秋千索，有当时、纤手香凝。惆怅双鸳不到，幽阶一夜苔生。

词的境界亦真亦幻，似真似梦，由痴迷而生幻觉，再将幻觉写成现实，显示出了高超的词艺。再如《渡江云三犯·西湖清明》上阕写恋情：

> 羞红颦浅恨，晚风未落，片绣点重茵。旧堤分燕尾，桂棹轻鸥，宝勒倚残云。千丝怨碧，渐路入、仙坞迷津。肠漫回，隔花时见，背面楚腰身。

意象之朦胧有李商隐之风。如《唐多令》写羁旅愁思：

> 何处合成愁？离人心上秋。纵芭蕉，不雨也飕飕。都道晚凉天气好，有明月，怕登楼。年事梦中休，花空烟水流。　　燕辞归，客尚淹留。垂柳不萦裙带住，漫长是，系行舟。

张炎《词源》评曰："此辞疏快，却不质实，如是者集中尚有，惜不多耳。"又如《思佳客》写春日景色：

> 迷蝶无踪晓梦沉，寒香深闭小庭心。欲知湖上春多少，但看楼前柳浅深。愁自遣，酒孤斟，一帘芳景燕同吟。杏花宜带斜阳看，几阵东风晚又阴。

生动传神，在对景色的描写之中，有一种惜春的情怀溢出字里行间。

2. 吴文英词的艺术成就

吴文英的词在气魄和才力上都显不足，但在艺术技巧上有一定的发展。

第一，吴文英精通音律，对于词的声调的安排与音乐曲调间的关系十分重视。他在《还京乐》词前的小序中说，有时词成"命乐工以筝、笙、琵琶，方响迭奏"来演试，看是否音律协调，再加上吴文英过于专注于抒发自己内心世界细腻深微的情感，不考虑可接受性，因此，吴文英的词十分"密丽"，"如七宝楼台，眩人眼目，碎拆下来，不成片段"（张炎《词源》）。这实际上是说吴词在结构上善于打破时空的自然顺序，按照音律和情感的需要来安排，如他的自度曲《莺啼序》，长达240字：

残寒正欺病酒，掩沉香绣户。燕来晚、飞入西城，似说春事迟暮。画船载、清明过却，晴烟冉冉吴宫树。念羁情游荡，随风化为轻絮。　　十载西湖，傍柳系马，趁娇尘软雾。溯红渐、招入仙溪，锦儿偷寄幽素。倚银屏、春宽梦窄，断红湿、歌纨金缕。暝堤空，轻把斜阳，总还鸥鹭。　　幽兰渐老，杜若还生，水乡尚寄旅。别后访、六桥无信，事往花萎，瘗玉埋香，几番风雨？长波妒盼，遥山羞黛，渔灯分影春江宿，记当时、短楫桃根渡。青楼仿佛，临分败壁题诗，泪墨惨淡尘土。　　危亭望极，草色天涯，叹鬓侵半苎。暗点检、离痕欢唾，尚染鲛绡，亸凤迷归，破鸾慵舞。殷勤待写，书中长恨，蓝霞辽海沉过雁，谩相思、弹入哀筝柱。伤心千里江南，怨曲重招，断魂在否？

该词是词史上最长的词调，主要是写对逝去的恋人的追忆之情。第一阕写伤春，第二阕写十年前的相遇，第三阕追忆别后相思，第四阕再将相似情事加以概括，不仅在段落安排上多有跳跃之处，就是在每阕之间也有穿插，足见吴词的这一特点。

吴文英极善虚实互化。将实景化为虚景，将虚景化为实景，创造出如梦如幻的艺术境界，如《风入松》怀念亡姬，就创造出了一种亦真亦幻，似真似梦的艺术境界。再如《八声甘州·陪庾幕诸公游灵岩》：

渺空烟，四远是何年、青天坠长星？幻苍崖云树，名娃金屋，残霸宫城。箭泾酸风射眼，腻水染花腥。时靸双鸳响，廊叶秋声。　　宫里吴王沉醉，倩五湖倦客，独钓醒醒。问苍波无语，华发奈山青。水涵空、阑干高处，送乱鸦、斜日落鱼汀。连呼酒，上琴台去，秋与云平。

开篇将灵岩山和馆娃宫比为青天陨落的星辰，再写历史事实，最后再入幻景。再如《思佳客·赋半面女髑髅》更将半面枯骨幻化美丽少女：

钗燕拢云睡起时。隔墙折得杏花枝。青春半面妆如画，细雨三更花又飞。　　轻爱别，旧相知。断肠青冢几斜晖。乱红一任风吹起，结习空时不点衣。

第三，吴文英极善营造朦胧的意境。如《渡江云三犯·西湖清明》上阕写恋情就有李商隐的朦胧之美。上面引述的《唐多令·何处合成愁》写羁旅愁思也有这样的特点。

第四，语言色彩强烈，搭配组合自由，如"腻涨红波"写池水，"倩霞艳锦"写云彩，而"飞红若到西湖底，搅翠澜、总是愁鱼"、"落絮无声春堕泪"等句子都很好地运用了通感的手法。

此外，吴词中也有明快流畅之作。如《鹧鸪天》：

池上红衣伴倚阑，栖鸦常带夕阳还。殷云度雨疏桐落，明月生凉宝扇闲。

乡梦窄，水天宽，小窗愁黛淡秋山。吴鸿好为传归信，杨柳阊门屋数间。

吴文英的词在艺术上进行了大胆探索，他与姜夔同为南宋词坛上的巨匠。

第二节 刘克庄与戴复古

一、刘克庄

刘克庄既是著名的江湖派诗人，同时也是辛派词人，在南宋词坛上，与刘过、刘辰翁齐名，时称为“三刘”。著有《后村别调》，传词260多首。

刘克庄的词有意识地继承了辛弃疾的风格，也继承了辛词的爱国主义精神。他的很多词都表现出反对投降、主张恢复、忧国伤时、愤世嫉俗的情绪，抒发了强烈的爱国热情。如《沁园春·梦孚若》借怀念友人方孚若来表达他的爱国之情和雄心壮志：

何处相逢，登宝钗楼，访铜雀台。唤厨人斫就，东溟鲸脍，圉人呈罢，西极龙媒。天下英雄，使君与操，余子谁堪共酒杯？车千两，载燕南赵北，剑客奇材。

饮酣、画鼓如雷，谁信被晨鸡轻唤回。叹年光过尽，功名未立，书生老去，机会方来。使李将军，遇高皇帝，万户侯何足道哉！披衣起，但凄凉感旧，慷慨生哀，

上片借梦境表达了对友人的赞扬敬慕之意，同时也寄托了“奇才”复国的愿望；下片则说机会虽来，自己已然老了，从而“凄凉感旧，慷慨生哀”，大有辛弃疾的“凭谁问，廉颇老矣，尚能饭否”的情志。风格豪放雄劲，激情流溢，而且善用典故，确有辛词的风致。再如《贺新郎·送陈真州子华》：

北望神州路，试平章、这场公事，怎生分付？记得太行山百万，曾入宗爷驾驭。今把作、握蛇骑虎。君去京东豪杰喜，想投戈、下拜真吾父。谈笑里，定齐鲁。

两河萧瑟惟狐兔。问当年、祖生去后，有人来否。多少新亭挥泪客，谁梦中原块土。算事业、须由人做。应笑书生心胆怯，向车中、闭置如新妇。空目送，塞鸿去。

词作借送友人上任之机，希望他团结义民，平定齐鲁一带，然后再趁机北伐。全词意气慷慨，其志与宗泽等爱国将领相通，即使放在辛词中也不逊色。而《贺新郎·实之三和有忧边之语，走笔答之》则是一首勉励投笔从戎的力作：

国脉微如缕。问长缨、何时入手，缚将戎主。未必人间无好汉，谁与宽些尺度。试看取、当年韩五。岂有谷城公付授，也不予、曾遇骊山母。谈笑起，两河路。

少时棋柝曾联句。叹而今、登楼揽镜，事机频误。闻说北风吹面急，边上冲梯屡舞。君莫道、投鞭虚语。自古一贤能制难，有金汤、便可无张许？快投笔，莫题柱。

词作忧国伤时，悲郁莫名，但又希望统治者启用像唐代的张巡、许远那样的名将来

抗击敌军，最后则直呼“快投笔，莫题柱”，表现了一个爱国知识分子的深重的责任感。

刘克庄写身世之感的词也有佳作。如《玉楼春·戏林推》：

年年跃马长安市，客舍似家家似寄。青钱换酒日无何，红烛呼卢宵不寐。易挑锦妇机中字，难得玉人心下事。男儿西北有神州，莫滴水西桥畔泪。

词作大部分写自己旅居京华的经历，只是饮酒狎妓之类，似乎意志消沉，但最后两句一转，将前面的放荡生活化为忧国愤世的情绪，使词得到了升华。

刘克庄的词也有一些风格清婉的，如《忆秦娥》：

梅谢了，寒垣冻解鸿归早。鸿归早，凭伊问讯，大梁遗老。　浙河西面边声悄，淮河北去炊烟少。炊烟少，宣和宫殿，冷烟衰草。

词风有似婉约派，但其中的伤时愤世之情，却还是一如他的豪放词。

二、戴复古

戴复古是著名的江湖派诗人，有一些优秀的词作，现存《石屏词》一卷，传其词40多首。

戴复古是一位具有爱国热情并关注现实的知识分子，他虽一生难入仕途，但始终不忘国事。自己请缨无路，他只好把自己的希望寄托在爱国将领身上。如《满庭芳·楚州上巳万柳池应监丞领客》：

三月春光，群贤胜践，山阴何似山阳。鹅池墨妙，曲水记流觞。自许风流丘壑，何人共、击楫长江。新亭上，山河有异，举目恨堂堂。　使君，经世志，十年边上，两鬓风霜。问池边杨柳，因甚凄凉。万树重新种了，株株在、桃李花傍。仍须待，剩栽兰芷，为国洗河湟。

上片写东晋名士只知曲水流觞，自许风流，不知进取报国；下片借对主人的赞美，寄寓着“为国洗河湟”的理想。忧思之深，寄寓之重，令人动容。再如《水调歌头·题李季允侍郎鄂州吞云楼》：

轮奂半天上，胜概压南楼。筹边独坐，岂欲登览快双眸。浪说胸吞云梦，直把气吞残虏，西北望神州。百载好机会，人事恨悠悠。　骑黄鹤，赋鹦鹉，谩风流。岳王祠畔，杨柳烟锁古今愁。整顿乾坤手段，指授英雄方略，雅志若为酬。杯酒不在手，双鬓恐惊秋。

当时李季允为沿江制置副使，词的上片想象李季允“胜概压南楼”，“直把气吞残虏”的气概，末尾却笔锋一转，以“百载好机会，人事恨悠悠”承接下片，指出了南宋百年不能复国，实是因人事之误，而结语更是表现了世事难料、双鬓惊秋的悲凉感，发人深省。

戴复古写身世之感的词也很出色。如《沁园春》：

> 一曲狂歌，有百余言，说尽平生。费十年灯火，读书读史，四方奔走，求利求名。蹭蹬归来，闭门独坐，赢得穷吟诗句清。夫诗者，皆吾侬平日，愁叹之声。
>
> 空余豪气峥嵘，安得良田二顷耕。向临邛涤器，可怜司马，成都卖卜，谁识君平。分则宜然，吾何敢怨，蝼蚁逍遥戴粒行。开怀抱，有青梅荐酒，绿树啼莺。

全词如泣如诉，娓娓道来，出于直白而意蕴隽永，不动声色而深情流溢，可谓心有郁结者。

戴复古的词主要继承苏轼、辛弃疾的豪放词风，词风境界开阔，结构跌宕起伏，出于奇崛而不失清丽。但他的词也有另一种风格，如《满江红·赤壁怀古》：

> 赤壁矶头，一番过、一番怀古。想当时、周郎年少，气吞区宇。万骑临江貔虎噪，千艘列炬鱼龙怒。卷长波、一鼓困曹瞒，今如许。　江上渡，江边路。形胜地，兴亡处。览遗踪，胜读史书言语。几度东风吹世换，千年往事随潮去。问道傍、杨柳为谁春，摇金缕。

同是赤壁怀古，这首词与苏轼的词风大不相同，在豪放中更显示出一种透脱与流丽，与后来的元曲有某种近似之处。

第三节　周密、王沂孙、张炎、刘辰翁与蒋捷等

一、周密

周密（1232—1298），字公谨，号草窗、蘋洲、四水潜夫等，出身世代官宦的书香门第，南宋末年曾做过几任小官，宋亡后不仕，与吴文英、王沂孙、张炎等当时许多著名文人有密切交往。宋亡以前的作品收在《频洲渔笛谱》内，宋亡后的作品收在《草窗词》中，传词250多首。

周密前期的词对姜夔、吴文英的词风进行了综合，既有姜夔的意趣淳雅，又有吴文英的清爽明丽，形成了典雅清丽的词风。宋亡后，他的词风虽然没有大的改变，但词作的内容却由流连风月转向了悲苦的故国情思。

周密前期的词较少反映危殆的国家形势，后期的词则多写亡国之痛。1276年，临安陷落，他逃到绍兴，作了《一萼红·登蓬莱阁有感》，这首词后来被当做他的代表作：

步深幽。正云黄天淡，雪意未全休。鉴曲寒沙，茂林烟草，俯仰千古悠悠。岁华晚、飘零渐远，谁念我、同载五湖舟。磴古松斜，崖阴苔老，一片清愁。　回首天涯归梦，几魂飞西浦，泪洒东州。故国山川，故园心眼，还似王粲登楼。最怜他、秦鬟妆镜，好江山、何事此时游。为唤狂吟老监，共赋销忧。

词人家国破散，无处栖身，"故国山川，故园心眼，还似王粲登楼"，其沉痛之情，令人耸然动容。陈廷焯说此词"苍茫感慨，情见乎词，当为草窗集中压卷"（《白雨斋词话》卷二）。另外，像《献仙音·吊雪香亭梅》也有同样的情致：

松雪飘寒，岭云吹冻，红破数椒春浅。衬舞台荒，浣妆池冷，凄凉市朝轻换。叹花与人凋谢，依依岁华晚。　共凄黯。共东风、几番吹梦，应惯识当年，翠屏金辇。一片古今愁，但废绿、平烟空远。无语销魂，对斜阳、衰草泪满。又西泠残笛，低送数声春怨。

雪香亭是临安清波园附近的一个著名的亭子，曾经四朝临幸，词人游此而起故国之思，是极为自然的事。词作上片写雪香亭的清凉情景，下片追忆当年的繁华，以"无语销魂，对斜阳、衰草泪满"等数句作结，令人黯然神伤。

周密抒写离愁别绪和身世之感的词也十分出色。如《玉京秋·长安独客，又见西风，素月丹枫凄然其为秋也，因调夹钟羽一解》：

烟水阔。高林弄残照，晚蜩凄切。碧砧度韵，银床飘叶。衣湿桐阴露冷，采凉花、时赋秋雪。叹轻别，一襟幽事，砌蛩能说。　客思吟商还怯。怨歌长、琼壶暗缺。翠扇恩疏，红衣香褪，翻成消歇。玉骨西风，恨最恨、闲却新凉时节。楚箫咽，谁倚西楼淡月。

词作大有柳永《雨霖铃》的情致，但又融入了更多的人生感慨，隐含着流年易度、年华易逝的忧思。词风清澈疏朗，婉约明丽。再如《三姝媚·送圣与还越》写身世之感：

浅寒梅未绽。正潮过西陵，短亭逢雁。秉烛相看，叹俊游零落，满襟依黯。露草霜花，愁正在、废宫芜苑。明月河桥，笛外樽前，旧情消减。　莫诉离肠深浅。恨聚散匆匆，梦随帆远。玉镜尘昏，怕赋情人老，后逢凄惋。一样归心，又唤起、故园愁眼。立尽斜阳无语，空江岁晚。

词作描写了送别的种种情景，"俊游零落，满襟依黯"的身世之感与"废宫芜苑"、"故园愁眼"的黍离之悲融合在一起，使词风在婉约中透出一股沉郁之气。

另外，周密写景的《闻鹊喜·吴山观涛》也很著名：

天水碧，染就一江秋色。鳌戴雪山龙起蛰。快风吹海立。　数点烟鬟青滴，一枰霞绡红湿。白鸟明边帆影直，隔江闻夜笛。

词风清快，已不是婉约派所能涵盖的了，也体现出了周密词风格的多样性。戈载在《宋七家词选》中评论周密的词说："其词尽洗靡曼，独标清丽，有韶倩之色，有绵渺之思，与梦窗旨趣相侔。"

二、王沂孙

王沂孙（生卒年不详），字圣与，号碧山，会稽人，事迹多不可考，活动应多在吴越一带，在会稽、杭州的时间最长，与宋末元初的周密、张炎等交往比较密切。曾为元任庆元路学正。有《花外集》，又名《碧山乐府》。

其现存64首词中，咏物词占了34首。王沂孙善将情景互融，并将感情隐藏很深。《宋四家词选目录序论》说他"咏物最争托意，隶事处以意贯串，浑化无痕，碧山胜场也"。如《天香·咏龙涎香》中"汛远槎风，梦深薇露，化作断魂心字"。《齐天乐·萤》中"汉苑飘苔，秦陵坠叶，千古凄凉不尽"等，都有这样的特点。

他的词多写故国之思，并与人生的沧桑感融化在一起。如大约写于宋亡前的《眉妩·新月》：

渐新痕悬柳，淡彩穿花，依约破初暝。便有团圆意，深深拜，相逢谁在香径？画眉未稳，料素娥、犹带离恨。最堪爱、一曲银钩小，宝帘挂秋冷。　千古盈亏休问。叹慢磨玉斧，难补金镜。太液池犹在，凄凉处，何人重赋清景。故山夜永。试待他、窥户端正。看云外山河、还老尽、桂华影。

词作使用了象征和拟人手法，先是从新月的初生写起，再从杜甫的《新月》诗中化出"画眉未稳"，最后写月照故国而复国不得的哀痛。

《庆宫春·水仙花》大约写于宋亡之后：

明玉擎金，纤罗飘带，为君起舞回雪。柔影参差，幽芳零乱，翠围腰瘦一捻。岁华相误，记前度、湘皋怨别。哀弦重听，都是凄凉，未须弹彻。　国香到此谁怜，烟冷沙昏，顿成愁绝。花恼难禁，酒销欲尽，门外冰澌初结。试招仙魄，怕今夜、瑶簪冻折。携盘独出，空想咸阳，故宫落月。

词作借用了李贺《金铜仙人辞汉歌》的诗意追忆亡国之前的繁华，对照亡国之后的凄冷，精警动人。

在王沂孙的词中，将故国之思与身世之感融为一体是其重要的主题，词的数量也较多，艺术成就也较突出。如《天香·龙涎香》：

孤峤蟠烟，层涛蜕月，骊宫夜采铅水。讯远槎风，梦深薇露，化作断魂心字。红甆候火，还乍识、冰环玉指。一缕萦帘翠影，依稀海天云气。　几回殢娇半醉。翦春灯、夜寒花碎。更好故溪飞雪，小窗深闭。荀令如今顿老，总忘却、樽前旧风味。谩余熏，空篝素被。

作者详细地描写了龙涎香的产地及加工过程，流溢着故国之思。由于作者融进了真挚的情感，所以多有动人之处。

在艺术上，王沂孙的词多有特色。他的词善于营造情景交融的意境，使情景浑然一体，相得益彰，如《庆宫春·水仙花》；还善于将“咏物”和“言志”结合起来，善于使用比兴、拟人等艺术手法，通过丰富的联想，将无生命的事物赋予生命，如《齐天乐·蝉》：

绿槐千树西窗悄，厌厌昼眠惊起。饮露身轻，吟风翅薄，半翦冰笺谁寄。凄凉倦耳。漫重拂琴丝，怕寻冠珥。短梦深宫，向人犹自诉憔悴。　残虹收尽过雨，晚来频断续，都是秋意。病叶难留，纤柯易老，空忆斜阳身世。窗明月碎。甚已绝余音，尚遗枯蜕。鬓影参差，断魂青镜里。

词作描写了蝉化身为女子的身世和经历，通过窗中人的眼睛，隐含了宫女的凄凉的生活。

王沂孙的词承袭了婉约派的词风，在当时就有一定的声誉和影响。他的词使咏物词的表现艺术有所发展，对清代常州词派产生了相当大的影响。

三、张炎

张炎（1248—约1320），字叔夏，号玉田，临安人，有《山中白云词》。张炎是抗金名将张俊的六世孙，其曾祖父张濡在镇守独松关时杀死元使，宋亡后被斩。张炎的父、祖辈多能诗工词。张炎跟父亲学作词，又跟杨缵学声律，《词源》也记其父张枢晓畅音律，每作一词，也必先使歌者按之，稍有不协，随即改正。可见他的音律学也有家学渊源。张炎早年词多写贵公子的优游生活，摹写风月，宋亡后过着穷困而颠沛流离的生活。其词多写亡国之痛，词风清雅疏朗。

张炎词中较有价值的是那些既写亡国之痛又融入自己身世之感的作品。如《高阳台·西湖春感》：

接叶巢莺，平波卷絮，断桥斜日归船。能几番游，看花又是明年。东风且伴蔷薇住，到蔷薇、春已堪怜。更凄然。万绿西泠，一抹荒烟。　当年燕子知何处，但苔深韦曲，草暗斜川。见说新愁，如今也到鸥边。无心再续笙歌梦，掩重门、浅醉闲眠。莫开帘，怕见飞花，怕听啼鹃。

词写西湖景色，具有浓厚的情感色彩，将亡国之恨和身世之感以一种凄清幽怨的格调表现出来。又如《解连环·孤雁》：

楚江空晚。怅离群万里，恍然惊散。自顾影、欲下寒塘，正沙净草枯，水平天远。写不成书，只寄得、相思一点。料因循误了，残毡拥雪，故人心眼。谁怜旅愁荏苒，谩长门夜悄，锦筝弹怨。想伴侣、犹宿芦花，也曾念春前，去程应转。暮雨相呼，怕蓦地、玉关重见。未羞他、双燕归来，画帘半卷。

将身世之感化为孤雁的形象，在国破家亡时显得尤为孤独清冷，情感曲折隐晦而又清晰可见。此词使他赢得了“张孤雁”的雅号。

由于特殊的历史背景，张炎的词多以托物言志、借物抒情的方式来表达自己的情感。如《南浦·春水》：

波暖绿粼粼，燕飞来、好是苏堤才晓。鱼没浪痕圆，流红去、翻笑东风难扫。荒桥断浦，柳阴撑出扁舟小。回首池塘青欲遍，绝似梦中芳草。　和云流出空山，甚年年净洗，花香不了。新渌乍生时，孤村路、犹忆那回曾到。余情渺渺。茂林觞咏如今悄。前度刘郎归去后，溪上碧桃多少。

词中通过对西湖景色的描写，对苏轼、白居易、刘禹锡等人的怀念，委婉地表达了他强烈的故国之思。而《思佳客·题周草窗武林旧事》就更为典型：

梦里瞢腾说梦华，莺莺燕燕已天涯。蕉中覆处应无鹿，汉上从来不见花。今古事，古今嗟。西湖流水响琵琶。铜驼烟雨栖芳草，休向江南问故家。

对故国的思念岂止是魂牵梦绕，但也只能“休向江南问故家”。言辞精美典雅，深情流溢，愈是曲折，反而愈显强烈。

亡国前，张炎的六世祖张俊在临安有宅第花园，宋亡后被籍没。张炎有一些词追忆了当时的繁华生活，如《长亭怨·旧居有感》：“望花外、小桥流水，门巷愔愔，玉箫声绝。鹤去台空，佩环何处弄明月。十年前事，愁千折、心情顿别。露粉风香谁为主，都成消歇。凄咽。晓窗分袂处，同把带鸳亲结。江空岁晚，便忘了、尊前曾说。恨西风不庇寒蝉，便扫尽、一林残叶。谢杨柳多情，还有绿阴时节。”花木之盛，管弦之繁，都是“十年前事”，如今西风落叶，一篇萧瑟。另外如《忆旧游·过故园有感》也表现了同样的情绪。

张炎还是重要的词论家。他的《词源》是较早的也是十分重要的词学理论专著。他在这部著作中全面系统地阐述了有关词的形式、题材及表现方法诸问题，推花间、南唐乃至姜、吴以来的传统词派为正宗。除“序”之外，书分两卷，上卷论词乐，下卷则论词的制作。张炎从词可以演唱的角度出发，定出词的音律标准：“词以协音为先，音者何？谱是也，古人按律制谱，以词定声，此正‘声依永，律合声’之遗意”（《音谱》条）。在内容上，既强调“簸弄风月，陶写性情”，又认为“志之所之，一为情役，则失其雅正之音”（《序》），要求以“雅正”节制情的泛滥。张炎论词，认为辛弃疾的豪放词不属于“雅词”的范畴，对苏轼的词不加评论，对柳永的浮艳卑俗、浅率直露的市井风气表示不满。在这样的基础上，张炎提出了自己的词学审美艺术范型：“词要清空，不要质实，清空则古雅峭拔，质实则凝涩晦味，姜白石词如孤云野飞，去留无迹；吴梦窗词如七宝楼台，眩人眼目，碎折下来，不成片段——此清空质实之说”（《清空》）。所谓“清空”，应该既是指意象的灵动的组合方式，也兼含具体的技巧手法，更重要的是要求用笔疏朗，情、景交融共映，意境飘逸洒爽，灵动清明。

应该说，张炎的词创作体现了他的词学审美理想。他的词中经常出现一种飘逸清冷而又灵动不拘的意境。如《台城路·寄姚江太白山人陈文卿(别本文卿作又新)》的下阕这样写道：“寒香深处话别。病来浑瘦损，懒赋情切。太白闲云，新丰旧雨，多少英游消歇。回潮似咽。送一点秋心，故人天末。江影沉沉，露凉鸥梦阔。”用语新奇爽朗而不生硬，的确有清远空阔之致。再如《摸鱼儿·高爱山隐居》的下阕：“还重省。岂料山中秦晋，桃源今度难认。林间即是长生路，一笑元非捷径。深更静，待散发吹箫，跨鹤天风冷。凭高露饮，正碧落尘空，光摇半壁，月在万松顶。”展现出了一片清冷空阔的心灵世界。他的词有时也能营构出雄奇空阔的艺术境界。如《壶中天·夜渡古黄河，与沈尧道、曾子敬同赋》的下阕：“迎面落叶萧萧，水流沙共远，都无行迹。衰草凄迷秋更绿，惟有闲鸥独立。浪挟天浮，山邀云去，银浦横空碧。扣舷歌断，海蟾飞上孤白。”秋江落叶，浪天闲鹤，在清远辽阔中透出一股雄浑。

有时，张炎也塑造出肃杀凄凉的意境，如《清平乐》：

> 候蛩凄断，人语西风岸。月落沙平江似练，望尽芦花无雁。　　暗教愁损兰成，可怜夜夜关情。只有一枝梧叶，不知多少秋声。

张炎还在有的词中用前代诗人之事，并化用前人诗意来增加词的内涵。如《摸鱼儿·别处梅》的下阕：“归时候，花径青红尚有。好游何事诗瘦，龟蒙未肯寻幽兴，曾恋志和渔叟。吟啸久。爱如此清奇，岁晚忘年友。呼船渡口。叹西出阳关，故人何处，愁在渭城柳。”词中涉及了唐朝的诗人陆龟蒙、张志和、王维等人以及有关诗作，营造出了“如此清奇”的词境。

张炎是宋末的重要词人，他的词题材较宽，词境也较明畅，对清初浙西词派有一定的影响。他在《词源》中提出了“清空”、“骚雅”等概念，成为后世词学研究中的重要范畴。

四、刘辰翁

刘辰翁（1233—1297），江西庐陵（今江西吉安）人，字会孟，号须溪，南宋著名的爱国词人，曾任濂溪书院山长，元灭宋后不再出仕。刘辰翁诗文并擅，词作的成就尤高。他生平著述颇丰。尤善评点，堪称批评史上第一位评点巨擘。他的诗文曾结集一百卷，但在明代就已经失传。清人据《永乐大典》辑得《须溪集》十卷。

作为著名的爱国词人，刘辰翁继承了辛弃疾的词风和爱国主义传统，对当时的腐败投降和官吏的昏庸无能进行了无情的揭露。如《六州歌头》：

向来人道，真个胜周公。燕然眇，浯溪小，万世功，再建隆。十五年宇宙，宫中赝，堂中伴，翻虎鼠，搏鹑雀，覆蛇龙。鹤发庞眉，憔悴空山久，来上东封。便一朝符瑞，四十万人同。说甚东风，怕西风。（自注：都人窃议者称西头。）甚边尘起，渔阳惨，霓裳断，广寒宫。青楼杳，（自注：都城籍妓皆隶歌舞，无敢犯。）朱门悄，镜湖空，里湖通。（自注：葛岭瞰里湖，无敢过。）大纛高牙去，人不见，港重重。斜阳外，芳草碧，落花红。抛尽黄金无计，方知道、前此和戎。但千年传说，夜半一声铜，何面江东。

词前的小序说："乙亥二月，贾平章似道督师至太平州鲁港，未见敌，鸣锣而溃。后半月闻报，赋此。"据《宋史纪事本末》卷106记载，贾似道率南宋精兵六七万迎敌，一触即溃，加速了南宋的灭亡。词作写贾似道为相十数年，自认为能够再造宋室，实是昏庸专权，投降卖国，致使有此大败，最后质问他有何面目见江东父老。全词铿锵有力，充满了凛然的正气。又如和李清照的《永遇乐》：

璧月初晴，黛云远淡，春事谁主。禁苑娇寒，湖堤倦暖，前度遽如许。香尘暗陌，华灯明昼，长是懒携手去。谁知道，断烟禁夜，满城似愁风雨。　　宣和旧日，临安南渡，芳景犹自如故。缃帙流离，风鬟三五，能赋词最苦。江南无路，鄜州今夜，此苦又谁知否。空相对，残釭无寐，满村社鼓。

作者在词前的小序中说："余自乙亥上元诵李易安永遇乐，为之涕下。今三年矣，每闻此词，辄不自堪。遂依其声，又托之易安自喻。虽辞情不及，而悲苦过之。"词作先是追忆故都的繁华，再写眼下的"断烟禁夜，满城似愁风雨"，进而以李清照自喻，写亡国后的悲苦之情。而《兰陵王·丙子送春》则更为集中地表现了他在南宋亡国以后的黍离之悲：

送春去，春去人间无路。秋千外，芳草连天，谁遣风沙暗南浦。依依甚意绪，漫忆海门飞絮。乱鸦过，斗转城荒，不见来时试灯处。　　春去，最谁苦？但箭雁沉边，梁燕无主，杜鹃声里长门暮。想玉树凋土，泪盘如露。咸阳送客屡回顾，斜日未能度。　　春去，尚来否？正江令恨别，庾信愁赋。（自注：二人皆北去。）苏堤尽日风和雨。叹神游故国，花记前度。人生流落，顾孺子，共夜语。

其悲苦之情无以排遣，给人以天地难以容纳之感。描写这一类心情的，还有《柳梢青·春感》：

铁马蒙毡，银花洒泪，春入愁城。笛里番腔，街头戏鼓，不是歌声。　那堪独坐青灯。思故国、高台月明。辇下风光，山中岁月，海上心情。

清新疏朗，真情流溢，充分传达出了在蒙古人统治下深切的心理感受。

刘辰翁还有一些词将亡国之恨和身世之感融合起来，写得凄凉动人。如《青玉案·用辛稼轩元夕韵》：

雪销未尽残梅树。又风送、黄昏雨。长记小红楼畔路，杵歌串串，鼓声叠叠，预赏元宵舞。　天涯客鬓愁成缕，海上传柑梦中去。今夜上元何处度，乱山茅屋，寒炉败壁，渔火青荧处。

词作上片主要写往日元宵佳节繁华欢乐的情形，下片主要写梦中想象流落海上的南宋朝廷传桔过节的情景，最后写自己“今夜上元何处度”，将个人身世的衰微与朝廷的覆灭联系起来，精警动人。

刘辰翁有一些小词也别具一格，或清新，或刚健。刚健者如上面引述的《柳梢青·春感》，清新者如：

点点疏林欲雪天，竹篱斜闭自清妍，为伊憔悴得人怜。　欲与那人携素手，粉香和泪落君前，相逢恨恨总无言。

（《浣溪沙·感别》）

远远游蜂不记家，数行新柳自啼鸦，寻思旧事即天涯。　睡起有情和画卷，燕归无语傍人斜，晚风吹落小瓶花。

（《浣溪沙·春日即事》）

前一首写情人的复杂心理，刻画得细致入微，极富生活气息；后一首描绘春日景色，颇为生动。

在艺术上，刘辰翁的词继承了辛弃疾、刘过的豪放派词风，虽豪放有所不及，但悲郁愤懑则有过之。《须溪词》中有很多用比兴寄托的手法抒发了国破家亡的感情和黍离之悲，情感跌宕顿挫，音节铿锵有力，意蕴深厚，往往使人如登重山，有无穷的涵纳引人品味体察。他的词可以说是豪放一派的殿军，在宋末元初的词坛上独树一帜。

五、蒋捷

蒋捷（生卒年月不详），字胜欲，号竹山，宋末著名词人。度宗咸淳十年（1274）进士，年轻时为贵公子，宋亡不仕。著有《竹山词》。

在宋末元初的词坛上，蒋捷词的内容和风格都比较独特。在内容方面，他既写亡国之恨，身世之悲，也咏物酬答，几乎事事入词；在艺术风格上，他既效法苏轼、刘过等人的豪放风格，也学习姜夔等人的婉约风格，甚至还学习民歌。他的词中，这些风格不仅并存，而且难有主次之分。

蒋捷抒写亡国之恨的重要的代表作是《贺新郎》：

> 梦冷黄金屋。叹秦筝、斜鸿阵里，素弦尘扑。化作娇莺飞归去，犹认纱窗旧绿。正过雨、荆桃如菽。此恨难平君知否，似琼台、涌起弹棋局。消瘦影，嫌明烛。　　鸳楼碎泻东西玉。问芳悰、何时再展，翠钗难卜。待把宫眉横云样，描上生绡画幅。怕不是、新来妆束。彩扇红牙今都在，恨无人、解听开元曲。空掩袖，倚寒竹。

词作先是以梦境的方式追忆往日的生活情景和故国的繁华，再以妇女装束的变化寓写元人的统治之下生活情景，寓有深切的故国难复的伤痛。他在这方面的作品还有《女冠子·元夕》：

> 蕙花香也。雪晴池馆如画。春风飞到，宝钗楼上，一片笙箫，琉璃光射。而今灯漫挂，不是暗尘明月，那时元夜。况年来、心懒意怯，羞与蛾儿争耍。
> 江城人悄初更打，问繁华谁解，再向天公借。剔残红灺，但梦里隐隐，钿车罗帕。吴笺银粉研，待把旧家风景，写成闲话。笑绿鬟邻女，倚窗犹唱，夕阳西下。

词作以今昔对比的方法抒写出自己无可奈何的亡国之恨。上片写昔日繁华，下片写时人已忘却了故国，“把旧家风景，写成闲话”，大有“商女不知亡国恨”之致。如果说上面是对比和曲写的话，那么《南乡子·塘门元宵》则是不加掩饰地直抒悲情：“翠幰夜游车，不到山边与水涯。随分纸灯三四盏，邻家，便做元宵好景夸。谁解倚梅花，思想灯球坠绛纱。旧说梦华犹未了，堪嗟，才百余年又梦华。”南宋之悲已无须掩饰了。

蒋捷一些写身世之感的词也往往精警动人。如《虞美人·听雨》：

> 少年听雨歌楼上，红烛昏罗帐。壮年听雨客舟中，江阔云低、断雁叫西风。
> 而今听雨僧庐下，鬓已星星也。悲欢离合总无情，一任阶前、点滴到天明。

词作选取了“少年”、“壮年”和“而今”三个“听雨”的阶段，以“雨”为中心意象辐射少年、中年、暮年、歌楼、客舟、僧庐，如银丝穿珠贯穿一生的喜怒哀乐，感怆时事，俯仰身世，凄厉哀婉，将心境的变化与历史的变迁融合在一起。如果说上一首是概括地抒情的话，那么《贺新郎·兵后寓吴》则是十分细腻的白描：

> 深阁帘垂绣。记家人、软语灯边，笑涡红透。万叠城头哀怨角，吹落霜花满袖。影厮伴、东奔西走。望断乡关知何处，羡寒鸦、到著黄昏后。一点点，归杨柳。　　相看只有山如旧。叹浮云、本是无心，也成苍狗。明日枯荷包冷饭，又过前头小阜。趁未发、且尝村酒。醉探枵囊毛锥在，问邻翁、要写牛经否。翁不应，但摇手。

词作描写了一个宋亡之后不肯变节仕元的知识分子的生活与心境。茫茫尘世无处安身，只有“影厮伴、东奔西走”，只有“枯荷包冷饭”，寻一份抄书的差事，但结果只是“翁不应，但摇手”，凄楚酸悲而又倔强不屈的情景跃然纸上。

为人所传颂的《一剪梅·舟过吴江》既是游子伤春之作，也具身世之感：

> 一片春愁待酒浇。江上舟摇，楼上帘招，秋娘度与泰娘娇。风又飘飘，雨又萧萧。　　何日归家洗客袍。银字笙调，心字香烧，流光容易把人抛。红了樱桃，绿了芭蕉。

词写倦游思归之情，表现出作者在离乱颠簸中的特殊心态，令人心旌摇动，不能自已，确是一首绝妙好词。

蒋捷的词还善于吸收民间口语入词。如《昭君怨·卖花人》：

> 担子挑春虽小，白白红红都好。卖过巷东家，巷西家。　　帘外一声声叫，帘里丫环入报。问道：买梅花？买桃花？

开篇不写人，不写花，只说“担子挑春”，仿佛人与花一时俱隐，只有满担的春天在街巷中游走。“白白红红都好”一句将春意与人情融合得了无间隙，表现了人的满眼春色之感，而“卖过巷东家，巷西家”，更仿佛是春的使者在大街小巷中游走，将春色与春意送遍了城市的每个角落。下阕则活画出一幅卖春买春的生趣图，将人的求春、望春、趋春、爱春的情态展示得极其活泼而又新鲜。全词纯用口语，清新淳朴，春意盎然。

蒋捷的词别开生面，既有豪放词的清奇流畅，也有婉约词的含蓄蕴藉，既无辛派词人粗放直率的缺点，也无姜派末流雕饰刻削之病，并对清初阳羡派词人产生了一定影响。

当时还有一些词人，如史达祖、高观国、卢祖皋等，这些人迎合姜夔等的词风，虽然在内容上往往偏于狭窄，但在锻字炼句和音律上又有可取之处。如史达祖的《双双燕·咏燕》：

> 过春社了，度帘幕中间，去年尘冷。差池欲住，试入旧巢相并。还相雕梁藻井，又软语商量不定。飘然快拂花梢，翠尾分开红影。　　芳径，芹泥雨润。爱贴地争飞，竞夸轻俊。红楼归晚，看足柳昏花暝。应自栖香正稳，便忘了天涯芳信。愁损翠黛双蛾，日日画阑独凭。

词作意境清新，情感细腻，节奏上张弛有道。姜夔等人都很欣赏他的词作。再如高观国的《金人捧露盘·水仙花》：

> 梦湘云，吟湘月，吊湘灵。有谁见、罗袜尘生。凌波步弱，背人羞整六铢轻。娉娉袅袅，晕娇黄、玉色轻明。　　香心静，波心冷，琴心怨，客心惊。怕佩解、却返瑶京。杯擎清露，醉春兰友与梅兄。苍烟万顷，断肠是、雪冷江清。

全词营造出了一种奇丽清冷的词境，在艺术上有一定的成就。

关键概念

《白石词》　《梦窗词》　《后村别调》　《石屏词》
《山中白云词》　《词源》　《须溪集》　《竹山词》

思考题

1. 简述姜夔词的内容及艺术成就。
2. 简述吴文英词的内容及艺术成就。
3. 简述刘克庄词的内容及艺术成就。
4. 简述周密、王沂孙、张炎、刘辰翁词的内容及艺术特点。

第十一章　宋代其他文学样式

本章提示

宋代的诗话与词话：(1) 简单掌握宋代诗话、词话概况。(2) 掌握《沧浪诗话》的基本观点。(3) 背诵《沧浪诗话》从“夫诗有别材”至“言有尽而意无穷”一段。

宋代的话本：(1) 掌握宋代话本的内容，举出各类话本的代表作。(2) 掌握宋代话本的艺术成就。

第一节　宋代的诗话与词话

自从欧阳修将自己的诗论著作命名为“诗话”（后人称其为《六一诗话》）之后，宋代“诗话”类著作便十分兴盛。终两宋之世，有近 140 部问世，流传下来的也有 40 多部。

两宋诗话的发展可以分三个阶段。第一阶段以欧阳修的《六一诗话》、司马光的《温公诗话》、刘攽的《中山诗话》为代表。总的看来，这几部诗话的共同倾向是反对当时流行的西昆体，提倡平易自然、言之有物的文风。第二阶段是诗话的发展期，代表作有陈师道的《后山诗话》、葛立方的《韵语阳秋》、魏泰的《临汉隐居诗话》、叶梦得的《石林诗话》、张戒的《岁寒堂诗话》、黄彻的《巩溪诗话》、杨万里的《诚斋诗话》、曾季狸的《艇斋诗话》。这一时期的诗话主要围绕着如何评价江西诗派展开。《后山诗话》、《韵语阳秋》、《艇斋诗话》等推崇江西诗派，《临汉隐居诗话》、《石林诗话》、《岁寒堂诗话》、《巩溪诗话》则对江西诗派多有批评。第三阶段有刘克庄的《后村诗话》、姜夔的《白石诗说》、严羽的《沧浪诗话》。一般以后两种为此时期的代表。

词是晚起的形式，南宋词话也逐渐发展起来，有影响的有王灼的《碧鸡漫志》、张炎的《词源》、沈义府的《乐府指迷》等。《词源》上卷论述了五音十二律等词乐理论，下卷论述字词句法和修饰方法等。

在宋代的诗话中，严羽的《沧浪诗话》是非常重要的一部。严羽，生卒年不详，字仪卿，号沧浪逋客，邵武（今属福建）人，一生未仕。他在诗歌创作方面没有太大的成就，但在文学理论方面卓有建树，他著名的代表作便是《沧浪诗话》。

《沧浪诗话》是一部系统的诗歌理论著作，分“诗辨”、“诗体”、“诗法”、“诗评”、“诗证”五部分，其中“诗辨”最为重要。严羽以禅论诗，推崇“妙悟”，针对苏轼、黄庭坚的“以文字为诗、以才学为诗、以议论为诗”诗风，提出了自己的诗歌主张：

> 夫诗有别材，非关书也；诗有别趣，非关理也。而古人未尝不读书，不穷理。所谓不涉理路，不落言筌者，上也。诗者，吟咏情性也。盛唐诸人惟在兴趣，羚羊挂角，无迹可求。故其妙处透彻玲珑，不可凑泊，如空中之声，相中之色，水中之月，镜中之象，言有尽而意无穷。

严羽推崇盛唐王孟数家，尊重诗歌的形象性、内在神理和特有的审美规律，并试图以此来补救宋诗的说教之弊。他的说法虽然有一定的片面性，但还是具有重要的理论意义和实践价值。

对于如何学习作诗，严羽反对像“四灵”那样注重姚、贾以及中晚唐的诗歌，他最推崇盛唐，但同时却主张“从上做下”，要求对汉魏六朝、初、盛、中、晚唐诗在熟读细参的基础上从“悟”而入，突出“妙悟”的思想，并因此而接触到了中国诗歌创作的本质。

《沧浪诗话》对后世影响很大，清代王士祯的“神韵说”和袁枚的“性灵说”都受到了它的影响。

第二节　宋代的话本

一、宋代话本的产生与内容

宋代文学的一个重要特色是市民化、通俗化，因此形成了市民文艺。在所谓的市民文艺中，“说话”和戏剧最为发达，“说话”是一种纯粹的市民文艺，它直接促进了白话小说即话本的产生和发展。

话本原是宋元讲说艺人演述故事的底本，又简称为话，也称说话、话文，一般分为小说和讲史两类，其中讲史类流传下来的不多。小说类多以爱情、公案故事白话体为主，成就较高。讲史类多以历史故事为题材，语言夹杂浅近的文言文，多是长篇。宋代城市经济发达，讲述故事的场所“瓦子”（或“瓦舍”）众多，因此话本较多，流传下来的也不少。

宋人话本的小说篇目有 140 多种，《永乐大典》中保存甚多，但 1900 年英法联军进北京致《永乐大典》散佚，所以现在仅能见到其中的片段。据考证，现存的宋话本有三十多篇，保存在《清平山堂话本》、熊龙峰所刊小说四种、《喻世明言》、《警世通言》、《醒世恒言》等书中。

具体来说，宋代的话本小说可以分为四类：

一是爱情小说。内容主要描写市民的爱情生活，主要有《碾玉观音》、《闹樊楼多情周胜仙》、《志诚张主管》等。《碾玉观音》以一个新兴的市井细民为主人公，开启了文学史上的新景象。秀秀是一个裱褙匠的女儿，被卖入王府作“养娘”，她对爱情有着强烈的渴望。她本已和崔宁逃离了虎口，但由于郭排军讨好主子咸安郡王，将他们的地址报告了郡王，致使两人重陷牢笼，秀秀竟被乱棒打死。秀秀的鬼魂仍坚持与崔宁为妻，并向郭排军复了仇。小说对封建专制进行了抨击，对秀秀进行了热情的歌颂。《闹樊楼多情周胜仙》中的周胜仙主动表白爱情，为了爱情，历经波折，死后为鬼也要和爱人相会，小说也对其进行了讴歌。

二是公案小说。这类小说主要通过公案形式反映当时的生活情景，主要作品有《错斩崔宁》、《快嘴李翠莲》、《简帖和尚》、《错勘赃》等。

《错斩崔宁》围绕陈二姐和小商贩崔宁屈打成招、无辜被杀的故事抨击了封建官吏草菅人命的黑暗现实。最后，连作者都站出来谴责道：

> 看官听说，这段公事，果然是小娘子与那崔宁谋财害命的时节，他两人须连夜逃走他方，怎的又去邻舍人家借宿一宵？明早又走到爹娘家去，却被人捉住了？这段冤枉，仔细可以推详出来。谁想问官糊涂，只图了事，不想捶楚之下，何求不得！

小说劝告“做官的，切不可率意断狱，任情用刑，也要求个公平明允”，的确是对当时现状的描绘。

三是豪侠小说。这类小说主要有《宋四公大闹禁魂张》、《万秀娘仇报山亭儿》等。

四是神怪小说。主要有《西山一窟鬼》、《张古老种瓜娶文女》等。

应该说宋话本给我们提供了新的价值观念和信息，在我们的面前展开了一个新的世界，这个世界的主人公就是包括小手工业者和商贾子弟在内的市井细民。《碾玉观音》中的主人公是崔宁和秀秀，崔宁是雕刻能手，尤以雕刻观音而出名，秀秀是刺绣专家，两人相爱，希望依靠自己的手艺摆脱束缚，过上自由幸福的生活。虽然这种追求最终没有成功，但其中透露出来的信息是新鲜的。值得注意的是，女主人公在故事发展过程中一反传统，始终处于主动和主导的地位，实际上提出了崇尚个人才能、崇尚自我、要求男女平等的问题。《快嘴李翠莲》中李翠莲敢想敢做，口齿锋利，言谈不让他人，凡事她都洋洋洒洒口若悬河般地演说一通，讲一番道理，敢于当面顶撞公婆，因所谓“不守妇道”而自愿被休弃，这已与传统的思想观念有了很大的不同。宋话本中流露出来的这些思想，即使在今天也没有完全失去意义。

二、宋代话本的内容与艺术成就

话本是记录说话故事的底本，因此是白话，在艺术上也充分体现了白话小说的特点。

首先，话本小说在塑造人物形象方面达到了前所未有的高度。它以其丰富的语言表现力和结构自由、曲折并完整地塑造了许多血肉丰满的人物形象。如《闹樊楼多情周胜仙》中的周胜仙大胆、机智和对自由爱情的渴望，《错斩崔宁》中的陈二姐无可奈何但又温顺善良的性格，《碾玉观音》中秀秀的大胆泼辣和坚贞不屈等，都栩栩如生。

其次，话本小说结构自由、曲折而完整。话本小说终于摆脱了文言小说的局限，篇幅不再受限制，结构更加灵活自由，也更加曲折完整，适应了叙述故事和塑造人物的需要；在叙述方式上也发展了全方位视角，使叙述更加自由。如《闹樊楼多情周胜仙》的故事可以分为四个阶段。第一阶段是范二郎和周胜仙二人不期而遇，心有灵犀，各以巧妙的方式将自己的家庭住址、父亲姓名、年龄、婚姻状况等信息传递给对方。第二个阶段是两人因缺少媒妁之言难以遂愿而同时得病，后经王婆诊病说亲，心病冰释，遂康健如初。第三阶段是周胜仙的父亲回家后不同意周胜仙的婚事，周胜仙被气死。第四个阶段是朱真盗墓，周胜仙复活，困在朱真的家中。后周胜仙趁邻里失火之机逃走，找到了范二郎，范二郎却以为她是鬼魂，失手将其打死，朱真盗墓案破获后范二郎才得释出狱。全篇不过 8 500 多字，却有四重波折，故事不仅曲折，而且脉络清楚，情节合理，在叙述视角上也呈多方位。

再次，充分发挥了白话的长处，在细节描写、对话描写、心理描写等方面取得了文言小说不可比拟的成就。如《闹樊楼多情周胜仙》中周胜仙对范二郎一见钟情，小说这样写道：

> 那女子在茶坊里，四目相视，俱各有情。这女孩儿心里暗暗地喜欢，自思量道：“若是我嫁得一个似这般子弟，可知好哩！今日当面错过，再来哪里去讨?”正思量道：“如何着个道理和他说话？问他曾娶妻也不曾?”那跟来女子和奶子，都不知许多事。你道好巧！只听得外面水盏响。女孩儿眉头一纵，计上心来，便叫：“卖水的，倾一盏甜蜜蜜的糖水来。”那人倾一盏糖水在铜盂儿里，递与那女子。那女子接得在手，才上口一呷，便把那个铜盂儿望空打一丢，便叫：“好好！你却来暗算我！你道我是兀谁?”那范二听得道：“我且听那女子说。”那女孩儿道：“我是曹门里周大郎的女儿，我的小名叫作胜仙小娘子，年一十八岁，不曾吃人暗算。你今却来算我！我是不曾嫁的女孩儿。”这范二自思量道：“这言语蹊跷，

分明是说与我听。”

将一个商人女儿的大胆泼辣而又机智委婉的性格栩栩如生地刻画出来，也为后来一系列的情节奠定了人物性格上的基础。再如《错斩崔宁》中描写陈二姐听说自己被典了十五贯以后的心理活动：

那小娘子听了，欲待不信，又见十五贯钱堆在面前；欲待信来，他平白与我没半句言语，大娘子又过得好，怎么便下得这等狠心辣手！疑狐不决。……小娘子又问：“官人今日在何处吃酒来？”刘官人道：“便是把你典与人，写了文书，吃他的酒才来的。”……那小娘子好生摆脱不下：“不知他卖我与甚色样人家？我须先去爹娘家里说知。就是他明日有人来要我，寻到我家，也须有个下落。”沉吟了一会，却把这十五贯钱，一垛儿堆在刘官人脚后边。趁他酒醉，轻轻的收拾了随身衣服，款款的开了门出去，拽上了门。

简短的一段白描，就将陈二姐温顺无奈但又富有心机，善于旁敲侧击而又果断的心理及性格描绘出来。这种将细节描写、心理描写、对话描写有机地融合在一起的艺术方法，在宋话本里已显得相当成熟。

最后，在语言上取得了突出的成就。宋代话本很善于吸收当时的口语和民间俗语，使语言显得生动幽默，极富表现力。如《碾玉观音》中这样描写秀秀的大胆和泼辣：

秀秀道：“你记得当时在月台上赏月，把我许你，你兀自拜谢，你记得也不记得？”崔宁叉着手，只应得“喏”。秀秀道：“当日众人都替你喝采：‘好对夫妻！’你怎地倒忘了？”崔宁又则应得“喏”。秀秀道：“比似只管等待，何不今夜我和你先做夫妻？不知你意下何如？”崔宁道：“岂敢。”秀秀道：“你知道不敢，我叫将起来，教坏了你，你却如何将我到家中？我明日府里去说。”崔宁道：“告小娘子，要和崔宁做夫妻不妨，只一件，这里住不得了，要好趁这个遗漏人乱时，今夜就走开去，方才使得。”秀秀道：“我既和你做夫妻，凭你行。”当夜做了夫妻。

这样的语言十分符合当时新兴的市民阶层的心理和性格特征。而《宋四公大闹禁魂张》中对张员外的描述就更显出了幽默风趣而又辛辣的民间口语、俗语的特征。

这员外有件毛病，要去那虱子背上抽筋，鹭鸶腿上割股，古佛脸上剥金，黑豆皮上刮漆，痰唾留着点灯，捋松将来炒菜。这个员外平日发下四条大愿：一愿衣裳不破，二愿吃食不消，三愿拾得物事，四愿夜梦鬼交。是个一文不使的真苦人。他还地上拾得一文钱，把来磨做镜儿，捍做磬儿，掐做锯儿，叫声“我儿”，做个嘴儿，放入箧儿。人见他一文不使，起他一个异名，唤做“禁魂张员外。”

可见，宋话本之所以成为人们最为喜爱的文学样式之一，它在语言上取得的突破性成就是功不可没的。

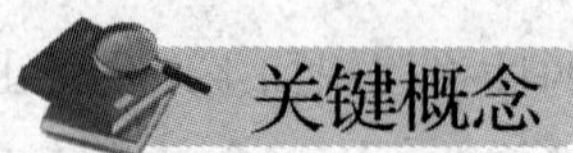

关键概念

宋代话本

思考题

1. 试述《沧浪诗话》的主要观点。
2. 简述宋代话本的内容。
3. 试论宋代话本的艺术成就。

第十二章　辽金文学

本章提示

辽代文学：概括了解辽代文学及主要作家。

金代文学：概括了解金代文学及主要作家。

元好问：(1) 熟悉元好问诗的内容。(2) 了解元好问诗的艺术特点。(3) 掌握元好问词的内容。背诵《摸鱼儿·雁丘词》、《摸鱼儿·问莲根》等。(4) 掌握元好问词的艺术成就。

《西厢记诸宫调》：(1) 了解《西厢记诸宫调》故事的来源。(2) 比较《西厢记诸宫调》在内容上与《莺莺传》的异同。(3) 掌握《西厢记诸宫调》的艺术成就。

第一节　辽代文学概述

辽为我国北方契丹族所建。916 年建立契丹国，947 年更名为大辽。1125 年天祚帝被金军俘虏，辽亡。

契丹文化与汉文化并存。初期较有成绩的文学家有耶律倍、韩延徽、赵延寿等。中后期有萧观音、萧瑟瑟、萧柳等。

辽诗留存下来的作品只有 70 多首。汉人赵延寿（？—948），本姓刘，降耶律德光，封魏王，极为德光宠幸。仅存一首《失题》诗，比较著名：

> 黄沙风卷半空抛，云重阴山雪满郊。探水人回移帐就，射雕箭落着弓抄。鸟逢霜果饥还啄，马渡冰河渴自跑。占得高原肥草地，夜深生火折林梢。

诗写北方景色和生活的粗豪旷放，颇有特点。

耶律倍（899—936）在当时是较有名的契丹诗人，现存《海上诗》一首：“小山压大山，大山全无力。羞见故乡人，从此投外国。”诗意是说自己被迫将帝位让给弟弟耶律德光，其中汉字“山”的象征意义与契丹文“可汗”的意思的巧合，是契丹文与汉文合璧的典范。

辽太宗耶律德光（902—947）是一位工诗能文的帝王，从现存的《报皇太帝问军前事书》等文章可以看出他的文风简洁凝练而又颇具文采，如在文中描述汴京的劫乱之状时说：“司属虽存，官吏废堕，犹雏飞之后，徒有空巢。久经离乱，一至于此。”“非汴州炎热，水土难居，止得一年，太平可指掌而致。”以简短的语言表现了汴京的离乱之状和自己的雄心与抱负。另外，耶律琮（929—979）也受到了汉文化的影响，有骈文传世，当时曾流布人口。

契丹女诗人较为引人注目。萧观音（1040—1075），美容仪，多才艺，清宁初立为懿德皇后。她的诗作比较著名，如《伏虎林待制》：

> 威风万里压南邦，东去能翻鸭绿江。灵怪大千俱破胆，那教猛虎不投降。

赞扬皇帝出猎，雄豪俊爽，但后来因反对道宗畋猎而失宠，又作《回心院十首》，风格委婉。如：

> 扫深殿，闭久金铺暗。游丝络网尘作堆，积岁青苔厚阶面。扫深殿，待君宴。（其一）
>
> 装绣帐，金钩未敢上。解却四角夜光珠，不敢照见愁模样。装绣帐，待君贶。（其五）

又有《怀古》绝句云：“宫中只数赵家妆，败雨残云误汉王。惟有知情一片月，曾窥飞燕入昭阳。”据说因其中嵌有“赵”、“惟”、“一”三字而被疑为与宫廷艺人赵惟一私通，因而被赐死，时年36岁。

天祚帝的文妃萧瑟瑟也有诗作，如《讽谏歌》：“勿嗟塞上兮暗红尘，勿伤多难兮畏夷人。不如塞奸邪之路兮，选取贤臣。直须卧薪尝胆兮，激壮士之捐身。可以朝清漠北兮，夕枕燕云。”萧瑟瑟关心国事，讽谏天祚帝，后不幸被诬赐死。

契丹作品最突出的应是《醉义歌》，作者应为僧人，原诗用契丹文写成，后由耶律楚材译为汉文，译文为七言歌行体，长达120句。诗歌对人生多有感慨，对隐逸生活尤为向往：“我爱南村农丈人，山溪幽隐潜修真。”表现了汉文化与契丹文化的相互渗透。

第二节　金代文学概述

金为我国北方的女真族所建，先灭辽与北宋，然后占据淮水以北的地区，与南宋对峙，历时约120年。

金代文学可分三期。初期“借才异代”，有吴激、蔡松年等。中期有蔡珪、党怀英、王庭筠等。后期有赵秉文、李纯甫、王若虚等。

由辽入金的文人中有韩昉（1082—1149）、虞仲文（1069—1124）、张通古（1088—1156）等人，后二人在入辽后都曾做到平章政事。《全金诗》中收入的张通古的《灵岩寺》一诗较为著名：

万壑千岩中，林开一径深。数年劳想往，此日快登临。胜境情难尽，危途力不任。楼台相映抱，松柏自萧森。花散诸天雨，灯传古佛心。鹤泉寒漱玉，园地旧铺金。石蹬崎岖上，桃溪窈窕寻。渊明能止酒，叔夜况携琴。所恨无长暇，徒勤惜寸阴。清宵谁我伴，乘兴但孤斟。

诗作简洁清劲，在一定程度上代表了金初的诗风。

宇文虚中（1079—1146）在宋时就已有诗名，因出使羁留在金朝，曾为翰林学士承旨，是当时文坛的盟主。入金后有《在金日作三首》，多表现思念家乡和矢志守节的情感，如“遥夜沉沉满幕霜，有时归梦到家乡。传闻已筑西河馆，自许能肥北海羊”。又如《又和九日》：

老畏年光短，愁随秋色来。一持旌节出，五见桃花开。强忍玄猿泪，聊浮绿蚁杯。不堪南相向，故国又丛台。

诗作有很高的艺术水平，为元好问所称赞。

吴激（1090—1142）的诗也多是怀念故国的，有《东山集》，已佚，流传的作品较少。元好问以其“南朝千古伤心事”，“夜寒茅店不成眠”等句子和篇目推其为国朝第一手。“南朝千古伤心事”出自《人月圆·宴北人张侍御家有感》：

南朝千古伤心事，犹唱后庭花。旧时王谢，堂前燕子，飞向谁家。　恍然一梦，仙肌胜雪，宫髻堆鸦。江州司马，青衫泪湿，同是天涯。

作品通过怀古表现了对故国的思念和身世之悲。

蔡松年（1107—1159），字伯坚，年轻时随父守燕山，军败后降金，累官至参知政事等，死后追封为吴国公。有《名秀集》，也多故国之思。蔡松年的词作成就较高，如《念奴娇·追和赤壁词》：

离骚痛饮，笑人生佳处，能消何物？江左诸人成底事，空想岩岩玉壁。五亩苍烟，一丘寒碧，岁晚忧风雪。西州扶病，至今悲感前杰。　我梦卜筑萧闲，觉来岩桂，十里幽香发。块垒胸中冰与炭，一酌春风都灭。胜日神交，悠然得意，遗恨无毫发。古今同致，永和徒记年月。

词作借怀古自警，表现了一种忘却了的退隐意识。

从上述这些诗词看来，作者还是带有浓厚的中原色彩，只是由于当时环境的影响而带有一定的北方文学的雄奇豪壮的特色。

世宗、章宗时期的金国政治稳定，经济也较繁荣，所以金代中期的诗文也比较成熟发达，艺术形式也有所丰富。金代院本的剧目有690多种，多数产生于这一时期，这标志着戏曲的开始发达；《西厢记诸宫调》和《刘知远诸宫调》的产生则标志着讲唱文学的发达。这一时期被称为“国朝文派”，虽然在很多地方还是模仿宋朝的作品，但已逐渐形成了自己的风格。

蔡珪（？—1174）是蔡松年之子，少颖慧，被认为是该时期的第一个重要作家。他主要以散文名世，诗也写得苍劲有力。他的文集已失传，但可以从他的一些诗篇中看出他的诗文风格。如《医巫闾》：

幽州北镇高且雄，倚天万仞蟠天东。祖龙力驱不肯去，至今鞭血余殷红。崩崖暗谷森云树，萧寺门横入山路。谁道营丘笔有神，只得峰峦两三处。我方万里来天涯，坡陁缭绕昏风沙。直教眼界增明秀，好在岚光日夕佳。封龙山边生处乐，此山之间亦不恶。他年南北两生涯，不妨世有扬州鹤。

风格清雄劲健而又不失雅丽，在艺术上已有独到之处。

党怀英（1134—1211）在当时也有很大的影响，他的散文通达自然，流畅清丽，诗词能把陶谢的超迈和宋词精丽结合起来，也有一定的成就。如《奉使行高邮道中》二首：

野云来无际，风樯岸转迷。潮吞淮泽小，云抱楚天低。蹚踏船鸣浪，联翩路牵泥。林乌亦惊起，夜半傍人啼。

细雪吹仍急，凝云冻未开。纤闲时掠水，帆饱不依桅。岸引枯蒲去，天将远树来。行舟避龙节，处处隐渔隈。

从题目可知这是诗人出使南宋至高邮时所作。诗作描绘了高邮的风景，有唐诗的风致。

王庭筠（1151—1202），字子端，官至翰林修撰，才艺颇多，名动一时。他的诗效法黄庭坚，诗律精严，为著名的辽东诗人。如《河阴道中》：

梨叶成阴杏子青，榴花相映可怜生。林深不见人家住，道上唯闻打麦声。

明白如话，自然清新，意趣别生。

金国后期国势逐渐衰微，诗歌创作不事雕琢，关心民生疾苦的诗风占据了主导地位，产生了像元好问这样的大诗人。王若虚著有《滹南诗话》，论诗崇尚真淳，主张师法古人，自己也创作出了一些富有寄托而又清远冲和的五言诗，如《暮归》、《雨晴》等。而其七古则雄奇豪放，如《游华山寄元裕之》。李纯甫主张作诗要自成一家，诗风接近韩愈，如《雪后》等。王若虚的诗歌批评很有成就，主张“真”、“性情”、“自得”，反对“雕饰”、“经营”。如：“文章自得方为贵，衣钵相传岂是真？已觉祖师低一著，纷纷法嗣复何人？”另外，如赵元的《修城去》，宋九嘉的《途中出事》，都反映了当时的现实生活，表现了对劳动人民的同情。

第三节 元好问

一、元好问的诗

元好问（1190—1257），字裕之，号遗山，太原秀容（今山西忻州市）人，是金代的诗、词大家。著有《中州集》和《壬辰杂编》等书。他出生于一个下层官吏的家庭。父亲有诗名，母亲亦知书达理，兄更博闻工诗。他 7 岁能诗，被当时缙绅目为神童，后拜当时著名学者郝晋卿为师，接受了正统的儒家思想，树立了“读书不为艺文，选官不为利养”的思想，“六年而业成”（郝经《墓铭》）。在为官期间，他了解了金政权的腐败；金亡前后，更历经蒙古人屠城，兄长惨遭杀戮等巨变，思想变得比较深沉。

元好问生逢乱世，很多诗篇都反映了这种现实，呈现出与宋诗不尽相同的风貌。如《壬辰十二月车驾东狩后即事》（其一）：

惨淡龙蛇日斗争，干戈直欲尽生灵。高原水出山河改，战地风来草木腥。精卫有冤填瀚海，包胥无泪哭秦庭。并州豪杰知谁在，莫拟分军下井陉。

壬辰是金哀宗天兴元年（1232）。此年初元军围汴京，城中粮尽，饿死者无数，年底金哀宗突围，至黄河北岸，兵败。时元好问任左司都事，在围城中写了《壬辰十二月车驾东狩后即事》五首。面对生灵涂炭的情形，诗人痛哭失声，悲伤欲绝，也希望有人能够出兵勤王，解脱汴京之危。又如《岐阳》（其一）：

百二关河草木横，十年戎马暗秦京。岐阳西望无来信，陇水东流闻哭声。野蔓有情萦战骨，残阳何意照空城！从谁细向苍苍问，争遣蚩尤作五兵？

金哀宗正大八年（1231）初，蒙古兵围凤翔，三个月后城破。此诗为元好问闻城陷后而作，这是第二首，其哀叹而又无奈的情绪流溢纸外。上引二诗诗境皆悲凉凄壮，为宋元诗所少见。

元好问的《论诗三十绝句》受杜甫论诗的《戏为六绝句》的启发，以诗歌的形式对建安以来的诗歌作了系统的评论。元好问论诗崇尚淳朴自然，反对浮艳的宫体诗，不满江西诗派的雕饰造作，对开创盛唐诗歌先声的陈子昂评价尤高，说“论功若准平吴例，合着黄金铸子昂”。对民歌的刚健质朴、清新自然他也十分推重，如：

慷慨歌谣绝不传，穹庐一曲本天然。中州万古英雄气，也到阴山敕勒川。

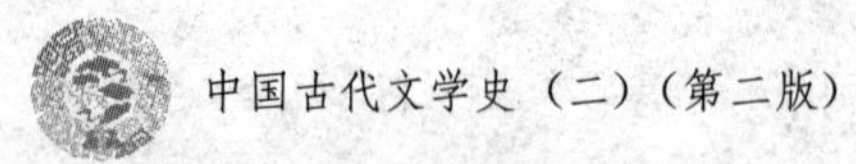

这种诗歌主张在诗论史上是难能可贵的。

二、元好问的词

元好问不仅是金代杰出的诗人，还是卓有成就的词作家。他现存词 378 首，刘熙载曾评价他的词说："金元遗山，诗兼杜韩苏黄之胜，俨有集大成之意。以词而论，疏快之中自饶深婉，亦可谓集两宋之大成者。"（《艺概》）说其"集两宋之大成"，未免誉之太过，但说其兼具豪放与婉约之美，并不过分。

总的来看，元好问在词风方面推崇苏轼，并兼及诸家，他在《新轩乐府引》中说苏轼词有"'一洗万古凡马空'意象"，"坡以来，山谷、晁无咎、陈去非、辛幼安诸公，俱以歌词取称，吟咏情性，留连光景，清壮顿挫，能起人妙思。"这当然也包括婉约词的影响。由于早年和中晚年的生活经历有着很大的不同，元好问的词风前后变化也很大，前期"深婉"，后期则摧刚为柔，潜气内转，于深婉之中寄意遥深。况周颐《蕙风词话》卷 3 评论说："元遗山以丝竹之年，遭遇国变……神州陆沉之痛，铜驼荆棘之伤，往往寄托于词。《鹧鸪天》三十七阙，泰半晚年手笔，其《赋隆德故宫》及《宫体》八首、《薄命妾》诸作，蕃艳其外，醇至其内，极往复低徊、掩抑零乱之致……其词缠绵而婉曲，若有难言之隐，而又不得已于言，可以悲其志而原其心矣。"十分精到而恰当。

应该说，元好问是歌颂爱情的词坛圣手。他的许多爱情词不仅幽婉深致，还兼备北方民歌率直泼辣的情韵。现在广为人知的是他初写于 16 岁，后经改定的《摸鱼儿·雁丘词》，也是他现存词中最早的一首：

问世间、情是何物，直教生死相许？天南地北双飞客，老翅几回寒暑！欢乐趣，离别苦，就中更有痴儿女。君应有语：渺万里层云，千山暮雪，只影为谁去？

横汾路，寂寞当年箫鼓。荒烟依旧平楚。招魂楚些何嗟及，山鬼暗啼风雨。天也妒。未信与，莺儿燕子俱黄土。千秋万古。为留待骚人狂歌痛饮，来访雁丘处。

在词前小序中说："乙丑岁，赴试并州，道逢捕雁者云：'今旦获一雁，杀之矣。其脱网者悲鸣不能去，竟自投于地而死。'予因买得之，葬之汾水之上，累石为识，号曰'雁丘'。时同行者多为赋诗，予亦有《雁丘词》。旧所作无宫商，今改定之。"可见词作的内容实有其事。词作以情起问，劈空陡起，借雁悲人，直抒胸臆，直是为天下痴情儿女痛哭，大有苏、辛之风。再如另一首《摸鱼儿》：

问莲根，有丝多少，莲心知为谁苦？双花脉脉娇相向，只是旧家儿女。天已许，甚不教，白头生死鸳鸯浦！夕阳无语。算谢客烟中，湘妃江上，未是断肠处。

香奁梦，好在灵芝瑞露。人间俯仰今古。海枯石烂情缘在，幽恨不埋黄土。

相思树，流年度，无端又被西风误。兰舟少住。怕载酒重来，红衣半落，狼藉卧风雨。

词前的小序说："泰和中，大名民家小儿女，有以私情不如意赴水者，官为踪迹之，无见也。其后踏藕者得二尸水中，衣服仍可验，其事乃白。是岁，此陂荷花开无不并蒂者。"两首词在艺术手法与上词相同，都是反对封建礼教的至情颂歌。张炎在评论这两首词时说："风流蕴藉处不减周、秦，如《双莲》、《雁丘》等作，妙在模写情态，立意高远"。（《词源·杂论》）另外，如《江城子·观别》也极为动人："旗亭谁唱渭城诗？酒盈卮，两相思。万古垂杨，都是折残枝。旧见青山青似染，缘底事，淡无姿？情缘不到木肠儿。鬓成丝，更须辞。只恨芙蓉，秋露洗胭脂。为问世间离别泪，何日是，滴休时。"将离别之情写得深沉精警，兼有豪放和婉约之韵致。

元好问词的内容较为丰富，有写壮志豪情、渴望建功立业的，也有写伤春悲秋、向往隐逸的，还有抒发登高怀远、故国之思的。

第四节 《西厢记诸宫调》

诸宫调是以唱为主，且说且唱的单人表演形式，唱的部分由多种宫调的曲子组成。这种表演形式大约起源于北宋，金代著名的诸宫调有董解元的《西厢记诸宫调》（简称《董西厢》）。《董西厢》共用宫调 188 套，5 万多字，分别用不同角色的口吻演唱，虽规模宏大，但仍是一人说唱。

《董西厢》的情节来源于元稹的《莺莺传》，但到了《董西厢》时，故事有了相当的发展。从体制上来说，《莺莺传》仅三四千字，而《董西厢》约有 5 万字，大大地丰富了故事情节。增添的内容有的是根据《莺莺传》的原文，更多的则是其只言片语合乎情理的衍化，目的是使其内容显得异彩纷呈。如《莺莺传》中说张生"行忘止，食忘饱，恐不能逾旦暮"几句话，在《董西厢》中就演成了张生凭琴诉说相思的一场十分精彩的戏。同时，《董西厢》也对《莺莺传》的一些情节进行了改造和生发，如《董西厢》中对白马将军的具体描述和孙飞虎欲劫取莺莺为压寨夫人的情节，都是从《莺莺传》中演化生发来的。

《董西厢》最重要的是在思想上对《莺莺传》进行了富有新意的改造。第一，它从《莺莺传》维护封建夫权的"善补过"发展到了青年男女对爱情的追求，莺莺由一个被命运摆布的弱者变成了一个有一定勇气和主张的人；这样就将一个哀艳的故事提升到了敢于冒"淫奔"之罪名而追求爱情的高度。第二，它使崔莺莺由《莺莺传》中有"自献之羞"的"尤物"发展成了一个不重门第、功名，只忠于自己爱情的，敢于追求自由爱情的，具有青春朝气和热情的女性形象。第三，《董西厢》塑造了张生这样一个重视爱情、置功名利禄于不顾的“情种”形象。他的动人之处，就在于一扫此前的轻狂书生、风流浪子习气，对爱情执著、坚贞，甚至视爱情胜过生命。第四，《董西厢》把原来的欲迁就张生和莺莺的老夫人改造成了处于优势地位的代表封建礼教的老夫人，使之出现了两个“营垒”，加剧了故事的冲突和思想性。第五，《董西厢》重点塑造了红娘这样一个下层仆女的形象。随着故事情节的曲折复杂，红娘在作品中所占的比重也急剧增加，不论是张生初识莺莺，以琴挑情，还是“传柬”、“回柬”、“赖柬”、“闹柬”，乃至莺莺“寄方”双方“幽会”，都有红娘参与。尤其是“拷红”一节，更是有力地刻画了一个善良热情、机智勇敢的婢女形象，这在中国文学史上是非常难得的。

《董西厢》在艺术上有如下成就：

首先，故事曲折，结构宏伟。《董西厢》人物众多，故事复杂、曲折。人物方面形成了对垒的阵势：一方是张生、莺莺、红娘、法聪、白马将军，一方是老夫人、郑恒、孙飞虎。但两方并不是单纯的对垒关系，在各人之间还有着错综复杂的关系和矛盾。有时一个矛盾刚刚解决，另一个冲突就随之而起，使故事呈现出波波相赶，环中套环的状态，极大地增强了戏曲的吸引力。

其次，《董西厢》十分擅长对动作、心理、表情、语言的刻画。如写张生夜会莺莺，被莺莺佯怒斥责，后来病入沉疴，莺莺闻讯前去探望，回来后“愁入兰房，独语独言，眼中两泪千行”，并向红娘倾斥衷肠，下定决心，表示“顾甚清白救才郎”。与张生夜宿西厢后，莺莺次夜又“收拾云雨，为郎今夜更相访”。此时的莺莺已将爱情视为生命：“消得一人，因君狂荡，不枉！不枉!”这些细致入微而又畅达无遗的描述都使《董西厢》的艺术上升到了一个新的高度。

再次，善于运用烘托手法，对人物进行动态的刻画。如形容莺莺的美丽时，不再是静态的描写，而是通过周围人物的情态来烘托出来。在普救寺中，各位僧侣看见了莺莺，“一齐都望”，“住了念经，罢了随喜，忘了上香。……老和尚也眼狂心痒，小和尚每挼头缩项”，“怎遮挡，贪看莺莺，闹了道场”。从周围人物的神情和行动中衬托出了莺莺的美。

最后，语言优美，善于以古典诗词的表现形式来描写景物。如张生在月色中走近莺莺的住所，一边口吟“小诗一绝”，一边“绕庭徐步”，此时对周围的环境描写道：

> 对碧天晴，清月夜，如悬镜。张生徐步，渐至莺庭。僧院悄，回廊静；花阴乱，东风冷。对景伤怀，微吟步月，陶写深情。诗罢踌躇，不胜情，添悲哽。一天月色，满地花阴。心绪恶，说不尽。疑惑际，俄然听；听得哑地门开，袭袭香至，瞥见莺莺。
>
> （《中吕调·鹘打兔》）

作者以诗词的情致来描写环境，衬托心情，使《董西厢》呈现出一种诗性的美。

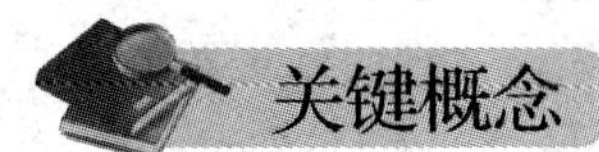

关键概念

诸宫调

思考题

1. 简述辽代主要作家的创作。
2. 简述金代主要作家的创作。
3. 简述元好问诗的内容。
4. 简述元好问词的内容及艺术成就。
5. 试论《董西厢》对《莺莺传》的发展及艺术成就。

参考书目

1. 诗文总集

（宋）郭茂倩编撰．乐府诗集．北京：中华书局，1979.

（清）彭定求等．全唐诗．北京：中华书局，1960.

王重民，孙望，童养年辑录．全唐诗外编．北京：中华书局，1982.

（清）蘅塘退士编；陈婉俊补注．唐诗三百首．北京：中华书局，1959.

（清）蘅塘退士编；喻首真详析．唐诗三百首详析．北京：中华书局，1957.

（清）沈德潜选注．唐诗别裁集．北京：中华书局，1964.

（清）吴之振，吕留良，吴自牧选．宋诗抄．北京：中华书局，1986.

（宋）杨亿编，王仲荦注．西昆酬唱集．北京：中华书局，1980.

（清）张景星等选编．宋诗别裁集．北京：中华书局，1973.

（清）顾嗣立编．元诗选（初集）．北京：中华书局，1987.

（宋）李昉等编．文苑英华．北京：中华书局，1966.

（清）董诰等编．全唐文．北京：中华书局，1983.

陈述辑校．全辽文．北京：中华书局，1982.

（清）张金吾编纂．金文最．北京：中华书局，1990.

2. 诗文别集

（唐）骆宾王撰．骆宾王文集．北京：中华书局，1973.

（唐）卢照邻，杨炯撰；徐明霞点校．卢照邻集·杨炯集．北京：中华书局，1980.

（唐）李白著；（清）王琦辑注．李太白集全集．北京：中华书局，1957.

刘开扬著．高适诗集编年笺注．北京：中华书局，1981.

（唐）杜甫著．杜工部诗集．北京：中华书局，1957.

（清）浦起龙著．读杜心解．北京：中华书局，1961.

（唐）杜甫著；（清）仇兆鳌注．杜诗详注．北京：中华书局，1979.

童第德著．韩集校诠．北京：中华书局，1986.

（唐）刘禹锡撰．刘禹锡集．北京：中华书局，1990.

（唐）白居易撰；顾学颉校点．白居易集．北京：中华书局，1979.

（唐）柳宗元著．柳宗元集．北京：中华书局，1979.

（唐）元稹撰；冀勤校点．元稹集．北京：中华书局，1982.

刘学锴，余恕诚著．李商隐诗歌集解．北京：中华书局，1988.

（唐）罗隐撰；雍文华校辑．罗隐集．北京：中华书局，1983.

（宋）曾巩撰；陈杏珍，晁继周点校．曾巩集．北京：中华书局，1984.

（宋）苏轼撰；（清）王文诰辑注；孔凡礼点校．苏轼诗集．北京：中华书局，1982.

（宋）苏轼撰；孔凡礼点校．苏轼文集．北京：中华书局，1986.

（宋）苏辙著；陈宏天，高秀芳点校．苏辙集．北京：中华书局，1990.

（宋）张耒著；李逸安，孙通海，傅信点校．张耒集．北京：中华书局，1989.

（宋）陈与义撰；吴书荫，金德厚点校．陈与义集．北京：中华书局，1982.

（宋）陆游撰．陆游集．北京：中华书局，1976.

（宋）范成大撰；孔凡礼辑．范成大佚著辑存．北京：中华书局，1983.

（宋）汪元量撰；孔凡礼编校．增订湖山类稿．北京：中华书局，1984.

3. 词·曲

（清）朱彝尊，汪森辑．词综．北京：中华书局，1975.

影刊宋金元明本词．北京：中华书局，1961.

陶湘辑．影刊宋金元明本词补编．北京：中华书局，1962.

（宋）周密辑；（清）查为仁，厉鹗笺．绝妙好词．北京：中华书局，1957.

（清）张惠言选辑．词选．北京：中华书局，1957.

（清）舒梦兰辑．白香词谱笺．北京：中华书局，1982.

唐圭璋编．全宋词．北京：中华书局，1965.

唐圭璋编．全金元词．北京：中华书局，1979.

黄畲笺；欧阳修词笺注．北京：中华书局，1986.

（宋）秦观著；龙榆生校点．淮海居士长短句．北京：中华书局，1957.

（宋）黄庭坚撰；龙榆生校点．豫章黄先生词．北京：中华书局，1957.

（宋）晁补之，张耒著；龙榆生校点．晁氏琴趣外编．北京：中华书局，1957.

（宋）周邦彦撰；吴则虞校点．清真集．北京：中华书局，1981.

（南宋）辛弃疾著．辛弃疾词选．北京：中华书局，1979.

4. 小说

（宋）李昉等编．太平广记．北京：中华书局，1961.

（唐）牛僧儒，李复言撰；程毅中点校．玄怪录·续玄怪录．北京：中华书局，1982.

（唐）谷神子，薛用弱撰．博异志·集异记．北京：中华书局，1980.

（宋）洪迈撰．夷坚志．北京：中华书局，1981.

5. 文学理论

（清）何文焕辑．历代诗话．北京：中华书局，1981.

丁福保辑．历代诗话续编．北京：中华书局，1983.

唐圭璋编．词话丛编．北京：中华书局，1986.

图书在版编目（CIP）数据

中国古代文学史．2/冷成金编著．—2版．—北京：中国人民大学出版社，2013.12
21世纪远程教育精品教材．汉语言文学系列
ISBN 978-7-300-18328-2

Ⅰ．①中… Ⅱ．①冷… Ⅲ．①中国文学-古代文学史-远程教育-教材 Ⅳ．①I209.2

中国版本图书馆CIP数据核字（2013）第260208号

21世纪远程教育精品教材·汉语言文学系列
中国古代文学史（二）
（隋唐五代宋辽金）（第二版）
冷成金　编著
Zhongguo Gudai Wenxueshi

出版发行	中国人民大学出版社		
社　　址	北京中关村大街31号	**邮政编码**	100080
电　　话	010－62511242（总编室）		010－62511770（质管部）
	010－82501766（邮购部）		010－62514148（门市部）
	010－62515195（发行公司）		010－62515275（盗版举报）
网　　址	http://www.crup.com.cn		
	http://www.ttrnet.com(人大教研网)		
经　　销	新华书店		
印　　刷	北京东君印刷有限公司	**版　　次**	2003年3月第1版
规　　格	185 mm×260 mm　16开本		2014年10月第2版
印　　张	17	**印　　次**	2018年 3 月第2次印刷
字　　数	324 000	**定　　价**	38.00元